Perdición

Perdición

Celeste Bradley

Esencia/Planeta

Los personajes, eventos y sucesos presentados en esta obra son ficticios. Cualquier semejanza con personas vivas o desaparecidas es pura coincidencia.

Título original: *Fallen*
Leisure Books, Dorchester Publishing Co., Inc., Nueva York, 2001

Av. Diagonal, 662-664, 08034 Barcelona (España)

Primera edición: enero de 2008

ISBN: 978-84-08-07613-1
Fotocomposición: Víctor Igual, S. L.
Depósito legal: NA. 3.317-2007
Impresión y encuadernación: RODESA (Rotativas de Estella, S. L.), Villatuerta, Navarra

Impreso en España – Printed in Spain

A mi marido y a mi padre. Mis héroes

Agradecimientos

Me gustaría agradecer toda la ayuda que he recibido de Joanne Markis, quien se leyó el libro una y otra vez incansablemente; a mis hijas, que decidieron que si los cereales estaban bien para desayunar, por qué no iban a estarlo para cenar; y a mi editor, Chris Keeslar, quien me obligó, con dulzura pero con firmeza, a aprender más cosas en una semana de las que había aprendido en dos años. No podría haberlo logrado sin todos ellos.

1

Inglaterra, 1831

Izzy estaba teniendo uno de aquellos sueños. Esos de los que nadie hablaba, que nadie confesaba tener. El tipo de sueño que la hacía sonrojarse al recordarlo a la mañana siguiente. Sin embargo, aquél no se parecía a ningún otro. Era mucho más real.

La mano que sentía a la altura de la rodilla era cálida. En el muslo, era puro fuego. Su cuerpo ardía hasta lo más profundo de su ser, el lugar adonde sus fantasías más oscuras la empujaban sin tregua. Y ella las siguió de buen grado. La caricia incitaba, seducía, abrasaba. Su cuerpo se derretía al contacto.

Cuando los dedos se cerraron sobre el dobladillo del camisón y le subieron la prenda hasta las caderas, el leve roce de las uñas dejó un rastro hormigante en su piel. Un estremecimiento placentero, un escalofrío de expectación, una caricia incitante.

El contacto se tornó más ansioso, más deliberado, instándola a mostrar el mismo apremio. Y éste en efecto emergió, incendiándole las venas. El sueño cobró mayor intensidad hasta que no quedó más que aquel fuego y su pulso acelerado.

Izzy se estiró, presa de anhelo. La mano descendía acariciante por la cara externa de su muslo para subir a continuación por la interna. Arqueó el cuerpo para recibir la caricia, sin saber qué otra cosa hacer. Cuando el contacto cesó, ella continuó arqueándose, echó la cabeza hacia atrás, consciente sólo de aquella extensión de su piel que ardía bajo la mano desconocida.

«No te detengas...»

Suspiró al sentir el contacto de una segunda mano ascendiendo por su tórax, abriéndose paso bajo el camisón. Izzy deslizó los dedos entre su pelo y se dejó caer sin fuerzas sobre las almohadas, en señal de rendición. Aquellas manos fuertes y ardientes la agarraron entonces por la cintura y tiraron de ella hacia abajo. Ella se dejó llevar por una ladera abrasadora, dejando atrás las almohadas, segura de que las manos no la dejarían caer.

De su garganta brotó un ronroneo.

Los abrasadores dedos trazaron un círculo alrededor de su ombligo. Su vientre se contrajo en respuesta, relajándose a continuación a medida que la caricia se suavizaba y comenzaba a descender. Sus muslos se abrieron y su cabeza cayó hacia atrás, arqueándose, en un gesto que distaba mucho de ser una negativa. El círculo se amplió e Izzy se retorció inquieta. Entonces comenzó a sentir un estremecimiento en el vértice de sus piernas abiertas y su aliento se hizo dificultoso. Más cerca.

Deseaba...

No sabía lo que deseaba. Toda ella era deseo. Estaba anhelante, sedienta. Un estremecimiento la recorrió.

Entonces dejó escapar un gemido de placer, el suave sonido de su anhelo femenino. Eso penetró en su sueño, arrancándola de las profundidades de su fantasía. La voz le resultaba familiar, el sonido no. ¿Quién lo había hecho?

Un súbito aliento en su oído la despertó de golpe.

«¡No era un sueño!»

Con una sacudida, se apartó de aquellas manos, pero el cuerpo al que pertenecían cayó con dureza sobre el suyo. Inspiró para gritar, pero sus labios fueron sellados. Las manos apresaron las suyas, presionándoselas contra el colchón. Su cuerpo se hundió en la base de plumas mientras forcejeaba bajo el peso.

La aspereza de la piel sin afeitar del intruso le arañó la cara cuando sus labios se posaron sobre los de ella acariciándoselos una y otra vez. El miedo la invadió, dejándola sin respiración.

¡No podía moverse, no podía gritar! Abrió los ojos de par en par en la oscuridad al sentir que la lengua del hombre se deslizaba entre sus labios y una de sus rodillas le separaba los muslos desnudos.

La boca de él era cálida, y sabía a brandy y a tabaco. Lo ajeno de ese sabor hizo que tomara la determinación de hacer algo. Arqueándose debajo de él, trató de apartarlo, pero el resultado de su acción fue una suave carcajada del hombre; grave, gutural.

Su lengua seguía explorando su boca sin tregua, entrando y saliendo a un ritmo que hasta una solterona como ella reconocería como perverso. Soltándole entonces él una de las manos, le acarició el brazo con la palma. Izzy le empujó por el hombro, pero en vano. Sus fuerzas de nada servían contra las de él.

Extendió entonces en la oscuridad la mano que él le había dejado libre, con la intención de agarrar algo, cualquier cosa...

«¡El candelabro!» Grande y ornamentado, sostenía tres velas, y pesaba tanto que casi se necesitaban las dos manos para levantarlo. Recordaba haberlo dejado en la mesilla de noche. Rogó a Dios que estuviera cerca.

Se estiró y se sintió aliviada cuando las yemas de sus dedos rozaron la base lisa del objeto, aunque no pudo agarrarlo con firmeza. Lo intentó nuevamente, pero justo entonces se quedó paralizada al notar que su asaltante le estaba bajando el camisón por un hombro. Cuando el escote de la prenda no dio más de sí, se limitó a dar un fuerte tirón hasta que la prenda se abrió por una costura.

«No.» Izzy retrocedió al oír cómo la tela se desgarraba, y sintió un espasmo que le cerraba la garganta en el momento en que él tomaba uno de sus pechos en una mano. El calor que emanaba de su palma le abrasó la piel, lo cual despertó en ella una oleada de alarma, y reanudó su frenética búsqueda del candelabro.

Él le masajeó brevemente el pecho y entonces se detuvo. Una vez más. Los cálidos dedos se deslizaban por la piel de ella explorando, trazando los contornos de su pecho. A continuación, levantó un poco la cabeza, permitiéndole a Izzy recobrar el aliento.

—¿Celie? —susurró él.

Viendo su oportunidad, ella se echó a un lado, cogió el candelabro y lo blandió en la dirección en que calculaba que debía de estar la cabeza del hombre, profiriendo un grito tan tremendo que despertaría a un muerto.

Se desplomó sobre ella, un peso casi asfixiante. Izzy lo empujó tratando de zafarse de la presión, cosa que sólo consiguió a fuerza de dar bruscas sacudidas con la pelvis contra la de él.

Justo cuando logró alcanzar el borde de la cama y sacar el extremo del camisón pillado debajo del hombre, la puerta de la habitación de abrió de golpe. La llama de una vela la obligó a apartar la vista. Sujetándose el camisón desgarrado sobre los pechos, permaneció de pie, temblando, mientras el caos estallaba en la pequeña estancia.

—¡Señorita Temple!

—¿Qué...? ¡Dios mío!

—Ese grito...

El alboroto de voces aturdió a Izzy, que extendió la mano para sujetarse del poste tallado de la cama. Deslumbrada, apretó los ojos y las rodillas con fuerza para mantener el equilibrio, ignorando el parloteo de sus, por así llamarlos, rescatadores, para concentrarse en permanecer erguida.

Cuando consiguió que su respiración volviera a la normalidad, cobró conciencia del clamor que se alzaba en su habitación, del olor de las velas de cera de abejas y del hecho de que, después de todo, no hubiera sufrido daño.

Al abrir los ojos tuvo que parpadear rápidamente varias veces para acostumbrarse a la luz de las numerosas velas que portaban los congregados alrededor de su cama. En un montón en el suelo, junto a sus pies, reconoció las formas de una camisa y un pañuelo de hombre. Parpadeó de nuevo intentando reconocer los rostros que la observaban.

Consiguió enfocar la vista justo a tiempo de ver entrar en la habitación a una mujer jadeante. Una belleza. Un ángel.

La exquisita mujer se detuvo alarmada al reparar en la figura que yacía despatarrada sobre el cubrecama.

—¿Eppie? Pero nosotros... —La dama se detuvo con un grito ahogado, y se quedó mirando fijamente, con sus perfectos labios entreabiertos debido a la sorpresa y sus ojos azules abiertos de par en par. Al darse cuenta de que todos los presentes la miraban, la hermosa criatura, alarmada, dejó escapar una exclamación ahogada al tiempo que se llevaba la mano a la boca y se apartaba del centro de la desconcertante escena.

Izzy Temple frunció el cejo y, a continuación, bajó la vista hacia la cama y su asaltante. Cualquier vestigio de temor se disipó al comprobar que el caballero estaba inconsciente. Medio vestido con traje de noche, tenía los brazos extendidos sobre el cubrecama, y el rostro oculto entre sus pliegues.

Exhibía una abundante mata de cabello oscuro y unos hombros anchos y desnudos en aquel momento. Muy anchos. Muy desnudos. ¿A quién le recordaba? ¿Cómo lo acababa de llamar la dama? ¿Eppie?

Oh, Dios mío.

Eppingham Rowley, barón Blackworth, hijo del marqués de Rotham, nieto del duque de Dearingham.

Izzy se quedó estupefacta. ¿Aquel hombre era quien la había tocado? ¿Quien le había dado un susto de muerte? Lord Blackworth era un hombre guapo y rico, futuro heredero de un ducado. ¿Por qué habría de querer asaltar a una solterona en su dormitorio?

—¡Señorita Temple! ¡Oh, pobrecilla! Dios mío...

Pero no acertó a oír nada más cuando su anfitriona, lady Cherrymore, la estrechó contra su seno.

Con la parte inferior del rostro enterrado entre los generosos encantos de la mujer, que era más alta que ella, Izzy apenas alcanzaba a ver por encima de su hombro. Dos de los varios hombres que se congregaban en la habitación dieron la vuelta al cuerpo inerte que yacía sobre la cama y retrocedieron de inmediato entre exclamaciones de sorpresa.

—¡Cielo santo!

—¡Blackworth!

—Había oído que era un libertino, pero esto...

Murmullos horrorizados se oyeron entre los presentes, mezclados con susurros de deleite.

—¿Qué pasa aquí? —Un hombre furioso se abrió paso hasta la cama—. ¡Por Dios! —Se detuvo en seco, boqueando como un pez, con los ojos desorbitados, sin poder dejar de abrir y cerrar la boca.

Desde luego, aquello estaba resultando de lo más entretenido. Los nervios destrozados de Izzy estaban empezando a teñir la escena con un tono de lo más absurdo.

El caballero que acababa de hacer su aparición era alto y poseía una atractiva constitución a pesar de tener una edad en la que el cuerpo de muchos hombres se volvía flácido debido a la buena vida. Su duro rostro emanaba distinción gracias a los mechones de cabello plateado que adornaban sus sienes.

Sin embargo, perdió todo rastro de dignidad al ver al joven en la cama. Cuando el color del atónito caballero comenzó a virar del rojo de la furia al morado oscuro más propio de la ira, Izzy no pudo contener la risa que escapó de sus labios.

—Vamos, querida mía, llore sin miedo —dijo lady Cherrymore—. Ha sufrido una experiencia horrible. —La mujer se puso a darle golpecitos entre los omóplatos—. Menos mal que la oímos gritar a tiempo para detenerlo.

—En realidad yo ya lo había detenido —murmuró Izzy contra el generoso pecho de la dama, aunque la mujer no la oyó.

—¡Eppingham! —bramó el caballero al que acababa de reconocer como el marqués de Rotham—. ¡Eppingham, despierta, maldito beodo! ¿Me estás oyendo? ¡Exijo saber qué significa todo esto!

La figura inmóvil del joven se limitó a emitir un gemido, volviendo a continuación a su estado de silenciosa inconsciencia.

—¿Y bien? ¿Es que nadie sabe qué demonios ha ocurrido aquí? —preguntó el marqués.

—Milord... al parecer, su hijo ha atacado a la señorita Temple en su propia cama.

—¿Cómo? —Se volvió en redondo, con el rostro moteado de manchas contraído en un ceño despiadado—. ¿Dónde está? Sin duda debe de ser una mujer disipada...

Lady Cherrymore se hizo a un lado y dejó ver a Izzy.

El hombre se la quedó mirando sin saber qué decir, pero Izzy sabía lo que estaba viendo. Lo mismo que todos cuando se molestaban en dirigirle la mirada. Demasiado menuda, demasiado insignificante, demasiado mayor. El espejo se lo mostraba cada día. Elevó la barbilla y le devolvió la mirada.

—Yo... yo le pido disculpas, señorita Temple. No me había dado cuenta, quiero decir, que está claro que usted no es... —Incapaz de enmendar sus anteriores palabras, determinó que era mejor seguir vociferándole a su hijo—. *¿Por qué?*

Izzy dejó de prestar atención a los gritos del marqués. El dolor de la evaluación llevada a cabo por él era el insulto final que podía soportar aquella noche. Por qué, había preguntado. Ella también se lo preguntaba. Desde luego, no se podía decir que irradiara belleza por sus poros, al contrario que la mujer que permanecía retraída a la entrada de la habitación.

Ella sí que era ciertamente encantadora. El pelo, de un deslumbrante color dorado, le caía sobre los hombros en artístico desorden, y su figura perfecta se vislumbraba superior aun vestida con unas prendas informes que a cualquier otra mujer le darían el aspecto de llevar un saco de harina atado con hilo de bramante.

Izzy la reconoció, por supuesto. Todo el mundo conocía a la divina Celia, lady Bottomly, la exquisita y joven esposa de un acaudalado lord. Había irrumpido en sociedad el año anterior y de inmediato había pasado a ocupar un lugar destacado entre las damas más deslumbrantes de la clase acomodada londinense.

«Parece tan asustada», pensó Izzy. Cualquiera diría que era a ella a quien buscaba el intruso. Aquello tendría, sin duda, más sentido. Debía de haber atravesado el vestíbulo. Debería haberse metido en su...

Izzy se irguió mientras la bruma de la depresión se disolvía súbitamente. Calibró con la mirada a la encantadora lady Bottomly. Su perfección, su gracia, sus generosas curvas...

Entonces cayó en la cuenta de que Blackworth se había detenido. En un momento dado, mientras la tocaba, se había detenido como sorprendido.

«¿Celie?», había dicho, momentos antes de que lo golpeara en la cabeza. Izzy entornó los ojos para observar a lady Bottomly, y vio la palidez y la actitud temerosa de la mujer con repentina comprensión.

«Se ha equivocado de habitación.» La de lady Celia estaba al otro lado del pasillo. La dama le devolvió la mirada con renovada alarma.

«Sabe que lo sé.» Se miraron la una a la otra durante largo rato hasta que las voces del marqués atrajeron la atención de Izzy nuevamente.

—¡Eppingham, peón del diablo! Esto es lo más bajo que podías caer en tu decadente y hedonista existencia. Pues ¡ésta ha sido la última vez que has deshonrado mi nombre! Te juro por Dios que mañana a primera hora te desheredaré. Y eso no es todo, vicioso depredador de inocentes. Haré que seas llevado ante el juez, ¡espera y verás! Irás a la cárcel, mal nacido...

Gruñendo y con los puños apretados de pura rabia, Rotham no prestaba atención a los gritos ahogados de los presentes.

Oh, Dios. Izzy bajó la vista hacia la pacífica figura de lord Blackworth. Parecía mucho más inocente en aquella postura inerte, más vulnerable ante la creciente ira de su padre. Oh, Dios, no podía permitir que siguiera. Había sido un error. Un desafortunado error, sí, pero aun así, sólo un error, no un crimen.

—Un momento —susurró.

Nadie la oyó. Entonces tragó con dificultad, inspiró profundamente y enderezó los hombros.

—¡Un momento! —El grito acalló los murmullos, y todos los presentes se volvieron a mirarla—. No es lo que parece. Simplemente cometió un error... —Miró a lady Bottomly, que permanecía encogida en el rincón más apartado, mirando aterrorizada hacia la puerta.

Izzy siguió su mirada hacia la amenazadora figura de lord Bottomly, el esposo de Celia. Un hombre obeso, bebedor, con unas tremendas y brutales manos, y unos pequeños y crueles ojos que miraban furiosos a su alrededor. Una sonrisa burlona parecía curvar permanentemente sus labios porcinos.

Izzy sintió mucha lástima de aquella mujer que tanto miedo parecía tener de su propio marido.

—¿Sí? Continúe. ¿De qué se trata entonces? —El marqués señaló con dedo acusador a su hijo—. Esta comadreja viciosa ha quebrantado la ley. La violación es un pecado que ningún hombre...

—No era una violación —dijo entonces Izzy—. Era...

Dirigió una nueva mirada a lady Celia, que movía la cabeza con gesto suplicante. Izzy tenía que buscar otra solución.

Bueno, no le quedaba más remedio. Lo cierto era que ella no se jugaba nada valioso, así que, sin perder ni un minuto más con nuevas deliberaciones, elevó la voz por encima del caos reinante:

—Era una riña de enamorados.

2

Izzy posó la mano en la puerta del salón amarillo, resiguiendo con los dedos el contorno de la madera grabada, aunque sin mirar realmente los querubines de cara redonda que la observaban desde el diseño del adorno.

Lo único que veía era la luz de la vela resplandeciente sobre aquella forma inmóvil en el interior de su memoria. Él estaba allí, esperándola. Lord Blackworth.

Durante la semana que había transcurrido desde aquella extraña noche Izzy había pensado en él constantemente. Recordaba su aroma y la anchura de sus hombros. Le había preocupado haberlo herido gravemente y se preguntaba cómo habría lidiado con su padre, el cual lo había sacado a rastras de su habitación sin dejar de escupir toda clase de improperios.

Izzy sonrió al recordar. Aquel hombre tenía ciertamente un temperamento odioso. Su sonrisa se desvaneció al evocar las reacciones del resto de los ocupantes de la habitación.

Lady Cherrymore se había apartado de ella como si una horrible serpiente la hubiera asustado. Tras el estupor inicial, la estancia se había inundado de murmullos y gritos ahogados. Susurrando precipitadamente, los testigos se habían ido de allí en dirección al pasillo, donde se detuvieron a chismorrear dejándola atrás, como una roca solitaria tras el paso de la marea. No había visto salir a lady Celia Bottomly, en cambio, se quedó a solas con su ofendida prima Hildegard, en quien ni siquiera había reparado hasta entonces.

Izzy apartó el recuerdo de lo que había seguido. Después de soportar el escandalizado sermón de Hildegard varias veces desde que regresaron precipitadamente a su casa, no tenía deseo alguno de revivirlo, ni siquiera en la memoria. Sus pensamientos volvieron a lord Blackworth.

Para ser más exactos, a sus manos. Oh, sí, sus manos habían llenado sus pensamientos no pocas veces en los últimos siete días. Y sus noches.

Sus sueños, mientras dormía y también cuando estaba despierta, contaban ahora con el bagaje de la experiencia vivida. Había sido acariciada, iniciada en algo que difícilmente podría haber llegado a sospechar que existiera. El recuerdo de lo cálidas y grandes que eran las manos de lord Blackworth, de lo fuerte que era, había quedado grabado en su cuerpo como un sello de lacre sobre un documento.

No podía evitar preguntarse cómo habría sido devolverle las caricias, pasión frente a pasión. Sentir aquellas manos sobre su piel nuevamente y tocarlo con las suyas.

Izzy apartó esos pensamientos absurdos. «Nunca lo sabrás.» Era consciente de que debería estar agradecida por ello. Así pues, irguió los hombros, abrió la puerta y entró en la estancia con la cabeza bien alta.

Eppingham Rowley, lord Blackworth, estaba de pie mirando el jardín que se extendía más allá de la ventana. La esperanzadora vista de los nuevos brotes verdes y los delicados retoños florales emergiendo de la melancolía del invierno no parecía ejercer efecto alguno sobre él.

Tan sólo era consciente de su sombrío destino. La vaga sensación que había venido experimentando durante la última semana se había intensificado hasta el punto de que pensó que necesitaba destruir algo, preferiblemente con sus propias manos. Lo peor de todo era que no podía culpar a nadie más que a sí mismo.

La habitación equivocada, gimoteó para sí por enésima vez. La maldita habitación equivocada. Un estúpido error debido al exceso de alcohol, un giro inadecuado en un corredor oscuro. La tímida invitación de una mujer infelizmente casada lo había atraído, las ambiciones de una solterona lo habían atrapado, pero al fin y al cabo, todo era culpa de él.

Ya oía el tintineo de los grilletes del matrimonio a sus espaldas, muy cerca. Hizo una mueca de dolor al recordar una vez más la ira de su padre.

—Te casarás con ella como que hay Dios, ¡y te casarás en seguida! No arruinarás a esta familia con tus debilidades. ¡No dejaré que un asaltante de vírgenes como tú arrastre mi nombre por el lodo!

La voz de su padre resonaba en los confines de su mente una y otra vez, haciéndole apretar los puños. Todos sus recientes esfuerzos por agradar a aquel hombre habían quedado reducidos a cenizas debido a un único y desastroso error.

Si les diera motivos, su padre y su abuelo no dudarían en usar la espada de Damocles que durante años había pendido sobre su cabeza; Eppie tenía que casarse o se arriesgaba a perderlo todo. Maldijo la mala suerte que había hecho que su abuelo modificara la línea heredera de sus propiedades. En ese momento, a Eppie nada le aseguraba la herencia; no tendría seguridad de recibirla hasta que su abuelo firmara el documento de disposición sucesoria.

Pero lo peor era con quién tenía que casarse para obtener esa herencia. Una mujer a la que no había visto en su vida. No a la luz del día, ni a cualquier otra luz, para el caso. El resentimiento se alzó en su interior contra aquella mujer sin rostro. ¿Por qué demonios había tenido que hacer semejante afirmación?

Amantes. Su declaración lo había arruinado. El único motivo para hacerlo tenía que ser su desesperación por pillar marido. Era una ley de vida que las mujeres querían casarse y los hombres no. En su rostro se dibujó una mueca. Se daba por supuesto que un caballero se casaría con la mujer cuya reputación había destruido. Era una cuestión de honor, pero algo que Blackworth habría evitado de haber podido.

Amantes. Movió la cabeza negativamente, al tiempo que se pasaba los dedos por el cabello. Tenía un vago recuerdo de haberse encaramado a la cama de la deliciosa Celia, que no había resultado ser Celia ni de lejos.

Lo siguiente que recordaba era haberse despertado con un inmenso chichón en la cabeza y un dolor que no había hecho sino empeorar con la diatriba de su padre. Para cuando logró escapar al fin y llevarse a su amigo de la infancia, el vizconde Stretton, aparte, lo único que éste había podido decirle respecto a su futura prometida era que se trataba de una criatura menuda y sin ningún atractivo.

—Decididamente de las que se quedarían para vestir santos, amigo mío, sin duda alguna. —Ésa había sido la opinión de su afligido amigo. Y, a continuación, Eric le había dado una palmadita en el hombro junto con la lúgubre despedida de un hombre que ve marchar a su amigo a una muerte segura.

Lord Blackworth cerró los ojos para no ver el alegre escenario que se extendía más allá de la ventana. Su única esperanza era que la mujer no fuera demasiado mayor como para no poder darle hijos, ni demasiado poco agraciada como para no desear procrear con ella. Un escalofrío lo recorrió al pensar en el sombrío futuro que se abría ante él, tan distinto de los extravagantes sueños que había albergado en su juventud.

Al oír que la puerta se abría y una suave voz se dirigía a él, abrió los ojos y se dio la vuelta.

Bueno, al menos era joven, aún estaba en la veintena. Había temido que sobrepasara los treinta y cuatro que tenía él.

Aparte de eso, poco había que decir en su favor. Era bastante menuda, casi de la altura de una niña. Delgada, lo cual era algo. Un prudente alivio comenzó a invadirlo. Por lo menos, no era repulsiva, aunque poco se podía ver bajo el atroz vestido que la cubría.

Era evidente que no poseía ningún gusto por la moda.

Tampoco se podía decir mucho sobre su color. Claro que el desvaído tono gris verdoso de su atuendo habría hecho que cualquiera tuviera un aspecto pálido. Llevaba el pelo recogido hacia atrás y oculto bajo una enorme y horrorosa cofia, lo que daba la impresión de que llevara un extraño y pesado bulto en la cabeza. Confiaba en que fuera culpa de la cofia, y que no tuviera en realidad una grande e informe cabeza.

Blackworth se dio cuenta de que ella también lo estaba estudiando a él, y de que estaban a solas en la habitación.

—¿Dónde está su prima? ¿O su doncella? —le espetó él.

—No tengo doncella —respondió la mujer al tiempo que ladeaba la cabeza y le sonreía con ironía—. No debe temer por mi reputación, milord. Como ya sabrá, no tengo reputación alguna.

—Esto... sí. Lo sé.

Oh, Dios, estaba empezando a sonar como su padre.

—El motivo de mi visita, señorita Temple...

—Izzy.

—¿Qué? —Sorprendido, se preguntó si sería una de esas chifladas que no podían dejar de pronunciar palabras sin sentido de vez en cuando.

—Mi nombre, lord Blackworth, es Izzy.

No podía ser. Parpadeó varias veces asombrado.

—¿Izzy?

—Izzy.

Ella dejó escapar una suave carcajada al ver la mirada de desconcierto del hombre. Era un sonido maravilloso. Una absoluta delicia para el oído. Blackworth deseó escucharlo de nuevo.

—¿Izzy?

—Exactamente —respondió ella, riéndose de buena gana.

Desarmado por completo, Blackworth le sonrió con asombro.

Ella abrió los ojos de par en par.

—Oh, Dios mío, está usted arrebatador cuando sonríe. —Izzy agitó las manos con dramatismo, abanicándose el rostro con ellas—. Pare, se lo ruego. No puedo pensar cuando lo hace.

Entonces le tocó el turno de reír a él, al tiempo que negaba con la cabeza, incrédulo con creciente sorpresa. ¿Cómo podía ocultarse semejante ingenio bajo aquel vestido y aquella cofia? Intrigado, le hizo un gesto para que se sentara, y él procedió a sentarse a su lado en el sofá tapizado y de madera dorada.

—Bien, exactamente Izzy, tenemos que discutir nuestra situación.

—¿Nuestra situación, milord? ¿Y de qué situación se trata?

—Bueno, para empezar, tal vez podría decirme por qué... —«mintió usted»—, por qué inventó que teníamos una relación.

—¿No lo sabe? Sí, claro, supongo que estuvo inconsciente todo el tiempo. —De repente, abrió mucho los ojos—. Dios mío, ¿cómo está su cabeza, milord? Le ruego que me perdone, pero debe comprender que estaba muy asustada. —Se inclinó entonces hacia adelante y lo miró en busca de los daños ocasionados.

¿Que la perdonara? Él había irrumpido en su habitación en plena noche y, bebido, se había subido a su cama, ¿y ella le pedía que la perdonara? Sin duda, se trataba de una reacción de lo más extraordinaria.

Deteniendo el discurrir de sus pensamientos, la miró con suspicacia.

—Señorita Temple, me gustaría que me dijera lo que

ocurrió realmente. Da la casualidad de que yo, ya ve, no lo sé. Es decir, sí lo sé, aunque...

—No se preocupe, milord. No fue tan malo como piensa. Se habría detenido aunque no lo hubiese golpeado, quiero decir. Para entonces, se había dado cuenta de que yo no era quien usted esperaba... —Izzy desvió la mirada un momento—. Sé que se habría detenido, estoy convencida. No era necesario que lo hubiera golpeado, pero estaba muy nerviosa, ya que... bueno, me había desgarrado el camisón... —Se detuvo, sonrojada.

¿Que le había desgarrado el camisón? Cielo santo, era peor de lo que pensaba. Casi la había violado.

Tal vez su lugar estuviera en la cárcel, después de todo.

Por primera vez se le ocurrió preguntarse lo que habría sido para ella despertarse ante semejante asalto a su intimidad. Sintió que se le revolvía el estómago sólo de pensarlo. Aunque su intención no había sido hacerle daño, y ella ya no parecía tenerle miedo, la culpa se apoderó de él. Podía ser que ya no le temiese, pero en el momento, debió de sentirse aterrorizada e indefensa.

Bueno, no tan indefensa, según se empeñaba en recordarle su dolorida cabeza. Gracias a Dios que había frenado sus avances. Le sonrió con verdadero alivio.

—Señorita Temple, me asombra usted. Tal vez este matrimonio sea algo bueno, después de todo.

—¿Matrimonio? —preguntó ella con voz trémula.

—Bueno, estoy seguro de que comprende que nosotros... Quiero decir, mi padre insiste en que... ¿Señorita Temple?

Al verla prorrumpir en incontrolables carcajadas se sintió ofendido. De acuerdo que sus palabras no podían considerarse una proposición en toda regla, pero era la primera vez en su vida que lo hacía, y significaba mucho para él. Pero entonces su contagiosa risa lo arrastró, y acabaron riendo los dos a carcajadas.

¿Qué tenía esa chica?

—Oh, Dios. Lo siento. Estaba representándome la escena en mi cabeza. Suelo hacerlo, ya ve. Me he puesto a imaginar el rostro de su padre mientras le decía que tenía que casarse.

Todavía temblorosa, Izzy se recostó en el respaldo del sofá.

—¿Hizo... hizo eso... eso que hacen los peces? ¿Lo llamó un loco asaltante de... de inocentes? —prosiguió Izzy, y le sonrió.

Él se quedó embobado ante la dulzura de su sonrisa. Sus pequeños y regulares dientes blancos relucían, y unos pequeños hoyuelos se adivinaban en sus mejillas, otorgándole un aspecto de intrigante encanto.

De pronto, el significado de sus palabras penetró en su cerebro y se quedó mirándola fijamente.

—¿A qué se refiere con eso que hacen los peces?

Ella se irguió en el asiento, al tiempo que se serenaba.

—Lo siento, milord. Sin duda, me he excedido.

—Explíquese. —Blackworth la miró con los ojos entornados.

Ahora sí que había metido la pata, pensó Izzy. Abriendo mucho los ojos, trató de buscar una vía de escape. Miró el horrible y recargado saloncito, que se limitó a seguir tal cual, sin sugerirle ninguna escapatoria posible. Entonces sintió que unos cálidos dedos le cogían la barbilla, y se vio obligada a mirar a los ojos velados de un hombre súbitamente peligroso.

—¿Qué es eso de los peces? —repitió.

No tenía alternativa.

—Verá, aquella noche, cuando todos entraron y lo encontraron en mi cama, y supusieron que usted me había... Bueno, su padre irrumpió en la habitación, ya sabe, boqueando como un pez. Abrir, cerrar; abrir, cerrar; abrir... —Se detuvo, segura de que la férrea mano de la nobleza caería sobre ella. Observaba a Blackworth como un conejo observaría a un halcón, con fascinación a pesar de saber que la muerte estaba próxima.

El hombre le sujetó con más fuerza la barbilla, con los labios apretados en una línea estrecha y blanquecina. Los tendones de su cuello se tensaron y comenzó a temblar de... ¿ira?

Una sonora carcajada disipó todos los miedos de Izzy. Él se estaba riendo. Había estallado en estruendosas carcajadas. Aturdida de alivio, Izzy decidió que aquel hombre le gustaba, le gustaba mucho. Tal vez demasiado.

Sus ojos lo estudiaron con una ansia que no quería admitir ni siquiera ante sí misma. Qué hombre. Era alto, eso sin duda, y tenía unos hombros anchos, una abundante mata de pelo oscuro y rebelde, y un sensual gesto en los labios que la obligaba a controlar un escalofrío cada vez que los miraba.

—¿Un pez? —logró decir Blackworth entre risas—. Oh, Dios. Es fantástico. Le viene como un guante. —Le sonrió—. Suena como algo que bien podría haber dicho mi hermano.

¿Un hermano? Era verdaderamente asombroso que pudiera haber sobre la tierra dos hombres igual de hermosos.

Pero no, había hablado de su hermano en tiempo pasado. Al parecer, ya no estaba en este mundo.

Izzy dejó de sonreír. Se sintió triste. Ella conocía esa clase de dolor, el vacío que dejaba la pérdida de alguien. Lo sentía a diario. Con un gesto impulsivo, posó su mano en la de él.

—Lo siento. Debe de echarlo mucho de menos.

La sonrisa de Blackworth se desvaneció, y la miró largo y tendido.

—Sí, aún le echo de menos. Supongo que siempre lo haré. Era mi mejor amigo.

—¿Qué le ocurrió? O tal vez no desea hablar de ello.

—Hay poco que decir. Murió mientras cazaba en Dearingham. Nadie sabe realmente qué ocurrió. —Su expresión se había tornado impenetrable de nuevo y fría.

Su voz sonó desapasionada, aunque Izzy podía ver el dolor en sus ojos. Le apretó la mano con más fuerza.

—¿Tiene más? Hermanos, quiero decir.

—No, sólo Manny y yo. El heredero y el otro. —Sus labios dibujaron una cínica curva.

—No puedo creer que su padre llamase así a su hermano. El otro. Qué cruel.

—No, claro que no. *Yo* —dijo con la misma sonrisa seca— era el otro. Recuerdo que lo decía a menudo.

Izzy se puso furiosa.

—Lord Blackworth, no me gusta su padre. No me gusta nada.

Él negó con la cabeza, incrédulo.

—Señorita Temple, cuando nos casemos, no debería enfrentarse a él. Mi padre jamás olvida un insulto. Podría ponerle las cosas muy difíciles.

—Oh, Dios. ¿Ya estamos con eso otra vez? Lo siento mucho, lord Blackworth, me parece usted un caballero muy agradable, pero no tengo deseo alguno de casarme.

«¿Soy libre entonces?»

Aun así, tras una primera sensación de alivio, Eppie se dio cuenta de que no podía permitir que rechazara su proposición. Su futuro y el de ella dependían de aquel matrimonio.

—Señorita Temple, sabe que *debemos* casarnos. Su reputación así lo requiere.

—Oh, pero es que a mí no me importa mi reputación, milord. —Le dio unas palmaditas en la mano y se la soltó—. Pero gracias por tan amable oferta.

Se levantó y le dedicó una sonrisa educada.

—Y ahora, supongo que tendrá que irse. Le acompañaré a la salida. Ha sido un placer haber pasado este rato en su compañía. Espero que vuelva a visitarme algún día.

Eppie le agarró la mano y, tirando de ella, hizo que se sentara de nuevo en el sofá.

Demasiado sorprendida como para resistirse, Izzy lo hizo.

—Es usted una persona decididamente física, ¿no es así, milord? —dijo ella, riéndose entrecortadamente.

—Le pido disculpas, señorita Temple. No suelo maltratar a las mujeres.

Ella lo miró arqueando una ceja, como recordándole su primer y poco ortodoxo encuentro. Él se sonrojó.

—Mi querido lord Blackworth, no es necesario. Ser una mujer deshonrada no me parece tan mal. No tenía idea de lo infeliz que era viviendo bajo el yugo de las exigencias de la sociedad respecto a la virtud y el decoro. La vida de una mujer soltera es difícil. —Alzó una mano para hacerle callar al ver que se disponía a interrumpirla, y después continuó—: Pero la vida de la mujer casada es aún peor. No tengo deseo alguno de convertirme en propiedad de ningún hombre. Es algo que no se adaptaría a mi forma de ser, me temo. No tolero bien la autoridad —le confesó con serenidad—. No necesito que un hombre me mantenga, ya que mis padres me dejaron una pequeña herencia con la que puedo vivir. Y por lo que respecta a la deshonra, ahora podré vivir sola. Estoy impaciente por poder hacerlo, ¿sabe? Mis parientes son mezquinos en extremo y... bueno, no es necesario que entre en detalles.

No se daba cuenta de que ya había desvelado demasiado. Eppie imaginó perfectamente la vida que llevaba allí, con aquellos lúgubres y exigentes Marchwell. Miró a su alrededor.

Respecto a la calidad, era casi tan buena como la de su propio hogar. Sin embargo, en lo referente al gusto, era ostentoso hasta la atrocidad. Tono sobre tono de un fuerte amarillo dorado cubría todas las superficies. Cortinajes, alfombras, tejidos, todo de un cegador y desagradable dorado. Las texturas competían con los dibujos hasta la náusea.

Supuso que los Marchwell pertenecían a esos que sólo gastaban el dinero allí donde podían hacer ostentación de ello.

—No tengo deseo alguno de cambiar mi recién descubierta libertad por los grilletes del matrimonio —prosiguió Izzy—. Estoy segura de que usted será un buen esposo para cualquier otra mujer, pero yo no necesito uno.

¿Cómo podía convencerla? Consideró la posibilidad de raptarla y huir con ella a Gretna Green. Sólo sería un trayecto de dos días en coche si hacía buen tiempo...

En su cabeza giraban todo tipo de locos planes, pero ninguno de ellos era viable. Sentía que lo que había sido su único objetivo en los últimos veinte años, se le escapaba entre los dedos.

—Sin duda seré desheredado mañana, antes de que se ponga el sol.

Izzy ahogó un grito.

—¡No! Su padre no haría algo así, ¿verdad? ¿Lo haría? Oh, Dios. Claro que lo haría. ¡Maldito sea ese hombre! —Se levantó de un salto y comenzó a dar vueltas por la estancia.

Eppingham observó su trasero mientras ella caminaba ante él por la estancia. Lo que podía ver de su figura desde allí no merecía objeción alguna. En realidad, por la parte de atrás su cuerpo era bastante atractivo. Sintió la leve necesidad de descubrir lo que habría debajo de aquel horrible vestido.

—Vamos, milord, tenemos que pensar. Maldito hombre. Pensé que ese problema ya había quedado solucionado.

Blackworth centró su atención en ella.

—¿Qué quiere decir con que creyó que ese problema ya se había solucionado?

—Al confesar nuestro tórrido romance, claro. Algo horrible le habría ocurrido a usted si no lo hubiera hecho. Y no podía decir la verdad y destruir a la pobre lady Bottomly. —Agitó la mano en el aire como quitándole importancia al asunto—. ¿Cómo podríamos resolver esto, milord? No debemos permitir que su padre se salga con la suya.

Blackworth había dejado de escuchar. La habitación daba vueltas como si el mundo girara sobre su eje.

¿Aquella mujer había sacrificado su buen nombre para evitar que a él lo desheredasen? ¿Por qué habría hecho algo así por un extraño, y después de la forma en que la había asaltado? Él había creído que no se había tratado más que de una maniobra para conseguir un esposo con título, y sin embargo la sinceridad que había en el rechazo de la mujer era innegable. Estaba claro que no tenía intención alguna de manipularlo para llevarlo ante el altar. ¡Y además sabía lo de Celia!

Lady Celia Bottomly tenía todo lo que cualquier mujer desearía: belleza, riqueza y posición. Encantos de los que la señorita Temple carecía por completo. La mayoría de las mujeres que conocía envidiaban a Celia, y ninguna titubearía en destruirla. Lo que nadie sabía —el terrible secreto de la dama— era lo infeliz que se sentía en su relumbrante modo de vida. Su esposo era una bestia abyecta y su matrimonio una prisión.

La señorita Temple había visto lo que había en el fondo del corazón de ambos, de él y de Celia, y había desviado lo que podría haber sido un tremendo desastre con un diestro gesto de su delicada mano, aun arruinando su nombre con ello.

Eppingham no lograba comprender aquel sacrificio. Estaba acostumbrado a una existencia de disfrutes y excesos. No hacía promesas, evitaba las ataduras. Con sólo placer que ganar y aburrimiento que perder, había vivido todo tipo de experiencias sin vergüenza alguna, sin preocuparse por los demás en ningún momento. Incluso la compasión que sentía por Celia no era más que el producto de su deseo de acostarse con ella.

—Señorita Temple, yo... —comenzó a decir, haciendo que ésta se volviera y lo mirase.

—¡Sí! Ya está. ¡Tenemos que prometernos! —exclamó ella.

—Bueno, sí, ésa era mi intención...

—No, no quiero decir que vayamos a casarnos. Me niego. ¡Sólo nos prometeremos! —Izzy le sonrió con satisfacción—. Será un compromiso largo y afable, para dejar que se calmen los ánimos, y después lo dejaré plantado. ¿Comprende? Yo seguiré con mi vida, y usted seguirá con la suya, y tras, digamos, seis meses, nos separaremos felices y contentos.

Sentándose junto a él en el sofá, dejó escapar un profundo suspiro. Eppie se preguntaba si sería tan inocente como parecía. En el ambiente en que él se movía, estaba acostumbrado a la diestra manipulación y a los calculados flirteos de las mujeres. Izzy Temple era tan distinta de todas ellas como la noche y el día.

Un compromiso a él también le parecía bien. Claro que su padre no le permitiría romperlo, pero eso ella no tenía por qué saberlo.

—Entonces estamos de acuerdo —dijo—. Nos comprometeremos de inmediato. Sin embargo, querida, el cortejo no podrá desarrollarse tal como usted lo ha descrito. La sociedad no lo creería y, lo que es más importante —levantó una mano cuando vio que ella iba a poner objeciones—, mi padre no lo creería. No, será necesario guardar las apariencias, al menos mientras dure.

Izzy sabía que tenía razón. Tendrían que interpretar el cortejo de forma verosímil a los ojos de la aristocracia. No podía permitir que aquel hombre horrible le arrebatara a lord Blackworth su herencia.

Comprendía lo importante que una herencia podía ser. La de ella marcaría algún día la diferencia entre una vida con opciones y la mera existencia víctima de las cadenas de la sociedad, intangibles, pero muy reales.

La atracción que aquella libertad ejercía sobre ella, a veces era lo único por lo que mantenía la cordura. Atrapada entre las expectativas de su familia y las de la comunidad, Izzy contaba los meses y los años que le quedaban para alcanzar la edad en que pasaría a ser considerada una solterona; y cifraba sobre los treinta.

Entonces podría entrar en posesión de los ingresos que había acumulado desde que cumpliera los diecinueve años, y se iría. Y sabía perfectamente adónde quería ir. El lugar que para ella era sinónimo de libertad: Norteamérica.

Sonrió para sus adentros. Con lo ocurrido, ya no tenía que esperar más. Tal vez la semana siguiente pudiera encontrar una habitación en algún sitio donde lord Blackworth y ella pudieran perpetrar su plan. Cuando su «compromiso» terminara, sería libre para irse y emprender una vida independiente en Norteamérica. Y así se lo dijo a lord Blackworth.

Éste negó con la cabeza.

—¿No estará pensando en vivir sola en una habitación de alquiler? Ya se lo he explicado, eso sería un escándalo. Ante todo, es necesario guardar las apariencias. Debemos llevar a cabo un cortejo inmaculado. Yo la acompañaré a todas partes y vendré a visitarla con asiduidad. Sé que desea librarse de los Marchwell, pero ellos son esenciales para nuestro plan.

—¡No, no puedo quedarme aquí! No tiene idea de lo que ha sido la última semana para mí. La censura, el bochorno, no podría aguantar así seis meses más. Deseo ayudarlo, pero no puedo permanecer aquí el tiempo que hemos acordado. —Un escalofrío le recorrió el cuerpo—. No soy tan valiente.

Él adoptó un aire serio, consciente del alcance de su angustia.

—No tiene de qué preocuparse —dijo—. Cuando yo termine con los Marchwell, pensarán que están hospedando a un miembro de la realeza. Y no hay necesidad de esperar seis meses. Bastará con llegar al final de la temporada. Así que ya ve, querida, podemos seguir adelante con nuestro plan. Tal vez disfrute de nuestro tiempo juntos. El mundo de la alta sociedad puede ser muy entretenido. La temporada dará comienzo dentro de tres semanas con el baile que dan los Waverly. Comenzaremos nuestra representación entonces.

—¿Un baile? —A juzgar por su tono asustado parecía que estuviera hablando del séptimo círculo del infierno—. ¿Y qué pinto yo en un baile?

3

Blackworth frunció el cejo.

—Por supuesto que asistirá. Sería muy notorio que no lo hiciera.

—No puedo. Simplemente, no lo haré —dijo Izzy, con tono áspero.

Blackworth suspiró pesadamente.

—Puede que tenga razón. Tal vez todo esto sea pedirle demasiado. Será mejor que regrese y le diga a mi padre que he fracasado estrepitosamente. —Suspiró una vez más, con gran dramatismo—. Querrá ponerse en contacto con su abogado de inmediato.

Se levantó y se inclinó besando la mano de ella. Después la miró a los ojos, sonriéndole con tristeza.

—Le agradezco sus esfuerzos, señorita Temple. Siempre la recordaré con cariño.

A continuación, hizo ademán de marcharse.

Esta vez fue Izzy quien le sujetó la mano con las dos suyas y tiró de él. Con una carcajada de sorpresa, Blackworth cayó sobre el sofá, con la cabeza en el regazo de ella.

—¡Présteme atención, lord Blackworth! No lo dejaré marchar. No permitiré que haga eso. Y si tengo que exhibirme en un baile y ser humillada, que así sea. Al fin y al cabo no es algo que tenga tanta importancia.

Él le dirigió una amplia sonrisa.

—Salvarme se está convirtiendo en una costumbre, señorita Temple.

A ella el pulso se le aceleró. Aquella sonrisa la conmovía profundamente. Era tan guapo; como un héroe griego. La sólida columna de su cuello se elevaba por encima de su corbata, y el pulso se le veía latir con normalidad, al contrario que el suyo. A través de su falda, en el regazo podía sentir la calidez que él irradiaba. Izzy casi empezó a temblar de la tensión que sentía en el estómago. Recordó entonces el calor de sus manos sobre ella aquella noche y el recuerdo la dejó confundida.

¿Qué era eso que sentía? Se notaba débil y fuerte al mismo tiempo, temerosa y audaz. Lo miró con embeleso a los ojos, tan próximos a los suyos.

Eran dorados, pensó. No marrones. Oro viejo, como el de los tesoros bruñidos descubiertos bajo tierra pertenecientes a culturas antiguas. Oro reluciente, como el ojo de un tigre.

—Le he dicho que no me sonría de esa forma —susurró—. Ahora no recuerdo de lo que estaba hablando.

Blackworth sonrió ampliamente y se incorporó.

—Como quiera. Y ahora dígame por qué cree que un baile sería algo humillante para usted. Hay mujeres que encuentran agradable, incluso deseable, ser acompañadas por mí a un baile.

Izzy agitó la mano ante él con gesto de negación.

—Oh, no es por usted. —Se levantó y se acercó a la ventana con las manos unidas a la espalda.

Había pensado que asistiría al devenir de los acontecimientos como carabina de Millie. Los últimos meses habían estado dedicados a los preparativos del debut en sociedad de la hija pequeña de los Marchwell. A través de algunos lejanos parentescos, por ejemplo la difunta madre de Izzy, los Marchwell gozaban de una posición lo bastante buena como para albergar la esperanza de que su hija pequeña se casara con un miembro de la aristocracia.

Izzy suspiró al recordar los exquisitos tejidos y lazos que su joven prima había escogido para sus vestidos. No se había reparado en gastos, ya que el único cometido en la vida de Millie era casarse bien, de modo que los Marchwell subieran puestos en el escalafón social y financiero.

Incluso a Izzy le habían comprado un vestido nuevo. Una sombría prenda más propia de una octogenaria. Era mejor mantener su insignificancia, había dicho Hildegard, para así resaltar la belleza de la joven.

Izzy había observado con ojos soñadores la exquisita confección de los vestidos que habría de llevar su joven prima. Eran algo recargados y frívolos, pero no dejaban de ser vestidos de baile, algo que ella nunca había poseído.

Inspirando profundamente, trató de recuperar la compostura. Explicarlo iba a ser tan humillante como experimentarlo, pero no le quedaba más remedio.

—Lord Blackworth, estoy segura de que no se le ha pasado por alto que no soy ninguna belleza. Lo sé bien. Y resultará obvio en un baile. Creo que debería usted comprender hasta qué punto. Llevarme como su prometida me colocará en el centro de las miradas. Todos los ojos estarán puestos en nosotros, en el contraste. Lo haré, por supuesto, como le he prometido, pero no espere que disfrute con ello.

—Y se quedó mirando por la ventana, incapaz de mirarlo a él.

—¿Acaso tiene la impresión de que todas las mujeres que asisten a los bailes son hermosas? —preguntó Blackworth—. Si la belleza fuera un requisito, la mitad del *haut monde* quedaría excluido.

Frunciendo el cejo, la estudió detenidamente tal como se encontraba, de pie, a la luz que entraba a través de los cortinajes abiertos. Era realmente contradictorio ver tantos miedos y tanta ferocidad recubiertos por una envoltura tan menuda.

—Por supuesto. Damas hermosas con vestidos hermosos, y yo sólo lo dejaré en ridículo.

Por la forma en que pronunció la frase, parecía casi como una lección aprendida de memoria en clase.

—Eso es ridículo. Señorita Temple, míreme.

Izzy se dio la vuelta, aunque no lo miró a los ojos.

—Dígame, ¿le parece hermosa lady Cherrymore?

—No especialmente, aunque posee otros... encantos bastante espectaculares. Pero ya tiene cierta edad, y está casada. Ya no debe exhibirse.

—Bien, consideremos entonces a lady Cherrymore.

A juicio de Eppie, no había mujer con menos atractivo. El miedo en los ojos de Izzy pareció ceder un poco. Pero entonces regresó.

—Siempre lleva unos vestidos muy bonitos. Es aceptada porque es evidente que encaja —continuó Izzy.

Él seguía sin comprender. Y quería hacerlo. Ni siquiera se paró a pensar en lo impropio que era en él desear comprender a Izzy. Aquella mujer lo intrigaba con su obvia indiferencia hacia la sociedad en ciertos aspectos y su exagerada consideración en otros. Quería que Izzy pudiera ver y experimentar un lado de la vida que no había conocido hasta el momento.

Blackworth se levantó y se colocó tras ella. Tomándola de la mano, la obligó a darse la vuelta para mirarlo. A continuación, y con la vista a la altura de la parte superior de su horrible cofia, dijo suavemente:

—Querida mía, usted también llevará un hermoso vestido y será aceptada. Dígame, ¿por qué se muestra tan reticente? Bastará con que se ponga su vestido más bonito y yo me ocuparé del resto.

Ella inspiró.

—Lo llevo puesto.

Él la miró horrorizado. No podía ser. Aquel vestido no era digno ni de una sirvienta. Anodino e informe, no se parecía siquiera a los vestidos bien cortados que había visto en las doncellas.

¿No tenía vestido de baile? Al parecer no tenía ningún vestido excepto aquella prenda, práctica pero atroz. Su enojo y disgusto hacia los Marchwell no hizo sino aumentar. ¿Es que aquella gente no se detenía ante nada?

Sí, también podría hacer algo para reparar aquella situación. Sonriendo, la imaginó vestida con un pequeño y delicado vestido azul. Seguro que no estaría tan mal en cuanto se quitara aquellos horrorosos trapos. Era delgada y, a juzgar por la mano que sostenía en las suyas, de constitución delicada. Sin duda, pasaría por una dama de la alta sociedad. Eso debería bastar.

—Si le prometo que yo me ocuparé de todo, ¿asistirá? —preguntó él.

Ella asintió.

—Mi querida Elizabeth, no permitiré que nadie la humille. ¿Me cree?

—Creo que lo intentará. —sonrió. En seguida, le dirigió una mirada risueña—. Lord Blackworth, me sorprende que haya sido capaz de proponer matrimonio a una mujer sin conocer siquiera su nombre.

—¿Qué? —Aquella mujer había vuelto a dejarlo atrás con su agudo ingenio. Momentos antes parecía perdida, y ahora se erguía ante él en actitud desafiante, los brazos en jarras.

—Mi nombre es Isadora, no Elizabeth. —Izzy rompió su pose con una carcajada seguida de una mueca—. Casi tan malo como Eppingham, creo. Oh, Dios, lo siento, tal vez le guste su nombre. Estoy segura de que tiene algún significado para usted, después de todo. —Y lo miró con actitud avergonzada.

Él respondió sonriendo ampliamente.

—No, lo detesto. Siempre lo he hecho. Aunque el de mi hermano era aún peor.

—¿Peor? —repitió ella, enarcando una ceja.

—Mandelfred.

—¿Mandelfred? ¿Y Eppingham?

—Mi padre insistió. —La mirada de divertido horror que se dibujó en el rostro de Izzy lo hizo sonreír—. Pero tendrá que acostumbrarse, Isadora. Si vamos a interpretar un compromiso convincente, no puede acobardarse ahora y llamarme constantemente «milord».

Tomó de nuevo su mano y la condujo hasta el sofá.

—Oh, Dios. Se ha dado cuenta. Lo siento, pero es que

no puedo llamarle Eppingham sin echarme a reír. Tenemos que encontrar una solución.

—Bueno, mis allegados me llaman Eppie...

Izzy dejó escapar un resoplido; exactamente eso, al tiempo que se llevaba las manos a la boca y se deshacía en un ataque de risa. El bochorno que sentía no hizo sino aumentar la risilla nerviosa, hasta que dio la espalda a Blackworth en un intento de recuperar la compostura.

Él se reclinó en el respaldo mientras se deleitaba con el chispeante sonido, dejando que aquel fondo de risa lo caldeara como la luz del sol.

Rara vez prestaba tanta atención a una mujer si no era para acostarse con ella. Sin embargo, tenía la sensación de que el tiempo que pasara con Izzy acabaría resultándole satisfactorio. Algo sorprendido por la conclusión a la que había llegado, la contempló nuevamente.

Su postura, tal como estaba, dándole la espalda, con el trasero hacia él y rodeándose la cintura con los brazos mientras trataba en vano de recuperar el aliento, distaba mucho de resultar seductora. Acostumbrado como estaba a las posturas que se consideraban adecuadas para las damas de su círculo, estaba realmente impresionado con la naturalidad que desplegaba aquella joven, cándida como una niña o, tal vez, como las criaturas salvajes que poblaban los bosques. Parecía libre. Se preguntó si sería la pérdida de su reputación lo que le proporcionaba esa libertad. En caso de ser así, tenía sus dudas sobre si devolvérsela o no.

Le sonrió con renovada calidez mientras observaba cómo se enjugaba las lágrimas que la risa le había provocado. No, prefería que su pequeña Izzy siguiera siendo como era. Una sensación repentinamente posesiva se apoderó de él, aunque se negó a concederle mayor importancia.

Se dijo que la peculiar situación hacía que se sintiera responsable de ella. Estaba en deuda con la muchacha por haberlo defendido aquella noche, y sabía de sobra que no era capaz de sentir nada más profundo por ella.

—Si se considera capaz de continuar, querida, entonces tenemos que discutir ciertas cosas —le recordó él.

—Ay, sí, lo sé. Lo siento. Es que a veces mi imaginación se desboca. Me estaba imaginando...

—Basta. —Blackworth levantó una mano en el momento en que los hombros de ella comenzaban a temblar nuevamente—. Controle ese pensamiento caprichoso, señorita Temple, o me veré obligado a llamar a su prima Hildegard para que haga que recupere el decoro.

Ella inspiró profundamente y le sonrió.

—Ya está, milord, he recuperado la compostura. Estoy segura de que comprenderá que no puedo llamarlo por ninguno de esos nombres. Tendremos que ser más formales que la mayoría. —Se acercó a él en el sofá—. A menos que haya alguna otra alternativa —terminó ella, alisándose la falda del vestido mientras lo miraba con una ceja levantada.

—Bueno, tengo un segundo nombre, aunque nunca nadie me llama así. Yo también lo prefiero, pero nadie me ha dado la opción.

—¿De verdad? —Izzy se inclinó hacia él—. ¡Debe decirme cuál es ese nombre en seguida!

—Mi segundo nombre es... —dudó un momento, lleno de curiosidad por la reacción de ella—... Julian.

—¿Julian? Qué nombre tan maravilloso —musitó y,

apartándose de él, lo observó de pies a cabeza—. Sí. Estoy segura de que ese nombre le pega. No tendré problema en dirigirme a usted como Julian, milord —dijo ella ofreciéndole su mano en actitud juguetona—. Tal vez deberíamos presentarnos de nuevo. Hola, Julian, me llamo Isadora.

Julian tomó la mano que le ofrecía y se la llevó a los labios.

—Buenas tardes, mi querida Isadora. —Y le sonrió, disfrutando de veras con su juego.

Sin soltarle la mano, se la llevó al corazón y, deslizándose del sofá, se arrodilló frente a ella.

—Y ahora que nos hemos presentado como Dios manda..., corazón mío, mi amor —bromeó él—, ¿me harás el hombre más feliz de la tierra? ¡Cásate conmigo, mi adorable Isadora!

El temblor que recorrió el cuerpo de Izzy al decir él aquellas palabras debió de ser imaginación suya, ya que ella se limitó a reírse mientras le daba una palmadita en el hombro con la mano libre en actitud divertida.

—Déjalo ya, tremendo truhán.

—¡No hasta que me des el sí, mi delicioso bombón! —Julian se llevó la mano a los labios y comenzó a besarle con gran sonoridad los nudillos repetidas veces—. Mi dulce, mi pastelito de azúcar, mío y sólo mío.

—Oh, ya está bien, Julian, tunante idiota, supongo que tendré que casarme contigo —dijo ella con tono aburrido mientras se miraba las uñas con aire distraído.

Su juego se vio interrumpido cuando la puerta del salón se abrió con gran estruendo y Hildegard Marchwell irrumpió en la estancia.

—¡Izzy, descarada! Spears me ha informado de que estabas aquí a solas con un hombre...

Inclinándose con un grito ahogado, contempló a los dos, que permanecían en la clásica postura de la petición de mano.

—¡Ay, Dios mío! ¡Lord Blackworth!

Con los ojos abiertos como platos por la sorpresa, durante un momento, Hildegard no pudo articular palabra. Sin embargo, su naturaleza oportunista se recuperó rápidamente.

—Debería haber imaginado que un hombre como usted no deshonraría a una chica inocente como Izzy. Pero debemos... ¡Debemos organizar la boda! Tendrá que celebrarse pronto. Podemos ordenar que se lean las amonestaciones matrimoniales en la iglesia durante los próximos dos domingos y después...

Lord Blackworth se puso en pie e interrumpió el apresurado parloteo.

—No, señora Marchwell. No queremos apresurarnos. —Julian tomó a Izzy de la mano y la atrajo hacia sí, tras lo cual le rodeó la cintura con un brazo—. Isadora no será humillada viéndose obligada a celebrar una ceremonia de prisa y corriendo. Tenemos intenciones de casarnos al final de la temporada.

—Pero... pero para eso quedan más de cuatro meses —balbuceó Hildegard—. ¿Qué pasará si... quiero decir, ya sabe, que hay circunstancias...? —Se tragó el resto de sus palabras al ver la amenazadora mirada de lord Blackworth.

—Mi querida señora, confío en que sea usted capaz de hacer oídos sordos a las habladurías. Nadie cuestionará la virtud de Isadora, y tampoco usted. Sobre la futura duquesa de Dearingham no debe caer mancha alguna.

—¡Duquesa! —Hildegard palideció y a continuación enrojeció, al tiempo que su mirada se posaba en Izzy.

A ésta le pareció ver los engranajes del cerebro de su prima en pleno funcionamiento. Tal vez Hildegard estuviera recordando las numerosas humillaciones a las que la había sometido a lo largo de los años: el pequeño y frío dormitorio, los vestidos baratos, las groserías, las exigencias. Izzy contempló cómo el color se intensificaba en el rostro de Hildegard y se preguntó si su prima estaría recordando la infernal semana que le había hecho pasar, las acusaciones y las diatribas que había lanzado entre alaridos.

Izzy sonrió con gesto sereno. Se habían acabado los abusos por esa parte, al menos durante los siguientes cuatro meses. Y después se marcharía. Atravesaría el océano y se iría lejos.

La tarde del día siguiente trajo consigo una nueva e insólita visita para Izzy.

—Lady Bottomly ha venido a verla, señorita. —Spears, el mayordomo de la mansión Marchwell, hizo gala de sus mejores modales. Aunque en el pasado se había referido a ella como Temple a secas, dado su papel de ama de llaves e institutriz, ahora había empezado a mostrar deferencia hacia ella.

Sin duda lo hacía con la intención de entrar al servicio del futuro duque, pensó Izzy mientras bajaba la escalera a pequeños saltitos. En los últimos días, a menudo sentía el deseo de echarse a correr. Correr y reír y, cuando no había nadie cerca, le daban incluso ganas de cantar, aunque su voz no estuviera especialmente dotada para el canto.

Llena de una ardiente curiosidad por saber qué habría llevado a la divina Celia a visitarla, entró en el mismo salón amarillo en el que había recibido a lord Blackworth.

En esa ocasión, sin embargo, Hildegard se le había adelantado, y mantenía a lady Bottomly inmovilizada con sus rimbombantes maneras.

—Hildegard, si nos disculpas, lady Bottomly y yo tenemos mucho de que hablar.

Su prima se volvió hacia ella con la intención de lanzarle una contundente reprimenda, atónita ante semejante grosería. Sin embargo, Izzy se había deslizado ya en la habitación y se había sentado junto a lady Bottomly.

—Ah, y Hildegard, querida, ¿te importaría pedirle a Spears que nos prepare el té y unos pasteles? Estoy segura de que lady Bottomly agradecerá el refrigerio. —Sonriendo con un gesto que daba a entender a su prima que ya podía irse, Izzy le volvió la espalda, sentada en el sofá.

Resoplando con un gesto de ofendida dignidad, Hildegard salió del salón cerrando la puerta con un sonoro portazo.

Izzy suspiró.

—Le pido disculpas, milady. No soy grosera por naturaleza, pero mi prima consigue sacar lo peor de mí. Por favor, dígame qué puedo hacer por usted.

Lady Bottomly la miró con detenimiento, hasta que, finalmente, se levantó y se acercó al fuego, entre el susurro que la fina seda de sus faldas producía a cada uno de sus inquietos movimientos.

La voz de la dama era musical y suave, el complemento perfecto para su aspecto etéreo.

—Lo sabe, ¿verdad? —preguntó al cabo, retorciéndose las manos enguantadas, al tiempo que apartaba la vista—. Sabe lo de la otra noche... lo de lord Blackworth y yo.

—Lo sospeché. —Por un parte, Izzy deseó que lady Bottomly lo negara, pero no lo hizo.

—Señorita Temple, ¿alguna vez ha deseado algo con tanta intensidad que arrojaría por la borda lo que fuera con tal de poder conseguirlo? ¿O porque la triste realidad no fuera más que un sueño?

Celia levantó los ojos, inundados en lágrimas, que relucían como piedras preciosas. Tenía un aspecto tan encantador, que Izzy sintió que se debatía entre la inquina más profunda y la rendición incondicional. ¿Cómo se las ingeniaba aquella mujer para lograrlo? Cuando Izzy lloraba, algo inusual, su aspecto se parecía más bien al de la gárgola de una torre. Lady Bottomly, en cambio, parecía un ángel con el corazón roto.

La dama sorbió por la nariz. Incluso haciendo algo así estaba encantadora.

—No sé por qué hizo lo que hizo. Sé que debería estarle agradecida. Me protegió para que no me descubrieran, pero con ello alejó también mi última oportunidad de ser feliz.

—Milady, no es necesario que me dé usted explicaciones. No son de mi incumbencia.

Lady Bottomly dejó escapar una carcajada al oír las palabras de Izzy, y ésta tampoco pudo evitar dejar escapar una suave risilla.

—¿Cómo puede ser usted tan resignada? —preguntó la dama—. ¿Por qué no me reprende por mis pecados y mi cobardía? Sé que nada de esto habría ocurrido de no haber sido por mí. Debería haber estado dispuesta a pagar el precio de mis propias acciones en vez de esperar que lo hiciera Eppie. Por favor, señorita Temple, se lo ruego, déjele ir. No utilice mi error para atraparlo. Será un hombre desgraciado y la hará también infeliz a usted. Créame, casarse con un extraño por el título y la fortuna puede ser un... un grave error.

Izzy se quedó con la boca abierta de asombro. Que alguien pudiera pensar que estaba manipulando a lord Blackworth no se le había pasado por la cabeza. Sinceramente, aquel asunto se complicaba cada vez más. Sonriendo, dio unas palmaditas en el sofá a su lado instando a lady Bottomly a sentarse junto a ella.

—No veo razón para que tengamos que mentirnos, milady. Dado que sólo nosotros tres sabemos la verdad de lo sucedido esa noche, también puede ser usted partícipe del resto. —Se detuvo al oír la llamada en la puerta y, cuando Spears se hubo marchado tras dejarles la bandeja con el té, Izzy sirvió una taza para su atónita invitada—. Por favor, beba un poco, milady. Parece usted muy disgustada y no hay necesidad de ello. Julian y yo hemos llegado a un acuerdo satisfactorio para ambos.

—¿Julian?

La mirada de angelical perplejidad que se dibujó en el rostro de su invitada hizo que Izzy moviera la cabeza incrédula. ¿Es que no había ningún gesto o expresión carente de atractivo en aquella mujer?

Sofocó la punzada de envidia que sintió ante la perfección expuesta ante ella y decidió disfrutar de la vista como si de la flor más exquisita o del más hermoso atardecer se tratara. Como esas cosas, Celia había nacido para deleite de quien la mirase.

A continuación, le dedicó a Celia una sonrisa conspiradora.

—Decidí cambiarle el nombre. A partir de ahora hablaremos de él como Julian. Es su segundo nombre, y a mí me agrada más.

—¿De veras es su segundo nombre? Pues sí, también a mí me gusta más. —Celia la observó con mirada escrutadora—. Qué mujer tan inusual es usted, señorita Temple. Nunca se me habría ocurrido cambiarle el nombre a un hombre. ¿Suele reinventar a todos sus conocidos?

—¿Por qué no debería? La reinventaré a usted también, si así lo desea. ¿Qué le gustaría ser? ¿Tal vez un pájaro, para poder volar libremente? —Estaba bromeando, pero el súbito destello de anhelo que iluminó los ojos de la mujer la hicieron pararse a pensar.

Había algo más que belleza en aquel exquisito envoltorio; había dolor. Izzy adoptó una expresión seria y dijo en tono quedo:

—Nadie la conoce en realidad, ¿verdad, milady?

—Puede que no. —Celia apartó la mirada—. Dígame, señorita Temple, ¿qué es eso que tienen Julian y usted en mente?

Izzy bajó la voz y se dispuso a ponerla al corriente de cómo pensaban sortear el asunto del compromiso. Cuando llegó al final de la explicación, Celia y ella se reían como dos colegialas compañeras de habitación.

—Ay, lady Bottomly —dijo Izzy finalmente con un suspiro—, no sabe usted lo maravilloso que es haber encontrado dos amigos con los que poder reír. Primero Julian y ahora usted.

La mujer pareció extrañarse.

—¿Somos amigas, señorita Temple?

—A mí me gustaría mucho, milady. Pero claro, si he dado por hecho algo...

—¡Oh, no! No me refería a eso. Es sólo que... —Lady Bottomly gesticuló con actitud de desamparo—. La mayoría de las damas no son amables conmigo porque, bueno...

—Porque es usted tan hermosa que cualquiera en un kilómetro a la redonda parece insignificante en comparación —dijo Izzy.

Al ver que la mujer asentía con tristeza, Izzy le dedicó una amplia sonrisa.

—Pero en este caso, yo no tengo nada que perder, ¿o sí?

Cuando lady Bottomly se apresuró a negarlo, Izzy levantó una mano para que no siguiera.

—No me engaño, milady. Sé que soy menos atractiva que un trozo de madera.

—En realidad, eso no es cierto. Posee usted unos suaves rasgos, lo que, unido a su disposición amigable, resulta de lo más atractivo.

Dicho con aquella seguridad, a Izzy casi le pareció creíble. Por un momento, se permitió preguntarse si acaso no sería tan insignificante como había creído.

—Ojalá fuera cierto —dijo finalmente con un suspiro—. Aunque creo que no me gustaría ser tan hermosa como usted, milady. Me parece más bien una carga, si lo pienso.

Al ver que lady Bottomly parpadeaba para retener las lágrimas, Izzy se sintió descorazonada. Acababa de ofender a su nueva amiga.

—Nadie lo había comprendido antes —susurró la mujer,

que, acto seguido, sonrió. Fue una sonrisa resplandeciente, que a punto estuvo de dejar a Izzy sin aliento.

—Tampoco yo puedo hacerlo. Lo que quería decir es que, en mi opinión, usted ha sido bendecida con numerosos encantos que yo no tendré jamás —confesó Izzy—. Y supongo que éste es uno de esos casos en que ser del montón es más que deseable. Dígame, milady...

—Por favor, llámeme Celia. Con usted, no quiero ser una dama.

Al percatarse del doble significado que encerraban sus palabras, Celia se llevó la mano a la boca.

Izzy sonrió ampliamente, disfrutando de la confianza recién adquirida de la otra mujer.

—Muy bien, Celia, cuando estés conmigo, haré todo lo posible para que no te sientas como una dama.

Mientras observaba cómo lady Bottomly se alejaba en su opulento carruaje, Izzy se preguntaba cuándo volvería a verla.

De pronto, recordó el baile de los Waverly. Se dijo que Celia también asistiría y, a pesar de ser un pensamiento estimulante, el baile en sí la deprimía.

Era un sueño y una pesadilla al mismo tiempo. Toda su vida, Izzy había deseado ver el mundo que su madre le describiera, un mundo de risas y luces. Un lugar donde los amantes bailaban hasta el amanecer y los bailarines se enamoraban. Pero eso no era más que un cuento de hadas para alguien como ella.

Por lo menos no tendría que preocuparse por semejante experiencia más de una vez. Cuando Julian la viera en aquel ambiente, la viera como una bayeta junto a un collar de diamantes, no tardaría en comprender que lo más juicioso sería evitarle futuras humillaciones.

Dejó escapar un suspiro. Sencillamente, tendría que soportarlo. Para él era importante y a ella le gustaba aquel hombre. Le gustaban sus ojos y su voz, y la calidez que irradiaba como un fuego reconfortante.

No era propio de ella pensar en un caballero en términos de calor corporal. Julian era una persona, un hombre con muchas otras facetas. El pensamiento la hizo sonreír. ¡Y qué facetas tan maravillosas!

Decidió que mejor sería dirigir sus pensamientos hacia temas más decorosos. Era un hombre inteligente, vestía con gran elegancia y le gustaba reír. El mero hecho de pensar en él bastaba para aliviar su soledad de tantos años.

En su calidad de pariente lejana huérfana, Izzy nunca se había sentido como un miembro de la familia de los Marchwell, y ya no deseaba serlo. Como tampoco había sido capaz de trabar amistad con el servicio de la casa a pesar de ser una más de éste, aunque a ella no le hubiera importado, no había una clase social más consciente de su posición que los criados.

Su trabajo la había mantenido siempre demasiado ocupada como para buscar amistades fuera de la casa, aunque Julian también había cambiado eso. El día anterior, Hildegard la había mandado llamar a su salón para adularla y agradecerle que se hubiera ocupado de llevar la casa, de ejercer como institutriz y por los trabajos de jardinería durante el período en que había estado «entre sirvientes».

Izzy se rió para sí mientras se dirigía hacia los jardines. La última ama de llaves se había ido hacía cuatro años, quejándose de las condiciones imposibles, y habían carecido de jardinero en los últimos seis años. Por no decir que, en realidad, nunca habían contado con una institutriz. Izzy se había ocupado de la educación de los niños desde que cumplió los dieciséis.

Desde hacía poco, Hildegard la había eximido de sus labores como institutriz, pero la gratitud de Izzy estaba atemperada por el hecho de que Millie ya era demasiado mayor como para seguir necesitándola, y Sheldon se iría al colegio en breve. Al parecer, más libertad que ésa era esperar demasiado.

Izzy se sentía sinceramente aliviada de que el chico fuera a ir al colegio en los próximos meses. Era una pequeña sabandija venenosa, aficionado a las bromas pesadas y al humor de mal gusto. Sus trucos eran cada vez más dañinos, y a Izzy le daban escalofríos al pensar en el tipo de hombre que sería cuando creciera. Por su parte, Millie era una versión más pálida y delgada de su madre, que repetía como un papagayo las palabras de Hildegard e imitaba su actitud de forma nauseabunda. Ambos estaban muy por debajo de la brillantez, y educarlos había sido una tarea de todo punto ingrata.

En cuanto a llevar la casa, ésa también había sido una tarea de lo más frustrante. Atrapada entre Spears, resentido por el hecho de que ella tuviera el control, y la frugalidad implacable de su prima, había tenido que esforzarse mucho para evitar la desintegración de la casa.

Los jardines eran para ella la cordura. El único lugar donde estaba a salvo de sus primos. Hildegard no salía de la casa excepto para subir al carruaje. A Millie no le gustaba mancharse los zapatos y el dobladillo del vestido con la tierra recién removida. Y, gracias a Dios, a Sheldon le provocaban incontrolables ataques de estornudos todas las flores que ella sembraba por doquier.

Al pensar en Sheldon, entró en el invernadero y cortó un enorme ramo de flores para colocar por la casa.

Estaba entrando en la cocina tarareando despreocupadamente cuando se encontró con Spears.

—Permítame que yo las lleve, señorita. Dos modistas la aguardan en el salón de la señora.

—Gracias, Spears. Me gustaría que la mayor parte de estas flores se colocaran en el vestíbulo de entrada.

—Sí, señorita. —El mayordomo sonrió con suficiencia dejando ver un atisbo de su antigua insolencia—. Como diga, señorita. —A él tampoco parecía gustarle Sheldon especialmente.

Tras dejar al mayordomo riéndose por lo bajo con su tarea, Izzy se dirigió, aunque con reticencia, al salón de Hildegard. Más horribles vestidos, pensó. Tal vez si dejara caer el nombre de Julian, su prima se mostraría más generosa con ella. Izzy añoraba los colores, aunque sólo fuera el marrón más vulgar o un anodino azul.

Al entrar en la habitación, fue recibida por una Hildegard de rostro avinagrado, y dos de las mujeres más elegantes que había visto en su vida. Ambas, efusivas y claramente francesas, la rodearon y, en un santiamén, la despojaron de su cofia y su vestido. La más alta de las dos se llevó las prendas a un rincón de la habitación, sujetándolas con dos dedos, y las dejó caer al suelo con gesto inexpresivo.

Aunque Izzy no podría estar más de acuerdo con ella en lo referente a su ropa, no le gustaban sus modales. Hildegard solía pedir vestidos para Izzy junto con los que pedía para Millie, pero nunca se había molestado en dejar que se le tomaran medidas. Julian debía de estar afectando terriblemente el libro de cuentas de Hildegard.

La modista más menuda, cuyo inglés entrecortado era prácticamente ininteligible, no dejaba de dar a Izzy misteriosas órdenes en tono seco, mientras anotaba sus medidas como una posesa. Las dos prorrumpieron en exclamaciones de deleite cuando le midieron la cintura, seguidas de sus lamentos al llegar a su pecho y, por fin, se detuvieron en seco cuando el pelo se le soltó de las horquillas que lo sujetaban.

Las dos dieron una vuelta a su alrededor, susurrando sin cesar entre ellas. Debieron de llegar a algún acuerdo, porque ambas sonrieron ampliamente a Izzy y, acto seguido, salieron de la estancia y abandonaron la mansión.

—Ha sido algo fascinante. ¿Cómo sobrevives a algo así cada año? —comentó Izzy con tono ácido a una Hildegard que la observaba con los labios apretados; tras lo cual, se metió el vestido por la cabeza y salió de la habitación, dispuesta a arreglarse el pelo.

En su dormitorio, Izzy mascullaba irritada mientras se recogía el cabello en lo alto de la cabeza una vez más. Tardaba varios minutos cada mañana en domar sus rebeldes rizos y le molestaba tener que hacerlo por segunda vez en un día. Cuando por fin quedó satisfecha y no tuvo ni un mechón fuera de su sitio, agarró su cofia y se cubrió el pelo con ella. Al verse en el pequeño espejo, sin embargo, pareció reconsiderarlo. Con la cofia en una mano, trató de recordar por qué había empezado a ponérsela hacía años.

Su memoria tropezó entonces con el lacerante comentario de Hildegard sobre lo impropio que era que una solterona de veintidós años fuera por ahí con el pelo descubierto.

Y entonces, mientras valoraba la cofia desde una nueva perspectiva, se preguntó por primera vez si no sería que Hildegard tenía envidia de su pelo. Aunque lograba exasperarla a menudo, Izzy lo prefería, con mucho, a los rizos finos y sin cuerpo de Hildegard.

Al pararse a pensar, cayó en la cuenta de que no había visto que ninguna de las asistentes a la fiesta en casa de lady Cherrymore llevara una de esas insulsas cofias de muselina blanca. Sólo las sirvientas. Celia desde luego no la llevaba, y tenía al menos veinticinco años. Claro que ella no era una solterona, pero sí había algunas viudas en la reunión, y no había visto que ninguna se cubriera el pelo con algo tan grande y tan soso. Había visto algunos tocados, pero eran de encaje y tenían un aspecto realmente delicado.

Pues si era impropio llevar el cabello descubierto, que lo fuera. Con un veloz movimiento se acercó a la ventana y tiró la fea prenda. Cuando vio que el deteriorado tejido de color blanco se posaba en la hierba, corrió a la cómoda, sacó otras dos cofias idénticas y las lanzó también por la ventana hacia el césped.

Parecían champiñones de tamaño descomunal. Rebosante de satisfacción, bajó corriendo la escalera como un torbellino y se dirigió a la cocina con la intención de supervisar los preparativos de la cena con el corazón mucho más ligero.

4

Cuando el miércoles siguiente, Julian volvió a visitarla en la mansión Marchwell, se encontró con un carruaje de alquiler en el camino circular de entrada a la casa. Sujetos con correajes de cuero, en la parte de arriba había dos baúles fabricados con una madera delicada y reluciente, ceñidos con bandas de hierro forjado. Brillaban a la luz de la tarde, aunque el carruaje era viejo y los caballos lo eran aún más. Se preguntó si aquello no sería un ejemplo más de la frugalidad de la familia.

No había criado alguno para atender a su caballo, por lo que tuvo que atar a *Tristan* a un árbol cercano. Confiaba en que el semental no hiciera sus necesidades en el césped, debajo del árbol. Tenía la sensación de que tampoco había mozo de cuadra.

La puerta principal de la mansión estaba abierta. Un tanto reticente, Julian echó un nuevo vistazo a los desérticos alrededores. Al no ver a nadie en las inmediaciones, entró sin anunciarse.

Una vez dentro, observó boquiabierto el vestíbulo de entrada. No se había dado cuenta en su anterior visita, distraído como estaba, pero en ese momento se preguntó cómo había podido pasarle inadvertido. Era decididamente espléndido.

Espléndidamente atroz. Sobre los costosos suelos de mármol negro, reposaban abundantes estatuas de mármol blanco; había tantas que a Julian apenas le quedaba espacio. Un inmenso espejo ornamental multiplicaba su número de forma agobiante. Todas las superficies a la vista reflejaban la luz: el mármol resplandeciente, el espejo, y hasta el marco dorado de éste. El efecto resultaba cegador. Cerró los ojos para protegerse de aquel horror.

Volvió a abrirlos al oír pasos apresurados.

—¡Julian! Me alegro mucho de verte. —Una alegre y ajetreada Izzy apareció en el vestíbulo. Vestida con el mismo vestido insulso y sombrío de la última vez, no había motivo para que verla le hubiera levantado tanto el ánimo—. Si no te importa esperar un momento, me gustaría dejar esto.

Llevaba en los brazos un enorme ramo de las flores amarillas más horribles que Julian había visto en su vida. Brillaban como espeluznantes almenaras en el pétreo decorado del vestíbulo. Izzy las colocó amorosamente en un jarrón que había sobre una mesa tallada, bajo el espejo, mientras tarareaba contenta.

Julian sospechó que no debía de ser muy diestra en el arte del arreglo floral, ya que la técnica requería cortar la parte más débil del tallo y las flores que sobresalieran. Nada más colocar las flores, el polvo amarillo del polen cubrió todas las superficies cercanas.

Con una angelical sonrisa, Izzy retrocedió un paso, obviamente complacida con el resultado. Era espantoso, por completo a juego con el vestíbulo.

—Gracias por ser tan paciente, milord. Mi joven primo parte hacia el colegio hoy, y quería ofrecerle una despedida apropiada. —Izzy se acercó rauda a Julian y, tomándolo de la mano, miró a su alrededor con cautela—. Vamos, será mejor que salgamos de aquí.

Él estaba deseándolo, pero no iba a ser posible. Un gruñido porcino les hizo dar un respingo y los obligó a levantar la vista. Hildegard bajaba pesadamente la escalera, lloriqueando con gesto dramático mientras sostenía un recargado pañuelo.

—¡Ay, lord Blackworth! ¡Qué detalle por su parte haber venido a despedir a Sheldon! Llamaré a Spears para que recoja su sombrero. —Y sorbiendo por la nariz exageradamente, se dio la vuelta y bramó—: ¡Spears!

El mayordomo apareció en el descansillo, sujetando del regordete brazo a un chico de unos doce años, y ambos descendieron detrás de Hildegard.

—Éste es mi hijo Sheldon, lord Blackworth. ¡Sheldon, inclínate ante su señoría!

El ceñudo chico miró hacia el techo con los ojos en blanco y, de un tirón, se zafó de Spears e hizo una mínima inclinación. Hildegard le puso la mano detrás de la cabeza dándole lo que, sin duda, no pretendía ser un golpecito cariñoso, y que hizo que Sheldon cayese de rodillas. El chico se levantó y repitió la inclinación de mala gana.

Daba la impresión de haber pasado demasiado tiempo en una bodega: un mozalbete pálido, con el pelo y las pestañas de color rojo-anaranjado, y unos ojillos de cerdo que parecían estar permanentemente enrojecidos. Todo eso podría haberse perdonado, o al menos haberse pasado por alto, de haber sido una criatura más afable. Sin embargo, aunque hubiera sido un chico guapo, su hostil personalidad habría sobresalido igualmente.

Julian se alegró de corazón de que Sheldon no fuera a estar presente por los alrededores en un futuro cercano. Estaba seguro de que aquel pequeño imbécil era de los que arrancaban las alas a las moscas sólo por diversión.

De pronto, los pálidos ojos del chico se abrieron de par en par, horrorizados. Al darse cuenta de que miraba más allá, hacia el arreglo floral, Julian miró de soslayo a Izzy, quien contemplando al muchacho con ojos resplandecientes, canturreó:

—Son para ti, Sheldon. Un pequeño regalo de despedida.

Éste estaba abriendo la boca para ir a protestar, cuando le sobrevino el ataque de estornudos más horrible que Julian hubiese tenido el placer de contemplar. El pequeño monstruo parecía una marioneta que rebotara en los extremos de las cuerdas que lo manejaban.

Con los labios fruncidos, Julian echó una mirada furtiva a Izzy. La expresión de beatífica felicidad que vio en su rostro lo dejó confuso.

Hildegard se apresuró a conducir a Spears y a Sheldon hacia el carruaje que esperaba en el patio. En cuanto la mujer desapareció tras la puerta, Julian se volvió hacia Izzy, que se había tenido que apoyar en la enorme estatua de un Apolo cubierto con una hoja de parra, riéndose espasmódicamente.

Él la tomó del brazo y la instó a entrar en el mismo salón donde se habían encontrado la primera vez. Cerró la puerta tras de sí y se apoyó en ella. Al ver a Izzy soltando carcajadas en el sofá, Julian no pudo evitar echarse a reír él también.

—¡Esa pequeña rata! ¡Qué cara ha puesto! —Izzy inspiró una bocanada de aire—. No ha tenido precio. Dios mío, tendré que pagar por ello, pero ha merecido la pena verlo. —Izzy se enjugó las lágrimas mientras sonreía ampliamente.

—¿Cómo que pagarás por ello? —preguntó él, pensando que Izzy saldría con alguna de sus extravagancias. Aquella mujer tenía la habilidad de hacer que aguardara con impaciencia estar de nuevo en su compañía. Pero alarmado, vio que la sonrisa de ella desaparecía y que, acto seguido, se ponía en pie al tiempo que se alisaba la falda del vestido.

—No, no, no es nada —respondió Izzy, con una sonrisa educada—. Nada de lo que preocuparse.

Julian frunció el cejo. Dudaba mucho de que así fuera. Si las cosas eran ciertamente como estaba empezando a sospechar que eran en aquella casa, Izzy debería estar preocupada. Hildegard Marchwell tenía todo el aspecto de una arpía. La llama de la ira comenzó a arder en su interior.

Vaciló un momento, perplejo ante tal sentimiento pero ¿por qué no podía mostrarse protector con ella? Si perdía su amistad, y con ello su participación en su acuerdo, se arriesgaba a perder la posibilidad de cumplir las exigencias de su padre. Entonces se le ocurrió que oponerse a su padre podía ser la única forma de rescatar su propia dignidad de las ruinas en que el servilismo había convertido su orgullo.

No sin cinismo, desechó la idea. Si quería heredar, tenía que ser el hombre que su padre quería que fuera. Y ese hombre sólo tenía un propósito respecto a Izzy Temple: el matrimonio. Apartándose de la puerta, Julian se acercó a la muchacha.

—Izzy, te lo sonsacaré de todas formas y lo sabes. Así que dímelo.

—Siéntate, milord. Por favor. Una se marea de mirar todo el tiempo hacia arriba.

Él permaneció de pie.

—Izzy —la advirtió él.

—Vale, está bien —suspiró—. Cada vez que me río de mis primos, mi trabajo se ve invariablemente incrementado o bien se restringen mis actividades lúdicas. Todo siempre con sutileza y propiedad. —Suspiró nuevamente—. Sólo espero que no me aparten del jardín. Aún queda mucho por hacer.

Julian estaba realmente confundido. ¿Trabajo? ¿A qué se refería?

—¿Cuál es ese trabajo que se ve incrementado?

Ella desvió la mirada, lo cual arrancó un gemido a Julian.

Izzy resopló.

—Realmente, Julian, qué bien se te da mangonear a las personas. Sólo he querido decir que mis obligaciones se verán aumentadas o algo por el estilo. Hildegard decidirá que es necesario aclarar la ropa blanca con vinagre, o que hay que descolgar las cortinas de arriba para sacudirlas. —Se encogió de hombros al tiempo que decía—: ¿Lo ves? No es nada grave.

—¿Y es a ti a quien corresponde hacer todo eso? ¿No es obligación del ama de llaves?

Ella bajó la vista y la fijó en sus zapatos.

—Izzy, ¿dónde está el ama de llaves?

Ella levantó la mano y la agitó en un gesto que imitaba un saludo. De pronto, Julian tuvo una terrible sospecha, pero no podía creer que los Marchwell fueran tan mezquinos.

—¿Cuántos sirvientes hay en la casa?

Antes de que pudiera abrir la boca para contestar, Julian se percató de que Izzy tenía intenciones de irse por las ramas otra vez, pero entonces vio la expresión de él.

—Cuatro —contestó con presteza—. Spears; la cocinera; Betty, que es la doncella personal de Hildegard; y la criada que se ocupa de la colada y de fregar la cocina.

Julian no daba crédito. ¿Cuatro? ¿Para una casa de aquel tamaño? Serían necesarios, al menos, el doble.

—Te has olvidado de la institutriz, el mozo de cuadra y el jardinero —dijo él.

—Bueno, no tenemos caballos —explicó Izzy—. Hildegard dice que es un derroche. Y yo he quedado relevada de mi obligación como institutriz ahora que Sheldon se ha ido. —Sonrió apaciblemente—. Qué bien suena: Sheldon se ha ido.

—Así que, además, haces de institutriz y jardinera, ¿no es así?

Ella no dijo nada y Julian se le acercó aún más.

—Izzy, déjame ver tus manos.

Ella las posó en el regazo, pero al ver la mirada implacable de él, dejó escapar un profundo suspiro y las extendió hacia adelante. Julian las tomó entre las suyas y las examinó.

Le costó mantener el rostro impasible. En las manos de Izzy, pequeñas y delicadas, pudo ver las marcas de años de duro trabajo. Tenía las palmas encallecidas, pero lo peor eran las muchas cicatrices. Desde los pequeños cortes en los dedos hasta la herida profunda en la base del pulgar, lo que hablaba con más elocuencia de su vida que si se hubiera pasado horas haciéndolo partícipe de sus quejas. Julian le levantó las mangas y comprobó lo delgados pero fuertes que eran sus brazos. Asimismo, vio algo en una de sus muñecas que le pareció una quemadura. Parecía una cicatriz antigua.

—¿También cocinas? —preguntó, señalando la quemadura.

—Sólo lo hice un tiempo.

Izzy se liberó de él con suavidad. Tenía los ojos muy abiertos y su rostro mostraba una expresión solemne.

—Para entonces, ya había aprendido bien la lección. —Sonrió con sarcasmo—. Después de dos semanas de carne de ternera cruda, pudín chamuscado y salsas en las que se podía clavar el tenedor, los Marchwell contrataron a una cocinera de verdad.

Julian no pudo evitar soltar una suave carcajada al oírlo.

—Y yo que creía que serías tan capaz en la cocina como en todo lo demás.

—¿Puedo confesarte algo, milord? —Se inclinó hacia él como si fuera a contarle un gran secreto y, mirando a un lado y a otro, finalmente susurró alegre—: ¡Soy una cocinera estupenda!

La carcajada de Julian resonó por toda la casa.

Hildegard miró con gesto avinagrado hacia la puerta del salón desde el vestíbulo de entrada. Su señoría estaba riéndose otra vez. Hizo un gesto de desdén sin entender cómo podía ser; con lo vulgar que era el sentido del humor de Izzy.

Izzy. Sabía con total seguridad que su señoría nunca le habría propuesto matrimonio a semejante insignificancia de mujer de no ser porque ella lo había golpeado dejándole inconsciente y después se había puesto a dar gritos para que todos corrieran a su habitación y lo encontraran allí.

Lo que Hildegard no admitiría, excepto para sí misma,

era que el verdadero motivo de su rabia era que no se le hubiera ocurrido a ella primero. Había un montón de aristócratas en aquella fiesta. Millie podría haber cazado a un buen partido. Pero ya no tendría la oportunidad de que sucediera así. Dos incidentes idénticos en una familia perjudicarían el nombre de Marchwell.

Entre resoplidos, y mientras cambiaba el peso de su cuerpo de una pierna a otra, pensó que, al menos, Izzy iba a casarse con un hombre rico y de prestigio. Cuando creyó que aquella mocosa había hecho que la desgracia cayera sobre ellos, Hildegard había sufrido un ataque de furia asesina. Nunca le había gustado la hija de su prima Maria.

La pequeña y delicada Maria, con su hermoso cabello, y el apuesto caballero que bebía los vientos por ella. La perfecta Maria, que había tenido tantos pretendientes que sus padres no habían tenido que conseguirle un idiota endeudado como marido.

Gracias a Dios, Sheldon se había ido. Debería haberse parado a considerar que, cuando una se casaba con un idiota, lo más probable era que engendraran idiotas. Para Hildegard, pronto había resultado obvio que si la familia debía prosperar en sociedad, no sería a través de su hijo. Una vez llegada a esa conclusión, no le quedaba sino concentrar todas sus energías en el matrimonio de Millie.

Desgraciadamente, Millie estaba mostrando signos de rebeldía. Hildegard no debería haber dejado que Izzy influyera en la pequeña palurda tanto tiempo mientras ella se dedicaba a mimar a Sheldon. Hildegard debería haberlo mandado al colegio hacía tiempo, pero se había convencido a sí misma de que la educación personalizada, y gratis, de Izzy era lo mejor.

La parte buena era que se había ahorrado los gastos del internado de Sheldon durante todos esos años.

Además, dada la situación actual, Izzy tampoco reclamaría su herencia.

Hildegard sonrió satisfecha olvidando toda irritación. Las cosas saldrían bien al final, siempre y cuando fuera lo suficientemente lista como para saber sacar ventaja.

Eric Calwell, vizconde Stretton, asomó la cabeza por la puerta.

—¿Ya despierto, Eppie?

Sin levantar la vista del periódico, lord Blackworth lo corrigió.

—Julian.

Eric entró en el salón del desayuno y se dejó caer en una silla, enfrente de su amigo.

—¿Quién es Julian?

—Yo soy Julian. —Y bajó el periódico para disfrutar del momento; luego continuó—: Mi prometida ha decidido que Eppingham y Eppie no le gustaban. A partir de ahora, responderé al nombre de Julian.

—Prometida. —Eric se reclinó en su asiento—. Entonces ¿lo has hecho? ¿Le has propuesto matrimonio a ese ratoncillo?

Julian se encogió de hombros.

—No es una gran belleza, lo sé, pero tampoco es un ratoncillo. La primera vez que fui a visitarla, estuvimos hablando durante horas. La segunda, me hizo reír —explicó, sonriendo al recordar.

—Bueno, todo eso está muy bien si lo que quieres hacer en el dormitorio es reír. Pero ¿cómo harás para engendrar con ella a tu heredero?

Blackworth alzó una indolente ceja.

—Me las arreglaré, supongo. Tampoco es fea. Sólo es poco llamativa.

Eric parecía dubitativo.

—Si tú lo dices. ¿Qué hay de Suzette? ¿Vas a darle un collar de despedida y adiós, hasta la vista?

—No veo por qué. Izzy vive fuera y tiene mucho trabajo de jardinería que hacer. —Julian se zampó sus huevos mientras reía para sus adentros—. Y tú ¿qué haces levantado tan temprano?

—Voy a Tattersall, amigo. ¿Quieres acompañarme? Estoy buscando un caballo para equilibrar el tiro de mi carruaje. A uno de los que tenía se le ha infectado una pezuña.

Tras examinar lo que le quedaba de desayuno y con la imagen de la pezuña infectada en la cabeza, Julian decidió que había terminado. Dejó la servilleta en la mesa con una graciosa floritura y dirigió una amplia sonrisa a su amigo.

—Vamos pues. Siempre me gusta ver sangre nueva para mis cuadras.

Estaban pasándolo muy bien en la subasta que tenía lugar en Tattersall, disfrutando de las vistas, de los olores y de los entresijos del comercio de caballos, como hacían todos los que tenían animales. En el aire flotaban los bufidos de los caballos y el golpeteo de la maza del subastador. A Eric no le costó encontrar un animal de reemplazo para el tiro de su carruaje, y estaban mirando las sillas de montar cuando Julian divisó una delicada yegua plateada.

Era pequeña pero bien proporcionada, con unos ojos grandes e inteligentes, y un aire de vivacidad. En un arrebato, pujó por ella, sobrepasando con mucho a los demás postores.

Eric estaba horrorizado.

—¿Por qué lo has hecho? Si ni siquiera podrá con tu peso. Es un caballo de mujer.

Julian le devolvió la mirada, desconcertado. Pero entonces contempló de nuevo la preciosa yegua y sonrió.

—Recuperaré el dinero esta noche jugando a los dados, ya lo sabes. Además, me recuerda a Izzy.

Julian hizo rodar los dados entre sus dedos y los tiró con gesto despreocupado, apurando a continuación su brandy mientras el público lo vitoreaba por la tirada con gritos de júbilo.

La montaña de dinero iba aumentando y la preciosa dama, perteneciente al *demi-monde*, que tenía medio desnuda sobre el regazo, se restregaba con firmeza contra su cuerpo. Justo en el momento en que el dado tocó la mesa, mostrando de nuevo un resultado favorable, Julian disimuló un bostezo mientras se preguntaba qué estaría haciendo Izzy.

Posó una mano en el voluptuoso trasero de su acompañante y le dio una palmadita.

—Hora de irse, gatita.

Al ver el mohín de sus labios pintados, Julian soltó una suave risa y, con el canto de la mano, separó una parte de sus ingresos mientras le hacía una inclinación a la mujer.

—Por las molestias, preciosa. Me has traído suerte.

El gesto mohíno se transformó en una sonrisa de avaricia bastante más sincera, al tiempo que la pila de monedas y billetes desaparecía junto con la mujer.

Julian se apartó de la mesa y se estiró; el sonido del salón de juego empezaba a aturdirlo. Las ventanas, alineadas a lo largo de toda una pared, estaban abiertas en un vano intento de dar salida al humo de los cigarros y al calor que emanaba de los cuerpos apretujados en la atestada sala.

Se dirigió a una de ellas sin prestar atención a sus ganancias, que se apilaban en la mesa de juego. De pie junto a la ventana, se encendió un cigarro mientras pensaba de nuevo en la yegua.

¿Por qué lo había hecho? Aquel caballo no le servía para nada. En efecto, sólo una mujer podía montarlo. Sin darse cuenta, sonrió al imaginar a Izzy montada en la yegua. Ni siquiera sabía si ella montaba, pero él podría enseñarle, pensó, al tiempo que tiraba el cigarro por la ventana.

Mientras se dejaba arrastrar de nuevo por el frenético ritmo de la velada, Julian decidió que llevaría la yegua a la mansión de los Marchwell a la mañana siguiente. Izzy se quedaría muy sorprendida con el regalo. Puede que hasta les diera tiempo a dar una clase de equitación.

5

Para decepción de Julian, Izzy estaba en la parte exterior de la casa cuando él y su mozo de cuadra, Timothy, llegaron con el regalo. Haciendo un alto en su trabajo en el parterre de rosas que se extendía en el césped, ella se levantó y sonrió al verlo atravesar el camino de entrada. Julian se detuvo a su altura.

—Buenos días...

Con un distraído gesto de bienvenida y una despreocupada palmadita en el hocico de la montura de Julian, Izzy pasó junto a éste sin hacerle caso.

Julian cerró la boca sin terminar el saludo. Se había quedado muy sorprendido al ver el despreocupado gesto de cariño de Izzy hacia *Tristan*, un semental al que le gustaba bufar en demasía. La mayoría de la gente, a excepción del corpulento Timothy, mantenía las distancias con el purasangre.

Julian desmontó y, tras entregarle las riendas al mozo de cuadra, que ya había desmontado a su vez de su caballo castrado, siguió a Izzy, quien se había detenido delante de la delicada yegua gris que Timothy había conducido hasta la propiedad.

—¿No eres preciosa? —le canturreó Izzy cariñosamente—. ¿No eres la chica más guapa?

Acercándose más aún, sopló suavemente ante los ollares de la delicada yegua. El animal movió la cabeza y rozó a Izzy con el morro. Ésta le acarició el hocico, riéndose suavemente al tiempo que le pasaba las manos por el cuerpo con manos expertas.

Estaba claro que conocía a los caballos. Julian la estudió durante un momento.

La veía distinta. No era por el vestido, ya que el que llevaba era aún peor que el otro, y además estaba sucio después de trabajar en el jardín. Tal vez se debiera a que nunca la había visto fuera de la casa. Parecía relajada, despeinada por el viento, y el tono sonrosado que cubría sus mejillas evidenciaba el tiempo que llevaba al aire libre sin sombrero.

Eso era. Su cabeza no mostraba más que un amasijo de rizos rebeldes sujetos con horquillas. Tenía un cabello resplandeciente, incluso a la pálida luz de aquella tarde nublada. Julian reflexionó, pero no logró dar con las palabras para describir las distintas tonalidades de su pelo.

Era castaño, sí, eso sin duda. Pero también tenía reflejos de color bronce, y rojizo, y tal vez negro. Estaba muy distinta sin aquella horrible cofia; más joven, y no tan insignificante.

Julian dio un paso hacia ella y se aclaró la garganta. Por divertido que pudiera ser sentirse ignorado por una mujer, ya había tenido suficiente.

Izzy levantó la vista un tanto avergonzada por el examen realizado, y sonrió.

—Lo siento, Julian. Me alegro de verte, ya lo sabes. Es sólo que estaba un poco distraída.

Sin dejar de acariciar el lomo de la yegua, se acercó a él.

—Es preciosa. Tiene un toque árabe, ¿verdad? Los delicados cascos, la testuz... es perfecta.

Julian movió la cabeza a un lado y a otro mientras se preguntaba por qué aquello no lo sorprendía. Si algo se podía decir de Izzy, era que siempre hacía algo inesperado.

—¿Cómo es que entiendes de caballos, Izzy? Creía que en Marchwell no había establos.

—Mi madre era una magnífica amazona. Empecé a montar a caballo antes de aprender a andar.

Al ver la expresión incrédula de Julian, Izzy se echó a reír.

—Es la verdad, Julian. ¿O acaso creías que había brotado de la tierra tal como soy? Tuve una infancia, ¿sabes? Una infancia maravillosa. —Al decir esto último, su sonrisa se volvió melancólica.

Lo cierto era que Julian no se había parado a pensar en el pasado de Izzy, pero al hacerlo no le costó imaginársela de niña; con unos huesudos codos y su sonrisa de duendecillo.

—¿Cómo llegaste a esta casa, Izzy? ¿No tenías ningún otro sitio adonde ir?

—No, y no porque no lo deseara.

Acercó la mejilla a la de la yegua e inspiró con los ojos cerrados.

—Adoro el olor de los caballos, ¿tú no?

Julian estuvo a punto de permitirle que cambiara de tema, pero en el último momento decidió que realmente sentía curiosidad.

—¿Qué les ocurrió a tus padres, Izzy? —preguntó con delicadeza.

Ella abrió los ojos y elevó la mirada hacia él.

—Murieron mientras atravesaban el Canal. Yo iba a cumplir doce años. Habían ido a París a buscarme un regalo. No debía acompañarlos, claro, para no estropear la sorpresa. Yo estaba en la cocina, bromeando con la cocinera sobre la tarta de cumpleaños, que yo quería probar. Entonces llegaron dos hombres y me dijeron que mis padres no volverían jamás.

El dolor se reflejó en sus ojos y, por un momento, pareció estar muy lejos de allí.

—¿Sabes?, los cumpleaños no han vuelto a ser lo mismo desde entonces.

Parecía profundamente triste. Julian sintió un dolor poco familiar en su interior al pensar en aquella delicada y pequeña niña sola en el mundo. Al ver su expresión, Izzy le dio unas palmaditas en la mano.

—Estoy bien, Julian. Pasó hace mucho tiempo.

—¿Me estás reconfortando, Izzy? —preguntó él con una sonrisa torcida—. ¿No debería ser al revés?

—No. Las lágrimas no son para un día precioso y con tan buena compañía. —Acarició el cuello de la yegua y sonrió traviesa—. También lo digo por ti, Julian.

Él se echó a reír, dando el tema por zanjado. Ya satisfaría su curiosidad más adelante. Decidió que haría que su secretario hiciera averiguaciones sobre su familia.

—¿Y siguen disgustándote los cumpleaños, querida mía? —preguntó con una sonrisa—. No me gustaría ofenderte con un regalo si sé que no vas a agradecerlo y festejarlo.

Izzy levantó la mirada hacia él admirando la forma en que la leve brisa levantaba el indómito pelo de Julian, y pensó en su último cumpleaños. El día había comenzado con la llegada a una fiesta privada, en una mansión donde se quedarían a pasar la noche.

La joven Sarah Cherrymore había decidido que su nueva amiga del alma, Millie Marchwell, debía acudir a la fiesta, y nada habría evitado que la ambiciosa Hildegard, llevada por la excitación, ordenara la inmediata partida hacia la residencia de campo en cuestión.

Exhausta tras una noche haciendo el equipaje para sus primas, Izzy había hecho el largo e incómodo viaje en carruaje sentada en dirección contraria a la marcha, ya que Hildegard y Millie habían acaparado los cojines de los asientos delanteros durante todo el viaje.

Una vez instaladas en sus habitaciones, ella había dedicado el resto del día a sacar de los baúles los numerosos vestidos de las dos mujeres. La pequeña Betty, la doncella de Hildegard, bastante tenía con ayudarlas a cambiarse de ropa varias veces al día, y peinarlas según el estilo que exigía la moda de las mujeres elegantes, y que una excitada Millie señalaba desde la ventana.

Al final, madre e hija habían salido por la puerta entre el bamboleo de sus volantes y el sonido de los bajos de seda que rozaban el suelo con distinción.

Aunque Izzy era oficialmente una invitada y se le había asignado una pequeña habitación para ella sola, se había alegrado mucho de poder evitar las clásicas actividades de recreo de la velada, pantomima y cena tardía a medianoche. Ya era bastante duro tener que hacer acto de presencia durante el día, cuando las otras mujeres no vestían suntuosos trajes de noche.

En lugar de asistir a la fiesta, Izzy se había quedado dormida de pura extenuación en cuanto su cabeza rozó la almohada, pero se despertó en mitad de la noche cuando unas cálidas y ávidas manos invadieron sus sueños.

Levantó la vista y sonrió a Julian, pensando en todas las cosas que le habían sucedido desde entonces. Haciendo balance, pensó que había sido uno de los mejores cumpleaños de su vida.

—Bueno, supongo que no tiene sentido preguntar si te gusta —dijo Julian con una leve risa mientras ella movía la cabeza en señal de negación. Acto seguido, él se dirigió a Timothy y le dijo—: Ve a ver si hay algún establo que nos sirva.

Julian tomó las riendas de *Tristan* y de la yegua mientras Timothy se alejaba con paso relajado, seguido por su castrado.

—¿Os vais a quedar? Iré a ordenar que preparen las habitaciones. —Izzy se volvió entonces para irse, pero se detuvo cuando Julian la sujetó de la mano. Tenía unas manos tan grandes y cálidas, que sus pequeños dedos se perdían en ellas.

—Yo no soy el que se va a quedar, Izzy —dijo él, mirándola de forma extraña—, sino la yegua. Es tuya.

Fue una suerte que él tuviera la mano de ella entre las suyas, ya que Izzy se tambaleó debido a la sorpresa. Estrechándola contra sí, Julian logró sujetarla antes de que cayera al suelo de bruces. Bajó la vista y esbozó aquella devastadora sonrisa suya.

—Cierra la boca, Isadora. Sólo es un caballo.

Izzy la cerró con prontitud, pero no parecía capaz de recobrar el equilibrio. Se había quedado sin aliento al sentirse tan íntimamente sujeta contra el firme cuerpo de Julian. Con un brazo, éste le rodeó la cintura, atrayendo aún más sus caderas contra sí, mientras con la otra mano sujetaba las riendas de los dos animales.

Julian la miró sonriente, y la mente de Izzy se quedó en blanco. Las sensaciones de tenerlo tan cerca la invadieron dejándola muda y temblorosa. El aroma a sándalo y calidez varonil le nubló la mente. Y así permaneció, con las manos apoyadas en el rocoso torso de él, con la barbilla levantada para mirarlo.

La expresión de Julian se tornó en preocupación.

—¿Te doy miedo, Izzy? —le preguntó con suavidad.

Ella se dio cuenta de que Julian estaba pensando en aquella noche. Con una profunda inspiración recuperó el funcionamiento de sus pulmones mientras apartaba con firmeza el novedoso anhelo de seguir sintiendo las caricias de aquel hombre. Entonces se separó de él y se enderezó sonriéndole con expresión de disculpa.

—No, claro que no. Ha sido la sorpresa. Eso es todo. —Izzy bajó la vista hacia el brazo de él, que aún le rodeaba la cintura—. Ya puedes soltarme. Estoy bien.

Julian tomó conciencia de su brazo no sin cierta sorpresa. Era extraño, pero le parecía algo casi natural tenerla así enlazada... Sin embargo la soltó y le entregó las riendas de la yegua.

—¿Vamos a ver qué ha encontrado Timothy?

—Me temo que lo que Timothy habrá encontrado será mi cobertizo para los útiles de jardinería y un par de viejos compartimentos que han visto pasar más años que caballos por ellos —dijo ella conforme rodeaban la casa en dirección a las caballerizas.

Y tenía razón. Timothy estaba de pie, delante de un desvencijado establo, moviendo la cabeza negativamente.

—No sé, milord. Sería mejor derribarlo y construir uno nuevo.

Sin pensarlo dos veces, Julian le dio las riendas de *Tristan* a Izzy y se llevó a Timothy aparte. Tras una breve conversación entre murmullos, Julian entregó un monedero al mozo y, dándole una palmadita en la espalda, regresó junto a ella.

Sólo entonces se dio cuenta de que había dejado a su semental en manos de la joven, un caballo que no aceptaba que nadie más que él lo montara y a muy pocos permitía acercarse. Julian observó a Izzy sin dar crédito; de pie entre los dos caballos, el semental de color azabache y la yegua plateada, dirigía palabras cariñosas de forma alternativa a ambos animales.

Tristan se comportaba como un cachorro delante de un filete. Todo él impaciencia y avidez mientras esperaba, obediente, a que Izzy terminara de dispensar sus atenciones a la yegua.

—Es un chico muy glotón, ¿verdad? —sonrió Izzy—. Imagino que es el más consentido del establo.

—Más bien el terror del establo. Timothy hará que arreglen dos compartimientos para mañana, y se ocupará de que entreguen el heno también para entonces.

—Julian, la adoro, y estoy conmovida por tu consideración, pero no puedo quedármela. Hildegard no consentirá jamás semejante dispendio, y yo no sé si podré ocuparme de ella, con todo el trabajo que tengo. Ojalá pudiera.

Izzy acarició a la yegua con gesto soñador y Julian sonrió ampliamente.

—No tendrás que hacerlo. No sólo te regalo la yegua,

también te dejaré a Timothy para que se ocupe de ella y monte contigo cuando yo no pueda hacerlo.

Decidió no mencionar nada del dinero que le dedicaría a arreglar y abastecer el establo durante los próximos cuatro meses.

—Hildegard no tendrá que gastar nada. La paga de Timothy corre de mi cuenta. —Tomó las riendas de *Tristan* y colocó la mano de Izzy en el hueco de su brazo—. Tiene instrucciones de ocuparse de los caballos y sólo de ellos. Y de ti, por supuesto. Pero sabe que no debe permitir que Hildegard le encargue nada, como limpiar macetas o algo así. Es un buen hombre, y si tú necesitas ayuda con el trabajo más pesado del jardín, puedes pedírsela.

Izzy lo miraba como si no lo hubiera visto nunca antes en su vida.

—¿En qué estás pensando? —le preguntó él. La expresión de Izzy era muy rara, y no estaba seguro de querer saberlo, pero como es natural, Izzy le contestó.

—Me preguntaba si eres real —dijo ella de forma ausente y, a continuación, se sonrojó—. Ay, Dios. Eso ha sonado muy raro. Lo que quiero decir es que me estaba preguntando por qué me resulta tan fácil estar contigo, a pesar de que tú estés muy por encima de mí.

—Me temo, querida mía, que no es mi culpa que dejaras de crecer —bromeó él. No quería que Izzy se preocupara por la diferencia de posición social. En breve, aquello no tendría importancia, pero no podía decírselo.

—No, supongo que no significa nada. Somos quienes somos, y somos amigos —comentó ella con voz queda.

Izzy le lanzó una sonrisa tan tierna que Julian se quedó

desconcertado. Por un momento, le había parecido casi... bonita. Ella posó la mano en el brazo de él y levantó la vista para mirarlo con gesto serio.

—Me alegro de que seamos amigos, Julian. Me alegro mucho. Me haces más feliz de lo que lo he sido en años.

Él se quedó anonadado, y un poco alarmado. Había esperado gratitud, incluso algún gesto efusivo en agradecimiento por su regalo. Palabras bonitas o, de alguna otra mujer, tal vez un beso. Pero no aquella cándida confesión.

En su mundo, uno sencillamente no expresaba sus sentimientos íntimos de la forma en que lo hacía Izzy. Eso lo hacía sentirse un poco abrumado y responsable. Maldición. No se hacía ilusiones respecto a su propia alma. Era un desalmado egoísta, un demonio vividor con el corazón negro como el carbón, no el caballero de brillante armadura que veía reflejado en los ojos de Izzy.

No quería cargar con el peso de aquellas expectativas. No quería ser responsable de la felicidad de nadie más que de la de él.

—Pues claro que somos amigos, señorita Temple. —Desenganchó el brazo de Izzy del suyo y le dio unas palmaditas condescendientes en la mano antes de soltársela y retroceder un paso. Vio la incertidumbre en los ojos de ella, pero ignorándola, continuó—: Pero no deberías dar tanta importancia a unas pocas visitas y un regalo. Es simplemente un gesto de agradecimiento. Tú me has hecho un gran favor y sea como sea, yo estaba allí...

Se detuvo. Lo que estaba diciendo no tenía sentido, era consciente de ello. Y, de algún modo, sabía que sus palabras a ella la habían herido. Lo sentía como si el daño se lo hubieran infligido a él. Decididamente, no estaba preparado para una comunicación tan intensa como aquélla.

Izzy apartó el brazo de un tirón y le dirigió una media sonrisa forzada.

—Por supuesto.

Con gran alivio, Julian reconoció que el momento de incomodidad había pasado. Sin embargo, cuando Izzy se apartó de él, sintió como una puñalada, algo que se parecía mucho a una sensación de pérdida.

Tras dejar los caballos y el establo en las competentes manos de Timothy, Julian no tenía razón para quedarse más, motivo por el cual le costaba tanto justificar ante sí mismo por qué seguía allí.

Entraron en el invernadero e Izzy le explicó las tareas que tenía entre manos. Julian sonreía con indulgencia ante el justificado orgullo de ésta por sus geranios, cuajados de ramilletes de flores de un brillante escarlata. Cuando le explicó el uso de las numerosas plantas aromáticas que estaba plantando, Julian parpadeó ligeramente al notar que Izzy admitía sin darse cuenta su habilidad para aquello. Y, aunque los numerosos semilleros a él le parecían iguales, no dejó de asentir con la cabeza en señal de atención mientras ella recitaba la lista de verduras que abastecerían la mesa de los Marchwell gracias a su trabajo.

Julian trató de recordar si alguna vez había conocido a alguien como Izzy. Las mujeres de la alta sociedad serían muy diligentes, no lo dudaba, pero él nunca había visto señales de ello. Aunque la verdad era que el mundo femenino le resultaba un gran misterio.

Sin embargo, el mundo de Izzy parecía inusualmente sensato. Ella se basaba en cosas como el tiempo meteorológico y las estaciones, y apreciaba los buenos caballos.

Pensó que era una verdadera pena que tuviera que casarse con un hombre como él. Seguramente sería más feliz atravesando el océano hasta Norteamérica, tal como soñaba. ¡Qué gran esposa sería para un hombre deseoso de emprender una nueva vida en una nueva tierra! Hábil y competente, sería una buena compañera y una buena ayuda en el emocionante Nuevo Mundo.

En cambio, sus habilidades no le servirían de nada como duquesa de Dearingham. No tendría que ocuparse de la casa, aparte de una supervisión en el sentido más general de la palabra, ni se le permitiría ensuciarse las manos con la tierra del jardín.

Él la dejaría montar a caballo, decidió. No era impropio de una dama montar de vez en cuando.

Con una sensación de magnanimidad por su decisión, se sorprendió al ver que Izzy lo contemplaba con gesto impaciente. Mientras intentaba averiguar el motivo de su actitud, se dio cuenta de que acababa de hacerle una pregunta.

—Perdóname, querida, estaba soñando despierto.

—Julian, dentro de unos meses me iré de aquí. ¿Qué haré con la yegua entonces?

—Elizabeth —empezó él.

—Isadora —lo corrigió ella, frunciendo el cejo.

Julian se echó a reír.

—*Elizabeth* es el nombre de la yegua, Izzy. Se lo he puesto en tu honor.

—Ay, Dios. No me digas eso.

—Te lo digo —confirmó Julian regalándole una sonrisa angelical—. *Lizzie.*

Izzy lo miró con profundo cariño. Su querido Julian. Ella sabía que le gustaba hacerla reír, y respondía de buena gana.

—Me pregunto —prosiguió él pensativo, como si hablara consigo mismo— qué ha pasado con todas aquellas horrorosas flores amarillas.

—Ya no eran lo mismo sin Sheldon —respondió ella, colocándose junto a él—. Me regodeaba en su fealdad cuando me servían como escudo protector contra él, pero con su partida eran simplemente feas.

—¿No me estarás diciendo que...? —Julian la miró con fingido horror.

Asintiendo con la cabeza, Izzy adoptó una expresión desalmada al tiempo que colocaba el dedo índice cruzado sobre la garganta.

Riéndose, Julian le tomó la mano y la escoltó fuera del brumoso y exuberante recinto.

—Invítame a tomar el té, Izzy, y oblígame luego a irme. Aún tengo que solucionar algunas cosas antes del baile en casa de los Waverly.

A Izzy se le cayó el alma a los pies. Había logrado olvidar el baile durante unas horas. No tenía ni idea de qué iba a hacer con eso. Había estado examinando los viejos vestidos de Millie la noche anterior, pero los únicos que le valían eran los de cuando su prima era una niña. Después de verse con aquellas ropas infantiles, Izzy había decidido que su vestido negro sería, al menos, adecuado para una mujer adulta, aunque con él aparentara más edad. Tal vez pudiera suavizarlo un poco con algún lazo o alguna cinta decorativa. Suspiró. Al menos, era nuevo.

Tomó el té con Julian y charlaron animadamente, contándole ella algunos de los actos de venganza más creativos que había llevado a cabo contra Sheldon. Cuando él se fue, Izzy permaneció en los escalones de la mansión hasta que dejó de ver ondear la cola de *Tristan* por el camino bordeado de árboles.

—¡Señorita, venga a ver esto!

Izzy levantó la cabeza de los menús. Betty daba pequeños brincos delante de ella, con los ojos abiertos de par en par por la excitación.

No solía ver a la doncella de Hildegard, ya que la chica tenía casi tanto trabajo como ella. Todo el dinero que Hildegard ahorraba sobrecargando a sus pocos sirvientes, lo gastaba en vestidos para sí misma y para Millie, de modo que Betty tenía mucha tarea ocupándose con esmero de todos los vestidos y accesorios de las dos.

Izzy bajó la vista hacia lo que estaba haciendo y suspiró.

—¿No puede esperar, Betty? Casi he terminado.

—¡No puede esperar ni un minuto, señorita! —La sonrisa de Betty se ensanchó—. Tiene que venir ahora mismo.

Betty la agarró de la mano y la sacó de la diminuta habitación. Izzy lanzó una última mirada desesperada a la mesa cubierta de papeles y siguió a Betty a través de la cocina. No se detuvieron hasta llegar al salón de Hildegard.

La estancia parecía la gruta de Alí Babá. Allí donde mirara, veía montañas de seda y muselina, perlas y terciopelo. Los vestidos tapizaban sillas y sofás, las cajas de sombreros formaban en columnas hasta la altura de los ojos en un rincón, y flamantes guantes de todas las medidas y tonalidades se extendían cual exquisitas manos que le ofrecieran el mundo.

En medio de todo aquello estaba Hildegard, de pie, ataviada con un vestido color berenjena que contrastaba violentamente con los maravillosos colores que la rodeaban. Clavó los ojos llenos de ira en los de Izzy.

—Prima, ¿qué pasa, no te gustan tus vestidos? —preguntó Izzy, a quien no le preocupaba lo más mínimo el áspero humor de Hildegard, pero sí que todos los demás habitantes de la casa pudieran sufrirlo si no se calmaba pronto.

—No, no puedo decir que esté encantada con *mis* nuevos vestidos, porque *mis* vestidos llegarán con retraso, aunque fueron solicitados con meses de antelación. *Mis* vestidos están sin terminar en el taller de madame Fontenot porque otras mujeres, unas mujeres muy ricas y muy desconsideradas, pidieron sus vestidos después de mí, exigiendo sin embargo que se confeccionaran los primeros. Estos que ves no son *mis* vestidos, Izzy Temple, ¡sino los tuyos!

Izzy parpadeó sorprendida. No podía ser. Aunque aquel tono de azul siempre le había gustado, y mucho tiempo atrás había soñado con poseer unos elegantes guantes como aquéllos...

«Julian.»

Izzy se quedó sin aliento al comprender la enormidad de aquel regalo.

Hildegard entrecerró los ojos con suspicacia, pero Izzy se

contuvo. No debía revelar su plan. Era obvio que la futura prometida de un rico caballero debía aceptar semejantes presentes.

No obstante, no pudo evitar el zarpazo de la decepción al cobrar conciencia de que no se trataba de un regalo. Ella tenía que interpretar un papel, eso era todo, y ese papel requería cierto vestuario. Era la obra teatral de Julian, y solamente la estaba vistiendo para que la representación quedara perfecta.

—No pensarás dejar todo este despliegue carnavalesco en mis habitaciones —le espetó Hildegard—. Quítalo de mi vista, hasta el más pequeño lazo.

Izzy hizo un gesto de asentimiento, y Betty y ella tomaron cuidadosamente los suntuosos vestidos en los brazos y se los llevaron de allí.

—¿No le parecen una preciosidad, señorita? ¿Ha visto el verde? Es como un sueño. Todos lo son.

Aunque amontonados en los brazos y sobre los hombros de Izzy, los lujosos tejidos iban a la perfección con su tono de piel. Al acariciar una de las faldas de seda con la mejilla, se acordó de su madre, y de las hermosas prendas que solía vestir.

En el diminuto dormitorio de Izzy no había espacio para tanto vestido, así que decidieron usar una de las habitaciones de servicio que no se utilizaban, cercana a su habitación. Tras una hora colocando cuidadosamente las adorables prendas, Izzy se encontró una nota en la tapa de una de las cajas de sombreros.

Sólo unas pocas cosas para empezar la temporada, querida. Espero que todo sea de tu agrado. Lady Bottomly se ofreció muy ama-

blemente a ayudar con el que podría ser tu estilo, pero no dudes en devolverlo todo y pedir cosas nuevas si ése es tu deseo.

Deseo ver la transformación mañana por la noche.

Y nada más, sólo el garabato de una firma de hombre al final de la nota.

La transformación. La noche siguiente. El baile.

6

A la mañana siguiente, Izzy se despertó con el malestar producido por la tensión. Después de una noche de poco descanso, se levantó a una hora vergonzosamente tardía. Un poco mareada por el cansancio y la creciente inquietud, se vistió con su viejo vestido negro y bajó a la cocina arrastrando los pies en busca de una taza de té.

Fue toda una sorpresa encontrar al esposo de Hildegard, Melvin, sentado a la mesa del desayuno con la familia. Izzy lo veía tan de tarde en tarde, que a menudo se olvidaba de su existencia durante varios días. Sospechaba que lo mismo le ocurría a Hildegard. Su puesto como miembro del Parlamento había sido comprado gracias a la influencia de su suegro, y pasaba la mayor parte de su tiempo allí, o en su respetable pero poco elegante club, incluso a veces a pasar la noche.

Melvin Marchwell no era un hombre desagradable, pero tampoco particularmente afable. La llegada de Izzy a su casa a la tierna edad de doce años le había arrancado un «Bienvenida, querida», y hasta donde ella recordaba, nunca más había vuelto a dirigirle la palabra.

Ella nunca desayunaba con la familia, puesto que se levantaba muy temprano, razón por la que la sorprendió que Hildegard la invitara cordialmente a unirse a la mesa.

—Izzy, querida, siéntate con nosotros. Estábamos discutiendo sobre el evento de esta noche. Dime, ¿cuál de esos maravillosos vestidos has pensado ponerte?

Aquello sí que era un cambio de humor. Izzy miró a su prima con cautela. ¿Qué estaría tramando?

—Aún no lo he decidido. ¿Por qué lo preguntas?

—Bueno, ya que Millie irá de blanco por supuesto, había pensado que el conjunto sería más llamativo si llevara los lazos a juego con tu vestido. Como si fueran los colores de la familia.

Ahí estaba. Los Marchwell planeaban hacer acto de presencia en el baile sin haber sido invitados. Sin duda imaginaban que el vínculo que unía a Izzy con los Dearingham evitaría comentario alguno. Y tal vez estuvieran en lo cierto, pero la enfurecía que la utilizaran de ese modo.

Eso explicaba también la presencia de Melvin. Él prestaría una necesaria, aunque mínima, escolta a Hildegard y Millie, ya que lo más probable era que se pasara toda la velada en las mesas de juego que allí habría.

Era inevitable. Nada impediría que Hildegard se presentara en la fiesta. Aun así, Izzy se negaba a soportarlos más de lo necesario.

—Me aseguraré de que Spears encargue un carruaje entonces. ¿Tal vez un carruaje para cuatro? —Izzy sonrió con gesto inocente a una Hildegard de rostro cada vez más enrojecido. El alquiler de cualquier carruaje de suficiente calidad como para acudir al baile costaría un pequeña fortuna.

—Bueno, yo había esperado que pudiéramos pasar un tiempo a solas con su señoría. Después de todo, pronto seremos familia. —La sonrisa de Hildegard adoptó un perfil salvaje—. Además, tengo que darle las gracias por su amabilidad en momentos en los que andábamos cortos de personal doméstico.

Lo que pretendía pues era ir gratis al baile. Por no mencionar el esplendor que daría a la familia su llegada en un carruaje con blasón ducal en la puerta.

—Oh, no, Hildegard. Nunca se me ocurriría pediros a Millie y a ti que aplastarais vuestros vestidos en el pequeño carruaje de Julian.

Lo cierto era que no tenía ni idea del tamaño del medio de transporte del hombre, pero dudaba mucho que tuviera intención alguna de trasladar a sus primos al baile. Dirigió su atención a Millie.

—¿Tienes ganas de que llegue esta noche, Millie? Me han dicho que es algo espectacular —preguntó Izzy. Tenía que averiguar lo máximo posible al respecto. A ella el baile le parecía algo horrible. Casi no se enteró de la respuesta de la chica conforme sus miedos comenzaban a emerger una vez más.

—Supongo que dejarás que lord Blackworth me presente a algunos de sus amigos. ¿Crees que lord Stretton asistirá? —preguntó Millie con tono soñador.

—Eso ha dicho, y sé que Celia... quiero decir, lady Bottomly, también asistirá.

—¡Bah! Izzy, no sé cómo la soportas. El simple hecho de estar a su lado hace sombra a cualquiera. Y se cree tan superior a todos. Sarah Cherrymore me dijo que una vez le hizo un cumplido por su vestido y ella la miró como si eso fuera lo más natural del mundo, sin ni siquiera darle las gracias.

—Sarah no la conoce en absoluto. En serio, Millie, no

deberías ir por ahí repitiendo los cotilleos ajenos. Van a pensar que te crees todo lo que te dicen.

—¡Muy bien! —La expresión de Millie era tan clavada a la de Hildegard que Izzy tuvo que levantarse de la mesa antes de que la acometiera un incontenible ataque de risa.

Tras atravesar la cocina, se aventuró fuera de la casa para aliviar sus nervios en los jardines. Conforme avanzaba por el camino embaldosado bordeado de arbustos de hoja perenne, pensó con cierta melancolía en lo dulce que había sido Millie de niña.

Deseosa de afecto, la joven Izzy había prodigado todo su amor a la pequeña Millie. Recordaba cómo ella apoyaba la cabecita rubia en su hombro con gesto confiado mientras le leía libros de cuentos, y los puñados de plantas silvestres que arrancaba con sus manitas gordezuelas para regalárselas.

En las noches de tormenta, Millie se deslizaba en la cama de Izzy, y no volvía a la suya hasta la mañana siguiente, entre murmullos de conspiración y risitas ahogadas. Y también recordaba la pegajosa sensación del preciado beso de la niña.

Millie había sido hija, hermana y compañera de juegos para una niña de doce años, sola en el mundo.

Hasta que un día, la edad y la desaprobación de Hildegard se habían interpuesto entre ellas. Las crecientes obligaciones de Izzy apenas le dejaban tiempo libre para jugar, y la presencia de Sheldon en la sala donde daban clase había evitado cualquier intimidad que pudiera haber escapado a la influencia de Hildegard. Millie había empezado a repetir como un papagayo las críticas de su madre, lo que a Izzy la había herido profundamente.

Se sentía inquieta cuando entró en los jardines, que rebrotaban con la primavera. Aunque vio que había muchas tareas que llevar a cabo, no pareció concentrarse en ello en ese momento. La mortificación de la noche que se avecinaba pesaba sobre sus espaldas haciendo que se sintiera como si su orgullo tuviera que someterse al juicio de la sociedad.

No pudo por menos de sonreír ante el intenso dramatismo del pensamiento. Tras decidir que una hora rastrillando el mantillo sería lo que mejor le iría en ese momento, entró en el cálido establo en busca de la herramienta. Al pasar al lado de los caballos, se detuvo junto a *Lizzie*.

—Lo siento, cariño. Hoy no hay manzana. Sólo un corazón apesadumbrado, y eso no puedes aliviarlo.

—¿Saldrá a montar hoy, milady?

Izzy dio un respingo.

—¡Ah, hola, Timothy! No, no tengo muchas ganas hoy.

Lo cierto era que tenía miedo de que si salía a montar no regresara jamás, pero por muy tentadora que fuese la idea, se había comprometido con Julian. Apartándose del caballo, miró a Timothy con desaprobación.

—¿No habíamos discutido ya el tema de «milady», Timothy?

—Sí, señorita. Pero creo que será mejor que se acostumbre a oírlo, al igual que será mejor que yo me acostumbre a decirlo. —Le sonrió con despreocupado encanto.

Mirándolo con fingido enojo que no hizo sino aumentar la sonrisa irónica de Timothy, Izzy terminó por echarse a reír a pesar de su estado de ánimo. El bueno de Timothy. Desde que Timothy y *Lizzie* estaban allí, el establo se había convertido en un nuevo refugio para ella, como su jardín. El mozo de cuadra la hacía reír, y el cariño sincero de *Lizzie* la apaciguaba. Izzy salió con el rastrillo y los ánimos más calmados.

A Hildegard no le había gustado la idea de tener que dar de comer a un sirviente al que no podía dar órdenes, pero Izzy no tenía más que mencionar lo que pensaría Julian de una hacienda que no podía permitirse mantener a un único mozo de cuadra, para apagar sus airadas protestas.

Timothy se había ganado a la cocinera con su apetito y su aprecio por lo que comía, y Betty, la doncella de Hildegard, había caído rendida ante su robusto atractivo. Timothy no sentía más que desdén por «la vieja cerda», como llamaba a Hildegard, e Izzy se veía obligada a reñirlo por su falta de respeto mientras se esforzaba por ocultar la sonrisa; él se limitaba a mirarla frunciendo los labios provocándole las carcajadas.

Mientras rastrillaba el mantillo del invierno que rodeaba los arbustos, se acordó otra vez del baile.

Tenía ropa preciosa. Tenía un acompañante muy atractivo. Tenía un amigo. Incluso tenía el apoyo, si es que podía llamarse así, de la familia.

Entonces, ¿por qué le daba tanto miedo? ¿Por qué no lograba deshacer el frío y tenso nudo que tenía en el estómago? Se trataba de una reunión de altos vuelos, a la que asistirían algunas de las personalidades más importantes y adineradas de Inglaterra. Era también un evento donde se juzgaba el aspecto, el estilo y el comportamiento, y en el que no se dudaría en aniquilar a aquellos que no cumplieran los requisitos.

E Izzy no tenía dudas de que ella no los cumpliría, porque estaba simulando algo que no era. Sólo era una tramposa. Una impostora. Una farsante.

De pronto, deseó que Julian no estuviera presente en el baile. Claro que, si él no estuviera, tampoco lo estaría ella. Sin embargo, que él la viera hacer esa noche el mayor de los ridículos, se le antojaba lo peor de todo.

Julian era la primera persona que la escuchaba en muchos años, que se reía con ella. Adoraba sus ojos cuando la miraba, la forma en que la contemplaba viéndola tal como era. Hacía años que nadie se había molestado en verla. No quería que esa mirada suya se desvaneciera jamás para ser reemplazada por el desprecio o la indiferencia.

Pero estaba atrapada; obligada a ir porque él se lo había pedido. Trató de convencerse de que no importaba mucho lo que ocurriera, porque pronto desaparecería de allí y podría olvidarse de Inglaterra y de los Marchwell. Y de Julian.

Por primera vez se preguntó si, tal vez, no sería mejor que se casaran. Él se lo había pedido con toda sinceridad cuando Izzy ya pensaba que nunca se lo pediría nadie. Suspiró.

El matrimonio era imposible. Aunque ella sabía que le gustaba, también sabía que no la quería. No para unir sus futuros. No para compartir una vida de pasión y risas como la que habían compartido sus padres.

Y si no podía tener todo eso, no se conformaría con menos. Prefería vivir sola su vida a aceptar una unión sin amor, como la de Melvin y Hildegard.

Terminada la tarea, devolvió las herramientas al cobertizo y regresó a la casa. Si pudiera convencer a la cocinera para que le calentara unos cubos de agua, un baño le tranquilizaría los nervios. Después de comer, tendría que empezar a vestirse, con gran esfuerzo.

Se quedó atónita al encontrar a una doncella desconocida en su habitación. Una chica alta, con un pecho impresionante y unos risueños ojos castaños, disponía sobre la cama uno de los vestidos nuevos y todos sus complementos. Las finas prendas destacaban en el lóbrego ambiente. Aquella habitación jamás había sido testigo de tanto refinamiento. Izzy se sonrojó al darse cuenta de que hasta el vestido de la doncella era mucho mejor que el que ella llevaba puesto.

—Hola, señorita. Soy Ellie. Milady me ha enviado para que la ayude a prepararse para esta noche. Y no queda mucho tiempo.

Perpleja, Izzy dejó que aquella chica morena le quitara el andrajoso vestido y la sentara delante del tocador.

—Milady me dijo que tenía usted algunos rasgos dignos de destacar, y es cierto. Mire qué pelo, señorita. Será un placer peinarlo. Y es usted tan delicada que parecerá una princesa de cuento con ese vestido azul, ya lo verá. Milady ordenó toda la ropa interior que acompaña a sus nuevos vestidos, así que empezaremos por lavarla. Será mejor que se meta en el baño. Ya vamos justas de tiempo.

Izzy no quería interrumpir su animada charla, pero cuando la informó de que su baño tendría que esperar, la chica se echó a reír.

—No, señorita. Tengo la bañera preparada detrás de ese biombo. Milady me dijo que no permitiera que me ayudara en nada. Así que métase en la bañera.

Ellie ayudó a Izzy a entrar en el agua caliente y, una vez dentro, empezó a lavarle el pelo.

—Madre mía, señorita. Menudo cabello tiene. Hasta la cintura. No puedo cortarlo, no, señorita, aunque sea la nueva moda. Es su rasgo más atractivo, y no queremos eliminarlo. Tal vez pueda hacerle un peinado estilo griego, o sujetárselo en lo alto de la cabeza dejando que caiga en cascada.

—Ellie, ¿quién es milady? —preguntó Izzy, aunque ya lo sabía.

—Milady Bottomly, ¿quién si no, señorita? Ella me envió porque sabía que le preocupaba no tener buen aspecto para el baile de esta noche. Así que preparé mi cofre de los secretos y aquí estoy.

—¿Secretos?

—Ya lo creo, señorita. ¿Cree usted que milady no tiene algunos secretos? Lleva un poco de trabajo estar así de hermosa todos los días. No es que milady no sea impresionante recién bañada —afirmó la doncella de forma incondicional—, pero también sabe cómo estar guapa en todo momento.

Izzy, a quien nunca le había preocupado la belleza ni su mantenimiento, se preguntaba en qué la habría metido Celia.

Después de seis horas en las que Ellie la bañó, la embadurnó de aceites y cremas, masajeó, retocó con las pinzas, recortó el pelo y después tironeó de él hasta peinarlo, Izzy había llegado a la conclusión de que ser una chica anodina tenía sus ventajas. Pero la alegre e incesante charla de Ellie sobre milady hizo que el tiempo se le pasara volando y, sin darse cuenta, había llegado la hora de vestirse y bajar al encuentro de Julian.

—Es una suerte que milady decidiera pedir dos pares de guantes para cada vestido. No debe salir nunca sin ellos, señorita. No con esas manos. No había visto unas manos así desde que mi abuelita lavaba la ropa en el río. Mi madre ha trabajado con las manos toda la vida, pero las suyas son suaves como la mantequilla en comparación con las de usted. Quédese con esta crema, señorita, y úsela todos los días por la mañana y por la noche. Y póngase siempre guantes para cualquier cosa. Nunca había visto que una dama utilizase tanto las manos.

Izzy no la escuchaba. Estupefacta, no podía apartar la vista de la imagen que le devolvía el espejo.

No podía ser ella. Aquella chica era casi bonita. Sí, una chica casi guapa, con un hermoso pelo y un maravilloso vestido de seda de color azul. Cerró los ojos un momento y volvió a abrirlos. El vestido le ceñía la cintura según la última moda, y el corsé con ballenas que llevaba debajo le apretaba el pecho, elevándolo. La línea horizontal del escote revelaba un busto mayor del que creía poseer.

¡Hasta tenía buena figura! No la mejor figura del mundo tal vez, pero desde luego aquel vestido sabía cómo realzarla.

¡Y su pelo! Lo que una vez había sido un amasijo de rizos indisciplinados y sin forma, era en ese momento una melena de ondas resplandecientes que le llegaba a la cintura. El peinado que Ellie había inventado para ella consistía en sujetar la masa de rizos detrás con un trenzado entreverado de perlas y lazos, desde donde la mata caía en una cascada de rizos que le cubría la espalda. Unos mechones de pequeños rizos le enmarcaban el rostro, aligerando el peso de la enorme masa de cabello al tiempo que suavizaban el estilo. Nunca habría imaginado que su pelo pudiera tener un aspecto tan sofisticado.

Su rostro parecía el de siempre ya que Ellie había decidido prescindir de los polvos para así destacar la fina piel natural de Izzy, pero el peinado adornaba sus rasgos tan comunes, y el brillo de la seda del vestido le confería un aspecto radiante.

El vestido no era el habitual vestido blanco adecuado para una chica en su primera temporada. El azul tenía un intenso tono zafiro, el tipo de color que su madre había llevado a menudo, en una muestra de su osadía, sin importarle si estaba de moda o no.

Izzy sonrió. Su querida Celia. Estaba impaciente por darle las gracias, así que se conformó con empezar por darle un beso de puro regocijo a una asombrada Ellie.

Cuando Spears informó a la doncella de que su señoría había llegado, Izzy contuvo el aliento. Más que nada en el mundo, quería que Julian viera la transformación, pero tenía miedo. ¿Y si no le gustaba? ¿Y si no veía lo que había detrás? Ella no era hermosa y nunca lo sería; ni con todas las sedas que el dinero pudiera comprar.

¿Esperaría un gran cambio? ¿Habría albergado la esperanza de que, tras los harapos, se ocultaba una gran belleza? A pesar de que sólo estaban interpretando una farsa de compromiso, Izzy se dio cuenta de que quería estar perfecta en su papel. Tomando una enorme bocanada de aire, Izzy estiró el brazo hacia atrás en busca de asiento.

—¡Nada de desfallecer, señorita! Está radiante de verdad. Y, además, es toda una dama. Tiene dignidad y es toda bondad. Eso le da aún mejor aspecto, su modo de ser. Sea usted misma, señorita, y todos esos hombres ricos estarán comiendo de su mano, ya lo verá.

Izzy escuchó sólo una palabra: dignidad. Sí, aunque sólo fuera eso, su orgullo le exigía que mantuviera la dignidad. Se irguió, al tiempo que tomaba aire en inspiraciones muy profundas. Y, tras una ferviente oración, cogió el chal de terciopelo y salió de la habitación.

7

Julian estaba de pie, en el vestíbulo de entrada de los Marchwell, con el codo apoyado en el Adonis de mármol y casi comatoso de aburrimiento. La prima de Izzy, Millie, una adolescente de cabello rubio casi blanco y cuyos modales y rasgos recordaban a Hildegard, parloteaba de forma incesante ante el muro indolente de su indiferencia.

Su madre aguardaba detrás de él, reprendiendo al inútil de su esposo una vez más; ésta, al parecer, por el mero hecho de existir. Spears permanecía rígido junto a la entrada, haciendo lo posible por dar la sensación de que su único cometido en la vida era abrir las puertas a la familia Marchwell. No resultaba convincente, pero era mucho más interesante que «los primos», como los llamaba Izzy.

No se dio cuenta de que Millie se callaba. Sólo experimentó alivio ante el cese del hostigamiento por parte de Hildegard. Spears soltó una exclamación con su acento del East End y sólo entonces Julian levantó los ojos para encontrarse con una bonita y desconocida joven que bajaba la escalera.

«Qué pelo.» Julian sintió por primera vez una punzada de interés puramente masculino. Tenía además una bonita figura. Pero ¿cuántas primas tenía Izzy?

—¡Izzy! —exclamó Millie—. Estás...

¿Izzy? Blackworth se apartó de la estatua con tanta brusquedad que a punto estuvo de hacer añicos al pobre Adonis.

¿Izzy? Levantó la vista y la miró a la cara, tratando de encontrar a la anodina y pequeña florecilla silvestre que conocía. Por primera vez se dio cuenta de que tenía los ojos grises, no, azul-grisáceo. Y parecían cambiar de tono mientras los observaba, oscureciéndose conforme la estudiaba.

Con aquellos pequeños rizos de pelo enmarcándole el rostro, y la forma en que su piel de porcelana resaltaba, en contraste con el azul del vestido, su Izzy estaba preciosa. Sin darse cuenta, se encontró en el primer escalón, la vista alzada hacia ella, que parecía haberse quedado paralizada en mitad de la escalera. Por espacio de unos segundos, ambos permanecieron así.

Estaba tan bonita. Julian había esperado cierta mejora, incluso que estuviera presentable, pero jamás algo así. Con aquel vestido estaba resplandeciente. Su rostro seguía siendo amable y familiar aunque transformado. Parecía que tuviese los ojos más grandes, y atraían la mirada de él de manera irremediable. En ese momento, se habían oscurecido mientras lo observaba, esperando su reacción.

Y ésta, por extraño que pudiera parecer, no fue de aprobación. Julian sentía algo extraño, como si hubiera arrancado una margarita común y, de pronto, se hubiese dado cuenta de que lo que tenía en las manos era una rosa. Era una sustitución ventajosa, sin duda, pero no podía dejar de echar de menos su margarita.

«Tonterías», se riñó. Estaba perfecta. Todo el mundo repararía en ella y no albergaría duda alguna de que ella era la salvaje seductora de la fiesta en casa de lord Cherrymore.

Era exactamente lo que él había planeado. Sus recelos estaban fuera de lugar.

De pronto, soltó una carcajada, el sonido indiscutible del triunfo, y dando una palmada, se volvió hacia los boquiabiertos Marchwell.

—¡Qué! Están sorprendidos, ¿verdad? Vamos, Izzy. Enseñémosle a la alta sociedad por qué me deslizo a oscuras en dormitorios ajenos. Vamos, querida mía. Estoy ansioso porque todo el mundo te vea.

Y, tomándola de la mano, la sacó de la casa a paso ligero y la condujo hasta su carruaje. De excelente humor, la ayudó a acomodarse y le hizo una señal al cochero para que iniciara la marcha, sin prestar atención a las tres figuras que se habían quedado de pie en el camino de entrada, atónitas, viendo cómo se alejaban.

Oculta en un rincón en sombras, Izzy guardó silencio durante el trayecto hasta Londres. Su reticencia no molestaba en absoluto a su acompañante. Julian no parecía darse cuenta; iba mirando por la ventanilla la noche recién llegada, con alguna ocasional mirada divertida y una risita engreída hacia ella.

Izzy estaba cada vez más irritada. Para cuando llegaron, había alcanzado un estado de silenciosa pero hirviente furia.

El carruaje se detuvo, y Julian salió de un salto; colocando él mismo los escalones, ayudó a Izzy a bajar. Ésta descendió con gélida compostura, tocando lo menos posible la mano que él le ofrecía.

Ante sus ojos se alzaba una elegante casa unifamiliar,

como una gema más en el collar formado por otras casas igualmente elegantes. La relativamente silenciosa calle estaba bordeada de altos árboles y olía a humo de leña con apenas un toque de presencia equina. Todo un cambio respecto al ambiente que Izzy solía encontrar cuando iba a Londres. El vecindario donde vivían los Marchwell olía más bien a hollín de carbón, y a los aromas, animales y vegetales, del mercado.

Al darse cuenta de que aquella calle estaba demasiado silenciosa, Izzy se volvió bruscamente hacia Julian.

—Aquí no se va a celebrar ningún baile esta noche.

—¿Empieza a preocuparte, finalmente, tu reputación, querida mía?

—No seas tonto —le espetó ella—. No es eso lo que me preocupa. Es simplemente que no quiero llegar tarde.

—Para el comienzo del baile falta más de una hora. Y como se alargará hasta la madrugada, pensé que bien podía darte de cenar antes.

Como a un caballo, pensó ella. Como si fuera una mascota entrenada, a punto de comenzar su representación. Echando humo, lo siguió a la casa, donde un complaciente mayordomo les dio la bienvenida. Mientras el ceremonioso sirviente de cabello plateado le cogía el chal, Izzy no pudo evitar fijarse con admiración en el entorno. Después de vivir durante años en la cámara de los horrores, ansiaba verdaderamente ver cosas bellas.

Una delicada obra de marquetería, pero no recubierta de oropel, adornaba las paredes, y su veta natural contrastaba con los cortinajes de seda, de intensos pero acogedores tonos azules. Los elegantes bancos con que se había amueblado el vestíbulo de entrada estaban tapizados de terciopelo de un profundo color azul-verdoso, que armonizaba a la perfección con la vibrante alfombrilla de estilo Aubusson. Aunque distraída por su enojo, una parte de Izzy se deleitó con el gusto de la decoración.

—Ésta es mi casa —anunció Julian—. No puedo vivir con mi padre, imaginarás por qué, así que compré esta vivienda hace unos años para utilizarla durante la temporada.

Atravesó el elegante vestíbulo en dirección a un comedor pequeño e íntimo.

Un ejemplo más de la elegante contención, en tonos verde y marfil, la estancia habría encantado a Izzy de no sentirse ésta tan molesta. Tras ordenar una cena fría a otro de sus discretos sirvientes, Julian le indicó a ella un sillón y la ayudó a sentarse con ausente cortesía.

Sus gestos no hicieron sino enfurecerla nuevamente.

—Esta noche conocerás a tanta gente que no podrás recordar todos los nombres. No te preocupes. Llámalos «milord» y «milady» y así no te equivocarás. Si no tienen título, se sentirán demasiado halagados como para contradecirte. Es más, si no tienen título, no son personas que te interesen demasiado. —Ajeno a la creciente ira de Izzy, Julian continuó—: Intenta prestar atención a los duques y duquesas. Se ofrenden mucho cuando alguien se olvida de dirigirse a ellos con «Su señoría».

—Julian —lo interrumpió ella con gesto tenso.

—¿Sí?

—Déjalo.

Él parpadeó sin comprender.

—¿Que deje qué?

—¡Deja de tratarme como si fuera un perrillo amaestrado, o una niña que va a empezar a morderse las uñas o a rascarse el trasero!

—¡Izzy! —exclamó él, escandalizado.

Apartando el sillón, ella se levantó.

—¿Qué? ¿Acaso te sorprende que pueda ser grosera? Cualquiera hubiese dicho que es lo que esperas a juzgar por la forma en que me estás hablando. Julian, puede que no tenga experiencia en el mundo de la alta sociedad, pero eso no significa que no conozca las normas. Mi madre era hija de un conde, y mi padre era un caballero. Puede que mi nombre no vaya precedido de un título, pero ¡eso no quiere decir que no sea una dama!

Menudo aspecto tenía. Allí, de pie, inclinada, con los puños apretados a los costados y la cabellera casi rozando los hombros de él. El color de sus mejillas se había intensificado por la furia, y su pecho subía y bajaba de indignación.

Pequeña y frágil, pero osada. Una amazona de bolsillo. Julian le dedicó una amplia sonrisa.

—Tienes razón, adorable Isadora. Lo siento.

Su disculpa calmó la tensión de su espina dorsal e Izzy se dejó caer sin fuerzas en el sillón. Julian tuvo que acercarse para oír su leve susurro.

—Julian, estoy tan nerviosa que no puedo ni comer. Apenas puedo respirar. Por favor, no me obligues a ir. ¿No podemos quedarnos aquí, sin más? Podemos jugar al ajedrez, o al píquet, o a...

—Izzy.

—¿Sí?

—Calla.

Lo hizo. Julian se levantó y, apoyando la cadera en la

mesa, le tomó la mano. Aun cubierta con el guante, le notó los dedos tan fríos que empezó a frotárselos inconscientemente.

—Izzy, no tienes de qué preocuparte. Vamos a ir; bailaremos y nos dejaremos ver. Y cuando quieras irte, nos iremos. Aunque no creo que quieras hacerlo cuando veas cómo es realmente.

—¿Y si nadie me saca a bailar? ¿Puedo quedarme sentada, mirando?

Julian se echó a reír mientras negaba con la cabeza.

—Izzy, realmente no eres consciente de la fama que te precede. Toda la sociedad se muere de ganas de verte. Desde hace casi un mes no se habla de otra cosa que de la fiesta de los Cherrymore.

»Los jovencitos casaderos tropezarán entre sí en su intento de sacarte a bailar, y los aristócratas de más edad se mostrarán ansiosos por inspeccionar a la futura duquesa. Esposas e hijas harán cola ante ti para ser presentadas, y todas te considerarán una tentadora sin igual.

—Oh, no. —La ola de pavor que la inundó amenazó con dejarla sin aliento. Sintió que el estómago le subía hasta la boca, como si quisiera salírsele del cuerpo—. Oh, Dios mío.

—Izzy, Izzy, ¿es que no lo ves? Para ellos, eres ya una mujer única; si aparecieras con uno de esos sacos de color pardo con mangas que llevas, se impondría la moda de los sacos pardos. No puedes fracasar. Eres Julieta, Isolda y Cleopatra, todas en una.

»Eres la ardiente tentación que me atrajo hasta su cama; eres la amante salvaje que me golpeó la cabeza llevada por la furia de la pasión; la misteriosa mujer que siempre ha estado ahí, pero que nadie recuerda haber visto. No necesitas quitarte los zapatos y ponerte a bailar encima de una mesa, como una cabaretera francesa, para conseguir ser más escandalosa e irreverente de lo que ya eres.

—Oh, Dios mío —repitió ella, en un susurro. Conforme comprendía el significado de sus palabras, el miedo comenzó a ceder. ¿Famosa? ¿Misteriosa? Una sensación como de estar flotando se apoderó de ella y, tras unos instantes, logró identificarla.

Libertad. Era libre para hacer y ser todo aquello que quisiera. Libre para despojarse de los años de severa opresión por parte de Hildegard y de sus interminables sermones sobre el decoro. No tenía que impresionar a la sociedad. Alimentada de especulación y con su infinita necesidad de aliviar su aburrimiento endémico, la sociedad ya estaba impresionada.

Una débil sonrisa apareció en sus labios, y poco a poco se fue ensanchando hasta convertirse en una resplandeciente expresión de alivio. Se irguió de golpe en el sillón y rodeó la cintura de Julian con los brazos, riéndose de pura felicidad.

Sorprendido, él reaccionó abrazándola. El intenso sonido de su risa lo hizo sonreír. El firme pecho de Izzy se apretaba contra él mientras su magnífica cabellera caía sobre sus manos.

Mirando desde su altura los brillantes ojos de Izzy en su inconsciente posición entre las piernas abiertas de él, Julian se vio asaltado por una súbita excitación, que fue creciendo de forma apabullante hasta convertirse en una conciencia de deseo por ella como no había sentido hasta el momento.

Hacía tiempo que había enterrado cualquier recuerdo de

la noche del escándalo y, sin embargo, de súbito se vio asaltado por el recuerdo de la pequeña y sensual mujer que respondía de forma entusiasta a sus caricias. La imagen hizo que su pecho se tensara y su respiración se acelerase.

Izzy percibió el cambio en él y la sonrisa desapareció de sus labios dejando en su lugar un temblor medio temeroso, medio anhelante.

Julian, que no había sido nunca de los que dejan pasar la oportunidad de besar a una mujer, vaciló. No sólo no estaba acostumbrado a considerar a Izzy como a alguien a quien quisiera besar, sino que no estaba seguro de estar preparado para ello. Izzy era... Izzy. Su amiga, una de las pocas personas con las que podía ser él mismo. Temía que aquella nueva atracción que se le había despertado pudiera alterar su relación. No quería perder la armonía que reinaba entre ellos sólo por dejarse atrapar en las redes del deseo sexual.

Sin embargo, al cabo de unos meses estarían casados, argumentó una voz interna. Debería besarla; probar el agua, por decirlo de alguna manera. Y decidiendo que sólo era un experimento, bajó la cabeza y acercó la boca a la de ella.

Izzy se estremeció al contacto con sus labios. Tibios, duros y tiernos al mismo tiempo, presionaron contra los suyos instándola a hacer lo mismo por reflejo. El leve roce de la barba de él en su piel le trajo a la memoria un fogonazo de lo ocurrido aquella aterradora noche, pero se apresuró a apartarlo. Julian no la había lastimado entonces y tampoco lo haría en ese momento. El aliento de ella se fue acelerando más y más mientras se derretía contra su cuerpo, deshaciéndose en su potente abrazo.

Ella resultó ser suave, generosa y dulce. Aun actuando

con el único interés de su experimento, por supuesto, Julian profundizó el beso. Con la punta de la lengua le acarició los labios y, absorbiendo el suspiro de asombro de Izzy, se abrió paso en su exploración. Suavemente al principio, y después con más exigencia, saboreó la dulzura inocente de su boca con creciente ardor.

Tras un momento de temblorosa sorpresa, ella aceptó la perversamente sensual intrusión. Recordaba el sabor salvaje y ardiente del único beso que habían compartido, sólo que, en ese momento, era bien consciente de todo. Las manos de Julian eran cálidas y se movían con impaciencia por su espalda. Sus poderosos brazos la estrechaban con tanta fuerza contra su cuerpo que podía notar el más mínimo cambio en éste mientras se tensaba de forma íntima contra el estómago de ella.

Mareada debido al misterioso calor que ardía en su interior, notó que le flaqueaban las rodillas y se abrazó a él. El corazón le martilleaba con tal fuerza que podía oírlo, con el de él, latiendo juntos con fuerza, como dos caballos de carreras galopando a la par. Se sentía atemorizada, alborozada y en llamas. Respondió al beso imitando la acciones de él con cierta vacilación.

Cuando su delicada e inexperta lengua se deslizó entre los labios abiertos de Julian, éste tuvo que refrenar la súbita oleada de ardiente deseo que lo acosaba y atraía sin que se diera cuenta. En un intento por recuperar el control, apartó los labios de los de Izzy con un gemido. Respirando de forma entrecortada, decidió que hasta allí llegaba toda la experimentación que podía soportar por el momento.

Deslizando las manos por los brazos enguantados de

ella, que en esos momentos le rodeaban el cuello, se los bajó hasta colocárselos delante de él.

—Izzy, Izzy, Izzy. Eres toda una contradicción —susurró contra su pelo, tras lo cual la soltó y, retrocediendo un paso, se volvió y salió de la estancia.

Helada de repente al verse privada de la calidez del cuerpo de Julian, Izzy se rodeó el cuerpo con los brazos. Lentamente, se dejó caer en el sillón, preguntándose cómo podía ser ella más contradictoria que el hombre que acababa de llevarla a un estado de apasionado embeleso con sus besos, para después dejarla allí plantada.

Izzy no hizo movimiento alguno cuando Julian regresó más de una hora más tarde. Carraspeó al entrar, pero no obtuvo respuesta.

«Está enfadada», pensó, apartando una punzada de culpabilidad por haberla dejado sola tanto tiempo. Había sido desconsiderado por su parte, pero sencillamente no había querido enfrentarse a ella. No había querido ver su mirada esperanzada; esa que las damiselas le dirigían siempre a la más mínima muestra de interés cortés por su parte.

Y en realidad no había sido nada. Tan sólo un gesto de ánimo para estimular su confianza ante el baile. Se lo había repetido a sí mismo tantas veces durante la última hora que casi se lo creía.

Aunque debía casarse con Izzy, y aunque la idea ya no le resultara tan repugnante como al principio, no quería que ella se enamorara de él. Prefería el frío e impersonal contrato matrimonial tan común entre la aristocracia. Quería una esposa a quien no pudiese herir, una mujer a la que no pudiera decepcionar. Porque sin duda eso pasaría. Él no era monógamo, nunca lo había sido. No quería que Izzy le entregase su corazón, pues era consciente de que se lo destrozaría.

Acercándose a la parte trasera del sillón de ella, bajó la vista hacia la cascada ondulada de su cabello. Por el amor de Dios, ¡qué pelo tenía! ¿Quién se habría imaginado que bajo aquellas horribles cofias suyas pudiera ocultarse algo tan bello? No le importaría nada verlo extendido sobre su almohada.

Se detuvo, aturdido. Izzy era inocente; y pronto se convertiría en su honorable esposa. Dormiría con él algunas veces, a oscuras y decentemente cubierta, por supuesto, engendrarían un heredero y después ella llevaría una vida solitaria en el campo. Dudaba mucho que llegara a ver lo que había debajo de su camisón de dormir, así que no le hacía ninguna falta imaginar su pelo cayendo en cascada sobre su cuerpo flexible y desnudo mientras se movía sinuosamente entre las sábanas de su cama.

Apartando la imposible imagen de su mente, dijo:

—Izzy, es hora de ir a casa de los Waverly. —Miró hacia la mesa—. Apenas has comido. ¿Estás... disgustada?

Probablemente. Desde luego se había comportado como un anfitrión atroz, abandonándola de esa manera.

—Vamos, Izzy. No es para enfurruñarse —dijo, y rodeó el sillón colocándose delante de ella.

Se había quedado dormida. Completamente erguida en su asiento, con las manos delicadamente apoyadas en los brazos del sillón, sin duda para no arrugar el vestido.

Izzy siempre tan práctica.

Ladeando la cabeza, examinó concienzudamente su nueva apariencia. Había sido una verdadera conmoción. Le parecía otra persona; una muchacha desconocida en vez de la insignificante y desaliñada Izzy. No podía deberse sólo a sus nuevos y elegantes ropajes. El vestido resplandecía a la luz de la lumbre, aunque no tanto como su cutis de porcelana.

Tan pálida y delicada, estaba hecha para ser admirada a la luz de las velas. El suave brillo definía los ángulos de su rostro y sus labios carnosos. Sus pestañas negras como el carbón reposaban sobre sus blancas mejillas sombreándoselas; unas pestañas bastante más oscuras que su pelo, de un resplandeciente color castaño.

¿Cómo era que no se había fijado antes? Hasta esa noche, habría apostado su título de duque a que era perfectamente capaz de reconocer una mujer bonita nada más verla. Y, sin embargo, había pasado horas en compañía de aquella singular mujer y no se había percatado de la belleza que había en ella. Sí recordaba haber percibido cierta delicada elegancia, cierta fluidez de movimiento de duendecillo, pero ¡aquello!

Izzy no se adaptaba al canon de belleza de joven un tanto rellenita, predominantemente de tono rosado-dorado, que estaba tan en boga en esos momentos. Ella era como la bruma de la medianoche y la luz de la luna, capaz de sorprendentes muestras de pasión y de furiosos ataques en defensa de su moral. Sonrió al recordar lo que había sucedido un rato antes, la forma en que relucían sus ojos y su pecho subía y bajaba.

Paseó la vista por su cuello hasta llegar a sus pechos, los mismos que una vez había considerado un poco pequeños para su gusto, pues normalmente lo atraían las mujeres de encantos generosos. Sin embargo, su figura parecía perfecta tal como era, bellamente proporcionada respecto a su menudo cuerpo. La tibia luz del fuego acentuaba el canal que se abría entre ambos pechos, lo que atrajo su mirada. Le resultaba sorprendente lo tentadores que le parecían.

Erguidos, suaves y visibles gracias al pronunciado escote del vestido, parecían estar pidiendo ser acariciados, acariciados por él. Su mano se cerró en un puño a lo largo de su costado, debido al esfuerzo que le suponía no alargarla y tocar aquella piel satinada. Sentía las llamas del fuego en su espalda, pero aquello no era nada comparado con las que sentía por dentro.

Levantando la mirada con un esfuerzo sobrehumano, dio un respingo al ver que Izzy tenía los ojos abiertos. Lo miraba fijamente, con los ojos oscurecidos y muy abiertos.

Aclarándose la garganta de repente seca, Julian alargó la mano hacia ella.

—Vamos, querida mía. Es la hora.

Con instintiva equiescencia, Izzy posó la mano en la de Julian y le permitió que la ayudara a levantarse. La confusión se apoderó de ella cuando él se limitó a sonreír y dio media vuelta, dispuesto a salir. Le llevó un momento recordar el baile.

Un momento antes, los dorados ojos de Julian le habían dicho algo bien distinto. Despertar y encontrarlo contemplándola, con la ardiente mirada fija en su pecho, había reavivado la llama prendida con su beso.

¿Por qué la había besado? ¿Habría sido uno más de sus impulsivos gestos? Para ella había sido una llamada a sus sentidos, despertando lo que había estado dormido hasta el momento. Aquel beso había cambiado mucho las cosas para Izzy, pero al parecer, nada para Julian. Él parecía mostrarse impasible mientras el cuerpo de ella era un hervidero.

No sabía qué hacer con aquellos sentimientos. Una ardiente espiral corría por sus venas, excitando todo su cuerpo hasta derretirse en sus pechos. Sentía un hormigueo, un anhelo y, que el cielo la ayudara, toda ella palpitaba. Le asustaba cuál podía ser la causa. ¿Sería acaso una capacidad que todos los hombres poseían cuando estaban con una mujer?

Se puso en pie sobre sus temblorosas piernas, preguntándose, confusa, cómo controlar el borboteo que sentía en su interior.

Y, por lo que parecía, él no iba a enseñarle a hacerlo, pensó al ver que Julian salía de la habitación delante de ella. Irritada por razones que no comprendía muy bien, Izzy miró su espalda.

—Sé que tu rango está muy por encima del mío, Julian, pero las damas preceden siempre a los caballeros.

La nuca de Julian se sonrojó, sin embargo no aminoró la marcha ni se volvió. Izzy tuvo entonces la extraña sensación de que le estaba ocultando algo.

En la puerta principal, le hizo un grácil gesto para que pasara delante de él. El mayordomo esperaba, diligente, con su chal en las manos, e Izzy se acercó a él en vez de dejar que fuera Julian quien la ayudara.

—Vamos, Izzy. Es hora de nuestra representación para la alta sociedad. —Julian sonrió mientras la ayudaba a subir al carruaje—. No te preocupes, mi pequeña amiga, estaré cerca de ti toda la noche.

Dentro del carruaje, Izzy se acurrucó bajo la prenda de terciopelo, diciéndose para sus adentros que se alegraba de que Julian no tuviera la más ligera idea de cómo había reaccionado el cuerpo de ella ante él; se alegraba de que él no hubiera encontrado nada de particular en su beso; prueba de ello era que se había ido de la habitación. Un tanto avergonzada por haberse excitado de aquella manera, trató de ahogar, con fiera determinación, el anhelo que el más mínimo roce de su piel le provocaba.

Esos pensamientos pasaron a segundo plano cuando el carruaje se detuvo tras una larga hilera de carruajes que esperaban delante de la magnífica residencia de los Waverly. Brotaba luz de cada ventana y cada puerta, y toda la casa resplandecía con la elegancia de los invitados que iban llegando.

El ruido en el exterior era increíble a causa del tintineo de los arreos de los carruajes y los caballos, las agudas y alegres risas y el animado vocerío. Pero no era comparable con la algarabía del interior.

8

No se puede decir que el silencio se adueñara de la sala con su entrada, pero la intensidad del alboroto bajó un poco entre los asombrados presentes. Sin embargo, al cabo de un momento, las voces se alzaron nuevamente, con más intensidad que antes, si cabía.

—¿Qué ha pasado? ¿Ha entrado alguien importante? —Izzy tuvo que ponerse de puntillas y gritar al oído de Julian. Miraba a su alrededor con puro deleite, debatiéndose entre mirar a la gente, ataviada con sus elegantes prendas, o el salón de baile, adornado con cristal y oropel por todas partes.

—Sí. Tú.

Izzy volvió a su posición con brusquedad. La grandiosidad del salón se le hizo algo borrosa, y las manos empezaron a temblarle. Se aferró con más fuerza aún al brazo de Julian. Paralizada por los nervios, no se movió cuando éste avanzó un paso casi levantándola del suelo. Entonces él se volvió hacia ella y le cubrió los puños con las manos.

—Todo saldrá bien —le dijo—. Recuerda, esta noche no puedes fracasar.

Inspirando profundamente, Izzy apartó la vista del mar de rostros que le parecían fijos en ella, y lo miró a los ojos.

—Estoy aterrada, Julian. No creo que pueda bailar como una cabaretera.

Julian parpadeó confuso y al momento echó la cabeza hacia atrás dejando escapar una carcajada que resonó en el estruendo reinante. Izzy esbozó una trémula sonrisa.

—Lo harás bien, adorable Isadora —dijo él, acariciándole la mejilla con los nudillos, sin hacer caso de las miradas de interés de los curiosos que pasaban por allí. Ella no parecía darse cuenta de que estaban siendo examinados a conciencia, y él se alegró de que así fuera. Izzy tenía que ser ella misma, con su apabullante personalidad, o acercarse lo más posible a eso.

—¡Julian!

Eric se deslizó entre los invitados y se acercó a ellos.

—Que me cuelguen si puedo decir por qué te queda tan bien ese nombre, pero así es. Siempre me sentí raro llamándote Eppie cuando dejamos el colegio. —Su mirada pasó velozmente por encima de Izzy con un gesto de ausente admiración. Se inclinó sobre Julian y le susurró—: ¿Dónde está el ratón?

Aflojando su feroz asimiento sobre el brazo de Julian, Izzy se plantó delante de Eric.

—Aquí —contestó ella, fingiendo un chillido propio de ese animalillo.

Eric dio un respingo. Sus ojos abiertos como platos de puro asombro la recorrieron desde el rostro hasta el dobladillo del vestido y de nuevo al rostro. Julian se colocó entre los dos con un gruñido.

—Izzy, permíteme que te presente a mi mejor amigo, Eric Calwell, vizconde Stretton. Eric, la señorita Isadora Temple, mi prometida. Y haz el favor de cerrar un poco los ojos, Stretton, estás dando el espectáculo.

—No seas tonto, Julian —dijo Izzy, riéndose—. Eres tú

quien está dando el espectáculo. Lord Stretton me acaba de ser presentado. Me alegro mucho de conocer a un amigo de Julian, milord. Aunque es como si ya lo conociera.

Tras una reverencia, Izzy sonrió al amigo de Julian, pero su sonrisa vaciló al no recibir respuesta alguna de Eric, que la miraba claramente inexpresivo.

Julian estaba perplejo. ¿Por qué Eric estaba reaccionando de ese modo? Exasperado con su amigo, estaba a punto de decirle lo que pensaba de él cuando una idea lo asaltó.

Izzy era una mujer de lo más inusual. Tal vez fuera mejor que Eric lo descubriera por sí mismo. Actuando con fingida indiferencia ante la tensión reinante, hizo una leve inclinación hacia Izzy.

—Me perdonaréis que me ausente un momento. He visto a alguien con quien debo hablar. —Y girando sobre sus talones, los dejó a solas sonriendo ampliamente.

Eric estaba perdido.

Cuando lord Stretton ofreció un rígido brazo a Izzy, ésta lo aceptó con cierto recelo. Al parecer, lady Bottomly no era la única que pensaba que no era más que una oportunista cazamaridos.

Una vez en la pista de baile, lord Stretton se movía con bastante soltura, pero sus ojos seguían fulminándola. Izzy le sonrió de todas formas.

—Milord, tal vez pudiera usted dirigir su mirada hacia otra parte. Temo que mi pelo empiece a arder.

Él frunció el cejo al oír sus palabras, y la feroz mirada se hizo más intensa.

—Espero que esté disfrutando del lujo por el cual mintió, señorita Temple. —Eric sonrió con suficiencia—. Sí, yo sé lo que verdaderamente ocurrió. Sé que su intención es ganar un buen montón de dinero atrapando a un buen hombre con sus patrañas.

Izzy contempló la posibilidad de explicarle todo el asunto del compromiso, pero decidió que Julian debía de tener sus razones para haberle ocultado el plan a su amigo.

—Todos nos vimos atrapados por las circunstancias, lord Stretton. Lo único que hice fue intentar minimizar los daños. —Era conmovedor que Eric defendiera a su amigo de aquella forma. Izzy le sonrió con verdadero afecto—. Trata de protegerlo, lo sé. Yo también trato de hacerlo.

»Me pregunto qué tiene Julian que nos empuja a todos a mostrarnos protectores con él —prosiguió en un susurro, pensando en sí misma y también en Celia—. Usted trata de protegerlo de mí, y yo trato de protegerlo de su padre.

Izzy se rió alegremente al ver la expresión de desconcierto del hombre. Realmente parecía estar perplejo. ¿Cómo podría contárselo sin darle demasiadas explicaciones?

—Lord Stretton, ¿acaso le parece que lord Blackworth esté descontento con la solución a su problema?

Eric reflexionó sobre ello un momento.

—No, en absoluto descontento. De hecho, parece bastante satisfecho consigo mismo últimamente. Como si tuviera un as en la manga, por así decir. —De pronto, clavó la mirada en la de ella—. Está tramando algo, ¿verdad? ¿Qué se traen entre manos?

—Nada grave. Un acuerdo nada más. Sólo créame si le digo que es beneficioso para todos.

El amigo de Julian se echó a reír, mientras movía la cabeza incrédulo.

—Debería haber imaginado que Blackworth encontraría la manera de salir de esto. Ya de niño era tan escurridizo como una anguila.

La música cesó y los dos se dispusieron a salir de la pista.

—Me alegro de haberla conocido, señorita Temple. Gracias por ese maravilloso vals. —Sus palabras destilaban formalidad, pero sus ojos tenían un nuevo brillo—. Debería usted saber que mis hermanas se mueren por conseguir su cabeza, ya que opinan que es usted una cazafortunas. Consideran a Julian uno más de la familia y si logra convertirlas a su causa, se habrá ganado a la mitad de la sociedad londinense.

—¿Hermanas? Ay, Dios mío. ¿Cuántas?

—Sólo seis. —Eric le sonrió ampliamente y, sintiéndose inspirado, añadió—: Venga a conocerlas, y también a mi madre.

Parecía que Izzy hubiera borrado como por encanto el mal humor de Eric; los dos parecían llevarse de maravilla. Julian los vio reír juntos, la mano de Izzy rodeada afectuosamente por la de Eric. Se parecían mucho. Los dos tenían sentido del humor y una innata naturaleza bondadosa de la que él carecía. Se alegraba de que se hubieran hecho amigos.

Se alegraba de verdad.

La pareja se acercó a un grupo de hermosas mujeres y Julian se relajó. La madre y las hermanas de Eric adorarían a Izzy, ya que todas ellas poseían una mente ágil y una disposición generosa.

A menudo había pensado que era una lástima que nunca hubiera despertado pasión en alguna de las damas Calwell, pero después de haber pasado numerosas vacaciones con ellas desde que eran niños, sólo podía sentir cariño fraternal hacia ellas a pesar de su gran belleza.

Todas y cada una de ellas, cuyas edades iban desde los diecisiete hasta los veintitrés años, eran encantadoras por sí mismas. Las seis diosas rubias y esbeltas rodeaban a Izzy en ese momento, de forma que Julian no podía verla.

Apenas le dio tiempo a respirar cuando se encontró rodeado él también por un nutrido grupo de damas y caballeros interesados en saber más sobre aquella misteriosa prometida a la que por fin habían podido ver. Estampando en su rostro su sonrisa más encantadora, Julian se dispuso a dejar bien sentada la idea de que Izzy era una arrebatadora *femme fatale*.

Julian nunca se alejaba demasiado de los pensamientos de Izzy. A pesar de que ella y todo el clan Calwell no tardaron en quedar mutuamente prendados, no dejaba de mirar a Julian abriéndose paso entre el regimiento de admiradoras. Tenía una palabra, un beso galante en la mano o una seductora sonrisa para cada una. Era tan bello, tan carismático; era tan evidente que constituía objeto de deseo para un considerables número de mujeres...

Una dama de excepcional belleza lo detuvo posando una mano enguantada en su brazo. En opinión de Izzy, estaba demasiado cerca para lo que se consideraba decoroso, pero en seguida se fue flotando en brazos de otro.

Después de susurrarle algo al oído, otra mujer se quedó mirándolo con sonrisa depredadora mientras él echaba la cabeza hacia atrás y prorrumpía en una carcajada.

Acariciándose la garganta con gesto seductor y bajando la mano hacia un generoso pecho, una tercera dama le susurró algo al oído, y aún hizo algo más: posó su mano de forma posesiva en el hombro de Julian antes de marcharse.

—No te preocupes por ellas, querida. —La condesa de Greenleigh lanzó una astuta mirada a la belleza que se alejaba—. Llevan años tratando de cazar a Julian. Pero él sólo sonríe y se escabulle. Tú eres la única que ha captado su interés más de un rato.

Izzy no podía decirle a la madre de lord Stretton que su compromiso con Julian era una farsa, por lo que tuvo que morderse el labio y apartar los ojos de él que, en ese momento, estaba ocupado con una resplandeciente Celia. No sentiría celos de sus atenciones hacia lady Bottomly.

Y aun así, el punzante recuerdo de su aventura frustrada asaltó de forma sibilina su firme determinación. Celia y él habían estado a punto de ser amantes. Puede que aún pudieran serlo, le dijo una tenue y traicionera voz interior. Izzy no era más que una amiga para Julian; un apoyo en los momentos de necesidad que nunca le exigiría un futuro juntos. ¿Por qué no habría de depositar pues un ferviente beso en la muñeca de Celia, como estaba haciendo en aquel preciso instante? Aparte de su amistad, la vida de Julian no era de su incumbencia, así que les deseaba toda la felicidad.

De corazón.

—Eppingham.

Julian se puso rígido. Aunque sólo había pronunciado su nombre, pudo percibir una profunda desaprobación que emanaba de cada sílaba. Se dio la vuelta.

—Padre.

—Supongo que tendrás alguna débil excusa para desafiar mis deseos.

—Perdona, ¿de qué deseos en particular se trata? Tienes tantos. —El sarcasmo no había sido nunca la mejor forma de tratar con el marqués, pero Julian no había tenido tiempo de prepararse para un encuentro con su padre.

El hombre entrecerró los ojos. Julian estaba acostumbrado a aquella mirada. Había sido objeto de ella repetidas veces en su vida. Se preguntó con cierta irreverencia si su padre habría considerado la posibilidad de ponerse anteojos para su reducida visión.

Se imaginó haciéndole ese comentario a Izzy y la carcajada que le habría arrancado. Tuvo que contener la sonrisa ante tal pensamiento, tras lo cual decidió que si ella hubiera estado allí en aquel momento, se habría reído sin problemas en la cara del hombre.

—Deja de sonreír como un retrasado mental, hijo —le espetó el marqués, enrojeciendo—. Me gustaría saber por qué te has negado a acompañar a esa descarada de los Marchwell esta noche.

¿Millie? Por un momento se quedó desconcertado, pero entonces se dio cuenta de que su padre se refería a Izzy.

—Su apellido es Temple, en realidad. La honorable señorita Isadora Temple, hija de sir Ian Temple y lady Maria Blakely, y nieta del difunto conde de Sessingham. —Su secretario había encontrado muchos detalles sobre la historia de Izzy, y Julian paladeó el triunfo de poder lanzarlos a la cara de su padre—. Lamento decepcionarte, pero parece que no voy a desposarme con una plebeya, después de todo.

—No me faltes al respeto, joven insolente. Lo que me decepciona es que, para empezar, hayas podido deshonrar a esa joven de buena crianza y que después la dejes en casa mientras tu vienes al baile en compañía de esa libertina y su desvergonzado peinado...

—Julian, al parecer tu padre desaprueba mi tocado. Podría morir aquí mismo de absoluta mortificación —sentenció Izzy, materializándose de pronto entre los dos, al tiempo que le ofrecía al marqués su mano enguantada—. Mi futuro suegro, supongo. Perdóneme, pero estaba ansiosa por que nos presentaran. De hecho, ardía en deseo de poder saludarle de forma apropiada. ¿Cómo ha estado todo este tiempo? Créame cuando le digo que, con ocasión de nuestro último encuentro, temí por su corazón. La salud es algo que debe cuidarse, ¿no cree? —Y sonrió con frialdad al marqués.

Sus comentarios estaban tan desprovistos de inflexión alguna que sólo Julian fue consciente de la ira y el disgusto que ardía en su interior.

—Izzy, querida mía, llegas a tiempo para bailar este vals conmigo. —Y, sin dirigir ni una palabra más al boquiabierto marqués, Julian la arrastró a la pista de baile.

Sonriendo al ver el rostro enardecido de Izzy, movió la cabeza a un lado y otro en señal de admiración.

—Izzy, te aseguro que nunca había visto a nadie dejar a mi padre sin palabras. ¿Crees que podrías aconsejarme sobre cómo hacerlo? Si estuviera viva mi madre sería la primera en pedírtelo.

Izzy aún temblaba a causa de la ira que se había apoderado de ella momentos antes, al acercarse a los dos hombres y ver la intensa expresión de dolor en los ojos de Julian. ¿Cómo podía un hombre tratar a su propio hijo con tanta dureza? ¿Cómo había logrado sobrevivir Julian todos esos años bajo la autoridad de aquel hombre? Ella se habría vuelto loca.

La forma en que Hildegard la trataba podía considerarse menos despreciable, ya que ella no era su madre, sino sólo una prima lejana. Pero que un padre no sintiera nada por su hijo le parecía la muestra más mezquina de un espíritu humano.

Izzy recordó la risa de su madre y el tono de voz juguetón de su padre. Julian se parecía a él en ese aspecto, pensó. Los dos tenían el mismo sentido del humor.

Ella en cambio no se parecía a nadie. A menudo había deseado tener la deslumbrante belleza de su madre. Lady Maria había sido una de las mujeres que más atención había atraído en su tiempo; siempre rodeada de pretendientes a pesar del arruinado condado de su padre, hasta que un día apareció el padre de Izzy y le robó el corazón desde el primer momento.

Sus padres nunca poseyeron grandes riquezas, pero a Izzy no le parecía que eso hubiera enturbiado el amor que se profesaban. Había crecido en un ambiente feliz, aunque sin grandes lujos. Y ni siquiera se había dado cuenta de su falta de belleza hasta que Hildegard le había dejado bien claro que la consideraba de lo más anodina.

El pensamiento la llevó de nuevo al presente, a la expresión que había visto en el rostro de su prima esa misma tarde, al verla bajar por la escalera.

—Julian, ¿de verdad tengo un aspecto tan distinto? Incluso las personas que me han visto hace poco no me reconocen.

—No se trata sólo de lo mucho que has cambiado, querida mía, es que ahora es imposible obviar tu presencia. Si corrieras a ocultarte tras ese escudo que te he visto portar, sin duda te olvidarían de nuevo. Aunque tengo que decirte que tu pelo maravilla por sí solo y revela tu presencia. —Sonrió ampliamente, con gesto juguetón.

—Oh, déjalo ya, idiota. Yo no tengo presencia alguna, con o sin pelo. Celia tiene presencia, no yo.

—Al contrario. Lo que Celia posee es belleza a montones. Sin embargo, tal como yo lo veo, no hay en ella ni un ápice de presencia, aparte de un exquisito carruaje. Y riqueza. Y buen gusto. Pero no, ni una brizna de presencia.

Riéndose ya entonces a mandíbula batiente, Izzy se permitió disfrutar del vals, sonriéndole mientras se deslizaban entre el arco iris de bailarines.

—Señorita Temple, ¿me concede el honor?

El padre de Julian estaba delante de ella, con las manos enlazadas a la espalda, evaluándola implacablemente con ojos de hielo. Ocultando la sorpresa tras sus espesas pestañas, Izzy se preguntó qué estaría tramando el marqués. Posó la mano enguantada en la de él y le extrañó encontrarla cálida.

Era normal en el ambiente de aquel sofocante salón, pero

por alguna razón ella había imaginado que sería tan fría como su corazón.

Tampoco pudo poner peros a su impecable forma de bailar. Era, con mucho, la mejor pareja de baile que había tenido en toda la velada, aparte de Julian y Eric. Sin embargo, la presión que ejercía sobre ella para sostenerla era impersonal, y su expresión, distante.

—Supongo que se cree más astuta que nadie, señorita Temple.

Ella lo miró. Así que sería allí, pensó, en la pista de baile. Muy bien. No se le ocurría un momento más apropiado.

Elevando la barbilla, lo observó con la misma frialdad que él a ella. Cualquier estremecimiento de vacilación desapareció al recordar cómo aquel hombre trataba a Julian. También la ayudó acordarse del Boqueo del Pez, lo cual la hizo reír alegremente, y sonrojarse a continuación.

—¿Encuentra usted algo divertido, señorita Temple?

—Sí, milord. —Y sonrió con dulzura, tarareando animadamente al compás de la música.

El marqués no hizo sino enrojecer aún más.

—¿Y le gustaría compartir eso tan gracioso, señorita Temple?

—No, milord.

Refunfuñando irritado, continuó guiándola por la pista en silencio, hasta que Izzy decidió lanzar su ofensiva.

—Y, dígame, milord, ¿por qué es usted un padre tan frío?

Desconcertado, a punto estuvo de perder el compás del vals. Tras recuperar la compostura, la hizo girar tal vez con más fuerza de la necesaria. Izzy se limitó a observarlo con los ojos entornados.

—Yo no veo razón para que se avergüence de Julian. A mí me parece un buen hombre.

—Es un holgazán inútil y amoral, y usted una jovencita insolente. No sabe nada del mundo. Él se habría limitado a utilizarla para a continuación deshacerse de usted si yo no lo hubiera obligado a casarse.

—Pues yo lo habría preferido, milord. No me ha hecho usted ningún favor. Lo único que logrará con nuestro matrimonio será la unión de dos personas sin ningún deseo de unirse.

—¡Mocosa desvergonzada! ¡Tiene menos sentido del decoro que un gato! La elegí para él porque creía que era usted anodina pero recatada, pues lo que él necesita es a alguien que lo sujete, que contenga sus excesos...

Izzy se detuvo de golpe y, retrocediendo un paso, se apartó de los brazos del marqués.

—¿Qué ha dicho?

Él se dio cuenta de la curiosidad que estaban despertando.

—Señorita Temple, está usted dando el espectáculo. Tenga la bondad, continuemos con el vals.

—Tendré la bondad de volver a escuchar lo que acaba de decir. Si tanto le preocupa dar el espectáculo, no debería haberse permitido el que dio en casa de lord Cherrymore. —Izzy abrió los ojos como platos al tomar conciencia de algo—. Lo hizo a propósito, ¿verdad?

El brillo de algo que bien podía ser respeto asomó a los ojos del marqués.

—Es usted una jovencita muy lista, pero no fui yo quien lo metió en su cama. Simplemente, aproveché la oportunidad para casarlo con alguien anodino y común. Así, debido al escándalo, dedicaría sus días a menesteres respetables, tratando de compensar un matrimonio con una mujer inferior.

»Durante veinte años, he intentado educar y preparar a ese inútil para su título. He intentado contener sus excesos y su deliberada desobediencia, pero ni todas las palizas ni la disciplina han logrado domeñar su contumaz resistencia. Sin embargo, esta vez lo tengo bien cogido. —El hombre prácticamente escupía las palabras, los ojos entrecerrados de ira.

»Aunque usted, la perfecta infeliz, ha resultado ser una extravagante libertina, con una herencia que sería el orgullo de cualquier debutante. Muy típico de Eppingham. Yo le encuentro una plebeya, y él descubre a la nieta de un conde. Dígame, señorita Temple, ¿guarda algún otro as en la manga? ¿Acaso es usted en realidad una actriz? ¿O una india nativa de las Américas? ¿Qué será usted mañana?

—Seré una dama, y una amiga para Julian, mientras que usted seguirá siendo el mismo hombre iracundo y sin sentimientos, solo con sus estratagemas y su orgullo, sin gozar de la compañía de los demás. ¡Y hasta que no encuentre algo de afecto en su corazón por el único hijo que le queda, seguirá estando solo!

»Le compadezco, pero no lo siento ni siquiera un poco, porque es usted quien se ha creado ese cubil solitario. ¡Ocúltese en él todo el tiempo que quiera, milord!

Tras bufar como un gato las últimas palabras, con los puños apretados y los brazos a lo largo de los costados, Izzy se dio la vuelta y se alejó del descompuesto marqués. Los embelesados espectadores fueron abriéndole paso a medida que avanzaba.

Sin previo aviso, se vio arrastrada por unos fuertes brazos que la guiaron en los giros de los acordes finales del vals. Sujetándose a aquellos anchos hombros para no perder el equilibrio, reconoció a Julian.

Éste le dirigía su amplia y resplandeciente sonrisa, y sus brillantes ojos dorados refulgían de orgullo. Izzy sintiéndose casi débil a causa del alivio de comprobar que no se había enfadado ante su intolerable exhibición, se derritió en sus brazos, y cerró los ojos ante el vertiginoso ritmo del vals.

—Menudo ratón está hecha usted, señorita Temple. Permítame felicitarla por ser la protagonista de un segundo escándalo una vez más. —Un risueño lord Stretton se unió a ellos cuando salieron de la pista.

—¿Cuáles son esos escándalos, milord? —Sin aliento y bastante mortificada por haber perdido los estribos en público, Izzy estaba deseosa de cambiar de tema. Pero no iba a ser así.

—¿Cómo? ¿Es que no lo recuerdas, Izzy? Encontraron a un caballero inconsciente en la cama de una jovencita asustada. —Julian le sonrió regocijado mientras ella le dirigía una mortal mirada de irritación.

—Señorita Temple, ¿me permite el honor de este baile? —Un ruborizado joven, ataviado con el colorido vestuario de un dandi, se acercó hasta ella con entusiasmo.

Julian le lanzó una iracunda mirada.

—Izzy, ¿te han presentado formalmente a este caballero? —le preguntó.

—Oh, Julian, no creo que eso importe demasiado a estas alturas, pero sí, es lord Ballimorem y me lo ha presentado una de las hermanas de lord Stretton. Milord, estaré encantada de bailar con usted.

Tres horas más tarde, Izzy había llegado a la conclusión de que los bailes eran algo aburrido y hechizador al mismo tiempo. Las conversaciones eran muy, muy tediosas, pero la enmarañada red de intriga y manipulación resultaba fascinante. Si uno observaba atentamente, era como si todas las obras de Shakespeare estuvieran representándose en la pista de baile.

También había descubierto que le encantaba bailar. Realmente adoraba hacerlo. No dejó pasar un baile durante las primeras horas, ni siquiera la interminable y anticuada contradanza. Había bailado tres valses con Julian y otros dos más con Eric, además de pasar por los brazos de un joven lisonjero tras otro en una interminable serie de turnos por la pista.

Pero ya estaba cansada. Pensó en lo agradable que sería sentarse en el último escalón y observar la fiesta desde la balaustrada, como había hecho de niña. Pasó los dedos con gesto ausente por la preciosa barandilla de hierro forjado de la ostentosa escalinata de los Waverly. Figuras de duendecillos de madera que perseguían pájaros y mariposas, y parras trenzadas de las que brotaban un sinfín de flores.

La velada había resultado un éxito, pese a la confrontación con el padre de Julian, un hombre que no conocía el significado de la palabra compasión y poseía la empatía de una roca.

Pero no podía engañarse. Aquello había sido un absoluto

desastre. Una intensa sensación de embarazo hizo arder sus mejillas al recordar la exhibición. Claro que acordarse del rostro enrojecido del marqués mientras ella se reía de él la obligó a morderse el labio para no soltar la carcajada.

Julian se dio cuenta de que Izzy parecía deliciosamente exhausta. Era evidente que no sabía que las damas no solían decir que sí a todos los bailes, y que no había visto razón alguna para parar hasta que se vio obligada a ello por el cansancio.

Dado que, debido a las constantes exigencias físicas de su trabajo en la finca de los Marchwell, estaba en plena forma física, había superado la resistencia de muchas otras mujeres en las contradanzas.

Las damas, jóvenes y de más edad, la habían observado con envidia mientras ella se deslizaba sin esfuerzo por la pista, baile tras baile. Obligadas a parar por sus apretados corsés y sus costumbres sedentarias, habían tenido oportunidad de dar rienda suelta a los chismorreos sobre ella.

Izzy se quedaría horrorizada si supiera que la reputación de su escandaloso comportamiento había aumentado en vez de disminuir en las últimas horas. Para ese momento, todos la consideraban la sensación de la temporada, una invitada que todas las anfitrionas deseaban tener en sus listas. Las invitaciones empezarían a llover sobre ella después del triunfo de esa noche. Y Julian dudaba seriamente de que a Izzy le importara.

Tal vez a ella le importara un comino su inusitada popularidad, pero Julian sintió una oleada de calidez al recordar cómo lo había defendido frente a su padre. No había sido un movimiento inteligente, ya que, sin duda, ahora que Izzy se había manifestado en su contra, el marqués procuraría perjudicarla, pero no pudo evitar sentir un hondo agradecimiento por su lealtad.

—Me dijo que había algo en ti. Yo creo que también ella tiene algo —le había dicho Eric un poco antes.

Julian no podía negarlo. Estaba demostrando ser un gran hallazgo. Todo el humor inocente y el ardor que desplegaba, envuelto además ahora en su preciosa y pequeña apariencia. Sin duda sería una esposa satisfactoria.

Subió la escalera lentamente en dirección a donde ella se encontraba, observándolo con gesto pensativo. Al tiempo que le ofrecía la mano, le preguntó con dulzura:

—¿Lista para que nos vayamos, adorable Isadora?

Ella posó la mano en la de él y se limitó a asentir con la cabeza con gesto cansado, y dejó que se la llevara de allí.

Hildegard recorría con gesto furibundo la estancia, seguida por su delgada doncella, Betty, que trataba cepillar el cabello fino y canoso de su señora. La chica le dio un tirón de pelo sin querer, lo cual provocó que Hildegard se volviese y, en un ataque de furia, le arrebatase el cepillo y le diera un sonoro golpe en la cara con el mango de marfil. Betty salió corriendo de la habitación entre sollozos, cubriéndose la sangrante nariz con las manos.

Hildegard hizo una mueca de profundo desprecio. Cría llorona. De nuevo tenía a los sirvientes alborotados. Bueno, todos se irían de la casa bien pronto. ¡Maldita fuera su presuntuosa señoría! Informarla de que había «decidido aliviar la carga de la mansión de sus hombros» para lo cual había seleccionado personal nuevo en una de las agencias de sirvientes más caras de Londres. Y todo a costa de ella, claro.

¿Y qué podría haberle dicho? ¿«No, no tenemos dinero para ello»? Eso habría dado pie a todo tipo de chismorreos. Izzy había sido para ellos la solución perfecta durante los últimos años.

Izzy. Si Hildegard se permitía pensar demasiado rato en ella rompería algo más que la nariz de una pequeña sirvienta. Levantar la vista hacia la muchacha que había bajado la escalera esa misma noche había sido como volver a ver a Maria, y contemplar cómo Izzy cautivaba a toda la sociedad refinada en el baile había sido revivir su horrible juventud.

Apretó los dientes mientras su ira alcanzaba cotas fabulosas. Una pastorcilla de porcelana voló hacia una pared, rompiéndose en mil pedazos para su gran satisfacción.

¡Maldita y mil veces maldita Maria! Siempre ella. En todos los bailes, en todas las fiestas, Maria siempre había atraído toda la atención, mientras Hildy, con su cara caballuna, se quedaba arrinconada en una pared, noche tras noche, año tras año.

Y ahora tenía que soportar tener bajo su techo la viva imagen de aquella mujerzuela, mientras el futuro de toda la familia pendía de su matrimonio con aquel puñetero joven, el aristócrata que podría haber sido de Millie si ésta hubiera tenido el valor de atraparlo como había hecho Izzy.

Pero no. Millie era una estúpida. Demasiado virtuosa como para permitirse llegar a un acuerdo, ni siquiera por su madre. Aquella mocosa llorica quería un partido «honorable». Como si pudiera conseguir un hombre sin más oferta que aquel rostro avinagrado. El vivo retrato del inútil de su padre.

¡Idiotas! ¡Estaba rodeada de idiotas!

Exceptuando a Izzy. La astuta golfilla se había provisto de un apuesto prometido, un vestuario nuevo y, para colmo, iba a conseguir vivir con ellos sin ganarse el jornal. ¡A expensas de ella, nada menos!

El precio del carruaje que habían utilizado esa noche cruzó por la mente de Hildegard y, como consecuencia, otra figurita chocó contra la pared.

9

Como la nube más blanca es la frente de la señorita Temple, el brillo de su pelo sin velo alguno. Sus ojos son del verde profundo del bosque, tengo el corazón herido por el destello de sus hoyuelos...

Cuando el joven, con gesto serio y bañado en sudor, se detuvo y lanzó una dubitativa mirada a las mejillas de Izzy, ésta se apresuró a obsequiarlo con una sonrisa, destacando los hoyuelos en cuestión y tratando de no bostezar de aburrimiento.

Era evidente que el joven señor Silloughby se había esforzado mucho en su intento de inmortalizarla de la cabeza a los pies, por lo que Izzy se mantuvo en apariencia atenta, aunque sabía que sus ojos, decididamente lejos de ser verdes, se estaban volviendo vidriosos y comenzó a asentir con la cabeza. El joven continuó aún un poco más, hasta que uno de sus compañeros lo interrumpió para darle a Izzy un vaso de limonada recién expimida.

—Muchas gracias, esto... señor Billings.

Recurriendo a un ejercicio rápido de memoria, Izzy sacó el nombre del fondo de su mente. A continuación, se ocultó tras el vaso y dio un sorbo de la bebida, tratando de no mostrarse en exceso complacida ante el cese de los versos. Sin poderlo evitar, se encontró preguntándose por qué sería tan habitual que los jóvenes cortejaran a aquellas mujeres que se sabía que estaban comprometidas. Aquellos dos muchachos eran el ejemplo perfecto. Y, desafortunadamente, los señores Silloughby y Billings no eran más que dos de entre las legiones de dandis que la abrumaban con sus ardientes atenciones. Se le habría subido a la cabeza si no fuera consciente de que, como pasaría con cualquier novedad, se había convertido en el foco de atención de los dispuestos a perseguir toda nueva moda. Ninguno de ellos estaba realmente en el mercado de los que buscaban esposa. Eran demasiado jóvenes, tanto en su amor de libertad como en años, hasta que les llegara el momento.

Parecían considerarse caballeros de antaño, y a Izzy su bella reina, al menos durante esa semana. Para ella no eran más que unos chicos jugando al cortejo, compitiendo de manera más civilizada, intercambiando bromas en vez de batiéndose en una justa; cortes verbales en vez de cortes hechos con el filo de una espada.

De todas formas, Izzy deseaba que buscaran otro objetivo. Era agotador tener que escuchar educadamente sus interminables rimas sobre su reluciente cabello y sus ojos, ahora de un negro profundo, otras veces del azul de cielo, o cualquier otro color menos el soso gris que realmente tenían.

Por fin se anunció la hora de la cena, y Julian apareció para acompañarla hasta la mesa. Con un gran esfuerzo, Izzy consiguió no bostezar. Las veladas nocturnas de la élite social no encajaban bien con alguien acostumbrado a levantarse al alba. Seguía despertándose demasiado temprano, y pasaba muchos días igual que antes de la fiesta en casa de los Cherrymore.

Los nuevos sirvientes que Julian habían contratado para la finca Marchwell aún tenían muchas preguntas y necesitaban que les dieran instrucciones. Aunque ella ya no hacía el trabajo físicamente, se pasaba los días sacando a cada sirviente de una u otra crisis. Hildegard parecía estar siempre ausente.

Y casi todas las tardes Izzy tenía que correr luego a su habitación a prepararse para asistir a algún evento con Julian. Era una suerte que Betty tuviera un gran talento para idear tocados elegantes de forma apresurada. De otro modo, Izzy nunca habría estado lista a tiempo.

Uno de sus momentos de mayor regocijo era ver el brillo de admiración en los ojos de Julian cuando éste llegaba a recogerla. Una mirada de aprobación, una cariñosa media sonrisa por su parte, significaban para ella más que todas las muestras de creación poética más devota por parte de los dandis de la sociedad.

Rodeando el sólido brazo de Julian con el suyo, levantó la vista hacia él y lo miró con calidez. Hacerse pasar por su prometida podía llegar a ser tedioso en ocasiones, pero cuando estaba con él nada le importaba. Su amistad era un regalo, y habría hecho cualquier cosa por él si se lo hubiera pedido.

Se preguntó cómo soportaría la separación cuando ésta llegase.

Julian saludó con la cabeza a unos conocidos al entrar en el comedor sin detenerse a hablar con nadie. Quería que Izzy se sentara antes de que cayese agotada.

Hasta el momento, se había mostrado infatigable, pero empezaban a advertirse ligeras sombras bajo sus ojos; y sólo había pasado la primera quincena de la temporada. Mientras le ajustaba la silla después de que se hubiera sentado, Izzy dejó escapar un bostezo. No podía culparla.

—Se acabó —murmuró—. Remediaré esta situación antes de que salgamos de esta casa. —La miró con gesto acusador—. Sigues trabajando todo el día, ¿verdad?

Sonriéndole con pesar, Izzy no intentó negarlo.

—No puedo quedarme sentada de brazos cruzados, Julian. No te imaginas el caos que reina en la casa.

—Deja que tu prima se ocupe. Es su casa y su problema. Lo arreglaré de manera que vengas aquí, a Mayfair, el resto de la temporada. Estoy seguro de que lady Greenleigh no tendrá inconveniente en invitarte.

—Ya lo ha hecho —admitió Izzy—. Sencillamente, decidí no abusar.

—Pues lo harás. Dile a tu doncella que haga las maletas para un mes.

Izzy contuvo otro bostezo y le dirigió otra pesarosa sonrisa.

—De acuerdo. Me quedaré aquí una semana.

Julian frunció el cejo.

—Tres.

—Una.

—¡Dos! —ordenó él, pero tuvo que apretar los labios para no sonreír.

Izzy se inclinó sobre él, burlona.

—¡Una!

Cuando Julian estalló en una sonora carcajada, los demás invitados les dirigieron una mirada inquisitiva. Contemplándose sonrientes, ni Julian ni Izzy se dieron cuenta.

La estancia en casa de lady Greenleigh pasaba muy de prisa, ya que Izzy estaba disfrutando inmensamente. Encontraba a las hermanas de lord Stretton cálidas y maravillosas, como si fueran de la familia. Eso estaba pensando mientras las contemplaba una a una, seis fatigadas bellezas sentadas en absoluto desorden al sol que inundaba la sala de los desayunos. Era un sol muy agradable cuando ella había llegado por la mañana. Levantó la vista del libro que se había llevado para entretenerse mientras desayunaba a solas y que había seguido leyendo luego en una silla, junto a uno de los ventanales. En ese momento, el reloj decía que era casi mediodía y el sol brillaba ya sobre sus cabezas. Su alegre saludo recibió como respuesta monosílabos y bostezos.

Gradualmente, y tras numerosas teteras llenas de líquido humeante y varios viajes al aparador, la conversación fue pasando de los comentarios entre dientes a una animada disección de la velada anterior. Sonriente, Izzy se sirvió una taza de té y se unió a las hermanas.

—¡No podré volver a ponerme ese vestido! El señor Atkins no sólo derramó todo ese terrible vino en mi falda, sino que, como había tanta gente, el bajo está totalmente destrozado de rozarse con el suelo. No recuerdo haberlo pasado nunca peor.

—Yo sí. En el baile en casa de los Ridgington la semana pasada. —La ocurrencia fue recibida con gemidos de todas las presentes, seguida de un listado de desastres.

Izzy sólo escuchaba mientras bebía su té, y observaba cómo las demás chicas discutían y asentían. Qué maravilloso debía de ser tener siempre a alguien que te escuchara, alguien a quien hacer confidencias. Incluso alguien con quien discutir de una forma filial.

Lady Greenleigh entró en la sala y sonrió cariñosamente a sus hijas y a Izzy. Ésta se sintió reconfortada por aquella maternal bendición. Tras servirse una taza de té del aparador, se sentó a la cabecera de la larga mesa. Al contrario que sus hijas, ella había desayunado en sus habitaciones hacía horas y estaba bien despierta.

La madre tomó con suavidad el control de la cháchara, cuyo volumen iba en aumento, y redirigió serena uno de los temas en ciernes, reprendiéndolas por algún chismorreo indecoroso.

Izzy le sonrió, pensando con melancolía en su propia madre presidiendo su pequeña mesa tanto tiempo atrás. Lady Maria se había mostrado más pícara y revoltosa que serena, pero el amoroso cobijo de su presencia había sido el mismo.

El último mes había sido maravilloso. Al menos los días. Las damas Calwell atraían a las personas más refinadas, ya que ninguna de ellas soportaba a los necios, aunque se mostraban invariablemente amables con aquéllos menos agraciados intelectualmente. Cuando la familia estaba «en casa», los salones se llenaban de ansiosos pretendientes e ingeniosas jóvenes. A Izzy aquello le parecía delicioso.

Después llegaban las tediosas veladas.

Había intentado en serio disfrutar de la ópera, ya que su madre siempre la adoró, pero apenas podía escuchar la música debido a la ruidosa conversación de la gente; por otra parte, el teatro estaba tan mal ventilado, que siempre tenía que hacer grandes esfuerzos para no dormirse.

Sin embargo, adoraba bailar, ya que los bailes eran tolerables, aunque también allí las conversaciones fueran artificiales y mordaces. Quién estaba teniendo una aventura con quién no le interesaba en absoluto, como tampoco los chismorreos hipócritas de las jóvenes que competían en sus intenciones de cazar marido.

A juzgar por las quejas que se oían en la mesa, aseguraría que las seis jóvenes se sentían tan poco atraídas por las habituales formas de distracción como ella misma. Las dos mayores del grupo de bellezas, Meg y Katie, lamentaban en ese instante tener que asistir a una cena en casa de unos amigos cuyos hijos tenían edades similares a las suyas.

—No me desagradaría si tuvieran un aspecto distinguido, pero todos ellos carecen de personalidad. Es como estar rodeada de un montón de bizcochos acabados de sacar del horno: un ligero golpecito y la masa se hunde.

Christine, una de las medianas del grupo de esbeltas bellezas, se inclinó hacia adelante para tomarle el pelo a su hermana mayor sin perder la actitud bondadosa:

—Para ti todo el mundo puede describirse en términos alimentarios —bromeó—. La semana pasada oí que te referías al señor Leslie como un «trozo de asado en su punto».

Meg se sonrojó un poco, al tiempo que lanzaba una rápida mirada a su madre, aunque no era necesario que se preocupara. Su comentario, poco digno de una señorita, respecto al físico del joven, fue confirmado rotundamente por el resto, incluidas lady Greenleigh e Izzy.

—Pero asegúrate de que nadie más escuche el comentario —le advirtió su madre—. No me gustaría que la gente pensara que una de mis hijas es una joven poco respetable.

Guardemos en secreto que sois un montón de bulliciosas criaturas.

Sonriendo, Izzy se preguntó qué ocurriría si los jóvenes de la alta sociedad supieran que eran evaluados como platos de comida.

—Pareces contenta, Izzy. ¿No me digas que estás deseando oír los versos de todo el contingente Stafford? —bromeó Grace, la hermana que seguía a Abigail—. Ninguno de ellos convencería a un gato para que saliera de un riachuelo, y aun así, tú eres capaz de escucharlos durante horas. ¿Cómo lo haces?

Dios, ¿más poesía? Izzy no había caído en ello. Su sonrisa se desvaneció, quedando sustituida por la consternación. De pronto, la velada distaba mucho de resultar atractiva.

—Podemos no ir —dijo sin pensar.

Sus palabras fueron recibidas con apreciable perplejidad.

—Por supuesto, pero *debemos* ir —le explicó Hannah. La vivaz hermana mediana habló con suavidad, como si se estuviera dirigiendo a una niña.

—¿Por qué? —preguntó Izzy llanamente.

—Bueno, porque ya hemos aceptado la invitación.

—Comprendo, pero ¿por qué la hemos aceptado? ¿Por qué aceptáis cualquier invitación, aun las menos interesantes? —Dado que el tema era de su agrado, Izzy continuó—. ¿Por qué hacéis todo eso si no os gusta? Obligaciones todas las noches, veladas mortalmente aburridas y hasta cosas peores. Los hombres se pavonean, las mujeres se acicalan, montones de comida desaprovechada que termina pudriéndose. ¿Para qué?

Abigail la miraba con la mandíbula desencajada, Katie

abrió los ojos como platos y Grace se recostó en la silla con gesto dramático. Y, sin embargo, ninguna fue capaz de darle una respuesta.

Lady Greenleigh posó su taza de porcelana en la mesa y se puso de pie.

—Creo que el jardín está precioso hoy. ¿Te gustaría salir conmigo a disfrutar de él un poco, Izzy?

Ésta se levantó de un salto y la siguió de inmediato. No lo había dicho con la intención de molestar a nadie. Tan sólo había esperado que pudieran responderle a tan sencilla pregunta.

Salieron al camino de grava por unas puertas de cristal. El jardín estaba realmente precioso. El cielo brillaba con los primeros rayos del verano y las abejas se afanaban en libar las fragrantes flores que las rodeaban.

Al igual que Izzy, lady Greenleigh prefería las plantas brillantes y variadas a las variedades formales que cultivaba la mayor parte de la sociedad.

—¿Te gusta bailar la contradanza, Izzy? —preguntó lady Greenleigh con tono despreocupado.

Izzy se quedó sorprendida por tan extraña pregunta.

—No especialmente —respondió ella con sinceridad.

Para ser francos, la contradanza era un ejercicio tedioso. La larga sucesión de pasos, o figuras, podría ser entretenida si se realizara a un paso más rápido. Sin embargo, era tal su lentitud, que todos los bailarines estaban sentenciados a media hora en compañía de sus parejas.

La mayoría de la gente encontraba en ese baile una excelente oportunidad para ponerse al día de los chismorreos, algo que a Izzy le parecía de lo más fastidioso, o para dedicar muestras de devoción hacia el objeto del cortejo, lo cual resultaba, en ocasiones, nauseabundo.

—Nadie disfruta hoy día con la contradanza, querida. Y, sin embargo, ningún baile empieza sin una. ¿A qué crees que se debe?

—A que es algo tradicional, supongo.

Asintiendo, lady Greenleigh sonrió y cortó una gran rosa de color rosado para Izzy.

—La tradición tiene mucho que ver, claro. Nada nos gusta más que la tradición. Pero hay algo más.

»La contradanza es un baile que todo el mundo puede bailar, sean nobles o no, delgados o regordetes, ingeniosos o anodinos. Es un modo de encuentro para mucha gente distinta.

Tras cortar un ramillete de flores amarillas para sí misma, continuó:

—Durante una contradanza, se han levantado y hundido naciones, mezclado dinastías y decidido futuros.

Al encontrarse de nuevo junto a la puerta de entrada de la casa, lady Greenleigh se detuvo, miró a Izzy y le sonrió.

—Piensa en ello, querida. Eres una mujer inteligente, aunque te falte sofisticación. —Se volvió y le lanzó una astuta mirada—. Me asombra que alguien te haya podido considerar una seductora.

La alarma de Izzy debió de resultar patente, porque lady Greenleigh le dio unas palmaditas en la mano para tranquilizarla.

—Pero claro, los tontos sienten inclinación a creer lo

peor de uno. Debes de tener una buena razón para tu farsa. Sólo espero que el joven Blackworth y tú sepáis lo que estáis haciendo.

Izzy no pudo responder. A menudo ella se hacía la misma pregunta. Lady Greenleigh le dio un afectuoso apretón en la muñeca.

—No es necesario que digas nada, querida. No importa cómo haya ocurrido, creo que los dos hacéis una buena pareja. Recuerdo a tu madre, aunque yo estaba demasiado ocupada con mis hijos como para llegar a tratarla mucho. Destacaban en ella su pasión y su brío, y veo lo mismo en ti.

»Y, en cuanto a Eppie, he cuidado a ese chico desde que pasaba con Eric y nosotros las vacaciones del colegio. Un poco salvaje y muy solitario, con tanta necesidad y desafío en aquellos magníficos ojos a los que ninguno de nosotros podía resistirse.

»Es la horma de tu zapato, querida. Tienes agallas y has demostrado tener tu propia opinión sobre las cosas.

La condesa posó la mano en el pomo de la puerta tras obsequiar a Izzy con un último guiño de complicidad.

—Y ahora, me gustaría saber si mis hijas han encontrado respuesta a tu desafiante pregunta. Me ha parecido maravilloso cuando las has dejado a todas sin habla. Ha debido de durar casi un minuto. —Suspiró con melancolía—. Hacía años que no lo oía. Tienen razón con lo de que «la tumba es un lugar tranquilo e íntimo» después de todo.

Izzy la siguió al interior. ¿Qué debería hacer? No creía muy probable que lady Greenleigh fuera a comentar sus conclusiones con nadie. Tal vez Izzy no tuviera de qué preocuparse. Hizo un gesto de asentimiento a su anfitriona, tras lo cual se encaminó con gesto pensativo hacia su habitación, a prepararse para otra velada de mala poesía.

En breve, regresaría con sus primos. Le resultaba extraño, pero no tenía la sensación de que fuera a regresar a casa. Aun así, era el lugar al que pertenecía: había pasado suficiente tiempo en la alta sociedad gracias a Julian y a sus amigos, pero también llegaría el momento en que su farsa llegaría al final.

Al pensar en el día en que abandonaría Marchwell para siempre, se le ocurrió que tal vez debiera escribir al abogado de sus padres para conocer la situación de su herencia. Ésta debía de haber aumentado sustancialmente debido a los intereses acumulados en los años en que no había tocado el dinero.

¡Cómo deseaba poder utilizarlo de inmediato para poder abandonar a Hildegard, Melvin, Millie y Sheldon!

Lo mejor de estar con los Calwell era que Eric les hacía continuas visitas y lo mismo se podía decir de Julian. Con la compañía de los dos entre el constante fluir de visitantes, Izzy tenía la sensación de que algo que ya había olvidado existía realmente.

Organizaban divertidas pantomimas y sainetes con la espontaneidad propia de los niños; las risas y las bromas llenaban las veladas. Izzy nunca antes se había sentido tan animada. Las bromas ingeniosas y corteses eran algo con lo que disfrutaba de verdad.

Esa noche, Eric y su hermana mayor, Meg, representaban a una pareja que afirmaban que era muy conocida para todos los presentes. Eric se repantigó cómicamente en una silla, delante de todos, con las piernas estiradas hacia adelante, mientras Meg trasteaba con todo lo que tenía al alcance de la mano, ordenando y organizando los adornos.

—Oh, querida, queridísima mía, ¿cómo estás hoy, querida? —dijo Eric con tono lisonjero.

Meg continuó con su trajín alrededor de Eric como si sólo fuera un mueble más. Él suspiraba por ella en cuanto ésta le daba la espalda, pero cuando miraba en su dirección, fingía indiferencia.

La representación hizo reír a todos, pero Izzy estaba desconcertada; más aún cuando Julian se levantó de un salto, frunciendo el cejo ante los dos actores. Su gesto risueño había desaparecido, y la irritación que se reflejaba en su rostro sorprendió mucho a Izzy.

—¿Julian?

Éste le dirigió una mirada que ella no supo cómo interpretar; el rostro de Izzy, por su parte, reflejaba perplejidad. Por extraño que pudiera parecer, aquello pareció tranquilizarlo un poco, aunque seguía sin sonreír.

Se inclinó superficialmente sobre su mano.

—Lo siento, querida m..., lo siento, Izzy. Había olvidado que tenía otro compromiso esta noche. —Y Julian se dio la vuelta para marcharse.

Izzy alargó una mano, pero se detuvo antes de llegar a tocarle la manga. No parecía estar de humor para caricias en aquellos momentos. La fluida camaradería de la velada se había desvanecido.

—¿Te veré mañana?

Julian vaciló un momento.

—No creo. No es obligatorio que nos veamos todos los días para guardar las apariencias.

Aquel directo recordatorio de su farsa le dolió. ¿Por qué de pronto se mostraba tan distante cuando un momento antes había sido tan cálido y cordial como siempre? Izzy esbozó una forzada sonrisa de despedida mientras lo acompañaba a la puerta, pero su ánimo había desaparecido cuando regresó al salón. Eric debió de notarlo, porque se acercó a ella para acompañarla a su asiento.

—No te preocupes, Izzy. Julian volverá pronto.

Ella movió la cabeza con escepticismo a un lado y otro.

—No, no lo creo —dijo con tristeza—. Habíamos planeado salir a montar por la mañana, antes de regresar a casa.

—Izzy...

—¿Qué, Eric?

Eric frunció los labios.

—No importa.

—Nosotros saldremos a montar contigo —declaró Meg.

—Eso es —convino Eric—. No hay nada como un paseo temprano por el parque.

—¿Temprano? —exclamó Abbey, alarmada—. ¿A qué hora?

Sus hermanas la conminaron a que se callara. Izzy les dedicó una sonrisa a todos.

—Sois muy amables. Será un placer.

10

Julian quería darse de bofetadas mientras paseaba a lomos de *Tristan* por Hyde Park a la mañana siguiente. En su apresurada huida de la noche anterior se había olvidado de la promesa de ir a montar con Izzy esa mañana.

Seguía sin saber por qué de pronto el cuello de su camisa le había empezado a oprimir y el ambiente del salón se había vuelto asfixiante. Debería haberse reído de la exagerada imitación que Eric había hecho de Izzy y de él. La imitación de Meg había sido muy precisa en su cómica diligencia, ya que Izzy casi nunca estaba quieta, pero estaba seguro de que él no la miraba con el anhelo y el gesto de cordero degollado que Eric había adoptado.

En cualquier caso, no merecía la pena pensar en ello. Era cierto que en la habitación hacía demasiado calor y que la interpretación le estaba resultando irritante. Nada más. Cuando llegó a casa ya le había quitado importancia a su reacción.

Hasta esa mañana durante el desayuno no había recordado su cita con Izzy. Al llegar a casa de los Calwell presa de la culpabilidad, le habían dicho que Izzy ya se había ido al parque.

La pobrecilla estaría muy decepcionada con él. Se alegraba de que las Calwell estuvieran allí para consolarla...

El parque estaba casi desierto a esa hora tan temprana, y

Julian distinguió sin problemas a la pareja que paseaba por delante de él.

Desmontados, uno al lado del otro, las cabezas juntas y las manos enlazadas. El sol de la húmeda mañana arrancaba destellos del cabello de Eric, y no cabía duda de que Izzy había levantado la cabeza para dirigirle una cálida sonrisa a su acompañante.

Tal vez no fuera tan inconsolable, después de todo.

A medida que se acercaba, *Tristan* bufó con irritación al caballo castrado de Eric. Julian le dio unas palmaditas de comprensión en el cuello; su propia irritación era innegable.

Izzy parpadeó varias veces, claramente sorprendida por su presencia. Comenzó a esbozar una sonrisa, pero se detuvo al ver la expresión de él.

Bueno, ¿y qué si estaba frunciendo el cejo? Un hombre tenía todo el derecho a fruncir el cejo al encontrar a su prometida montando a solas con otro hombre, aunque fuera su mejor amigo.

—Blackworth —dijo Eric, acercándose a Izzy aún más.

El comportamiento protector de su amigo no hizo sino agriar más su humor.

—Stretton.

Julian desmontó y se les acercó. Estirando el brazo, apartó literalmente la mano de Eric de la de Izzy. Al notar que ésta inspiraba bruscamente, Julian se detuvo y le examinó la palma.

En el guante se veía una pequeña gota de sangre.

—Me sujeté el sombrero al pasar debajo de la pérgola y una espina... —empezó a explicar Izzy con el aliento entrecortado y los ojos muy abiertos de pura sinceridad.

Más allá, Julian pudo ver a dos de las hermanas de Eric liberando el sombrero de la pérgola cubierta de rosas. Sin duda, todo aquello era de lo más inocente. No sabía qué lo había llevado a pensar lo contrario, aparte del insolente brillo en los ojos de Eric y el dulce rubor en las mejillas de Izzy.

Curiosamente, aquellos pensamientos sólo sirvieron para ensombrecer aún más su negro humor.

—Está claro que ya has tenido suficiente por hoy. Deja que te ayude con tu montura. —La subió a lomos de *Lizzie* y tomó las riendas de las manos de Eric—. Yo la acompañaré a casa.

—Julian, no quiero irme a casa. Acabamos de llegar. Es sólo un arañazo, nada más.

—Sí, Blackworth. Es sólo un arañazo. —Eric lo miraba con una amplia sonrisa en el rostro.

Julian montó en *Tristan* y le pasó a Izzy sus riendas.

—Ella se va.

La sonrisa se desvaneció del rostro de Eric.

—Ella quiere quedarse.

Una exclamación de frustración obligó a Julian a darse la vuelta y vio que Izzy elevaba los ojos al cielo.

—Ella está bien aquí, y hará lo que le apetezca —dijo Izzy con aspereza y, tras ello, hizo dar media vuelta a su caballo y les lanzó una maliciosa mirada por encima del hombro—. Y ahora, caballeros, si me disculpan, tengo la intención de llegar antes que los dos a Rotten Row.

Con esas palabras, la pequeña yegua de Izzy aceleró el paso hasta ponerse a galope tendido. *Lizzie* corría veloz como un rayo, regateando a jinetes y peatones por igual, y armando un ruidoso tumulto por el camino. El corazón de Julian se le subió a la garganta.

Se iba a matar.

—¡Va a ganar! —A lomos de su caballo, Eric no tardó en pisarle los talones a Izzy. El eco de su risa llegó a los oídos de Julian, que se había quedado atrás y, casi sin quererlo, espoleó a *Tristan* para que los siguiera.

Las patas del semental recortaron con facilidad la distancia que lo separaba de Eric. Julian miró de soslayo a su amigo, pero éste no mostraba la alarma que él sentía. De hecho, se estaba riendo tanto que le costaba mantenerse encima del caballo.

Con gesto adusto, Julian apretó el paso. Tenía que alcanzar a Izzy antes de que...

Ganara.

Julian detuvo a *Tristan* bruscamente, incapaz de creer que Izzy lo estuviera esperando, cómodamente sentada en su jadeante yegua, sonriendo con remilgada expresión de triunfo.

—He ganado.

Él movió la cabeza de un lado a otro, mientras su miedo se convertía en diversión.

—Has hecho trampa —la acusó entre carcajadas mientras Eric llegaba hasta ellos y se unía a sus risas. Su amigo empezaba a retroceder en círculos mientras Izzy respondía.

—De eso nada. He ganado y vosotros habéis perdido. Tengo derecho a un premio.

—¿Un premio? Miedo me da preguntar.

—Me llevarás a Vauxhall esta noche. He oído decir que es un lugar muy animado y quiero ir.

—Los Jardines del Placer no son lugar para una jovencita respetable.

—Ah, pero como ya no soy una jovencita y tampoco soy especialmente respetable, me apetece ir.

Sin embargo, en breve sería muy respetable, demasiado como para ir a lugares como aquél. En cuanto se casara con él, se acabarían las locas carreras por Hyde Park y las visitas a lugares tan vulgares como Vauxhall.

Eric trotó hasta ellos sujetándose el costado mientras sonreía. El brillo desafiante había desaparecido de sus ojos y Julian se alegró de no sentir la tensión de antes.

—Quiere ir a Vauxhall —informó a Eric.

—Pues llévala. Si no lo haces, sin duda irá ella sola.

Aquello era verdad y Julian sintió un escalofrío de horror al pensar en lo que podría pasarle si no estuviera él para protegerla.

—Muy bien. Iremos.

A la noche siguiente, Julian decidió pasar una tranquila velada en su residencia. No solía quedarse en casa durante la temporada, pero esa noche tenía algo intrigante en lo que pensar.

Además, la perspectiva de una nueva ronda de fiestas después de un mes de bailes y veladas incesantes no le atraía especialmente. Aunque, por primera vez en años, no recordaba haberse aburrido ni una sola vez. Todos los eventos eran mucho más divertidos en compañía de Izzy, con sus ácidos comentarios y su visión del mundo, tan natural.

Claramente no acostumbrados a su sentido común y a la

sencillez de su forma de hablar, los Círculos Refinados se quedaban perplejos con su nueva favorita.

Soltó una suave carcajada al recordar la aventura de esa misma tarde en los Jardines de Vauxhall. Izzy se había mostrado incansable, sumamente parlanchina, interesada en todo cuanto veía, desde los músicos de la orquesta hasta los puestos. Después de probar las comidas desconocidas que en ellos se vendía, Izzy había insistido en explorar los caminos en penumbra, enojando por igual a amantes y conspiradores con su curiosidad y parloteo.

En aquel momento, a Julian no le había parecido divertido que algunos de los asiduos se hubieran quejado por su intrusión, y había echado de menos su pistola.

Que Izzy paseara por los Jardines del Placer sin más compañía que su prometido, ya era escandaloso, pero meter su impertinente naricilla curiosa en las citas clandestinas era peligroso.

Sin embargo, hasta él se había quedado sorprendido al ver cuántos miembros destacados de la sociedad, hombres y mujeres, hacían travesuras en las sombras.

Removiendo el brandy en su copa, Julian pensó nuevamente en el largo viaje de vuelta desde Vauxhall. Saciado su apetito y satisfecha su curiosidad, una agotada Izzy se había quedado plácidamente dormida contra él, como una niña. Motivo de consternación al principio, a la postre le había resultado divertido que se pusiera a roncar como un gatito, un sonido apenas audible con el traqueteo del carruaje.

Descontento porque hubiera decidido regresar a casa de sus primos, la había movido un poco de mala gana conforme se iban acercando a su destino, acariciándole la mejilla con los nudillos mientras susurraba su nombre.

La mano de Julian se cerró alrededor de la copa de brandy al recordar la expresión de Izzy cuando se despertó con sus caricias. Con ojos soñolientos, lo había obsequiado con una mirada de adoración tan abiertamente sensual que él no pudo evitar un vuelco de inmediata respuesta en su corazón. Por un momento, le había sostenido la mirada, mientras la electricidad chisporroteaba en el ambiente como en una tarde que amenazara tormenta.

Había llegado a ver aquel brillo, una mirada de tanta ternura que, por un momento, un mero instante, había anhelado ser él la causa. Pero acto seguido había abierto los soñolientos ojos de par en par y su vista se había aclarado. «¡Julian!», había exclamado como asustada. ¿Por qué habría de sentirse sorprendida de verlo allí? A menos que hubiera estado pensando en otra persona...

Un escalofrío lo recorrió al pensar en ello. Horrorizado, se había apartado de ella súbitamente rígido.

Izzy se había recuperado con presteza, incorporándose en el asiento con una suave risa al tiempo que se afanaba en arreglarse el pelo y alisarse la falda y, tras un momento, Julian habían empezado a preguntarse si aquel momento de atracción había sido sólo producto de su imaginación. Tras arreglarse, Izzy había continuado su alegre cotorreo sobre los descubrimientos de la tarde, aunque él apenas la había escuchado.

Tras dejarla en la finca de sus familiares, había vuelto a Londres reflexionando todo el tiempo sobre aquel breve instante en que Izzy lo había mirado como una mujer que se despierta en brazos de su amante. Estaba seguro de su pureza, físicamente hablando, pero entonces ¿con quién había estado soñando para despertarse con aquella mirada? ¿Habría sido con él?

Sabía que a Izzy le gustaba mucho, pero aparte del ardiente beso que se habían dado —y que él había cortado de raíz con su apresurada salida del salón la noche del baile de los Waverly— no habían compartido nada más que una maravillosa amistad.

En cambio, lo que había visto en sus ojos al despertar se llamaba deseo, amor, adoración. Lo reconocía perfectamente nada más verlo. Y no había razón para que Izzy lo amara. Sin embargo, allí, sentado delante del fuego, no paraba de darle vueltas obsesionado, preguntándose a quién deseaba Izzy.

«Lo mataré.»

Su copa golpeó contra la mesa con un sonido tintineante. Sorprendido por la actitud tan posesiva que sentía al pensar en Izzy, se pasó con brusquedad una mano por el pelo. Estaba en su derecho, porque iba a convertirse en su esposa, y un hombre debía proteger y defender lo que era suyo. No quiso escuchar la molesta vocecilla interior que le decía que su reacción era mucho más intensa que la de alguien que ve amenazado lo que es suyo.

Y, por lo que él sabía con toda maldita seguridad, era que el único otro hombre casadero con quien Izzy tenía relación —y el único por quien había mostrado algún interés hasta el momento— era Eric. Podía tratarse también de alguno de los jóvenes inexpertos que la acosaban constantemente con sus horribles sonetos y declaraciones de admiración, pero lo dudaba. Izzy los trataba a todos como si fueran niños graciosos pero exasperantes.

Sólo Eric había atraído su atención durante un rato. Los tres pasaban mucho tiempo juntos, e Izzy parecía sentir bastante cariño por su amigo. Los dos disfrutaban del humor del otro, y Julian apreciaba el hecho de que las dos personas que más le gustaban en el mundo estuvieran construyendo una amistad tan fuerte.

¿Había sido siempre tan celoso?

Cogió de nuevo la copa y examinó el intenso color del líquido a la luz del fuego. El mismo color del pelo de Izzy la noche en que la besó, aparentemente casi negro, pero con unos vivos reflejos rojizos al captar la luz del fuego.

No tendría que importarle que Izzy y Eric se quisieran como pareja. Tal vez debiera desafiar a su padre y romper el compromiso para que los dos pudieran estar juntos. Debería alegrarse de que sus dos amigos hubieran encontrado la felicidad juntos. Y se alegraba.

Por eso le sorprendió tanto que el borde de la copa de brandy se quebrara bajo la presión de su puño apretado.

Tras el aturdimiento inicial, se acercó a la chimenea y, furioso, lanzó la copa a las llamas, que emitieron un siseo. Al tiempo que pedía con un bramido que limpiaran el líquido derramado, Julian se quitó el chaleco manchado, y se estaba desabrochando la camisa, cuando Greeley, su mayordomo, se dirigió a él desde la puerta.

—Milord, el muchacho que envió a la finca Marchwell desea hablar con usted.

—¿Timothy? Hazle pasar. Y dile a Simms que me traiga una camisa limpia.

—¿Pasar aquí? Es un mozo de cuadra, milord.

—Greeley, sé quién es. Si no puedes soportar la idea de que pise la alfombra con sus botas, dile que se las quite, pero hazlo pasar. ¡Ahora!

Greeley asintió con rigidez. Momentos después, Timothy, con los ojos abiertos como platos y la gorra en la mano, entró en el salón.

—Milord, ¡es la señorita! Está muy mal. No logramos entender lo que dice. Será mejor que vaya usted a ver.

Julian sintió que una puñalada de miedo le atravesaba el pecho.

¿Izzy? ¿Qué podía haberle pasado después de sólo un día en aquella casa?

Mientras gritaba a Greeley que ensillaran a *Tristan*, metió los brazos en las mangas de la camisa y salió sin esperar apenas a que Simms le abrochara los botones. Devolviendo con impaciencia el chaleco limpio a su ayuda de cámara, se dirigió a la puerta.

—¡Timothy, vamos!

Y, sin esperar respuesta, salió hacia los establos; demasiado ansioso como para esperar a que llevaran a *Tristan* hasta la puerta. A lomos de su semental, se estaba ya alejando de allí antes de que el nervioso mozo pudiera alcanzarlo. Sin abrigo ante el fresco de la noche primaveral, no prestó atención a cualquier posible incomodidad mientras atravesaba al galope las oscuras y atestadas calles de Londres, como enloquecido.

«Izzy.» Su mente no podía evitar pensar en un desastre. El miedo que sentía por ella amenazaba con aplastar cualquier pensamiento lógico. ¿Qué daño podría haberle ocurrido? Sólo entonces se dio cuenta de la poca información que le había dado Timothy. No sabía si Izzy estaba enferma, herida o qué.

«Dios, no dejes que le haya ocurrido nada malo.»

No podía soportar la idea de que alguien hubiera podido lastimar a su frágil y adorable Isadora. Y menos en ese momento, cuando ella acababa de descubrir todo lo que la vida podía ofrecerle. Se la imaginó bailando, girando en los brazos de algún joven dandi, como un atractivo duendecillo de los bosques flotando sobre la pista de baile. Conforme dejaba atrás Mayfair, Julian bloqueó la mente contra sus miedos y conservó únicamente esa última imagen de ella, como un talismán protector en su cabalgada en la oscura y fría noche.

A las puertas de la casa de los Marchwell tiró de las riendas de *Tristan* para que se detuviera, y sus cascos levantaron la grava del camino de entrada. Julian desmontó de un salto y subió corriendo los escalones. Abrió la puerta antes de que un asustado Spears hubiese podido hacerlo desde dentro.

—¿Dónde está? ¡Izzy! —gritó, al tiempo que subía la escalera que conducía a su habitación.

—¡Milord! —lo detuvo Spears—. La señorita Temple está en la cocina, milord.

Con recelo, Julian lanzó al mayordomo una mirada de escepticismo, pero dejó que lo guiara bajo la escalera.

En efecto, Izzy estaba allí sentada, erguida e inmóvil en un banco junto al fuego. A Julian las rodillas casi se le doblaron de alivio mientras se acercaba a ella, que no levantó la vista, sino que continuó mirando fijamente las llamas en silencio. Él a su vez miró a la corpulenta cocinera, que se limitaba a mover negativamente la cabeza gris con gesto de impotencia.

Izzy estaba pálida, pero no parecía herida. Los ojos con que contemplaba el fuego, con mirada vacía, estaban secos aunque enrojecidos. Con suma cautela, Julian se arrodilló junto a ella.

—Izzy, ¿estás bien?

Ninguna respuesta. Alargó la mano y le retiró un rizo de la frente. Finalmente, ella pareció dedicarle alguna atención, aunque con esfuerzo.

—Ah, hola. Lo siento. ¿Teníamos una cita esta noche?

Su voz sonaba hueca. Los ojos con que lo miró parecían dos ventanas sin luz.

—Izzy, he venido porque Timothy me ha dicho que me necesitabas.

—Oh, sí. Supongo que los he asustado. Me he disgustado mucho.

La muchacha tomó aire en un claro intento por recuperar la calma. Se volvió hacia Julian, quien hizo una mueca de dolor al ver el sufrimiento reflejado en aquellos ojos.

—Se ha esfumado —dijo Izzy, con una voz tan queda que Julian sintió un escalofrío—. Esfumado. Todos estos años pensando en ella, confiando en su existencia, y se ha esfumado.

Izzy miró de nuevo las llamas.

—Nunca creí que de verdad me odiaran, ¿sabes? Supongo que me había convencido de que se debía a su naturaleza poco cariñosa; que era por eso por lo que se preocupaban tan poco de mí.

Julian aguardó un momento, pero Izzy no dio más explicaciones.

—Izzy, ¿qué es lo que se ha esfumado? ¿Quién crees que te odia?

Ella cerró los ojos. ¿Por qué no la dejaba en paz? No quería pensar, ni hablar. La paz de aquel estado de embeleso inducido por las llamas seguía llamándola. Era tan fácil perderse en la contemplación del fuego y dejar que aquel tumulto fuera desvaneciéndose...

Pero los preciosos ojos dorados de Julian, tan cerca de los suyos cuando los abrió, estaban llenos de preocupación. Se lo veía intenso y ardiente, como el fuego que tenía delante. Le cogió la mano, reteniendo su calor y dejando que penetrase en sus entumecidos sentidos.

—Me han robado mi herencia, Julian. Mis primos —dijo con voz apagada—. Hoy he recibido una carta del abogado de mis padres. Le había escrito hacía poco para preguntar por la situación de mi cuenta, los intereses que había generado y esas cosas. —Una áspera risilla escapó de su garganta—. El abogado me ha contestado diciéndome que dicha cuenta ya no existe; de paso ha aprovechado para explayarse sobre mi «extravagancia», y para decirme que las frívolas jóvenes que gastan su patrimonio en vestidos de seda y espléndidos adornos, al final tienen lo que se merecen. —Se detuvo—. Vestidos de seda. ¡Vestidos para Millie!

Su ácida risa derivó en amarga carcajada. Izzy se balanceaba hacia adelante y hacia atrás en el banco, abrazándose a sí misma. Sus temblores se intensificaron.

Julian la tomó en sus brazos y la instó a sentarse en sus

piernas. Acunándola suavemente, le susurró dulces palabras, ajeno a las fascinadas miradas del servicio.

Mientras le acariciaba el pelo con ternura, la ira comenzó a arder en su interior. Izzy temblaba entre sus brazos como una hoja al viento. La traición casi había destrozado por completo a su valiente duendecillo y, conforme cedían los temblores de ella, más crecía la ira de él.

Le habían robado. Engañada por las personas a quienes sus padres habían confiado su cuidado. Movió la cabeza negando con incredulidad ante el indiscutible y descarado robo. Durante años había trabajado para ellos a cambio de que éstos cubrieran tan sólo sus necesidades básicas. Y en todo ese tiempo habían estado haciendo uso de su herencia para ascender en la escala social.

Quería decirle que no necesitaba su herencia ya que, cuando se casara con él, no le faltaría de nada. Sin embargo, sabía que Izzy seguía aferrada a su sueño de independencia, y que no se tomaría demasiado bien comprender que la había estado engañando; que, desde el principio, su plan era que se casara con él.

Por un momento, tuvo la desagradable sensación de que su engaño y el de los Marchwell no eran tan distintos. Julian nunca había tenido intenciones de dejarla marchar; no porque la amara, sino porque ella era la única vía para él de asegurarse su herencia.

Aplastó, sin embargo, la ridícula idea. Su decisión sólo mejoraría las circunstancias de Izzy. Algún día sería la duquesa de Dearingham, la envidia de toda la sociedad refinada. Los Marchwell en cambio no le habían ofrecido nada y se lo habían quitado todo.

Además, él sabía que no era sólo la pérdida del dinero lo que hacía infeliz a Izzy. De alguna manera, en un ambiente de abusos y falta de cuidados, el último retazo de conexión que la chica tenía con sus padres era su legado. Y ahora que veía cómo éste se había esfumado, era como si se hubiese quedado sola en el mundo.

No podía soportar verla en aquel estado. A su llegada, había sentido alivio al comprobar que no estaba herida, pero en ese momento comprendía que sí lo estaba. Muy profundamente; casi más de lo que pudiese haberla herido cualquier percance físico. Deseó poder sacarla de su estado.

¿Dónde estaba su fuego, su indignación? Parecía que la presteza con que Izzy defendía a los demás no la aplicaba a sí misma.

—¿No estás furiosa, querida mía? ¿No estás dispuesta a despedazar a tus primos como hiciste con mi padre?

—No, Julian. No quiero verlos. Sólo quiero irme de aquí. Por favor, Julian, sácame de esta casa ahora mismo.

—Voy a hacerlo, querida, voy a hacerlo. Sin embargo, me gustaría hablar primero con tu familia...

—¡No! ¡Ya no son mi familia! ¡Nunca más lo serán!

Fue reconfortante oír, finalmente, el tono apasionado de Izzy de nuevo. Pero de todas formas, quería enfrentarse a los Marchwell él mismo. Puede que no fuera el marqués, pero creía tener poder suficiente como para devolver el golpe a aquellos miserables villanos que Izzy tenía como primos.

Tras enjugar sus mejillas surcadas de lágrimas con las yemas de los dedos, puso a Izzy de pie y estabilizó su cuerpo aún tembloroso.

—Querida Izzy, ¿vienes conmigo o me enfrento solo a los leones? —Casi esperaba que prefiriese quedarse.

Parecía tan frágil que no haría falta mucho más para destrozarla por completo. Y sin embargo irguió los hombros y tomó aire un tanto entrecortadamente.

—Supongo que debería acompañarte. Después de todo, esto es asunto mío.

Él le ofreció la mano.

—Juntos pues. ¿Vamos?

Con una temblorosa Izzy prácticamente oculta tras él, Julian se enfrentó a los Marchwell. La rabia enturbiaba su mente mientras escuchaba sus infames justificaciones.

—Las finanzas de una joven son asunto de su pariente masculino más próximo, lord Blackworth. Usted es soltero, por tanto no tiene ni idea de lo que cuesta criar a una niña. Darle un hogar. Facilitarle una educación.

Hildegard estaba sentada con afectación en una pesada silla torneada que se asemejaba a un trono de pesadilla. Su marido permanecía de pie, un poco por detrás de ella, asintiendo vigorosamente, como puntuando cada una de las frases de su esposa.

—Además, le agradecería que recordara que no se le prometió a usted ninguna dote, al igual que a Izzy nunca se le ha prometido un solo penique por nuestra parte. Debería haber pensado en su falta de dote antes de colocarse en situación de tener que casarse con ella.

Los ojos de Hildegard eran como dos delgadas rendijas de odio mal disimulado, su boca se retorcía en un gesto de amargura y su fachada regia pareció venirse ligeramente abajo.

—Aunque no creo que usted la necesite —prosiguió sin embargo—. Como tampoco la necesitará Izzy. Sigo sin comprender por qué estamos siendo objeto de este ultrajante interrogatorio.

Julian sabía que Izzy no podía recurrir a la vía legal. Desafortunadamente, lo que Hildegard acababa de decir era verdad. A Julian, si es que alguna vez había pensado en ello, el asunto siempre le había parecido muy razonable. Era cierto que, desde siempre, los hombres de la familia se encargaban de gestionar la economía de las mujeres jóvenes.

Pero la ley daba por hecho que aquel que gestionaba un patrimonio lo haría pensando en el bien de la chica. Se permitió pensar un momento en cuántas jóvenes se encontrarían a merced de seres tan despreciables como los Marchwell. Frunció los labios con gesto de desprecio mientras miraba a los primos de Izzy como si éstos acabaran de salir reptando de un pestilente cenagal.

—No tiene de qué preocuparse, señora Marchwell. Es evidente que no conseguiríamos nada demandándolos por la herencia de Izzy. Sin embargo, tal vez no le vendría mal pensar que, en sociedad, hay más de una forma de vengarse. —Julian pronunció las últimas palabras en un tono casi alegre, satisfecho al ver la expresión de alarma que se extendía por la cara de Hildegard.

Notó que Izzy se erguía tras él y, despacio, se adelantaba hasta colocarse al lado de él, observando a su familia con gesto impasible.

—Hildegard, pareces haber olvidado que he sido yo quien se ha encargado de llevar las cuentas de la casa durante años —dijo con serenidad.

Julian sintió que lo invadía una oleada de orgullo. Su prometida parecía muy frágil ante la beligerante Hildegard, pero distaba mucho de serlo.

Izzy dirigió una mirada fría y perspicaz a su prima.

—Sé exactamente lo que cuesta mantener a una joven de la forma en que tú lo has hecho conmigo. Sé que cuesta mucho menos de dos mil libras comprar un par de vestidos baratos al año, proporcionar el mínimo sustento y alojamiento en una habitación sin calefacción.

»Sé exactamente lo que te has ahorrado utilizándome a mí como ama de llaves, institutriz y jardinera sin pagarme por ello. ¿Te gustaría oír a cuánto asciende lo que me debes, Hildegard? —Izzy avanzó súbitamente en dirección a la enmudecida mujer, pero se detuvo.

»No, ya no importa. Nunca comprenderás que yo habría compartido de buena gana todo lo que tenía si tan sólo me hubieras mostrado un poco de afecto. Pero lo único que sabes hacer con los demás es utilizarlos. Es una pena que no me haya dado cuenta antes.

»Me voy de esta casa. No sé lo que me depara el futuro, pero lo que sí sé es que mejor que no recurras a mí jamás en busca de ayuda de ninguna clase. Me voy para siempre, Hildegard. Reza para no volver a cruzarte en mi camino.

Y, tras decir lo último con una intensidad tan aplastante que hasta los insensibles Marchwell palidecieron, Izzy se dio la vuelta con dignidad y salió de la habitación.

Julian decidió que cualquier otra cosa que él pudiera decir sólo restaría mérito al magnífico mutis de Izzy, así que, tras una burlona reverencia, la siguió en silencio.

Consciente de que Julian la esperaba abajo, Izzy daba instrucciones a una llorosa Betty para que empaquetara su guardarropa nuevo y se lo enviase. No tenía ni idea de adónde iría, así que le dijo a la doncella que lo mandara a la casa que Julian tenía en la ciudad.

Tras la confrontación con Hildegard, el gélido entumecimiento había regresado. En ese momento, lo único que sentía era la urgente necesidad de irse; tan rápida e irrevocablemente como le fuera posible. Sus posesiones de los años pasados en Marchwell eran escasas.

Le llamó la atención de una forma distante comprobar que lo que más valor tenía para ella era lo que Julian le había dado: un pequeño abanico de marfil adquirido en uno de los puestos de los Jardines Vauxhall; una flor seca de un pequeño ramo que le había comprado a un vendedor ambulante y luego le había ofrecido con una galante reverencia; cintas de los muchos eventos sociales a los que él la había acompañado.

—Señorita, ¿no necesitará una doncella ahora? Me gustaría ir con usted si usted me lo permite.

El tono suplicante de Betty penetró en la actitud distante de Izzy, que miró a la muchacha. La vida como doncella de Hildegard no podía ser fácil, pero si no se equivocaba, había además otra razón.

—¿Tanto te gusta Timothy pues? ¿Es por eso por lo que quieres irte?

—Sí, señorita. Y también por usted. Todos sabemos lo

que le han hecho. No tenían derecho. Y si han sido capaces de algo así con alguien de su propia sangre, qué no harán con los sirvientes. Nadie quiere quedarse ahora. La mayoría notificarán en las agencias de sirvientes que están buscando trabajo, aunque ella no dará buenas referencias de ninguno. Usted es la única que siempre se ha portado bien con nosotros, y por eso he pensado que si necesitaba una doncella...

Izzy negó con la cabeza.

—Te lo agradezco, Betty, y es una buena idea. Pero es que no sé qué voy a hacer ahora. Ni siquiera podría pagarte.

Betty la miró sin comprender.

—Pues casarse con su señoría, por supuesto. ¿Qué otra cosa iba a hacer?

Tal vez debería aceptar el ofrecimiento de Betty. Julian nunca dejaría que la muchacha muriera de hambre, y pronto encontraría trabajo en cualquier otro sitio. Además, consideraba que sería una pena separarla de Timothy, viendo la relación tan estrecha que se había desarrollado entre los dos. Izzy nunca se había parado a pensar en la costumbre de negar a los sirvientes una vida propia, de tan acostumbrada como estaba a ver coartada su propia libertad durante tanto tiempo.

—Muy bien, Betty, vendrás conmigo de momento.

—Ella tiene razón, ¿sabes?

Izzy levantó la vista y se encontró con Millie, de pie con postura rígida, junto a la puerta abierta; el rostro pálido por la indecisión.

—Lo que ha hecho madre ha estado mal. Puede que sea desleal por mi parte decirlo, pero es la verdad. —La puntiaguda barbilla de Millie se irguió levemente, como si esperara rechazo o alguna forma de reproche—. Supongo que no me creerás, pero yo no sabía... —Sus pálidos ojos se llenaron de lágrimas, y el labio inferior comenzó a temblarle como a una chiquilla—. Ha sido por mí. Te lo han quitado por mí. Los vestidos. Todo. Pero yo no lo sabía. Nunca lo supe.

Llorando ya entonces a lágrima viva, Millie buscó en la aturdida Izzy algún signo de perdón. Al ver que no lo obtenía, sus delgados hombros se hundieron y se dio la vuelta para marcharse.

—Espera. Millie, espera, por favor. —Cuando la chica se volvió, Izzy hizo todo lo posible por esbozar una sonrisa. Fue un esfuerzo doloroso, pero la chiquilla respondió mirándola resplandeciente.

—Lo sabía, creo. Que tú no habías tenido nada que ver con ello. Aunque ya no somos tan íntimas como lo fuimos un día, sé que tú nunca intentarías hacerme daño a propósito.

Millie dejó escapar un tembloroso suspiro de alivio y asintió con la cabeza.

—Te deseo lo mejor, Izzy. Y deseo que... —Millie bajó la cabeza y se miró las manos, al tiempo que se encogía de hombros—. Deseo que podamos hablar de vez en cuando; ya sabes, como solíamos hacer. Lo echo de menos a veces.

Izzy movió la cabeza pesarosa. Millie no era mala en realidad, simplemente había sido educada para ser mezquina.

—Tal vez no sea posible durante un tiempo, Millie, pero si alguna vez me necesitas, estaré en la ciudad hasta que termine la temporada. —La chica asintió con ilusión y se fue.

Su pequeño y estrecho mundo estaba nuevamente en orden.

No era mucho, pero cerrar la brecha que se había abierto entre Millie y ella le alivió el corazón. Mientras dejaba que Betty hiciera su trabajo, Izzy bajó a ver a Julian. Tal vez el roce de su mano la ayudara a desterrar los restos del frío que se había apoderado de ella.

11

Mientras Suzette se movía sinuosamente en la cama, delante de él, Julian miraba su exuberante cuerpo envuelto en sábanas de seda.

—¿No quieres venir a la cama, milord? Llevo un rato esperándote y ya estoy caliente y húmeda para ti. —Una astuta sonrisa felina se dibujó en el rostro oscuro y sensual, mientras contemplaba el cuerpo excitado de él. Incorporándose, hasta quedar sentada de forma que la sábana se deslizó por su cuerpo junto a los negros rizos que le llegaban hasta la cintura y enmarcaban artísticamente sus generosos pechos, la mujer lo miró, o más bien le miró la entrepierna.

Julian se acercó sin decir nada mientras ella alargaba la mano y trasteaba con los pantalones de él. Hacía muchas semanas desde la última vez que había visitado a Suzette; el tiempo que había transcurrido con los preparativos para la presentación de Izzy en sociedad y las siguientes dos semanas.

Se había dicho a sí mismo que era responsabilidad suya acompañar a Izzy en su aventura en sociedad. Sin embargo, en ese momento, ella había sido tomada bajo las alas de Celia y se encontraba en su elegante casa de la ciudad, lamiéndose las heridas y tratando de decidir su futuro.

Aún no le había hablado de su decisión de que contrajeran matrimonio. No le había costado convencerse de que aquél no era el mejor momento, de que, cuanto más experimentara el torbellino de la vida social, más probabilidades habría de que aceptara su destino como su esposa.

La verdad que se ocultaba tras su cobardía era lo que lo había llevado a Suzette esa noche. La tristeza y la necesidad de Izzy lo había afectado mucho más de lo que podía soportar. Sentía que estaba cambiando, y eso no era lo que quería. Necesitaba recordar al hombre que había sido; el hombre de corazón impenetrable cuyos motivos eran perfectos dentro de su egoísmo.

Julian quería que aquel hombre regresara.

Como si percibiera su falta de atención, Suzette se arrodilló en el colchón, y la sábana cayó por completo, dejando a la vista todo el arsenal de sus encantos. Le rodeó el cuello con los brazos y deslizó la lengua entre los labios de él sin tocarlos con sus propios labios.

Fue un beso carnal, abiertamente sexual, el tipo de beso que siempre lo había enardecido.

Hasta entonces. De pronto le pareció demasiado primitivo, casi animal, y se apartó de la boca de ella con aversión.

Suzette se alejó de él, deslizándose sobre las sábanas hasta el extremo más alejado de la cama.

—Ven, Julian.

Él se estremeció. Ella nunca lo había llamado de otro modo que «milord» y, ocasionalmente, «mi querido Eppie». Oír el nombre que Izzy le había dado de los labios pintarrajeados de Suzette le resultó ofensivo. Como si Julian fuera mejor persona que Eppie; merecedor de un afecto verdadero, no del que aporta la compañía que se compra.

Detuvo sus pensamientos. Eppie era el hombre cuyo regreso ansiaba, ¿no era así? Julian era propenso a inexplicables actos de generosidad y amabilidad. Julian era quien estaba arriesgando su alma, el que acabaría seriamente herido en sus sentimientos.

Sí, Eppie era quien debía ser. Consentido y egoísta, ajeno a cualquier impulso de bondad, insensible a cualquier tipo de dependencia emocional. Eppie manipularía con frialdad a una mujer casándose con ella para su propio beneficio, y disfrutaría del triunfo.

Al mirar a Suzette en la cama se dio cuenta de repente de lo forzada que parecía su pose. Con las piernas separadas en gesto de incitación y los brazos estirados de manera que sus pechos se elevaran, tenía el aspecto de la absoluta invitación al pecado.

Y, sin embargo, por primera vez, su exuberante cuerpo se le antojó pretencioso y vulgar. Su patente naturaleza lasciva lo llenó de desagrado.

Un cuerpo mucho más menudo y delgado se abrió paso en su mente; uno lleno de inocente y anhelante pasión, y de delicada sensualidad.

Movió la cabeza de un lado a otro, como intentando apartar la imagen de Izzy haciéndole señas desde la cama, y trató de enfocar el objeto de su pasión. No albergaba deseo por Izzy. Suzette era lo que anhelaba, lo que siempre había deseado.

Hasta entonces. Después de haber dedicado su tiempo a una muchacha que le recordaba a un duendecillo del bosque y que le hacía pensar, reír y preocuparse por los demás. En ese preciso momento, la idea de copular con un artículo tan usado como Suzette lo dejaba frío.

—Parece que ha llegado el momento, querida —dijo finalmente y, dándose la vuelta, se abrochó los pantalones—. Me aseguraré de enviarte algo, un regalo de despedida. Puedes quedarte en la casa un mes. —No pretendía insultarla, ya que había sido una buena amante, deseosa de complacerlo y discreta con sus infidelidades.

En el carruaje, se obligó a examinar su decisión. ¿Por qué había sentido aversión hacia la mujer de la que hasta hacía poco no parecía saciarse nunca? ¿Por qué no lo habían tentado sus encantos, los cuales habían sido siempre muy de su agrado? Y finalmente llegó con alivio a la conclusión de que era perfectamente normal haberse cansado de Suzette. Después de todo, llevaban juntos casi un año y, dado que él iba a casarse, era un buen momento para dar la aventura por terminada.

Una vez que estuviera casado y con Izzy acomodada en el campo, en la casa solariega, ya buscaría una nueva amante. Alguien más refinado, con una figura más delicada. Tal vez pudiera encontrar una mujer educada. Suzette nunca había sido una buena conversadora, eso seguro.

Julian se arrellanó entre los cojines, satisfecho con su plan. Con un golpe seco en el techo del vehículo, dio unas rápidas instrucciones al cochero a través de la trampilla. Había llegado el momento de poner en acción otro plan. Luego se reclinó nuevamente y se preguntó con cierta expectación qué tendría que decir Eric al respecto.

Cuando Izzy se despertó a la mañana siguiente debido al sol que se filtraba a través de la ventana de su habitación, se sintió desorientada. ¿Luz de sol? Su habitación jamás había recibido ni un rayo de sol hasta poco antes de que éste se pusiera por la tarde. Se incorporó, confusa por el lujoso entorno. La habitación era grande y opulenta. Y cálida. Ni siquiera durante su estancia con los Calwell en la que había compartido una pequeña habitación con la desordenada Grace, había despertado rodeada de semejante esplendor.

Las sábanas y el cubrecama eran espléndidos y muy hermosos. Unas elegantes cortinas de brocado azul oscuro rodeaban los postes torneados de la cama, y las ricas tonalidades de las piedras preciosas relucían mientras los rayos del sol se reflejaban en los colores de la alfombra. La belleza de aquella habitación la hizo suspirar de puro deleite.

Entonces los recuerdos se agolparon en su mente. El recuerdo de la traición de su familia y la destrucción de sus sueños la hicieron encogerse de disgusto. Cerrando los ojos para borrar el rostro cruel y pagado de sí mismo de Hildegard, tiró de los cobertores y se cubrió con ellos, en un intento por hacer desaparecer la gelidez que albergaba su interior.

La pelea que se libraba dentro de ella, la mezcla de desamparo y furia, hacía que le ardiera el estómago. Inspiró temblorosamente mientras se obligaba a vencer el pánico.

Podía ser peor. Cierto que se había convertido en una indigente, pero no se le habían agotado todos los recursos. Julian y Celia eran buenos amigos y, aunque no le agradaba depender de los demás, por el momento había encontrado refugio. Sintió que su tensión cedía y que podía pensar con claridad.

En cuanto a sus planes en lo relativo a Norteamérica, simplemente tendría que ser creativa. Tal vez consiguiera que alguna familia que se dispusiera a viajar hasta allí la empleara como institutriz.

La verdad era que bien podía ejercer como cocinera, ama de llaves o jardinera en cualquier lugar del mundo. Era capaz de trabajar, y era joven y fuerte. Poseía algunas habilidades muy útiles, nunca estaría indefensa. ¡Si incluso sabía montar y disparar!

Conforme se sentaba, oyó que llamaban a la puerta y, a continuación, Ellie entró en tromba. Izzy apartó la colcha, sintiéndose avergonzada de estar aún en la cama a esas horas.

—No se mueva, señorita. Digo yo que aún estará agotada después de haber recorrido tantos cientos de kilómetros en una noche.

Izzy recibió el exagerado comentario con una sonrisa. Ellie se movía con gran energía, vertiendo agua limpia en la palangana para Izzy, y dejando a continuación el desayuno en una bandeja sobre la mesa iluminada por el sol.

Tras lavarse rápidamente, Izzy se puso la ropa interior que le habían prestado y el mismo vestido del día anterior, que Ellie había cepillado previamente con esmero. Poco acostumbrada a tantas atenciones, Izzy le estaba dando las gracias a la muchacha cuando Celia llamó a la puerta y entró.

—¿Estás ya recuperada, Izzy? ¿Preparada para un poco de compañía?

Celia parecía un tanto cortada, como si no estuviera segura de ser bienvenida. Alargando la mano hacia su amiga, Izzy la instó a sentarse en la otomana de color zafiro.

—Celia, no sé cómo darte las gracias por haber acudido en mi rescate como lo hiciste.

—No, Izzy, soy yo la que te da las gracias. —Bajando la vista, Celia manoseó con timidez el borde del asiento de terciopelo—. Le hablaste a lady Greenleigh de mí, ¿no es cierto?

—Tan sólo mencioné de pasada que era una pena que fueras tan tímida, porque me parecías una compañía deliciosa. —Y estaba segura de haber interpretado correctamente el brillo maternal que había visto en los ojos de lady Greenleigh al contemplar a la distante lady Bottomly bajo esa nueva perspectiva. Izzy no le había dado más vueltas al tema, pues tenía plena confianza en el instinto protector de lady Greenleigh.

—Bueno, fuera lo que fuese lo que le dijeras, ha sido maravillosa la forma en que me han acogido. Hemos ido juntas de compras y hemos hecho algunas encantadoras visitas, y ahora que estás tú aquí podrás venir con nosotras. ¡Va a ser muy divertido!

Aunque sus ojos brillaron por un instante, Celia recuperó rápidamente su sombrío humor.

—Soy incapaz de agradecértelo lo suficiente, Izzy. Son las mujeres más encantadoras que he conocido, aparte de ti. Es un bálsamo para mi alma contar con amigas así.

—¿Tan sola te sentías, Celia?

—Sí. Hay cosas que tú no sabes, cosas...

Izzy aguardó a que continuara. No deseaba presionarla.

—Ya que vas a quedarte conmigo una temporada, creo que hay algunas cosas que debes comprender. Éste no va a ser un refugio cómodo para ti, mi querida Izzy. Mi hogar puede ser... a veces como un campo de batalla.

Al ver la mirada de incomprensión en su rostro, Celia

movió la cabeza de un lado a otro, pero no fue capaz de continuar.

Izzy sintió que un comienzo de alarma le recorría el cuerpo al ver el silencio de su amiga. Se acercó entonces a ella y cubrió con su mano las heladas manos de Celia.

—Celia, ¿de qué tienes miedo?

Ésta alzó la barbilla súbitamente al oír la pregunta, en una espasmódica reacción a la palabra.

—¿Miedo? —La delicada voz se le quebró—. El miedo me acompaña siempre. Es casi mi amigo. Gracias a él sé que sigo viva, después de...

—¿Después de qué? —El suave susurró de Izzy apenas rompió el silencio, pero Celia se levantó de un salto, como si hubiera sido lanzada por un cañón.

—Nada. Aquí no hay nada que temer. —Tratando de enjugarse las lágrimas que resbalaban discretamente por sus mejillas, le dedicó a Izzy una brillante sonrisa—. Lo que ocurre es que a mi esposo no le gusta tener invitados en casa. Sólo podrás quedarte hasta que él regrese. —Rehuyendo la mirada preocupada de Izzy, se sacudió la falda y se dirigió al espejo para arreglarse el pelo.

—Déjalo así. Lo llevas perfecto. —Izzy se le acercó por detrás y observó su reflejo en el espejo. Había tanto dolor y desesperación en los hermosos ojos de Celia, que el descubrimiento le desgarró el corazón.

Su amiga era muy desgraciada; por algo que era mucho más que miedo. Se estaba ahogando en un remolino de desolación que Izzy sólo podía imaginar. Tomando con suavidad la mano entre las suyas, se la apartó del reluciente rizo que se estaba colocando.

—Celia, mírame. Aquí sí hay algo que temer. —Cuando su amiga trató de zafarse, Izzy la sostuvo con fuerza—. No. No haré como que no lo he oído. Debes decírmelo para que podamos detenerlo.

De repente, el precario control de Celia se vino abajo. Unos sollozos desesperados y horribles, que debían de estar destrozándole la garganta con su intensidad, brotaron de su interior mientras permanecía rígida y de pie delante del espejo. Aunque en esos momentos tenía los ojos fijos en Izzy, como si ella fuera su única esperanza de sobrevivir.

Angustiada por el dolor de aquella mujer a la que tanto quería, Izzy la rodeó con sus brazos tan fuerte como pudo, protegiéndola con su cuerpo, como si quisiera resguardarla del azote del viento. Celia tenía los brazos pegados al cuerpo, con los puños blancos de tanto apretarlos, y la boca torcida a causa de la intensidad de sus sollozos. Las dos mujeres permanecieron allí de pie, unidas por la mirada y el cuerpo y el dolor, delante del espejo que reflejaba, en despiadado contraste, el lujo que las rodeaba.

12

Tras la tormenta emocional, las dos se sentaron muy juntas, con las manos entrelazadas. Aunque Celia aún temblaba debido a la virulencia de las lágrimas, su voz era firme.

—No me resulta fácil hablar de esto, sin embargo no puedo permitir que corras peligro por no saberlo.

»Una vez me preguntaste si me gustaría que me reinventases. No sabes cómo deseé que pudieras hacerlo. Me he convertido en aquello que nunca quise ser.

Celia apartó la vista un momento, al cabo del cual se volvió de nuevo hacia Izzy, como si hubiera tomado una decisión.

—Nunca me has preguntado por aquella noche. Por Eppie..., quiero decir, por Julian y yo. Sé que debes de tener una mala opinión de mí, por traicionar de esa manera mis votos matrimoniales.

»Aunque lo cierto es que no llegué a hacerlo, ¿sabes? El asunto se frustó debido a una confusión entre derecha e izquierda.

Con una irónica sonrisa en los labios, Celia esperó a que cesara la aliviada carcajada que sacudió a Izzy. Entonces recuperó su seriedad.

—Confío en ti, Izzy, o si no, jamás te contaría esto. Es una profunda humillación para mí, y quizá no debería hablar de estas cosas con una mujer soltera, pero la negrura del asunto a veces amenaza con volverme loca. He deseado tantas veces poderle explicar mi desgracia a alguien... ¿Puedo confesártelo todo, querida Izzy, a pesar de la consternación que puedan causarte mis palabras?

Izzy asintió.

Celia inspiró entrecortadamente antes de comenzar.

—Me vendieron a cambio de un título y cincuenta mil libras cuando tenía diecisiete años. No hice mi debut en sociedad ni tuve cortejo. Simplemente una rápida ceremonia tras la cual me llevaron a toda prisa a Escocia, a la temporada del urogallo. Su señoría es un ávido cazador. Yo no lo había visto antes de aquel día, y no sabía lo que me iba a suceder hasta que me llevaron delante del vicario.

Su voz se tornó un débil susurro.

—Mi padre me dijo que yo era su única esperanza de po der salvar su finca y propiedades, y quc mi madre y mis hermanas se quedarían sin hogar si no me casaba. Yo estaba aterrada, pero consentí, por supuesto. Mi reciente esposo me llevó a su casa en Escocia, donde hizo todo lo posible por concebir un heredero. Durante cinco años me mantuvo prisionera, y cada noche acudía a mí. Noche tras noche.

Un temblor casi imperceptible la sacudió y sus manos se crisparon con un espasmo.

—Durante todo aquel tiempo, no vi a nadie más que al personal del servicio. Nunca me traía a la ciudad, ni me permitía visitar a mi familia. Aquel montón de piedras por donde se colaban las corrientes de aire se convirtió para mí en una mazmorra. No recibía visitas, y los sirvientes me vigilaban en todo momento.

»Finalmente, decidió que me examinaran. Como si fuera un objeto que no funciona bien. Como un caballo que no ha sido criado como es debido. —Celia experimentó un escalofrío—. Una vez en Londres, hizo que multitud de médicos me visitaran. Estudiaron mi cuerpo como si yo fuera una criminal por ocultar mi fertilidad a su dueño legítimo.

»Al final, todos los médicos llegaron a la misma conclusión: uno de los dos no era capaz de engendrar. Por supuesto, todos prefirieron creer que se trataba de mí. Especialmente mi marido.

Sentada muy quieta, Izzy trató de domeñar su creciente furia. Había adivinado que se trataba de un matrimonio infeliz, pero aquella historia de subyugación era más cruel de lo que había imaginado.

—Dejó de acudir a mí por las noches, aduciendo que estar conmigo era malgastar su simiente viril. Yo comencé a relajarme pensando que, ya que no le servía para nada, me dejaría por fin en paz. La pasada temporada, cuando empezó a acompañarme a todos los eventos de sociedad, llegué a pensar que tal vez hubiera desarrollado algún cariño por mí, aparte del interés por perpetuar su nombre.

»Fui una tonta. Poco después empezó a dar pequeñas cenas de carácter íntimo en honor de hombres de los que quería conseguir favores, políticos o financieros. Yo actuaba como anfitriona, claro está. Nunca asistía ninguna otra mujer, y los hombres me miraban con un descaro vergonzoso.

»Así, hasta que una noche, al final de la temporada, me dejó a solas con uno de sus invitados, un viejo lascivo de dientes podridos y manos heladas. —Celia tragó con dificultad, y la voz se le quebró.

Izzy le acarició en silencio los gélidos dedos, que se crisparon sobre los suyos hasta que su amiga recuperó el habla.

—Conseguí apartarlo de mí y corrí a decírselo a lord Bottomly. Mi marido... me golpeó... y me ordenó que bajara de inmediato «a ganarme el sustento». No podía creerlo. No era la primera vez que me golpeaba, sabía que disfrutaba haciéndolo, pero no podía creer que pudiera estar pidiéndome que hiciera aquello. Me negué.

»Y él me pegó de nuevo... con saña... y me encerró en mi habitación durante semanas, sin más sustento que pan y agua, hasta que le rogué que me dejara salir. Él se rió. Me hizo arrodillarme. Me hizo suplicarle...

Con una voz que era apenas un susurro, Celia se tapó la boca con una mano para evitar el silencioso gemido que amenazaba con escapar de su garganta. Izzy le notaba el cuerpo tan tenso que temió que fuera a romperse.

Celia continuó con su relato, aferrándose a la mano de Izzy con tanta fuerza que casi se la dejó insensible. Poco a poco, fue recuperando la voz.

—Yo accedí a ayudarlo a promocionar sus negocios y él accedió a dejarme venir a Londres cada temporada, sola. Hasta que... me necesitase, claro.

Levantó la mirada del punto de la alfombra donde la había mantenido fija y miró a Izzy a los ojos por primera vez desde que empezara su relato.

—Sabía que durante esta temporada sería cuando me convertiría en su puta, y yo simplemente quería encontrar algo de mi agrado y por voluntad propia primero. Julian era siempre tan amable y es tan apuesto. Bromeaba conmigo y me hacía reír. Hacía mucho que no me había reído.

»Así que decidí que, antes de convertirme en la herramienta de las aspiraciones de mi marido, acumularía algunos gratos recuerdos para que me sostuvieran durante el duro trance.

Celia bajó la vista hacia las manos temblorosas que Izzy aún sostenía con fuerza entre las suyas.

—¿Lo entiendes? ¿Entiendes ahora por qué estaba dispuesta a faltar a mis votos? ¿O te has quedado demasiado horrorizada como para seguir queriendo mi amistad?

Izzy estaba más que horrorizada, estaba asqueada. Aunque no tenía muy claros ciertos detalles, sabía lo suficiente como para comprender que sólo un monstruo exigiría algo así a su honorable esposa.

—¡Lo único que encuentro horrible es el comportamiento de esa bestia despreciable! ¿No puedes abandonarlo? ¿No tienes ningún sitio adónde ir?

Celia negó con la cabeza.

—Tiene derecho legítimo sobre la finca y las propiedades de mi familia. Al parecer, mi padre perdió en el juego todo lo que había ganado con mi boda al cabo de menos de un año. Mi marido me juró que, si lo desafiaba, echaría a mi madre y a mis hermanas a la calle. El bienestar de todas ellas pende como una pesada espada sobre mi cabeza.

—¡Ya le enseñaré yo lo que es una espada! ¿Dónde está? ¿Está aquí? —Izzy se levantó de un salto, incapaz de contener su furia—. Vamos a sacarte de este enrevesado acuerdo matrimonial. ¡Espera y verás!

—Ay, Izzy, me haces tanto bien. —Riéndose de Izzy con calidez, Celia se enjugó los ojos llorosos y se levantó—. Cálmate, querida. Sé que parece terrible, pero lo cierto es que no se puede hacer nada. Está en su derecho, como esposo mío que es, por deplorable que pueda parecer. Las leyes están de su parte, la sociedad está de su parte. Si hiciera público este pacto con el diablo, sólo conseguiría atraer la censura sobre mí. —Se encogió de hombros sin esperanza—. Tal vez lo que temo no ocurra en un futuro cercano, y si ocurre, tal vez no me importe tanto.

—Y tal vez me enfrente yo misma con un látigo a ese desalmado.

—Pues tendrás que esperar. Se queda en su refugio hasta el último momento de la temporada de caza, sacando a golpes a inocentes criaturas de sus madrigueras. No espero su regreso hasta dentro de varias semanas.

Izzy no sólo estaba furiosa, estaba avergonzada. Allí estaba ella, revolcándose en la autocompasión mientras su mejor amiga se enfrentaba a un verdadero horror. No podía imaginar peor destino que ser la esposa de un bruto amoral como Bottomly. ¡Sin derechos, nada más que una esclava a las órdenes de semejante hombre!

Izzy dio gracias al Destino por que ella no estuviera obligada a casarse. Puede que fuera pobre y su futuro incierto, pero seguía siendo dueña de su libertad. Era lo único que siempre había deseado, al menos desde la infancia. Una vez había anhelado casarse y tener hijos, al creer que todas las parejas eran tan felices como sus padres. Ahora se daba cuenta de que la relación de ellos había sido algo raro y exótico.

Se sentó y tomó la mano de Celia una vez más.

—Mi querida amiga, ¿qué puedo hacer por ti? ¿Cómo puedo arreglar la situación?

—¿Rescatarme, Izzy? No te preocupes, te lo ruego. No era eso lo que esperaba. El simple hecho de haber podido desahogarme contigo me ha ayudado más de lo que puedas imaginar. Además, tú tienes tus propios motivos de preocupación en estos momentos. Tenemos que procurarte un refugio aquí, en Mayfair. No deberías quedarte en esta casa mucho tiempo. Por tu bien, es mejor que no estés aquí cuando llegue mi marido.

—¡No! Deja que me quede. Tal vez no te...

—Izzy, no. Esto es asunto mío. Sabrá sin duda que has estado aquí. Los sirvientes se lo dirán, todos excepto Ellie. Ella trabajaba en la casa de mi padre y confío en ella. Los demás son los sabuesos de mi marido. Me acompañan a todas partes, toman nota de las visitas que recibo y todo eso. Es un hombre muy posesivo.

—¿Se pondrá furioso por mi visita?

—Puede. —Celia suspiró cansinamente—. Es difícil saber qué puede enfurecerlo. Pero ¿qué puede decir? Eres una invitada honorable, y la verdad es que tampoco me importa mucho. Lo complazco lo menos posible. Supongo que no es una actitud inteligente, pero una debe rebelarse como pueda.

Al pensar en la vida que ella había llevado en la finca de sus primos, Izzy le dio la razón. Sonrió al recordar sus pequeños actos de venganza contra sus familiares. En un intento de aligerar un poco la carga del corazón de su amiga, empezó a contarle una de sus revanchas tras otra, hasta que las lágrimas que corrían por las mejillas de Celia fueron lágrimas de risa.

Desde un oscuro rincón de la habitación cargada de humo, como un cazador en su refugio, Julian miraba. Llevaba horas observando cómo su compinche empujaba más y más a Melvin Marchwell al interior de su trampa. No queriendo participar directamente para no alertar a su presa, había elegido un asiento bastante oculto desde donde ver sin ser visto.

Se trataba de una operación bien planeada, desde los participantes hasta el lugar. Un club de caballeros, no demasiado intelectual pero superior al tipo de los que frecuentaba Melvin, y a cuyos miembros deseaba impresionar. Un club al que hasta un pelele como Marchwell podía aspirar. Sobre todo si llegaba respaldado por alguien del renombre de lord Stretton; si mostraba tener bolsillos amplios para el juego y buen perder; si no estuviera a punto de sufrir las represalias Blackworth.

Eric le envió la señal. Se acercaba el momento. Al tiempo que se levantaba, Julian se permitió una breve sonrisa. Justo en ese momento, Eric y él acababan de estafarle a Melvin Marchwell hasta el último penique del dinero que su familia le debía a Izzy Temple.

Acercándose a su presa, Julian ejerció un control sobre sus pensamientos mucho más estricto de lo habitual. Eric estaba arriesgándose mucho al hacer trampas en una partida de cartas, lo que más detestaba un verdadero caballero. Su honor quedaría irreparablemente dañado si la verdad saliera a la luz. Sabía que debía estarle agradecido, pero algo le roía las entrañas, algo le quemaba por dentro.

Julian quería creer que Eric actuaba por la amistad que tenía con él, pero sus sospechas sobre la relación de su amigo con Izzy no habían dejado de acosarlo en los últimos días. Aquel episodio en el parque, la indignación de Eric ante la actitud tan arrogante que había tenido con Izzy, le había parecido excesiva para tratarse de simple amistad. Y Julian no podía olvidar la sensualidad que había visto en los ojos de Izzy cuando la despertó en su carruaje.

Eric era todo lo que él no era. El incuestionable heredero del título y las posesiones de su padre. Era un hombre justo con carácter y rasgos afables. Y era tan bueno y leal como la propia Izzy.

¿Por qué no habría de soñar ella con Eric?

Julian apartó de su mente esas turbadoras reflexiones y se centró en el asunto que tenía entre manos en ese momento. Conforme se aproximaba a la mesa, un sudoroso Melvin levantó la vista y lo vio. Una mirada de desconcierto atravesó el rostro del hombre, seguido por una ráfaga de horror al comprender, y, por último, una sorda resignación.

Como alguien que ha sido condenado a escuchar una sentencia, se levantó lentamente en el momento en que Julian se dirigió a él.

—Supongo que no necesita que le explique lo sucedido esta noche, Marchwell. Estoy seguro de que comprenderá en qué consiste pagar por los pecados cometidos. Es algo a tener presente cuando se le roba a alguien que está bajo mi protección.

Intercambió una mirada con Eric y, acto seguido, ambos contemplaron a Marchwell sin un ápice de lástima. Terminada la partida, Julian recogió las ganancias de la mesa y miró a Eric.

—¿Tiene los bolsillos vacíos?

—Secos como el Sáhara. Tenemos dinero para los restos.

Julian sacó un pequeño billete de la montaña de libras y lo tiró con gesto de desdén sobre la mesa, entre el tintineo de copas y la ceniza de los cigarros.

—Para pagar el carruaje. Quiero asegurarme de que llega a casa y se lo cuenta a su mujer... si se atreve.

—¿Vas a dar esa puntada o te quedarás con la mano suspendida sobre la labor durante una hora más? —Celia le sonrió a Izzy—. ¿Qué te ocurre, querida? ¿Te preocupa el futuro? Ya sabes que yo te ayudaré en todo lo que pueda.

A Izzy le daba vergüenza que Celia la hubiera pillado en aquel estado de depresión. Si alguien tenía derecho a estar afligida era la propia Celia. Decidida a poner fin a aquella espiral de autocompasión, sacudió la cabeza y dijo animadamente:

—No estoy preocupada. Bueno, no demasiado. Es simplemente que me cuesta acostumbrarme a la pérdida de algo con lo que siempre había contado.

—Y puede que aún más, hacerte a la idea de que ha sido tu propia familia quien te ha traicionado —dijo Celia con voz queda y, levantándose de su asiento, se arrodilló junto a su amiga—. Izzy, entiendo lo que sientes. Cuando mi padre me vendió, lo acepté porque sabía que era la única forma de salvar a mi madre y a mis hermanas. Cuando después lo perdió todo en el juego, me sentí traicionada de una manera que nunca querría sentirme otra vez. No dudé en sacrificar mi juventud y felicidad por una buena razón; saber que no había valido para nada, me destrozó el corazón.

Izzy le acarició la mejilla.

—Eres tan buena, y yo tan egoísta. Ahora tengo más de lo que jamás hubiese podido esperar. Te tengo a ti y tengo a Julian.

Celia se quedó pensativa un instante.

—Izzy, sé que vuestro plan es romper el compromiso, pero ¿crees que...?

Las dos mujeres levantaron la vista cuando la puerta se abrió tras un suave toque.

—Señora, lord Blackworth desea saber si está usted en casa.

El severo rostro del mayordomo mostraba su desaprobación. Celia se levantó y se volvió hacia la puerta.

—Sí, Madden. Apenas son las nueve. No es demasiado tarde. Haga pasar a su señoría, por favor.

Con gesto desdeñoso, el hombre giró sobre sus talones y desapareció. El corazón de Izzy se puso a latir un poco más de prisa al oír el vigoroso resonar de los tacones de las botas en el suelo de la entrada.

—¡Julian!, qué agradable sorpresa. No sabíamos qué hacer para entretenernos, ¿verdad, Izzy?

—Desoladas estábamos —coincidió Izzy, sonriendo.

—Pues os traigo alegres noticias, mis queridas damas. Izzy, quiero entregarte... —Y le mostró un cofre de madera exquisitamente labrado, prolongando el momento de suspense; a continuación, y sonriendo de forma pícara, se lo puso en el regazo con una floritura.

Aún no muy acostumbrada a los regalos, Izzy seguía sintiendo una excitación infantil ante ellos. Acarició la preciosa tapa de marquetería del cofre y, acto seguido, la levantó. Dentro había libras. Cientos de ellas. La caja estaba llena de billetes de distinto tamaño, cuidadosamente agrupados en fajos sujetos por una banda. Atónita, Izzy apartó las manos como si lo que hubiese en el interior fuera una víbora. Mirando a Julian con desconcierto, abrió la boca, pero no pudo pronunciar palabra.

Sin palabras también, Celia se dejó caer en su asiento.

—¡Julian!, ¿qué es esto?

Con una resplandeciente sonrisa, Blackworth aguardó, fingiendo un enorme interés por el bolsillo donde llevaba su reloj, hasta que Izzy se recuperó. Cuando ésta logró inspirar y tragar, levantó el cofre y lo dejó sobre un cojín a su lado, y se quedó mirándolo un momento. A continuación, observó la exasperante suficiencia del hombre que tenía frente a ella.

Cuando el cojín que le lanzó lo golpeó en la cara, Julian prorrumpió en carcajadas.

—Muy bien, muy bien, mi desagradecida señorita. Lo que contiene ese precioso cofre, que por cierto me ha llevado todo el día encontrar, es el resultado, conseguido en un rato, de la habilidad de Eric con las cartas y de la falta de ella de Melvin Marchwell. En otras palabras... tu herencia.

—¿Mi herencia? —repitió Izzy con voz entrecortada. Contempló el cofre nuevamente y lo acarició con mano temblorosa. Luego miró a Julian con los ojos centelleantes.

A él, una sacudida de alarma lo atravesó, y el gesto de adoración de la chica lo dejó paralizado. Ante tal sentimiento, se sintió desvalido. Podía manejar a una Izzy enfurecida, y ni siquiera sus momentos de aflicción habían conseguido que se sintiera de aquella manera. Ahora, sin embargo, lo miraba como si fuera su caballero, un hombre merecedor de admiración, un campeón en quien confiar.

Era aterrador. Aquella mirada era la que no había deseado ver jamás en su rostro, porque le demostraba lo lejos que estaba de ser ese hombre. El que, a pesar de los posesivos sentimientos que experimentaba, se iba a casar con ella para asegurarse la propia herencia. El hombre que aún no se lo había confesado. ¿Podía ningún regalo cambiar quien era?

—Vamos, Julian, siéntate. Me haces sentir muy pequeña cuando te yergues de esa manera, como una torre.

Izzy le hizo señas para que se sentara. Sonriendo temblorosa, le pidió que le contara cómo había recuperado su dinero.

Julian sonrió ampliamente de puro alivio, contento de que el momento hubiera pasado. Contarles la historia con todo lujo de detalles le llevó la mayor parte de la velada.

Cuando Madden se plantó junto a la puerta, con una máscara de desaprobación por rostro, ninguno de ellos se dio cuenta.

13

Julian estaba de pie, al fondo de una desierta terraza desde la que se divisaba el salón de baile, arrinconando a una encantadora y joven viuda que no dejaba de flirtear con él. Era una mujer de las que solían gustarle, con mucho pecho y poco complicada. Le alivió darse cuenta de que, después de todo, la encontraba atractiva. Era obvio que no había cambiado tanto como temía. No le faltaban ganas de probar sus manifiestos encantos sin pensar en una silueta más delgada, o en una mayor conexión intelectual.

Era simple y básica lascivia. Un cuerpo deseando a otro cuerpo. Como siempre le habían gustado las relaciones. Y como sin duda seguían gustándole.

—¿Blackworth?

La voz de Eric le llegó a través de las cortinas que separaban la terraza del salón. Julian posó un dedo en los labios pintados de su acompañante.

Ella descubrió sus dientes y lo mordisqueó. Acto seguido, movió los labios en una silenciosa súplica: «Vuelve pronto».

Eric permanecía de pie, apoyado contra la puerta en forma de arco, cuando Julian apartó la cortina de terciopelo. Le sonrió ampliamente.

—Será mejor que Izzy y tú salgáis de ahí. Mis hermanas la están buscando y no quiero pensar qué tipo de educación sería para ellas encontraros. —Trató de atisbar al otro lado de la cortina con gesto juguetón.

Julian se sonrojó y cerró la cortina de un brusco tirón.

—Izzy no está aquí.

El rostro de Eric se endureció.

—Canalla.

—¿Qué tiene de malo? La mayoría de los hombres casados tienen amantes.

—Cuando te deshiciste de Suzette, pensé que estabas empezando a cambiar. No tienes ni idea de lo que posees. Si yo tuviera una mujer como Izzy...

—Eso da lo mismo, ya que soy yo quien la tiene. —Julian mantuvo firme la mirada, aunque las palabras de su amigo habían encendido algo horrible en su pecho.

—Como quieras, entonces. Vuelve con tu mariposa —gruñó Eric con visible repugnancia—. ¡No te mereces a Izzy!

Aquello era cierto, pensó Julian mientras observaba cómo su amigo regresaba al salón con paso airado. Tras apartar la molesta sensación que había despertado en su interior, se dio la vuelta y abrió la cortina de terciopelo.

—¿Por dónde íbamos?

La viuda que había estado esperando su regreso apaciguaría rápidamente sus encrespados nervios; eso si resultaba que él seguía siendo el mismo de antes. Le dio un beso.

Le complació comprobar que sí lo seguía siendo. La piel femenina era la suave y cálida prueba de ello. Julian tenía la intención de retozar con la mujer en los jardines más tarde, durante el baile. Eso le demostraría que aún era capaz de...

Al echar un vistazo hacia el salón, vio que Eric e Izzy estaban en la pista de baile. Distraído como estaba, la viuda aprovechó para robarle algunos besos. Atrayéndola hacia sí, dirigió otra mirada por encima del hombro de la mujer, buscando desesperadamente a Izzy. Justo entonces, vio la parte trasera del vestido de ésta desapareciendo tras las puertas que daban a los jardines.

La semilla del recelo brotó inmediatamente de su cabeza. Sabía que sólo había una razón por la que un hombre llevaba a una mujer a los jardines.

No. Ella estaba con Eric. A pesar de sus sospechas, sabía que ninguno de los dos lo traicionaría jamás, que nunca...

Retomó la exploración del escote de su viuda. Sin embargo, mientras la acariciaba de forma mecánica, se dio cuenta de que pensar en Izzy y Eric solos en los jardines absorbía toda su atención.

Izzy vio a lord Stretton al otro lado del salón. Con unos vigorosos gestos de su abanico, lo instó a acercarse a ella y, tras abrirse paso entre los bailarines, éste se le acercó, sonriendo divertido.

—Veo que ya dominas el arte de pedir un carruaje —bromeó él, echando un vistazo a su abanico.

—Es un instrumento muy útil, ¿no crees? Pero en realidad los aborrezco. Siempre salgo sin ellos. —Izzy le sonrió. Cuánto lo quería, y qué buen amigo era. Enlazando su brazo con el de él, lo instó a que se acercaran a las dobles puertas que conducían a los jardines.

—Vamos, Eric. Quiero hablar contigo y con esta algarabía no se oye nada.

Él se rió de buena gana y, tras una breve mirada por encima de su hombro, la guió hacia la salida.

—¿Alguna vez haces lo que se espera de ti, Izzy? Se supone que tienes que resistirte con uñas y dientes para evitar que un hombre te arrastre a los jardines a la luz de la luna.

—Al cuerno con eso. Me han pillado en mi habitación con un caballero, me han visto galopando por el parque y cómo me mezclaba con la chusma en Vauxhall. Esto no es nada. —Le sonrió ampliamente, con gesto pícaro, mientras salían al frescor de fuera—. Esta noche, lo único que estoy haciendo es tomar el aire con un buen amigo mientras le doy las gracias.

—No tienes por qué darme las gracias, Izzy —protestó Eric—. Disfruté desplumando a ese abúlico de primo que tienes. Aunque la verdad es que no sé para qué necesitas tu herencia. Blackworth y su padre podrían comprar medio Londres.

«Pero no mi libertad», pensó Izzy. Acto seguido, le sonrió con gesto misterioso.

—Por un asunto de principios.

—Ah, algo muy molesto, eso de los principios —comentó él con sequedad—. Yo siempre los evito.

Izzy prorrumpió en una carcajada mientras le daba unos golpecitos con el abanico en el hombro.

—No es verdad. Eres uno de los hombres más honestos que he conocido jamás. —Izzy dejo de reír entonces, y le tomó la mano—. Hablando en serio, Eric, te lo agradezco mucho. Era muy importante para mí. Tal vez algún día comprendas por qué.

Mientras ella hablaba, Eric se llevó su mano al corazón y

le dirigió una mirada que Izzy no comprendió en un primer momento.

—¿Y crees que hay más chicas como tú ahí fuera, Izzy? Me temo que he esperado demasiado y que todas habéis sido ya cazadas por tipos como Julian.

—Qué dulce eres. La encontrarás, Eric. Alguien que sea perfecta para ti. —Y, poniéndose de puntillas, Izzy colocó la palma en su nuca invitándolo a inclinarse sobre ella para darle un cariñoso beso en la mejilla. Se quedó sorprendida cuando él giró la cabeza rápidamente y cubrió sus labios con los de ella.

Conteniendo el aliento, Izzy aguardó la oleada de debilitadora pasión que había experimentado con Julian. Los dos hombres se parecían mucho, y a ella le importaban los dos, pero el roce de los labios de Eric sobre los suyos no fue más que eso, un roce.

Cuando Eric la tomó en sus brazos, ella se dejó llevar, sintiendo curiosidad por la diferencia entre ambos. Cuando Julian la había estrechado entre sus brazos, Izzy había sentido que el corazón le martilleaba en el pecho y la respiración se le aceleraba. Su abrazo la había dejado anhelante de pasión. La boca de Eric era cálida y agradable, se notaba que era un experto en el arte de besar, pero aun así la dejó impasible.

Él levantó la cabeza y le sonrió con ironía.

—Sólo quería saber si era posible que tú fueras esa mujer.

Con una suave carcajada, Izzy le dio unas palmaditas en el pecho.

—Y no lo soy, ¿verdad? Bueno, tú tampoco eres para mí. Y ahora que los dos sabemos...

Alguien la apartó de Eric con tal fuerza que cayó de rodillas, pero recogiéndose la falda se levantó a toda prisa.

—¡Julian, no! ¡Detente ahora mismo! —Izzy le tiró del brazo con todas sus fuerzas, haciendo que se diera la vuelta y alejándolo de Eric, que estaba en el suelo, moviendo la cabeza negativamente mientras se frotaba el mentón.

Julian dirigió a Izzy una mirada asesina, sus ojos apenas unas rendijas de pura furia. A continuación, la agarró del brazo y se la llevó de allí casi a rastras.

—¡Tienes suerte de que no esté enamorado de ella, porque si no, tendrías que vértelas conmigo al amanecer! —le gritó a su amigo.

—Eso dices, Blackworth, eso dices —respondió Eric con sarcasmo.

Julian lanzó un gruñido, mientras se llevaba a una furiosa Izzy por el sendero de gravilla hacia la parte más oscura de los jardines. Al doblar una esquina, se detuvo con brusquedad y la atrajo con idéntica rudeza hasta colocarla frente a él.

Izzy se apoyó en el tronco de un enorme roble, manteniéndose con dificultad sobre sus pies, y observó con recelo cómo Julian caminaba de un lado a otro delante de ella. Aquél era un hombre a quien Izzy no había visto jamás. Loco de furia, se movía delante de ella sin cesar, pasándose la mano por el pelo una y otra vez.

El puñetazo que le había asestado a Eric en la mandíbula, aunque satisfactorio, sólo había servido para aplacar levemente la ira de Julian. Llevarse de allí a una Izzy que se retorcía y no dejaba de pelear había sido lo mejor que había podido hacer para evitar matar al hombre al que quería como si fuera un hermano.

Furioso y dolido, se debatía entre los celos y el miedo. Se detuvo con la cabeza baja y la respiración entrecortada, y trató de buscarle sentido a sus sentimientos.

En su cabeza sólo podía ver, una y otra vez, la forma en que Izzy arrimaba ardientemente su cuerpo al cuerpo de otro hombre. No podía creerlo. ¡Izzy era suya!

Cierto que no la amaba, pero ella le pertenecía. ¡Y por Dios que él siempre conservaba lo que era suyo!

Haciendo caso omiso de la sacudida de angustia que lo embargaba cada vez que consideraba la posibilidad de que ella pudiera preferir a otro hombre, se convenció de que era el orgullo herido lo que lo empujaba a actuar así. Sí, aquel dolor sólo podía deberse a la ofensa ante quien quería arrebatarle algo que era suyo.

El susurro de unas prendas de ropa atravesó el aire haciendo que levantara la cabcza. Con la vista fija en la delgada y pálida figura que tenía delante, se acercó lentamente, como un tigre al acecho. Izzy observó su avance con los ojos muy abiertos, preparada para salir corriendo.

—Tú —le espetó—, ¡le estabas besando! —Julian se plantó delante de ella, con el rostro muy cerca del suyo y las manos en las caderas, de modo que los faldones de su frac quedaban levantados—. ¿Y bien? —preguntó de forma exigente.

—Así es —susurró Izzy—. Le he besado —añadió con más firmeza.

Él se volvió en redondo y empezó a caminar de un lado a otro nuevamente, con los puños apretados. De pronto se detuvo y, levantando un brazo, la señaló con un dedo acusador.

—¿Por qué? —preguntó. A sus propios oídos, la pregunta sonó con un tono de súplica.

—Tenía curiosidad. Quería ver... —Izzy vaciló. No era que tuviera miedo de Julian, pero algo alarmante estaba sucediendo entre ellos.

Permanecieron en un silencio roto sólo por la dificultosa respiración de ambos, observándose con cautela a la luz de la luna.

—¿Curiosidad? ¿Curiosidad respecto a los besos? ¿Respecto a mí? ¿Respecto al deseo? —Mientras avanzaba de nuevo hacia ella, Julian dijo con un gruñido—: Puedes explorar cualquier curiosidad que tengas... —se detuvo a escasos centímetros de ella, y la empujó contra el árbol, apoyándose en sus hombros—... ¡conmigo!

Y estampó su boca contra la de ella en un beso salvaje mientras su cuerpo la arrinconaba contra la cruel rugosidad del tronco. La aprisionó con sus caderas y, levantándole la barbilla, la obligó a abrir la boca para tener mejor acceso a su traicionera boquita.

Izzy se retorció bajo su cuerpo y presionó con sus manos el pecho de Julian, intentando apartarlo. Sus movimientos no hicieron sino aumentar el ardor de éste. El deseo, la ira y los celos giraban en un violento torbellino, volviéndolo sordo a los gemidos de dolor de Izzy.

Ésta siguió forcejeando desesperada, abrumada por él, por su contacto, por su furia. Claro que ansiaba sus atenciones, pero ¡no de aquella manera! Todo lo que compartieran a partir de ese momento estaría teñido de ira y desconfianza. Pero sus forcejeos fueron en balde, y tan sólo sirvieron para aumentar la rabia y el deseo de Julian.

Actuando por instinto, cambió de táctica. Empezó a devolverle los besos suavemente, apretándose contra su pecho, hasta que notó que él le liberaba las manos. Entonces las alzó hasta su rostro, le echó el pelo hacia atrás tiernamente con los dedos y le sostuvo el rostro con ambas manos. Acariciándolo con dulzura, amorosamente, besándolo con su suavidad, logró domar sus duros y exigentes labios, transformando su apasionada furia en una arrebatadora pasión.

Él se rindió con un gemido, al tiempo que la atraía hacia su pecho, apartándola del feroz contacto de la corteza del árbol. Aflojó el férreo control que mantenía sobre la mandíbula de ella, al tiempo que llevaba la mano a su pelo, y le quitaba las horquillas que se lo sujetaban, de forma que su melena se derramó por su espalda. Julian enterró ambas manos en la salvaje mata ondulada mientras su boca abandonaba los labios de ella para pasar a besarle y mordisquearle el cuello y el hombro.

Despierta su propia pasión, Izzy le rodeó el cuello con los brazos, aferrándosele con el aliento contenido mientras las piernas le flaqueaban. Allí donde los dientes de Julian la mordían, sentía como si su piel despidiera llamaradas. Débil a causa del deseo, se arqueó echando la cabeza hacia atrás, de forma que su garganta quedó expuesta a la ávida boca de él.

Julian sacó las manos de sus cabellos y las bajó por sus hombros hasta cubrirle los pechos con ellas. Izzy sintió un escalofrío provocado por las nuevas sensaciones que se amontonaban en su conciencia. Al notar aquella mano grande deslizándose por su cuerpo, acariciándola más abajo del vientre, presionándole de forma perversa entre los muslos, sus temblores se acrecentaron. El miedo y el anhelo se mezclaron en una embriagadora pócima. Se sentía ebria.

Julian regresó entonces a sus labios, que besó intensamente, acariciándoselos con la lengua hasta que el mundo de Izzy comenzó a dar vueltas y, de pronto, se encontró tumbada de espaldas, con Julian encima de ella, cubriéndola. Le encantó tenerlo allí, sentir su cuerpo sobre el suyo hizo que suspirara de placer.

Su peso y su calor proporcionaron nueva vida a sus sentidos; la mezcla del aroma que emanaba de él y el olor de la hierba aplastada bajo ellos amenazaban con hacerle perder la cabeza. La luz de la luna les llegaba como un manto moteado al filtrarse por las copas de los árboles, lo cual añadía un toque mágico y misterioso al hecho de verlo allí, sobre ella.

Julian la contempló; a aquella exasperante, desafiante y siempre sorprendente mujer, y vio en ella la pasión recién descubierta. El anhelo en las oscuras profundidades de sus ojos, el pelo revuelto y los labios hinchados por los besos compartidos, todo ese conjunto le pareció la visión más hermosa que hubiera contemplado jamás.

Hermosa. Su Izzy era muy hermosa. Un muro se derrumbó en su interior, una puerta que se había obstinado en mantener cerrada se abrió de par en par y su corazón se derritió ante lo que sus ojos contemplaban bajo su cuerpo.

Sintió el pulso del deseo en sus venas y luchó por recuperar el control. Quería recordar que ella era Izzy, su dulce Izzy, una muchacha inocente que se merecía algo mejor que yacer en el suelo arrastrada por un ataque de febril lujuria.

Negó con la cabeza. Estaba muy excitado, más de lo que recordaba haber estado en toda su vida, y no podía pensar en otra cosa que no fuera penetrar hasta el fondo de su húmeda cavidad.

Julian cerró los ojos para no ver el interrogativo anhelo en los ojos de ella, mientras él libraba en su interior una batalla contra sus propias pasiones. Rígido, jadeante, casi le había ganado la batalla a la pasión cuando sintió que unas pequeñas pero diestras manos le desabrochaban los botones de la camisa.

Era como si Izzy se hubiera dado cuenta de lo cerca que él estaba, accesible para ella de una manera en que no lo había estado antes y, sencillamente, no pudiera permitirle que se detuviera. Consciente de que Julian se estaba apartando, se estiró hacia él utilizando las manos y los labios, para mostrarle su deseo, tal como él lo había enseñado.

Temblando a causa de la fuerza que estaba haciendo para resistirse, Julian se rindió cuando sintió que aquellas pequeñas manos se deslizaban por su pecho desnudo, descendiendo despacio en dirección al vientre y, finalmente, y de forma un tanto vacilante, acariciaron su erección a través de los pantalones.

Cayó sobre ella de forma salvaje. Se moría de ganas de explorar su suave interior y estaba sediento de su dulzura. Los huecos de su corazón se llenaron de la ternura que ella le ofrecía libremente, con el ansia con que beberían unos perros sedientos; mientras que él sólo podía ofrecerle a cambio su cuerpo. Nada más tenía, en él no había nada, sólo palabras vacías.

Y necesidad, una enorme necesidad fruto de muchos años de falta de afecto. Sus manos la exploraron de forma salvaje, apartando la barrera de las ropas hasta que la tuvo medio desnuda bajo su cuerpo, con la falda del vestido levantada y arremolinada a la altura de las costillas.

Izzy trató de ayudarlo, ahora que había abandonado cualquier traza de resistencia. Jadeando por la intensidad de las sensaciones y los sentimientos que se habían apoderado de ella, se incorporó apoyándose en los codos para tener mejor acceso a la boca de él. La sensación de su cálido pecho cubierto de suave vello rozándole los sensibles pezones le provocó un nuevo estremecimiento de placer.

Julian los cubrió entonces con sus grandes manos, y el calor que emanaba de sus palmas en contraste con su piel fresca le hizo soltar un grito. Izzy echó la cabeza hacia atrás mientras los labios de él abandonaban su boca para besar cada uno de sus pechos, pálidos a la luz de la luna.

Los saboreó. Los chupó con frenesí, devorando los sedosos montes que lo habían estado obsesionando durante semanas, deleitándose con la cima de cada uno de ellos, lamiendo y mordisqueando los pezones erectos hasta que Izzy comenzó a retorcerse, abandonada a sus caricias.

Se sentía perdida en una neblina de servidumbre erótica. Su cuerpo había sido tomado y conquistado por un aspecto de su naturaleza que nunca había creído poseer. Era como si lo hubiera soñado. Le daba miedo y la excitaba a la vez. Al final, se dejó llevar sin trabas, inundada de placer. El calor y la fuerza de él era lo único que deseaba; el leve roce de sus manos y su boca, lo único que existía para ella. Izzy podía sentir el anhelo latente de Julian y respondió con todo su inocente corazón.

Él se movía sobre el cuerpo de ella, y deshizo de nuevo el camino hasta llegar a sus labios, mientras se colocaba entre sus piernas. Las manos de Izzy se crisparon en un espasmo sobre los musculosos hombros de Julian al sentir que presionaba para entrar en su interior. Entre la bruma de la pasión, sintió una sacudida de asombro.

Sí. Allí era donde quería tenerlo, donde *necesitaba* tenerlo, en el centro de su feminidad. Echó nuevamente la cabeza hacia atrás por encima de los brazos de él mientras se mordía el labio, rindiéndose de buena gana a la invasión. Julian era tan grande como ella pequeña y, por un momento, pareció que el acoplamiento fuera a ser imposible.

La presión aumentaba con cada jadeo, hasta que creyó que no podría soportarlo más. Izzy nunca había experimentado algo de manera tan potente como la necesidad que sentía de aquel cuerpo que deseaba convertirse en uno con el suyo. Incluso durante el breve instante en que rompió su barrera natural, lo cual le arrancó un grito de dolorosa sorpresa, le resultó sobrecogedor que el hombre al que amaba estuviera dentro de ella.

Y rodeándola. La estrechaba entre sus brazos amorosamente incluso en el momento en que el fuego se apoderó de él, con los ojos cerrados y la mandíbula apretada. Se introducía más y más en ella a cada embestida hasta que el cuerpo de Izzy lo envolvió por completo. Las lágrimas afloraron a los ojos de ella por la emoción y la potente sensación de tenerlo en su interior.

Aquello no debería ser tan maravilloso, pensó medio aturdida. Sentirlo dentro no debería ser algo tan asombrosamente hermoso. Pero lo era. Dios, ya creía que lo era.

Y era así porque lo amaba. Le sorprendió habérselo estado ocultando a sí misma tanto tiempo. Ella amaba a Julian.

Y Julian la deseaba. Impulsada por el movimiento rítmico de él, subió las manos por sus fuertes brazos y le rodeó el cuello.

Al mirarlo, vio el agónico placer en su hermoso rostro. Como si el ritmo fuera cobrando velocidad de acuerdo con los latidos de su corazón, sintió que cada embestida la estremecía hasta las puntas de los dedos. Cada latido era un punto de conexión, un nexo de unión más entre sus cuerpos.

De nuevo, se sintió perdida en el torrente de placer que se deslizaba en su interior elevándola, guiándola por un palpitante torrente de sensaciones. Estaba a punto de acceder a algo, lo sabía. Una suerte de misterio, algún tipo de respuesta. Si pudiera estirarse un poco más...

Con las manos enterradas en el pelo de ella, Julian emitió un nuevo jadeo y la embistió una última y estremecedora vez. Izzy gritó de placer cuando su cuerpo experimentó la llegada de un exquisito momento de éxtasis que la cegó y dejó sin aliento.

Él se desplomó sobre ella con el corazón latiéndole con fuerza y el pecho subiendo y bajando por el esfuerzo. Ella lo rodeó con sus temblorosos brazos y acurrucó el rostro contra su cuello mientras lo tranquilizaba con caricias. Los potentes latidos de su corazón resonaban dentro de ella.

Corazón contra corazón. Lo único que deseaba era estar siempre así de cerca de aquel hombre. Allí, tumbada bajo él, se sintió invadida por el júbilo. Él era suyo. Su maravilloso Julian. Dentro de un momento, la miraría y la obsequiaría con aquella hermosa sonrisa suya, los ojos iluminados por los sentimientos que había visto en ellos poco antes, y ella le diría: «Te quiero».

Tras un largo lapso en silencio, Izzy comenzó a preguntarse qué estaría pensando él.

Finalmente, profirió una maldición amortiguada y se apartó de ella. Tumbado boca arriba, se quedó mirando el cielo sin verlo. El silencio se prolongó largo rato, hasta hacerse incómodo, casi insoportable. Izzy empezó a sentirse como una idiota y con el vestido subido hasta la cintura, tenía frío. Se incorporó y, dándole la espalda, comenzó a arreglarse el desbaratado atuendo, con el corazón más herido a cada segundo.

Julian cerró los ojos lleno de remordimientos cuando ella se movió. No había sido tierno con Izzy, sino que se había dejado llevar por un deseo descarnado, por la tremenda necesidad que tenía de ella, indiferente a todo lo demás, incluso a su inocencia. Le había hecho daño. Era tan pequeña, y había gritado cuando él la había tomado. La culpa batallaba en su interior con los últimos retazos del placer que había sentido.

La firmeza de su cuerpo y su dulzura, la forma en que había dado rienda suelta a su pasión con él, se habían convertido para Julian en la experiencia sexual más exquisita de su vida. La intensidad de esa unión casi lo asustaba. Se vio obligado a reconocer que no había sido una simple satisfacción de lujuria. Amar a Izzy era lo que lo había hecho absolutamente satisfactorio; para su corazón y su alma.

Estaba pletórico. Y terriblemente asustado; pero mataría por sentirlo otra vez.

Giró la cabeza y la miró; contuvo el aliento al ver el esplendor que tenía ante los ojos. La esbelta espalda de ella brillaba como la madreperla a la luz de la luna, enmarcada por la oscuridad de la noche y por algunos mechones de cabello suelto.

La línea de su cuerpo era un ejemplo de delicada gracilidad, desde el cuello inclinado hacia adelante hasta la sombra que formaban sus nalgas allí donde terminaba su espalda. Era una visión tan hermosa, que su cuerpo reaccionó al verla. Deseaba deslizar el dedo por la elegante espina dorsal, y provocarle un escalofrío. La deseaba. La necesitaba.

No, se dijo. Aquello no era necesidad. Era lujuria; lo que sentiría cualquier hombre por una mujer hermosa. Una lujuria devastadora, cierto, pero simple y pura lujuria. Tenía que dejárselo claro. Se lo explicaría todo en cuanto reuniera el valor de mirarla a aquellos ojos relucientes como peltre.

Julian se apoyó en una rodilla para ayudarla a abrocharse el vestido.

Sorprendida por el movimiento, Izzy giró la cabeza para mirarlo por encima del hombro, pero no halló sus ojos. Incapaz de ser la primera en hablar, y preocupada al ver que él no decía nada, sintió que el nexo de unión que se había creado entre ellos momentos antes se disolvía. Era evidente que él no había sentido lo mismo. Aun así, aguardó. Todo su ser estaba concentrado en Julian. Su vida, su corazón, todo dependería de lo que dijera a continuación.

—Te puedo asegurar que mi curiosidad ha quedado satisfecha —comentó al fin Julian.

Esas palabras desgarraron el corazón de Izzy como si fueran un cuchillo de hielo. Muda, dejó que él la ayudara a ponerse en pie, y después la escoltara hasta la parte trasera de la casa brillantemente iluminada, donde aguardaban los carruajes.

La oscuridad de la noche le sirvió para ocultar su desaliñado aspecto, mientras que él la protegía de cualquier mirada cubriéndola con su cuerpo. La condujo hacia su carruaje y dio unas escuetas instrucciones al cochero. Izzy sólo vio su perfil mientras lo hacía, recortado contra el reflejo de la luz del exterior, pero la forma en que apretaba la mandíbula demostraba su absoluta indiferencia a lo que acababan de compartir. Se sintió enferma.

Curiosidad. No había significado nada para él. Había sido una boba. Pero por muy boba que fuera, no era idiota. Ahora comprendía por qué las mujeres de la alta sociedad perseguían a Julian, por qué lo seguían y alargaban las manos en un intento por tocarlo al pasar. Querían experimentar aquel momento de ardor, de pasión desenfrenada a la luz de la luna.

Igual que lo había querido ella, aunque en su caso había sido el corazón quien más lo había deseado. Él se había limitado a satisfacer su cuerpo, como sin duda había hecho con muchas otras mujeres. Estaba segura de que también habría bajado los ojos hacia ellas, pletóricos de una urgencia ardiente tan poderosa como una fuerza física. Curiosidad.

Al rechazar de aquella manera su amor, al rechazarla a ella, él había destrozado la sensación de gozo que Izzy había experimentado. Se sentía muy dolida, pero aún le quedaba su ingenio.

—Julian, me he dejado el abanico.

Él parpadeó sorprendido.

—¿El abanico?

—Debe de estar en la terraza. ¿Podrías ir a buscarlo?

Julian se alegró de hacerlo. La tensión le estaba resultando insoportable. Sabía que tenía que decir algo, hacer algo, pero no tenía ni idea de qué. Nunca antes se había sentido así.

No había nadie en la terraza. Julian encontró el abanico sobre una de las baldosas, en el lugar donde había encontrado a Izzy con Eric. Estaba hecho una pena.

Terminó de hacerse astillas en el puño apretado de Julian cuando rodeó la casa y descubrió que su carruaje se había ido sin él.

14

Cuando Izzy entró en su habitación, Betty levantó la vista del dobladillo de encaje que estaba cosiendo. Tanto la prenda como la aguja cayeron al suelo cuando la joven doncella se levantó y corrió hacia ella.

Izzy se apresuró a levantar la palma de la mano en señal de que no quería preguntas. Betty tragó con dificultad, al tiempo que asentía con la cabeza y la ayudaba a desvestirse en completo silencio. La muchacha contuvo el aliento al ver las manchas de hierba y restos de ramitas en el tejido, y dejó el vestido en el fondo del armario.

—¿Le apetecería, tal vez, un baño caliente, señorita?

Izzy cerró los ojos de puro dolor. Sí, un baño era lo más indicado en aquel momento. Mientras esperaba a que le llevaran el agua caliente, Betty le cepilló el pelo y le quitó discretamente las ramitas que se le habían quedado enganchadas.

Las dos guardaban silencio, interrumpido sólo por el crepitar del fuego. Betty deslizaba suavemente el cepillo por el pelo de Izzy, que experimentaba aquí y allí zonas más sensibles donde Julian, sin darse cuenta, le había tirado del pelo.

Izzy se vio invadida por una sensación de irrealidad, como si aquello fuera un extraño sueño del que a la mañana siguiente se despertaría aliviada. ¿Deseaba que no hubiera ocurrido?

Había sido algo maravilloso y un desastre al mismo tiempo. Entonces se le ocurrió pensar que tras eso sí estaba totalmente deshonrada. Pero no le importaba.

No, sinceramente no podía lamentar nada de lo sucedido. Toda una vida de soledad se extendía ante ella. Si aquélla había sido su única oportunidad de conocer la pasión, se alegraba mucho de no haberla dejado escapar. Se había entregado por entero al amor y había descubierto que podía aceptarlo. Sólo deseaba haber recibido lo mismo. Pero lo que no se puede tener, es inútil desearlo: Julian nunca la amaría.

Era injusto esperar algo así, se reprendió. Izzy nunca le había pedido que la amara. De hecho, le había dejado bien claro que disfrutaba de la libertad que le reportaba ser considerada una mujer sin virtud. No podía culparlo a él por el malentendido. Sólo ella era la culpable.

¡Dios, la había pillado en los brazos de Eric! ¿Por qué no iba a considerarla una mujer fácil? Por un momento, se permitió albergar la fantasía de que Julian se había puesto celoso porque la amaba de verdad, pero a continuación la apartó con firmeza. No seguiría construyendo castillos en el aire. Para empezar, eso había sido lo que la había puesto en aquella situación.

Cuando el baño estuvo preparado, se metió en el agua caliente. La ventaja de ser tan menuda era el lujo de caber por completo en la bañera. Se sumergió hasta las orejas y dejó que las ondas que se formaban en el agua la calmaran.

Estaba dolorida y tenía la cara interna de las piernas y los pechos un poco magullados e hinchados. Y, a pesar de que el agua caliente consiguió relajar sus palpitantes músculos, no pudo hacer nada para apaciguar el dolor de su corazón.

Esa noche había sido el fin. Los finales eran el pasado y el pasado no había sido nunca algo en lo que Izzy se permitiera regodearse. Se cometían errores y se aprendía de ellos. Comenzaría de nuevo al día siguiente.

Julian no podía dejar de andar arriba y abajo por la habitación. Llevaba así horas. Su cabeza no dejaba de volver al maravilloso acto, a la maldita magia que había experimentado. La alarma lo pinchaba una y otra vez, obligándolo a moverse, en un intento por escapar a la molesta punta. Nunca antes se había sentido tan a merced del deseo y la necesidad. Había sido salvaje. Había sido maravilloso. Deseaba más.

Se dejó caer en un sillón delante de la chimenea apagada. ¿Y qué pasaba con Izzy? Se casarían, por supuesto. Ella comprendería que la mentira tenía que convertirse en verdad. No dejaba de repetírselo, aunque no estaba tan seguro.

Izzy era todo menos predecible. ¿Se arrojaría en sus brazos declarándole su absoluta devoción, o lo despreciaría por su bestial muestra de insensibilidad? ¿Pensaría que la amaba? Porque no era así, claro. En realidad no lo era. No era amor. El amor era sólo una palabra. Pero temía que Izzy creyera en ella. Si así era, debía de haberse sentido muy disgustada la noche anterior para dejarlo allí como lo había hecho.

Tan pronto como su avergonzado cochero hubo regresado con el carruaje en el que ella había huido, tan pronto como se hubo detenido junto a él, Julian había ido a la residencia de los Bottomly, donde le había preguntado al mayordomo para asegurarse de que había llegado sana y salva.

Sana y salva. El impulso de Izzy había sido correcto. Había sido muy inteligente al huir de la decepción que sin duda le había hecho sentir. Julian se frotó la cara con ambas manos y soltó una amarga risa.

Izzy. La única mujer que había tenido una buena opinión de él, la única que lo había hecho sentir que era verdaderamente digno de respeto. Por un momento, Julian se permitió imaginar que la dejaba entrar en su corazón. Una mezcla de necesidad y pánico lo recorrió una vez más, empujándolo, como un resorte, a ponerse en pie y reanudar sus frenéticos paseos.

—Milord, tiene una visita.

Julian se frotó la cara y miró el reloj que había sobre la repisa de la chimenea. Era pronto aún, no eran ni siquiera las nueve de la mañana. Demasiado pronto como para que cualquier miembro de la sociedad que se preciara estuviera levantado.

Greeley no había dado el nombre de la persona, lo cual significaba que era alguien de poca importancia, al menos para él. El mayordomo era más esnob que un duque. Julian se volvió con gesto rígido.

Estaba cansado. Aún llevaba puestas las ropas de fiesta de la noche anterior, excepto la corbata, que colgaba del ofensivo reloj, y no estaba de humor para visitas.

—Diles que se vayan.

—Sí, milord. Muy acertado. No es nada propio de una dama venir sola a horas tan tempranas. —Con la nariz bien alta, Greeley casi había salido de la habitación cuando Julian comprendió el significado de sus palabras.

Una dama. Sólo había una mujer en el mundo capaz de desafiar las convenciones apareciendo sola en su casa.

—No. Que pase. —Julian se pasó las manos por el pelo y se colocó apresuradamente delante de la chimenea.

¿Qué estaba haciendo allí? Él no estaba preparado. Había pensado esperar un poco, pensar, reunir fuerzas antes de enfrentársele.

Se reprendió. ¿Qué importaba? Sólo era una mujer. El día en que no pudiera enfrentarse a una mujer estaría muerto. Sin embargo, aquello no evitaba la incómoda sensación que le roía las entrañas, ni le servía para acallar la sospecha de que, en realidad, jamás había manejado a Izzy. Dios, necesitaba un plan.

En la puerta, ésta hizo una seña al imperioso mayordomo para que los dejara solos, y miró a Julian en silencio un momento. Tenía un aspecto terrible. Un pequeño demonio dentro de ella se alegró.

—Buenos días, milord.

Julian se dio la vuelta y la miró con fría expresión.

—Buenos días, querida. Me alegra ver que estás bien. Me tenías preocupado. —Subrayó las palabras con una sonrisa, como dándole a entender que la preocupación venía de que se hubiese ido sin decirle nada; una leve molestia.

Izzy alzó la barbilla tratando de aparentar un grado similar de indiferencia. No podía evitar amarlo, pero el orgullo le prohibía desnudar su alma.

—Estoy muy bien, gracias —confirmó, con la esperanza de parecer tan fría como él—. He venido a discutir un cambio de planes.

Julian se mostró levemente sobresaltado al oír esas palabras. Dios, qué nervioso estaba. ¿Cómo podía parecer ella tan calmada? Permanecía allí, de pie, erguida y serena, las manos quietas. Se suponía que tendría que estar suplicándole, o vilipendiándolo. ¡No que fuera a mostrarse tan indiferente!

—Sí, eso parece —replicó él con cautela. ¿Qué estaría pensando Izzy? Su rostro, antes deliciosamente transparente, ahora no mostraba nada. Julian se estiró el arrugado chaleco.

Desde luego, la noche anterior no había mantenido la misma compostura. La noche anterior había estallado en llamas en sus manos. Apretó los puños tras la espalda.

Se había mostrado ardiente, sin duda, pero de pronto no estaba tan seguro de que hubiera sido por él. Al fin y al cabo, la había arrancado a la fuerza de los brazos de Eric.

Le resultó una idea repugnante. No quería creerlo. Pero mirándola en ese momento, pensó que no tenía el poder de incendiarla, como había ocurrido la noche anterior.

—De acuerdo —empezó Izzy con decisión—. Sería mejor para todos extender los rumores rápidamente. Pronto habrá otro escándalo, de eso no cabe duda. Pero si acabamos con el asunto ahora mismo, yo podría estar ya en camino dentro de unas semanas.

¿Lo estaba abandonando?

Julian se dio la vuelta, presa de un único pensamiento dentro de su confuso pecho.

No podía dejarla marchar.

—No vamos a terminar nada. —Su voz fue más dura de lo que había pretendido. Izzy lo miró, pero Julian recuperó rápidamente el control—. No hay razón para cambiar nada. ¿Por qué habríamos de hacerlo?

—Seguramente en este momento el peligro de que alguien crea que fue algo más que una aventura ha pasado ya. Tu familia no saldrá perjudicada si me voy. Tu herencia está a salvo.

Su herencia. Sí. Cuánta razón tenía. Aquello explicaba la tensión que sentía en el pecho y el vacío en la boca del estómago. Corría el peligro de quedarse sin herencia. Las palabras se agolparon en su interior, consciente de que sabía cómo hacer que se quedara.

—No estés tan segura, Izzy. Mi padre puede ser increíblemente obstinado. Sería mejor para mí convencerlo antes por completo. Puede que necesitemos un plan alternativo. —Aguardó tratando de no mostrar el pánico que sentía. Sí, necesitaba otro plan, pero primero tenía que pensar en uno.

Izzy lo miró dubitativamente. Parecía muy seguro, y él conocía mejor a su padre. Buscó en su rostro algún indicio de que deseara que ella se quedara por otra razón, pero no vio nada más que una ligera preocupación ante la posibilidad de perder su herencia.

Izzy se dirigió a la chimenea apagada, dando vueltas a sus pensamientos. El mero hecho de estar en la misma habitación que Julian ya le resultaba doloroso. Y se haría más insoportable cuanto más pospusiera su marcha.

Sin embargo, no podía abandonarlo si la necesitaba. ¿Por qué estaba haciendo todo aquello sino por el futuro de él? ¿Por qué si no el escándalo, el fingimiento de su gran pasión delante de la alta sociedad?

Sólo que ella ya no estaba fingiendo, y no podía soportar que él lo hiciera.

—Izzy, lo de anoche no estuvo bien —dijo Julian con

voz queda—. Sabes que no tengo problema en que nos casemos...

—¡No! —Izzy a punto estuvo de gritar, pero logró recuperar el control y se volvió enérgicamente hacia él—. No, nunca me casaré. Lo de anoche pertenece al pasado. Ahora debemos concentrarnos en el futuro. —Lo miró con frialdad—. Nos hemos asegurado de ser bien visibles, pero por encima de todo, nos hemos sometido al dictamen de la sociedad. No veo razón alguna por la que debamos continuar con este ritmo agotador. Asistiré a algún que otro baile y Celia y yo seguiremos visitándote, pero aparte de eso, no será necesaria tu constante presencia. Estoy segura de que tendrás otros asuntos que atender.

Acto seguido, atravesó la habitación con la barbilla bien alta y le dirigió una última mirada llena de indiferencia.

—Me iré dentro de cuatro semanas.

Y tras eso, se fue.

Julian se dejó caer en el sillón con la sensación de que había escapado por los pelos. Izzy podía ser formidable en una disputa. No sabía cómo podía haber olvidado algo así.

Y aún se quedaría un tiempo más.

Sin embargo, no quería verlo. ¿Querría ver a otra persona en su lugar? La rabia empezó a hervir en su interior. Tenía un mes para hacer que olvidara a Eric. Un mes para dar con la manera de conservarla.

De conservar su herencia, quería decir.

En el carruaje de Celia, Izzy se dejó caer sin fuerza contra los cojines. Las lágrimas que había estado conteniendo a fuerza de voluntad acudieron a sus ojos, y estalló en sollozos, lo cual la obligó a cubrirse la cara con las manos.

«No tengo problema en que nos casemos.» No, estaba claro que no tenía problema en contraer un frío matrimonio sin amor. Era evidente que no tendría reparo en instalarla como su esposa y no volver a pensar en ella; en hacer pedazos su corazón cada día.

Su cercanía, sin su amor, sólo sería para ella una tortura. ¿Verlo, hablar con él, tocarlo, sin ver la chispa del amor en sus ojos?

Pasar toda su vida amándolo desde la distancia era una cosa, exponer su corazón a toda una vida de dolor como el que sentía en ese momento... la mataría.

De pie, en el pequeño salón de la residencia de lady Cherrymore en Londres, Hildegard estaba quitándose el sombrero para entregárselo a la doncella que aguardaba a su lado. Había ido acompañada de una rebelde Millie, cuyo labio inferior sobresalía en un gesto malhumorado, la mirada hosca clavada en el suelo.

—Sacarás el tema a colación y fingirás agrado. Hazles saber que heredarás una suma considerable de tu querida tía Sarah, tan enferma, la pobre, tan inmensamente rica, y que tanto cariño te tiene.

»Tampoco estarás mintiendo, pequeña idiota. La tía abuela Sarah es tan vieja como las montañas, y más rica que Dios. No te diferenciaría de Adán, pero no importa. Ellos no lo sabrán y tú no se lo dirás.

»Debemos atraer interés hacia ti, antes de que termine la

temporada, mocosa inútil. No disfrutarás de otra, por si no lo sabías. Si no cazas un esposo este verano, ocuparás el lugar de Izzy en la casa.

Hildegard vio con gran satisfacción que su hija palidecía, y se permitió una breve sonrisa.

—Pero no hay necesidad de preocuparse por eso de momento. Estoy segura de que recibirás una oferta...

Hildegard se detuvo al oír que una de las cotorras que parloteaban en el salón decía algo sobre alguien conocido. Un latido comenzó a martillearle el cráneo.

Izzy otra vez. Allí donde iba, aquel nombre la perseguía. La rabia amenazó con nublarle la visión mientras pensaba cómo Melvin, aquel bastardo idiota, había sido capaz de dejarse engañar por Blackworth. Todo ese dinero había ido a parar a los bolsillos de la huérfana de Maria.

Al menos, aquella pesadilla viviente no había hecho público el asunto de su herencia perdida. Los Marchwell conservaban su buen nombre. Si Millie lograba contraer un buen matrimonio, cancelarían sus deudas gracias a la nueva influencia obtenida por la familia. Por mucho que a Hildegard le disgustara la idea, su futuro dependía de su descerebrado retoño.

Las bobas urracas de la habitación contigua seguían hablando de Izzy y su querida amiga, lady Bottomly.

—Esas dos están más unidas que dos ladrones. ¿Que cómo lo sé? Las oí riendo como colegialas durante un recital de música que tuvo lugar en casa de lady Strathmore.

—Cierto. Pero aun así parecían estar pasándolo muy bien. Tal vez no haya nada malo en ello...

—Pues yo considero que ese tipo de exhibición no es correcto. Puedes estar segura de que ese comportamiento cesará cuando lord Bottomly regrese. Él ata corto a su esposa. Y bien que hace, teniendo una mujer con ese aspecto. De qué manera la miran todos los caballeros. Con ésa una indiscreción es inminente.

—Oh, pues yo espero que no se enfade demasiado con ellas. Parece un hombre feroz.

Una idea comenzó a gestarse en el terreno abonado del descontento de Hildegard. Lord Bottomly era, a buen seguro, un hombre feroz, y sin duda ejercía un férreo control sobre la pequeña fulana que tenía por esposa. Pensó en lo que pasaría si lord Bottomly se enterara de las indecorosas compañías que frecuentaba su preciosa mujercita.

Una mujer como Izzy, conocida por su naturaleza apasionada y desmedida, y lord Blackworth, un joven disoluto de mala reputación. Con toda seguridad, alguicn como Bottomly miraría con buenos ojos al miembro de la alta sociedad de rectos principios que llamara su atención al respecto.

¿Y qué pasaba con lord Rotham? Todo el mundo sabía que durante un tiempo había creído que Izzy era muy recatada y discreta. Su decepción respecto a ella había sido la comidilla desde el baile en casa de los Waverly. El hombre estaba a punto de convertirse en instrumento de la venganza de Hildegard, sin todavía saberlo, naturalmente.

—¡Señoras!, qué agradable volver a verlas. ¡Seguro que tendrán mucho que contarme! —Hildegard se deslizó en la habitación como un barco con el velamen desplegado, arrastrando tras de sí al centro del torbellino de chismorreos, a su reticente hija.

Tras un desayuno temprano consistente en huevos pasados por agua y tostadas, Rotham se retiró a su estudio con el periódico y el correo. Su rutina era idéntica durante y después de la temporada. La flagrante falta de moderación de la alta sociedad no estaba hecha para él. Su autodisciplina era tan inflexible como su espina dorsal sentado tras su escritorio.

Reparó con arrogante disgusto en un sobre con un grueso sello, lo dejó para el final. Al fin, e impaciente por comenzar el día, sacó el contenido del sobre con bruscos movimientos. Pese a su reticencia, se obligó a leerlo con sumo cuidado.

Estimado señor. Con un Enorme Peso en el Corazón, me temo que debo informarle que... mi Conciencia ya no me permite seguir guardando este Oscuro Secreto más tiempo...

No se movió ni emitió sonido alguno, pero a juzgar por el color de su rostro, cualquiera podía ver que estaba hecho una furia.

Julian no dejaba de pensar en ello, por lo que fue al lugar que le parecía más apropiado. Se trataba de un club de caballeros bastante austero, en el que el silencio se veía interrumpido tan sólo por el carraspeo de los presentes y el crujido del papel de los periódicos al pasar las hojas. La mayoría de los hombres que frecuentaban aquel lugar estaban casados, y utilizaban las salas débilmente iluminadas y repletas de humo como un refugio masculino para huir de las presiones del matrimonio.

Julian estaba seguro de que alguno estaba dormido detrás de su periódico, o tal vez muerto sin que nadie se hubiese dado cuenta.

Era evidente que aquél no era el tipo de local que él frecuentaba. Razón por la que se quedó tan sorprendido al ver entrar a Eric.

Julian no había aparecido por ninguna de sus guaridas habituales, por eso a Eric se le debía de haber ocurrido buscarlo allí.

—Dios mío, amigo, ¿qué haces enterrado en este aburrido antro?

Julian levantó la vista de la copa de brandy protegida en el hueco de sus manos, donde había estado contemplando el color exacto de los ojos de Izzy. Aunque se irguió un poco y miró a Eric, su saludo fue una suerte de gruñido.

Su amigo se dejó caer en un asiento justo enfrente de él, y fingió estudiar el fondo de la copa con él.

—¿Qué es lo que ves ahí? ¿El futuro? ¿Algún presagio? ¿O es sólo una mosca?

—Vete —gruñó Julian. No quería compañía, y el resto de los hombres que había en aquel sitio lo habían deducido por su adusto gesto. Era el tipo de sitio al que un hombre acudía en busca de paz, sólo que, al parecer, en ese momento la paz le era esquiva. Y la última persona a quien quería ver era a Eric.

Eric y su puñetero, entrometido encanto. Eric y sus brazos rodeando a Izzy.

Eric y sus besos.

—Escucha, amigo mío, espero que no sigas molesto por el besito de amistad que le di a Izzy. Yo no estoy enfadado contigo por el puñetazo. Sé que no estuvo bien por mi parte, pero no fue nada serio. Sólo tenía curiosidad...

Curiosidad. Con un gruñido que brotó desde las profundidades de su tremenda confusión, Julian se levantó del sillón y se inclinó sobre Eric con gesto belicoso. Con la respiración entrecortada, apenas logró contenerse. Sin apartarse de él, le lanzó una amenazadora mirada.

—Nunca —susurró—, jamás, vuelvas a mencionar ese «besito». Al menos si quieres seguir viviendo.

Y, con esas palabras, se volvió en redondo y salió del club sin mirar a Eric de nuevo, dejando a éste mudo de asombro.

Decir que Izzy se quedó estupefacta ante la visita de lord Rotham, sería quedarse muy corto. No pudo hacer otra cosa que esperarlo de pie y muda de sorpresa después de que el mayordomo de los Bottomly lo anunciara. Cuando entró en el salón de mañana, de marcado carácter femenino, su figura ataviada con colores oscuros llamaba tanto la atención como un signo de exclamación, en contraste con las paredes color crema y los cortinajes rosa.

Izzy se obligó a mantener la compostura mientras se llevaba la palma de la mano al estómago. Todos sus encuentros con aquel hombre habían terminado en confrontación. No parecía posible que aquél fuera a ser la excepción.

Él habló sin preámbulos.

—Señorita Temple, he venido para instarla a que rompa su compromiso matrimonial.

Izzy, sin saber qué otra cosa hacer, se dirigió a él con un hilo de voz.

—¿Por qué?

—Al parecer me equivoqué con usted, señorita, y estoy aquí para salvar a mi hijo de la desgracia de que su nombre se relacione con el de usted. —Aguardó la reacción de ella con una lúgubre sonrisa de satisfacción.

Qué hombre tan cruel. Era evidente que esperaba lágrimas y súplicas. Izzy notó que, para su propio asombro, su temperamento todavía se rebelaba. Se limitó a dirigirle una fría sonrisa y pensó febrilmente en algo mientras contemplaba cómo su engreída expresión desaparecía de su rostro.

Él quería lo mismo que ella, ¿o no? ¿No se trataría simplemente de perversión no querer dar a aquel hombre al que detestaba la satisfacción de obedecer sus órdenes?

Quería verse libre de la promesa que le había hecho a Julian y, con toda seguridad, Julian también lo deseaba. Había conseguido evitarlo durante casi tres semanas, por lo que, de todas formas, el tiempo que le restaba de estar en Londres era limitado. Aunque una secreta parte de ella, una pequeñísima esperanza, murió al decidirlo, estaba resuelta a llevarlo a cabo. Era lo mejor.

Pero eso no significaba que tuviera que facilitarle las cosas a Rotham. Izzy se dio la vuelta y se dirigió al mullido y tapizado sofá, donde se sentó extendiendo la falda de su vestido con gesto grácil mientras escrutaba al hombre que tenía delante.

Era un distinguido miembro de la aristocracia, la imagen misma de la clase alta inglesa. No había duda de dónde había sacado Julian sus rasgos fuertes y bien proporcionados, así como su abundante mata de pelo. La de Julian también adquiriría aquel tono plateado con los años, seguro.

Pero ¿de quién había heredado el hijo su facilidad para sonreír, su humor chispeante y juguetón?

La fría figura que permanecía de pie en la habitación, completamente rígida, nunca se partiría de risa, ni se apoyaría en el marco de una puerta con gesto despreocupado, los ojos resplandecientes de diversión, sin esperar otra cosa del mundo más que eso, que lo divirtiera.

Puede que padre e hijo se parecieran físicamente, pero nunca nadie podría confundirlos.

—¿Y puedo preguntar qué le ha hecho cambiar de opinión?

Izzy levantó la vista con despreocupación hacia los ojos de su visitante. Era consciente de que daba una imagen de absoluta indiferencia, y sabía que aquello irritaría sobremanera al hombre.

No se equivocaba. El color de Rotham comenzó a cambiar ante los ojos de Izzy. Violentamente rojo y con la mandíbula apretada de forma visible, parecía estar conteniéndose para no explotar.

—Ha llegado a mis oídos —le espetó furioso— que mi hijo no fue el primer hombre al que pillaron en su cama. Al parecer, sólo fue el último de muchos. —Con gesto teatral, sacó la carta y la agitó delante de su cara.

Nada más cogerla, Izzy reconoció la poco experimentada escritura de Hildegard. Sintió un vacío gélido en el estómago aun antes de leer el contenido, con todo aquel abuso de mayúsculas.

... a pesar de nuestros Severos Esfuerzos... de la más Básica y Lasciva Naturaleza... han sido Muchos y Desagradables Hombres...

¿Muchos hombres?

¿Ella?

Izzy se quedó con la boca abierta. Parpadeó una vez.

Y otra vez más.

Acto seguido, cuando comprendió lo que significaban aquellas ridículas acusaciones contra ella, Izzy comenzó a reírse por lo bajo. Y, cuando, finalmente se dio cuenta de que después de tantos años Hildegard ya no tenía el más mínimo poder sobre ella, prorrumpió en sonoras carcajadas... en la cara del marqués de Rotham.

15

El hombre no tardó en empezar a soltar todo tipo de invectivas. Sin aliento, Izzy sólo pudo levantar una mano para detener los insultos que salían de la boca de su enojado visitante.

—¡Ya basta! —dijo entre jadeos—. ¡Le ordeno que pare!

Para su asombro, la obedeció. Agradecida por ello, y sin fuerzas de tanto reír, se reclinó en el sofá mientras recuperaba la compostura.

—Por favor, milord. Siéntese. No debería adoptar siempre esa pose tan amenazadora.

Rotham se sentó frente a ella. Parecía debatirse entre su propósito y el disgusto hacia la exhibición que acababa de contemplar. Entonces se inclinó hacia adelante y le dijo:

—Debe comprender que no puedo dejar que una mujer como usted mancille el nombre de mi familia.

—No, no, naturalmente que no. Y nadie lo culparía de ello. Después de todo, yo no soy más que una «Criatura Salvaje y Sin Domesticar». —No pudo evitar el sarcasmo. El padre de Julian estaba decidido a ser ridículamente ignorante—. Y su hijo, un chico inocente, propenso a creérselo todo.

En ese momento, el hombre se dio cuenta de que se estaba burlando de él. La expresión amenazadora de su rostro la habría asustado si tuviera algo más que perder en la vida, pero él no podía hacerle más daño que el que su propio y rebelde corazón le había causado ya.

—Yo de usted no me reiría, señorita Temple. Estoy seguro de que no querrá que esta información salga a la luz.

—Oh, no. Que el cielo no lo permita.

Él la observó con cautela, pero lo único que recibió a cambio fue una mirada llena de inocencia.

—Bueno, estoy dispuesto a guardar su sucio secretillo. Por supuesto, la compensaré generosamente por su colaboración, señorita Temple. Siempre y cuando haga lo que yo le diga.

Izzy fingió considerar la oferta cuando lo que en realidad estaba haciendo era intentar dominar su ira. ¿Cómo se atrevía a intentar comprarla de aquella manera? ¿Y Julian? ¿Cómo podía permitir que su padre manipulara su vida de aquella manera?

Recordó el dolor que había visto en sus ojos cada vez que le hablaba de su padre. Por frívolo que quisiera aparentar ser, ella sabía lo que sentía. Julian quería a aquel hombre imposible y frío; a pesar de sus faltas y su mezquindad, no dejaba de ser su padre. Su rabia se incrementó hasta convertirse en pura furia al comprender de pronto a aquel a quien tanto amaba e, incorporándose hacia adelante, con los ojos entrecerrados, tuvo la satisfacción de ver como lord Rotham se removía incómodo.

—Debería hacerle sufrir, hombre detestable, pero no puedo soportar seguir mirándolo a la cara. Conseguirá lo que quiere, por supuesto, porque ése ha sido mi deseo desde el principio. Nunca tuve intenciones de casarme con su hijo. —«Mentira.» Izzy apartó la incómoda voz de su conciencia pues, sin duda, sería lo mejor—. Para empezar fue por la insistencia de usted por lo que nos comprometimos. Dígale a Julian que puede romper el compromiso cuando quiera. Le desearía que pasara un buen día, milord, pero francamente, no se lo deseo.

Izzy se puso en pie con la intención de dejarlo allí, pero él dio un paso hacia adelante y la sujetó del brazo, ferozmente, obligándola a tomar asiento de nuevo.

—No me ha entendido, señorita Temple. Eppingham debe quedar libre de usted. El escándalo sería aún mayor si fuera él quien abandonara a la mujer a quien «deshonró». —La miró con desprecio, como si dudara de que algo tan improbable fuera posible—. En cambio, si es usted quien lo libera del compromiso, su reputación será sólo responsabilidad suya, ya que él habrá hecho todo lo posible por salvarla de sí misma.

»Se formará un poco de revuelo, naturalmente, pero pronto quedará olvidado. En pocos meses, Eppingham se comprometerá, con todo decoro y dignidad, con la encantadora y respetable lady Belinda Ainsley. Es la única hija del sexto duque de Becton, y sus propiedades lindan con el límite este de Dearingham. Casarla con mi hijo aumentará considerablemente el tamaño y la riqueza de nuestras propiedades.

El dolor fue tan inesperado, que Izzy ahogó un grito. Pensar en Julian casado con una encantadora mujer de impecable linaje similar al de él la atravesó como una guadaña un campo de trigo. Su corazón casi se detuvo, y se quedó sin respiración.

Afortunadamente, el marqués se había apartado de ella mientras le detallaba sus planes, lo que le permitió ocultar la angustia antes de que se diera la vuelta para dirigírsele de nuevo con voz furiosa:

—Llevo años tratando de que esa unión tenga lugar. El padre estaba deseando emparejar a la chica con mi hijo mayor, pero se echó atrás debido a las costumbres salvajes de Eppingham. Sin embargo, parece que ha quedado impresionado con la buena voluntad de mi hijo al decidir hacer lo correcto y casarse con usted. Si el compromiso se rompe de inmediato, aún quedará tiempo para llevar a cabo el cortejo apropiado, planear una celebración de bodas adecuada y ¡enterrar debajo de las mismas piedras del infierno cualquier rumor que pudiera unirlo a usted!

Las últimas palabras salieron de la boca del marqués en un siseo cargado con la furia contenida durante años de planes frustrados. Izzy pudo verlo en su mirada negra como el carbón, en sus puños apretados, con los nudillos blancos por el esfuerzo. «Está loco», pensó al tiempo que se apartaba del rostro que él había acercado al suyo.

«No seas idiota —se reprendió—. No es más que un pilar andante y parlante de la alta sociedad. Sólo está enfadado, no loco.» Pero el frío que le congelaba el alma no desapareció.

—Pronto me iré —dijo ella con calma—. No necesito nada de usted, ni compensación ni aprobación. Sólo estoy haciendo lo que había pensado hacer desde un principio. Pero será cuando yo lo crea oportuno, y lo haré a mi manera. Ya ha conseguido lo que quería, milord. Avisaré a Madden para que lo acompañe a la salida.

Mucho después de que el marqués se hubiera ido, el frío persistía.

Lord Bottomly leyó de nuevo la carta que tenía delante. Una vez tuvo claro el contenido, la estrujó lentamente en su ruda mano. El crujido del papel reverberó en la silenciosa biblioteca, y un escalofrío de aprensión recorrió la espalda de Scots, el joven criado que permanecía de pie junto a su señor en espera de órdenes, con la bandejita de plata en la que le había llevado la misiva en las manos.

—Dile al encargado de los establos que necesitaré mi carruaje. Parece que ha llegado el momento de regresar a Londres.

El joven asintió y se volvió, aliviado, en dirección a la puerta.

—Y haz entrar a mi secretario. Tengo que enviar unas cuantas invitaciones. Quiero que mi adorable esposa ejerza de anfitriona en un pequeño evento.

El criado salió de la habitación a toda prisa, casi corriendo, para escapar de la malévola carcajada de lord Bottomly que todavía retumbaba en su interior.

—Ya buscaremos ese lazo para lady Bottomly mañana, Ellie. Por hoy, no puedo seguir comprando ni un minuto más.

Cuando el carruaje se detuvo delante de la residencia de Celia, Izzy suspiró agradecida. Su amiga prácticamente las había echado de la casa aquella mañana, y las dos llevaban fuera todo el día, con una extensa lista de encargos y las palabras «Cargar todo a la cuenta de lord Bottomly». Izzy había aprovechado para hacer una visita a un abogado y encargar un pasaje para el extranjero para cuando fuera posible. Ahora, exhausta, sólo quería echarse una siesta antes de que llegara la noche.

Al descender del carruaje y mientras esperaban a que el cochero sacara los paquetes del vehículo, Izzy reparó en una serie de carruajes alineados delante de la entrada. Ninguno llevaba blasón de casa noble, pero todos se veían de calidad y en perfecto estado, tirados por animales de buena raza.

—Tenemos visita, Ellie. Hay que darse prisa. Tal vez podamos subir y refrescarnos antes de que alguien nos vea.

Sin esperar a que algún sirviente les abriera la puerta, Izzy posó la mano en el picaporte y entró a hurtadillas. Parecía haber mucha gente en el salón más cercano al vestíbulo, de modo que las dos se mantuvieron pegadas a la pared opuesta con el fin de alcanzar la escalera sin ser vistas. Izzy acalló las risitas nerviosas de Ellie y, tomándola de la mano, se dispuso a correr escaleras arriba.

Sólo entonces cayó en la cuenta de que las voces que provenían del salón, presuntuosas y estridentes, eran todas de hombre.

Celia nunca invitaría a un grupo de hombres a su casa, de modo que aquello sólo podía significar una cosa: lord Bottomly había vuelto.

«Sabía que ésta sería la temporada en la que me convertiría en su puta.» Las palabras de Celia resonaban en la memoria de Izzy, que no pudo evitar sentir un peso helado en el estómago. Levantó la palma de la mano para indicarle a

Ellie que no se moviera y, a continuación, avanzó a lo largo de la pared frontal, deteniéndose al llegar a la puerta del salón. Desde allí vio a cuatro hombres sentados junto con lord Bottomly, que presidía la reunión, moviendo en amplios círculos su copa de brandy.

—Señores, señores, creo que tenemos que alcanzar un acuerdo. No hace falta que refunfuñes, Driscoll, estoy seguro de que podremos llegar a un consenso conveniente para todos.

En conjunto, a Izzy se le antojaron bastante inofensivos. Lord Bottomly no parecía enfadado, sino todo lo contrario; le parecía muy jovial mientras fumaba su cigarro con fruición. Más relajada, Izzy se estaba apartando cuando la vio. Sentada con el cuerpo rígido en una silla detrás de su marido, Celia tenía la cabeza inclinada hacia adelante y las manos enlazadas en el regazo.

Iba ataviada con un vestido tan vergonzosamente escotado que sólo la más descarada cortesana se habría atrevido a llevarlo. Le cubría apenas la parte baja de los senos, y la falda consistía en unas tiras de tejido que se abrían dejando a la vista sus piernas, a pesar de que Celia aferraba con manos temblorosas las capas superiores intentando impedirlo.

Izzy ahogó un grito de asombro, y Celia levantó la cabeza de pronto al oír el sonido. La visión de sus ojos fue lo peor. La palidez de sus iris azules se había intensificado, y su mirada desprovista de vida parecía no ver lo que tenía delante.

Unas duras manos se cerraron sobre los hombros de Izzy, empujándola hacia el interior de la habitación. Ésta echó una aturdida mirada hacia atrás y se encontró con la sonrisa de suficiencia de Madden, mientras Ellie forcejeaba con otro criado en el vestíbulo.

—La señorita ha regresado, milord.

Izzy fue dando traspiés hasta que por fin se detuvo en el centro del círculo formado por los hombres presentes, y corrió a abrazar a Celia.

—¿Estás bien, querida? Oh, pero ¿por qué me dijiste que me fuera...?

—Lo hizo para salvarla, señorita Temple —contestó Bottomly por ella, apurando el contenido de su copa—. Afortunadamente para todos, ha regresado justo a tiempo. Parece que a esta pequeña reunión han acudido más amigos de los que había previsto, y nos sentíamos incapaces de acordar un orden de preferencia. Pero con dos damas de alta cuna para ocuparse de mis invitados, creo que todos estos caballeros quedarán satisfechos.

—Pero Bottomly, quiero decir, milord, ¿no es esta mujer la prometida de lord Blackworth? No deberíamos... —comenzó uno de los asistentes.

—Sí, supongo que tiene razón. Es una lástima. De todas formas, eso me asegurará la absoluta cooperación de mi esposa, ¿no es así, querida? —En su cara se dibujó una sonrisa de satisfacción mientras miraba a Celia, que palideció aún más, si eso era posible—. Y no creo que deba preocuparnos que vaya a ir por ahí contando chismorreos. Rotham tampoco diría nada a no ser que quisiera que contase un pequeño y oscuro secreto sobre su hijo mayor. No armaría escándalo aunque ella le fuera con el cuento, y permitiría igualmente que su hijo continúe la sucesión. Dearingham aún no la ha firmado, como ya saben.

Bottomly sonrió ampliamente ante las risas entre dientes que provocó su comentario.

—Y ahora, ¿les parece que reabramos las negociaciones respecto a sus turnos de placer, caballeros? Esa de ahí —Bottomly se dirigió a Celia con la punta del cigarro— es lo más cerca que cualquiera de ustedes estará de la sangre azul.

—No es necesario mostrarse tan despectivo, milord, sobre todo si aún quiere que respaldemos esa propuesta suya —dijo uno de los caballeros enarcando una ceja—. Puede que seamos de clase baja, pero podríamos comprar y vender toda la Cámara de los Lores, y usted lo sabe.

—Naturalmente, amigo mío, naturalmente. Pero aun con todo el dinero del mundo, sólo podrían comprar un título de caballero; de ninguna manera conseguirían a una mujer noble para ustedes solos, y menos como puta particular, por eso sugiero que no nos desviemos del asunto que estamos tratando. —Bottomly sonrió al hombre que refunfuñaba, pero su mirada se había vuelto acerada—. Si dobla su apoyo, amigo mío, hasta podría dejar que sea usted el primero en montarla.

—¡Pues yo digo, milord, que eso no es justo! —exclamó un segundo hombre poniéndose en pie, y los cuatro se pusieron a discutir para ver quién empezaba. El grupo siguió a Bottomly cuando éste se acercó al decantador que había en un extremo de la mesa, elevando la voz tanto como las apuestas.

—¡Vete! —Celia agarró a Izzy del brazo y la obligó a ponerse de pie—. ¡Vete! —susurró nuevamente—. No te seguirán si me tienen a mí.

—No te dejaré aquí.

Celia negó con la cabeza.

—Yo no soy como tú, Izzy. No puedo defenderme. Tengo miedo.

—¡Todo el mundo puede defenderse si lo que está en juego es mucho! —siseó Izzy—. ¡Vamos! —Izzy la obligó a ponerse en pie—. El coche sigue fuera. Y, si no, tomaremos uno de los suyos. Vamos, de prisa, antes de que vean que estamos tramando algo.

—¿Y qué pasa con Ellie y Betty? ¡No podemos dejarlas aquí!

—Betty tiene el día libre. Y he visto que un criado se llevaba a Ellie cuando Madden me ha cogido a mí. Supongo que estará debajo de la escalera. Enviaremos a Julian en su ayuda. Ellos no la quieren a ella, ¡te quieren a ti!

Celia dejó de forcejear, y se deslizaron furtivamente hacia la puerta.

—¡Ahora!

A la orden de Izzy, las dos echaron a correr hacia la entrada. Hasta que tuvieron que detenerse. Madden les bloqueaba el camino con los brazos cruzados y una fea sonrisa de sarcasmo en el rostro. Celia giró sobre sus talones y arrastró a Izzy con ella hacia la escalera.

—¡Rápido! Ve a mi habitación. Allí tengo escondidas todas las llaves. Había planeado encerrarme, pero ha vuelto demasiado pronto.

El bramido de Bottomly resonó en el vestíbulo de la casa, y Celia empujó a Izzy con más fuerza.

—¡Vete! —La orden salió estrangulada cuando las manos de Madden rodearon la garganta de Celia. Con los ojos llenos de lágrimas, le suplicó que se fuera moviendo los labios sin emitir ruido: «¡Vete!».

Pero en lugar de hacerlo, Izzy se abalanzó sobre Madden y tiró de él mientras le daba patadas con todas sus fuerzas. Dos criados surgidos de las sombras no tuvieron problemas para dominarla, tras lo cual la llevaron ante Bottomly.

—Metedla donde no pueda molestarnos más.

Izzy se debatió valerosamente, pero no pudo zafarse de las manos de los dos hoscos criados. Recuperó la compostura y se irguió, a tiempo de ver a una llorosa Celia a la que Bottomly forzaba a subir la escalera.

—En seguida se la devuelvo, caballeros, aunque un poco más apaciguada. Este tipo de comportamiento es intolerable. Tardaré sólo un minuto.

Izzy se debatió nuevamente entre las manos que la sujetaban.

—¡Celia!

Ésta le lanzó una mirada desesperada mientras su esposo la empujaba escaleras arriba. Los ojos de las dos se encontraron y se sostuvieron la mirada un momento. Algo se iluminó entonces en el rostro de Celia, pero Izzy no supo decir si era resignación o resolución.

—Vamos, mi pequeña fulana —dijo Bottomly con sarcasmo—. Compórtate o tu amiguita seguirá tu mismo destino.

—No.

No lo dijo muy alto, pero sus palabras igualmente resonaron por toda la escalera.

—¿Qué has dicho? —Bottomly tiró con brusquedad de su mujer hasta llegar al descansillo, donde la miró con actitud amenazadora.

—¡He dicho NO! —Con los ojos centelleantes, Celia le devolvió la mirada llena de ira.

El bruto le estampó un bofetón que hizo que hasta los más duros de los testigos de la escena dieran un respingo. Celia cerró los ojos y su cuerpo cayó inerte a sus pies.

—¡Maldita mujer! —Dirigiendo la bota hacia las costillas de Celia, Bottomly fue a darle una patada, pero se encontró con el vacío.

En realidad, consciente, Celia había rodado hacia un lado y se había puesto ya en pie, las trazas de su indecente falda revoloteaban entre sus piernas, pero a cambio no impedían sus movimientos como haría una falda normal.

—¡No! —Esta vez, la palabra pareció brotar del interior de la mujer; una negación ronca, resultado de años de dolor—. ¡No lo haré!

—¡Lo harás, y además te gustará hacerlo! Me suplicarás, como lo hiciste el año pasado y de nuevo esta mañana. ¡Pagarás por tu rebeldía y me rogarás que te use en mi beneficio!

—¡NO! Puede que muera por ello, pero no volveré a suplicar. ¡Jamás! —Celia levantó la cabeza y miró a su esposo con los ojos brillantes y llenos de desesperación—. Hay cosas peores que la muerte, milord. La prisión, por ejemplo, como podrás comprobar tú mismo cuando el mundo descubra tu complots y tus maquinaciones contra la Corona.

Bottomly se quedó quieto, con un puño alzado listo para golpear. Una áspera carcajada brotó de la garganta de Celia, y resonó por el grandioso vestíbulo.

—¿De verdad creías que yo no era más que una muñeca de cera que se quedaba sentada durante tus «cenas íntimas» sin entender nada? Sé más de tus asuntos privados que el propio Madden. Sé dónde guardas las pruebas más comprometedoras, y las he leído.

—¡Bottomly, dijiste que el plan era seguro! —gritó el tal Driscoll desde el vestíbulo—. Dijiste que nadie...

—¡Silencio! —Bottomly no apartó en ningún momento los ojos del pálido rostro de Celia.

Dando un paso hacia adelante, con los brazos en jarras, habló en voz baja, apenas audible para los demás.

—¿A quién se lo has dicho?

—¡A todo el mundo! —dijo Celia apresuradamente; demasiado.

Con la boca torcida en un despiadado gesto y un rápido movimiento por todo aviso, el hombre se lanzó sobre ella. Girando sobre sus talones, Celia trató de esquivarlo. No había dado más que unos pasos cuando Bottomly la agarró del pelo y la lanzó con todas sus fuerzas sobre la mesita del pasillo.

La fina porcelana se hizo añicos y la madera se convirtió en astillas. No se oyó nada más. En el vestíbulo del piso inferior, Izzy se debatía en manos de sus captores y los empujaba con todas sus fuerzas.

Absortos en lo que estaba ocurriendo sobre sus cabezas, los dos criados, atónitos, la soltaron durante un momento, pero al ir a agarrarla con más fuerza, Izzy se deslizó de entre sus manos dejándolos con un palmo de narices. Levantándose la falda, subió la escalera a la carrera. Cuando llegó al primer rellano, dejó escapar un grito.

Lord Bottomly estaba doblado sobre Celia y le apretaba el cuello con sus gigantescas manos, sacudiéndola para evitar que se agarrase a él, como un perro haría con una rata.

Al oír el grito, sus manos soltaron un poco su presa y se volvió sorprendido. Mientras Izzy inhalaba dispuesta a gritar de nuevo, vislumbró el brillo de algo por encima de la cabeza de Bottomly.

El objeto le atizó en la sien y el hombre se tambaleó hacia atrás hasta dar con la barandilla, exquisitamente tallada, cuyos balaustres no soportaron su enorme peso y cedieron en su base. Podría haberse sujetado de no ser porque los pies se le enredaron en las tiras de la falda de Celia.

Con un crujido, la madera se partió mientras el resto de los balaustres iban soltándose.

Con los ojos desorbitados de terror, Bottomly alargó la mano para agarrarse al brazo de Celia en busca de equilibrio. Llegó a rozar parte del exiguo vestido de ésta, que se rasgó al tirar de él. Desequilibrado tras ese último esfuerzo por sujetarse a algo, lord Bottomly se precipitó por la barandilla, llevándose consigo parte de la misma.

El sonido de su gordo cuerpo al golpear el suelo de mármol, nueve metros más abajo, no se parecía a nada que Izzy hubiese oído antes, ni que deseara volver a oír. La casa entera tembló a causa del impacto, y todos permanecieron mudos y quietos durante un momento, sin dar crédito.

Finalmente, y haciendo caso omiso de los gritos de desconcierto de los que estaban en el piso inferior, Izzy corrió hacia su amiga.

—Celia, querida, ¿estás bien? —Izzy le apartó cuidadosamente los rizos rubios de la mejilla magullada y miró sus aturdidos ojos.

—Yo... —Celia se llevó la mano a la garganta con una mueca de dolor—. Estoy bien, creo. Sólo un poco dolorida.

Su hermosa voz sonaba como un trabajoso graznido, pero la mujer no parecía haber sufrido mayor daño. Se echó hacia atrás el pelo alborotado al tiempo que miraba a su alrededor.

—¿Dónde está? ¿Adónde ha ido?

Izzy no pudo evitar lanzar una mirada horrorizada al segmento roto de balaustrada, como la boca mellada de un niño. Celia abrió los ojos de par en par y trató de ponerse en pie, pero las rodillas le cedieron e Izzy tuvo que ayudarla. Juntas, se acercaron a duras penas hasta el hueco, y miraron hacia abajo.

Bottomly yacía en el centro del vestíbulo, sobre el mármol hecho añicos y con los miembros extendidos como si estuviera bailando un molinete, pero el rojo charco que había bajo su cabeza y la mirada de sus ojos desmentían tal impresión.

—Muerto y bien muerto —confirmó Driscoll horrorizado.

—¡Ella lo ha matado! —gritó otro de los hombres—. Lo ha empujado por la barandilla, ¡todos lo hemos visto! Haz que se la lleven, Driscoll, hazlo para que nadie se entere del plan.

—Cállate, estúpido. Nada de eso importa ya. Bottomly *era* el plan. Lo último que necesitamos es tener problemas con la ley. —Driscoll levantó la vista hacia las dos mujeres—. ¿Verdad, milady?

—Lady Bottomly no ha hecho nada malo... —empezó Izzy. Pero la forma en que Celia se aferraba a su brazo junto con el movimiento negativo de la cabeza que le dirigió, la hicieron callar.

—Una desafortunada caída, señores. De lo más desafortunada. ¿Había bebido mucho mi esposo esta tarde?

La pregunta fue formulada por los labios de Celia con tono bronco, debido a su garganta dolorida, pero no soltó a Izzy hasta que Driscoll comenzó a asentir con la cabeza lentamente. Entonces la mujer se volvió hacia el mayordomo.

—Su señoría era muy aficionado al oporto, ¿no es así, Madden?

Éste miró al hombre a quien había servido con lealtad durante años. Finalmente, levantó la vista y miró inexpresivo hacia la mujer que se había convertido en la dueña de la casa.

—Tal vez demasiado, milady.

Celia flaqueó un poco y se apoyó sobre Izzy visiblemente aliviada, pero mantuvo un tono de voz neutro.

—Yo diría que alguien debería mandar llamar al médico de mi marido. Yo estoy terriblemente afligida, como es natural, y debo recluirme en mis aposentos. Madden, ¿podrías hacer venir a Ellie?

Acto seguido, se desmayó. Mientras se deslizaba de entre las manos de Izzy con toda elegancia, algo escapó de su puño y cayó, destellante aunque abollado, sobre la alfombra.

Era una palmatoria.

16

La casa estaba llena de asistentes al entierro, aunque Izzy no lograba ver signos de verdadero dolor en las expresiones de los allí reunidos. Paseó la vista por los invitados; observaba a los que iban llegando y, si alguien deseaba un refresco, hacía señas a la criada.

—¿Ocupándote de que todo discurra como es debido, Izzy?

Oír esa voz le descompuso el cuerpo. No había hablado con Julian desde aquella fatídica mañana. Recuperando la compostura, se volvió hacia él e intentó esbozar una afable sonrisa.

El anhelo se apoderó de ella. Julian tenía los ojos un tanto hinchados, llevaba la ropa arrugada y su ayuda de cámara habría sufrido una crisis nerviosa al ver su corbata, aunque a ella le parecía que estaba maravilloso.

Sentía una necesidad tan desesperada de aplacar su cabello revuelto que los dedos le hormigueaban. Aquel hombre necesitaba que lo mimaran.

Izzy juntó las manos y las apretó con fuerza, a continuación enarcó una ceja.

—¿Has visto ya a Celia? Estoy segura de que le gustaría saludarte. —¿Por qué estaba alentando el encuentro? ¿Acaso se había vuelto loca? Pero entonces se recordó que pronto se iría de allí, y Julian estaría mucho mejor con la bondadosa Celia que con alguien elegido por su padre.

El dolor que aquel pensamiento le provocó la sorprendió tanto que casi se quedó sin aliento.

—¿Estás bien, Izzy? Te veo pálida.

Ella se obligó a sonreír.

—Estoy bien, sólo un poco agobiada con... todo.

Estaba balbuceando. Tenía que irse de allí antes de que no pudiera contenerse y se lanzara a sus brazos suplicándole que la amara.

—Hay mucho que hacer. Ahora mismo no puedo entretenerme...

Él le cogió la mano, e Izzy sintió que el corazón se le partía en dos. Era tan cálido. ¿Por qué tenía siempre la piel tan cálida?

—Me has estado evitando, Izzy. Durante la última semana he venido a verte varias veces, pero tú te has negado a recibirme. Te he dejado varias notas, pero tampoco las has respondido.

—¡Es que no sabes cuántas cosas he tenido que hacer por aquí! —gorjeó alegremente, y entonces se dio cuenta de lo inapropiado que resultaba aquel tono de voz en el lugar donde estaban. Se volvió abruptamente con la intención de irse, pero él le sujetó la mano.

—No podrás evitarme toda la vida, Izzy. En algún momento, vas a tener que hablar conmigo.

Un grupo de invitados que pasaban a su lado se quedaron mirando con curiosidad sus manos entrelazadas.

—Le agradezco mucho las muestras de condolencia, lord Blackworth. ¡Me aseguraré de hacérselas llegar a lady Bottomly! —Izzy se soltó y, deslizándose entre la multitud, desapareció por uno de los pasillos del servicio.

Cuando estuvo a salvo, se apoyó en la pared y se abrazó el cuerpo en un intento por calmar su angustia.

Desde aquella noche, había conseguido evitarlo, rechazando todos sus intentos de acompañarla a los sitios, hasta que la crisis que Celia estaba sufriendo había reclamado verdaderamente toda su atención y cuidados. No podía soportar verlo, hablar con él o tocarlo, consciente de que, en breve, sería otra mujer quien lo haría.

Aunque ella aún no había hecho pública su ruptura, tendría que ir acostumbrándose a su ausencia, puesto que ésta pronto sería permanente. Y el dolor que le partía el alma ante la idea era otra cosa a la que tendría que acostumbrarse.

Izzy ayudó a Celia a despedir a los invitados. Durante los últimos días, había habido un constante goteo de visitas, hasta que Celia decidió mandar una nota a todos sus conocidos en la que les hacía saber que se iba a retirar a su finca en el campo lo que restaba de temporada para llorar su pérdida.

—Sinceramente, deseo hacerlo. Y luego me llevará gran parte del otoño contratar personal de servicio nuevo. Creo que disfrutaré mucho haciéndolo.

Izzy se había reído al ver la expresión vengativa de su querida amiga. Los sirvientes que habían ayudado a lord Bottomly a hacerle la vida imposible iban a pagar por ello: serían despedidos sin buenas referencias.

—¿Y ahora qué, querida? Después del duelo te convertirás en una codiciada, rica y, por supuesto, hermosa viuda. Los pretendientes llegarán en riadas.

—Oh, jolines.

Izzy se rió al oír esa expresión en los refinados labios de Celia.

—Para serte sincera, Izzy, lo último que deseo ahora en mi vida es otro hombre. Creo que iré a visitar a mi familia. Debo ocuparme de las dotes de mis hermanas, y buscar la manera de ayudar a mi madre sin que mi padre se lo gaste todo en el juego... —Celia se alejó mencionando las tareas en voz alta para nadie en particular.

Padres que se lo pulían todo en el juego, esposos brutales. Izzy movió la cabeza de un lado a otro, recordando lo afortunada que era ella de ser su propia dueña. Nunca se sometería a los deseos de ningún hombre.

Con ese pensamiento, Izzy decidió retirarse a su habitación y dormir una pequeña siesta. La tensión de las últimas semanas la había dejado exhausta.

No había querido dejar sola a su amiga ante todas las responsabilidades que implicaba dar el último adiós a un miembro de la nobleza; tan abrumadoras para una Celia poco preparada. En vista de que, hasta entonces, no se le había permitido ocuparse de la organización ni asumir la obligación de llevar una casa, aquélla se había apoyado en la experimentada Izzy, que se había mostrado encantada de ayudar al tiempo que se aseguraba de que Celia aprendiera todo lo necesario.

Ésta se había transformado hasta el punto de mostrar una regia habilidad para dar órdenes y el agudo buen juicio para las finanzas propio de un comerciante. Izzy no tenía dudas de que su amiga saldría adelante.

Ahora había llegado el momento de afrontar su propio futuro. El verano prácticamente había pasado, y temía que el padre de Julian no le dejara posponer la ruptura mucho más tiempo. De todas formas, era el momento de hacerlo. Tenía que hacer una lista con todo lo que debía hacer antes de partir. Pero se dedicaría a ello después de la siesta.

Mientras subía con aire cansino la escalera hasta su habitación, se preguntó a qué se debería aquella falta de energía. Sólo habían pasado unos meses desde que abandonara su vida de duro trabajo con los Marchwell y ya se estaba convirtiendo en una indolente damita de la alta sociedad.

Bueno, lo cierto era que las emociones eran tan agotadoras como el trabajo. Y últimamente había experimentado una buena cantidad de estrés. Exhalando un suspiro, tuvo que admitir que había echado de menos a Julian desesperadamente.

Al entrar en su habitación, sonrió con gesto cansado a Betty, que estaba ocupada con las tareas de mantenimiento que requería un lujoso guardarropa. Izzy se alegraría de dejar atrás todo eso, aunque echaría de menos a la leal doncella.

—Creo que voy a dormir un poco, Betty. ¿Te importaría terminar con eso después?

La muchacha movió la cabeza en sentido negativo.

—En absoluto, señorita. Aprovecharé para llevar sus zapatillas al zapatero. Están un poco estropeadas en las puntas.

Izzy puso los ojos en blanco con gesto de resignación.

—No sirven para nada. No se puede pisar un jardín con ellas. —Entonces se le ocurrió algo—. Betty, tal vez pudieras pedirle al zapatero que te hiciera unos cuantos pares de zapatos más resistentes con esas mismas medidas. Creo que sería práctico tener dos pares. —Satisfecha por haber hecho una primera cosa para su viaje, Izzy se dejó caer en la cama.

—Últimamente se la ve muy cansada, señorita. ¿Cree que podría... podría deberse a algo?

Izzy bostezó.

—Es muy amable por tu parte preocuparte tanto, Betty, pero estoy bien. Sólo es un poco de cansancio, supongo.

—Sí, señorita. ¿Tiene la intención de ver pronto a su señoría? ¿Necesita que le prepare algún vestido?

—No, gracias, Betty. Creo que los próximos días me quedaré en casa.

—Sí, señorita.

Oyó a Betty salir quedamente de la habitación antes de que la relajante bruma aterciopelada del sueño se apoderara de ella.

Julian alargó la mano hacia el decantador, que se cayó al suelo. No importaba, pues estaba vacío. Consideró la posibilidad de pedir a gritos que le llevaran más bebida, pero lo más probable era que no le sirviera de nada.

Greeley mostraba su desaprobación hacia aquella excesiva falta de moderación tomándose un tiempo extraordinario en cumplir sus órdenes, y llevándole en muchos casos algo equivocado. Si Julian le pedía brandy, Greeley le llevaba un bollo. O agua de cebada. O cualquier otra cosa que se le ocurriese.

A Izzy eso la habría hecho reír. Julian se frotó con fuerza la cara con las manos. Su risa lo tenía obsesionado. Ya no se reía con él. No quería volver a verlo.

Aunque sería mejor dejarla sola un tiempo. Él no confiaba en sus acciones si estuviera cerca de ella. Izzy haría sin duda algo tentador, como caminar con aquel balanceo suyo tan elegante y particular, o ladear la cabeza mientras arrugaba aquella preciosa naricilla, o reír; ¡por todos los santos! Estaba claro que aquello era lo último que necesitaba en esos momentos. Se quedaría allí encerrado hasta que el efecto de Izzy se hubiera borrado como la tinta de sus dedos.

No tardaría mucho en suceder. Siempre era así con todas las mujeres.

—¡Greeley! ¡GREELEY! —Nada. La casa era una tumba. Tendría que bajar él mismo a la bodega a buscar una botella. Tal vez dos. Aún no estaba borracho. Lo sabía porque aún la veía, arqueándose debajo de él, los ojos como dos pozos oscuros de deseo; aún podía sentir el descarnado y salvaje vacío de su anhelo por ella.

No, definitivamente aún no estaba borracho. Ni de lejos.

Aparte de su breve estancia con lady Greenleigh, Izzy nunca se había sentido tan relajada y cómoda. Allí estaba, en el soleado salón del desayuno, con su queridísima amiga y tal cantidad de deliciosa comida que nunca podrían acabar con ella. De hecho, sus excesos con la comida estaban empezando a notarse en su guardarropa. Había tenido ya que aflojarse la cintura y los corpiños de todos sus vestidos.

Dando un sorbo a su taza de té, se dio cuenta de que hasta eso había cambiado. Ya no tenía que tomar el «té fresco» de Hildegard, que era en realidad de hojas ya utilizadas puestas a secar para su posterior uso. A las visitas se les servía un té de mejor calidad, pero ni siquiera aquél se parecía al fragante líquido que removía en su taza.

No, su desánimo no tenía nada que ver con el lugar donde estaba, sino con el motivo por el que estaba allí. Aquella estancia sólo era un alto en el camino. Tenía que buscarse la vida, y tenía que hacerlo rápido.

De forma inconsciente, Izzy dio las gracias al nuevo criado cuando le entregó la carta de su nuevo abogado. Sonriéndole a Celia, se excusó al levantarse de la mesa. La nota no fue más que un pretexto, lo cierto era que el desayuno nunca le había resultado menos apetecible. Tal vez Betty tuviera razón y realmente estuviera enferma.

Le había costado mucho contener las náuseas esa mañana y mostrar un aspecto sereno delante de su amiga. Aunque tampoco podía decirse que Celia estuviera particularmente atenta. Con la rubia cabeza inclinada sobre el libro de cuentas junto a su plato, se limitó a murmurar con educación.

Izzy estaba muy agradecida por la reciente dedicación de Celia a su independencia. Aquello la libraba de su preocupación por ella, permitiéndole dedicar las pocas fuerzas que tenía a llevar a cabo sus planes. Cerró la puerta con firmeza y desdobló la nota camino de su habitación.

Vaya. Estaba escrito en jerga legal. Encontrar algo que tuviera sentido en aquella florida prosa resultó tedioso, pero por fin llegó al asunto en cuestión, que no era otro que que ya le había conseguido un pasaje adecuado en un barco. La partida estaba prevista para la primera semana de agosto.

Izzy se mordió el labio, intranquila. Faltaban tres semanas. Bastante más de lo que ella había esperado. Al parecer, el abogado había impuesto unos criterios muy rígidos a lo que debía ser un pasaje «adecuado». Izzy sabía que lord Rotham esperaba de ella que ya hubiera hecho pública la ruptura.

Si lo hacía entonces, tendría que quedarse y afrontar los chismorreos hasta que su barco zarpara. Por poco que le importara lo que eso pudiera significar para ella personalmente, le dolía pensar en el daño que su decisión causaría a todos aquellos que tanto la habían ayudado. ¿Se convertirían las damas Calwell en objeto de censura? ¿Y Celia?

En cambio, la inevitable tormenta especulativa caería rápidamente en el olvido si ella desaparecía pronto de la vista. Dejó la carta del abogado sobre el escritorio con gesto ausente al entrar en su habitación.

Betty la recogió con gran eficiencia y la dobló con sumo cuidado. Se detuvo y lanzó a Izzy una extraña mirada antes de meter el papel en un cajón.

—¿Qué pasa, Betty?

—Nada, señorita, excepto que me preguntaba si podría tomarme la tarde libre si usted no va a salir.

—Naturalmente. Ah, y, antes de que me lo preguntes, dile a Timothy que puede tomársela también. No lo necesitaré porque voy a quedarme aquí todo el día. —Sonrió a la chica con ternura.

Sonrojándose, Betty bajó la cabeza.

—Se lo agradezco, señorita.

Y salió de la habitación rápidamente, no sin antes lanzar otra intrigante mirada a Izzy.

Cuando Julian apareció un poco más tarde, Izzy se quedó sorprendida; al presentarle al hombre que lo acompañaba como un clérigo, se sintió incómoda. Sin embargo, cuando le dijo con toda frialdad que había obtenido un permiso especial para casarse en la iglesia parroquial en ese mismo momento, Izzy se levantó de un salto, pasmada.

Celia logró recuperar la voz antes que Izzy.

—Julian, ¿en qué estás pensando?

Izzy seguía muda, conteniendo atónita la respiración. Una bruma grisácea comenzó a nublarle parcialmente la visión. La habitación pareció apartarse de ella y sus ocupantes se volvieron figuras distantes. Sus voces se volvieron cada vez más débiles e incomprensibles. Notó que unas cálidas manos le sujetaban los hombros y una voz profunda la llamaba, pero no podía responder.

De súbito, un penetrante olor invadió sus sentidos, rescatándola de las profundidades de su desmayo. Se encontró sentada, apoyada sobre un torso duro como una roca, y con un frasquito de sales delante del rostro. El punto de apoyo cambió de postura y la ayudó a reclinarse sobre un cojín. Julian se inclinó sobre ella. Tres caras la observaban con preocupación. Izzy parpadeó perpleja. Movió a continuación la cabeza de un lado a otro tratando de hacer desaparecer el zumbido que sentía en su interior, e intentó incorporarse, pero seis manos se lo impidieron sin contemplaciones.

—No te muevas —ordenó Julian con voz ronca. Izzy podía ver la preocupación en sus ojos. En seguida, y para su consternación, vio cómo ésta se convertía en hielo.

—Estoy bien —protestó—. De verdad, estoy bien.

—Oh, querida. Todo es culpa mía —se quejó una compungida Celia—. Me he apoyado mucho en ti y debes de estar exhausta. ¡Yo tengo la culpa de que te hayas puesto enferma!

—No —afirmó Julian con expresión adusta—. No está enferma. Está encinta.

—¡¿Qué?! —exclamaron Izzy y Celia al unísono.

—Sé por una fuente fidedigna que tu comportamiento es el de una mujer embarazada. Duermes mucho, no quieres desayunar, eres propensa a los desmayos. Y, a juzgar por tu aspecto, no son los únicos síntomas que estás experimentando. —Lanzó una significativa mirada hacia el corpiño, que en los últimos tiempos le quedaba bastante justo.

Izzy se sonrojó violentamente. Sólo era un truco. Tenía que serlo. Julian había descubierto su intención de marcharse y estaba tratando de obligarla a casarse con él. En su interior se debatían el dolor y la furia.

Él sabía lo mucho que su independencia significaba para ella; no podía creer que fuera capaz de llegar hasta el extremo de dejar de lado deseos en su propio beneficio. Pues no se saldría con la suya. Tenía veintiséis años y era dueña de su destino. Para impedir las intenciones de Julian, le bastaba con decir no. Se puso en pie haciendo caso omiso de los últimos retazos de sensación de mareo.

—Nunca creí que cayeras tan bajo, Julian. ¿Tanto te importa tu herencia como para venir a humillarme de esta forma? —Apartó la vista de los ojos entrecerrados de él para posarla en la mirada preocupada de Celia.

—Izzy, querida, ¿es... posible?

—Si me estás preguntando si he sobrepasado los límites del decoro, debo confesar que sí. —Lanzó una mortificada mirada al párroco, pero se relajó un poco cuando vio en sus ojos una amable comprensión.

Enderezando los hombros, se enfrentó a Julian nuevamente.

—Supongo que crees que tras esta declaración me veré en la obligación moral de casarme. Pues siento decepcionarte. Tu padre vino a pedirme que rompiera nuestro compromiso y abandonara el país. Dado que ésa era exactamente mi intención, le dije que sí. No acepté casarme contigo, milord, y nunca lo haré. —Observó con mirada escrutadora los rasgos endurecidos de Julian durante un momento y, al ver que no respondía, se volvió hacia el párroco—. Lamento mucho las molestias, señor, y que haya sido testigo de esta desagradable situación, pero no seré yo quien se case hoy. —Se volvió rígidamente y salió de la habitación, pero no echó a correr hasta que llegó a la escalera.

No había hecho sino subir tres escalones, cuando una mano dura como una roca la levantó sujetándola por la cintura, tras lo cual la dejó nuevamente en el suelo. Julian la acorraló en el arco de la curvada barandilla, y manteniéndola en su sitio con los brazos apoyados a ambos lados de ella, miró con frialdad sus ojos abiertos de par de par.

—¿Serías capaz de llevarte a mi hijo, Izzy? ¿De llevártelo y criarlo lejos de mí? —Su rostró se tensó aún más al notar el respingo sobresaltado de ella—. Sí, sabía de tus planes de irte, aunque es obvio que no tenías intenciones de informarme personalmente. ¿Tanto me odias, como para condenar a mi hijo a una ignominiosa vida de ilegitimidad?

Izzy alzó la vista y lo miró. Vio en él una mirada de hielo

y mucho dolor. Pero también vio una seguridad absoluta: estaba completamente convencido de que había un niño en camino.

La primera duda apareció entreverada de furia. ¿Y si era cierto? Trató de pensar en las razones por las que no podía ser, pero, en su inocencia, no tenía idea de cómo funcionaban aquellas cosas, y cobrar conciencia de esa ignorancia aplastó los últimos vestigios de confianza en sí misma que le quedaban. Elevó la vista hacia él sintiéndose mareada ante la posibilidad.

—¿Puede ser? ¿Estás seguro? —susurró ella.

El tono lastimero de la pregunta quebró el hielo interno de Julian como un potente mazo. Era natural que a Izzy no le agradara la vida que habían creado juntos; el bebé engendrado en las ruinas del honor de él y de la inocencia de ella.

La mirada de dolor que vio en sus ojos lo reafirmó en la idea de que lo único que podía hacer era obligarla al matrimonio, protegerla y no dejar que le faltara nunca de nada. Puede que fuera el hombre indigno que su padre afirmaba que era, pero hasta él tenía sus límites. Sabía que ella quería su libertad, pero no le quedaba más remedio que obligarla. Debía traicionarla porque no podía dejarla marchar.

—Verdaderamente no tenías ni idea, ¿no es cierto?

Cerró los ojos angustiado al oírla sollozar con el corazón roto. Cuando volvió a abrirlos, Izzy apartado la vista, que en ese momento tenía fija en el pasamanos, al que se sujetaba débilmente. Estaba por completo atrapada, y Julian se sentía como un cazador furtivo de la más baja calaña.

Todo había sido responsabilidad de él, todo. Desde el

error cometido en la bruma de la borrachera hasta la humillación final a la que la había sometido con su rabia equivocadamente dirigida hacia ella. No había hecho sino arruinar su vida y arrebatarle sus sueños.

Deseaba reconfortarla, pero se sentía impotente frente a sus lágrimas. Dio un paso hacia atrás liberándola de la jaula física, aunque no de la metafórica.

—Sube y prepárate, por favor. Estaremos casados dentro de una hora. Tanto si mi padre quiere como si no —dijo él por encima del hombro mientras se alejaba, dejándola temblorosa, sujetándose a los balaustres de la barandilla como si de los barrotes de una jaula se tratase.

Izzy permaneció allí, con la frente apoyada en la pulida madera, como si su suavidad pudiera apaciguar la rabia que bullía en su interior. Estaba embarazada del hijo de Julian. Llevaba una parte de él en su interior, un hijo que los unía aún más que el amor.

Sí, estaba atada y bien atada a Julian por su propio sentido de la justicia y el honor, puesto que ella nunca condenaría a su hijo al infierno social de la ilegitimidad. Veía ante ella la farsa que había representado como eso, un acto, una pieza teatral con la que se había divertido, convencida de que al final todo pasaría.

Pero aquel bebé, un hijo con derecho a una vida de privilegios y riquezas, lo cambiaba todo. Izzy no podía, por su debilidad de espíritu, negarle lo que le correspondía, aunque ese espíritu estuviera destinado a marchitarse durante una vida de indiferencia donde debería haber amor. Ni siquiera ella podía cometer semejante acto de injusticia. Consciente de que se estaba condenando al destino contra el que había luchado, se levantó despacio y se dirigió a su habitación a prepararse para la boda.

Serena y con los ojos secos, Izzy realizó de forma mecánica los movimientos que exigía el ritual del matrimonio. Avanzó con sobriedad al ritmo de la marcha nupcial, que el ayudante del clérigo tocaba en el elegante órgano de la iglesia, hasta llegar al altar, decorado con las flores que habían recogido a toda prisa del jardín de Celia. Se arrodilló con elegancia, ataviada con un precioso vestido color marfil que se había puesto con ayuda de Ellie y Betty. Pronunció sus votos en voz baja, calmada, desprovista de temblor o incertidumbre.

Y, desde que Izzy subió al carruaje de Julian tras la ceremonia hasta que se apearon delante de la residencia de éste en Londres, no pronunció palabra alguna.

17

Julian observó cómo Izzy se movía por su hogar, ahora el hogar de ambos, como un diminuto fantasma. Sabía que deseaba huir de él y no pudo evitar una mueca de dolor al recordar cómo lo había acusado de haber tratado de engañarla para asegurarse la herencia.

No podía negar sin embargo que la idea había cruzado por su mente mientras llevaba a cabo los trámites burocráticos para obtener el permiso especial del arzobispo. Había tenido que explicar el estado «impuro» de la novia, y pagar una exorbitante tasa para poder sortear el preceptivo anuncio del matrimonio en la parroquia. Se había sentido furioso con ella en aquel momento, aunque lo había tranquilizado la idea de que, al menos, aquel matrimonio apaciguaría a su padre. No obstante, según Izzy, éste ya no quería que se casara con ella.

Aun así, de haber conocido las objeciones de su padre, se habría casado igualmente con ella. Abandonar a una mujer, una dama, a su suerte por el mundo con un hijo suyo era demasiado rastrero incluso para él. Y condenar a la dulce y generosa Izzy a ese destino estaba más allá de toda discusión.

Le mostró la elegante habitación contigua a la suya y la dejó para que se refrescara porque no podía soportar su mirada. Huyó de ella y del sobrecogedor impulso de estrecharla entre sus brazos y reconfortarla. Abrió de golpe la puerta de su estudio a oscuras y, acercándose al decantador que había sobre la mesa, comenzó a beber metódicamente hasta caer en un estado de estupor.

Izzy se hizo un ovillo en el sillón de terciopelo de su habitación, sin importarle estar arrugando su precioso vestido de satén. Con un terrible peso en el corazón pero sin una lágrima, trató de pensar en el futuro. No tenía ningún plan que pudiera arreglar el tremendo desastre en que se había convertido su vida.

Exhausta tras las emociones del día, apoyó la cabeza en la oreja del sillón, deseando quedarse dormida y olvidarlo todo. Pero las ballenas del corsé se le clavaban dolorosamente en la carne, y no dejaba de revolverse incómoda. Gracias a esa prenda había sido capaz de embutirse en aquel vestido que le habían confeccionado meses antes. Aunque cansada, pensó con odio que no debía de ser bueno comprimir un cuerpo de ese modo llevando un hijo dentro.

Un hijo. Por primera vez pensó realmente en su embarazo. La impresión se llevó de un plumazo la fatiga que sentía mientras se llevaba la mano al vientre y la posaba sobre él con gesto reverente.

Allí se estaba gestando una vida que era parte de ella y parte del hombre que amaba. Izzy nunca habría creído posible que la naturaleza la obsequiara con semejante don. En vez de una existencia vacía y solitaria, con sólo un amor no correspondido en el horizonte, iba a tener un hijo; una mágica criatura surgida de la manifestación de su pasión por Julian.

El futuro, que se le había antojado sin sentido tan sólo momentos antes, mostraba ahora un brillo de esperanza.

Presionó suavemente sobre el vientre, tratando de percibir en él alguna diferencia. Lo único que sentía era la rigidez del corsé, que ceñía su torso. De pronto, tuvo la seguridad absoluta de que aquella prenda no era nada buena para su hijo.

Tras ponerse en pie, alargó los brazos hacia la espalda y buscó a tientas los diminutos botones del vestido de satén que había utilizado como traje de boda. En esa postura, no pudo desabrochar más que unos pocos, y, tras bajarse las mangas, trató de llegar a algunos más. Frustrada, al final se vio obligada a retorcer la prenda alrededor de la cintura hasta tener la parte trasera delante.

Cuando logró desabrochar todos los botones y el vestido quedó abierto, lo dejó caer al suelo, donde formó un charco de satén color marfil. Lo recogió y lo colocó sobre un sillón tapizado, y a continuación se acercó al espejo de cuerpo entero situado en una esquina de la lujosa habitación.

Le tocó el turno entonces a los diminutos broches que ceñían el corsé por delante. Conteniendo la respiración hasta que empezó a ver estrellitas blancas, trató de aflojar la prenda lo suficiente como para soltar los corchetes, del tamaño de pequeñas lentejas.

Por fin, cubierta sólo por la camisola que le llegaba hasta la mitad del muslo, se miró al espejo. Se puso de perfil y se alisó la fina prenda de batista sobre el vientre, preguntándose cómo sería la diminuta vida que se estaba gestando en su interior. De momento no era más que una pequeña protuberancia, apreciable tan sólo porque hasta el momento había sido muy delgada. Aun así, le sorprendió no haberse dado cuenta hasta entonces de algo tan milagroso.

Un hijo. Su hijo. De los dos. Por enfadado que Julian estuviera, él no podía rechazarlo. Y aunque a ella no la amara, con toda seguridad amaría a su hijo. Aquel bebé, más que cualquier amenaza que pudiera haberle lanzado su padre, había sido lo que había empujado a Julian.

¿Sería un buen padre o se parecería al suyo? Ocupada con pensamientos tan inquietantes, Izzy se encaramó a la enorme cama, totalmente agotada, y se hizo un ovillo, protegiendo a la inocente criatura que Julian y ella habían hecho aparecer en sus tumultuosas vidas.

Las olas se elevaban por encima de su cabeza, golpeando la cubierta mojada. La lluvia se colaba en su boca abierta, haciéndola atragantarse. Los truenos ahogaban sus débiles gemidos mientras el mundo se convertía en una sucesión de luces y sombras.

Un relámpago mostró a varias personas, hombres y mujeres, sujetándose desesperadamente a la borda del barco. Una mujer y un hombre alargaron los brazos hacia ella, pero sus palabras se perdieron en la tormenta. Un momento de oscuridad, negro como la muerte, y a continuación otro relámpago. Sus padres se habían ido, y una única figura permanecía sola, a merced del azote de las violentas olas.

El hombre se dio la vuelta y ella pudo vislumbrar sus oscuros rasgos a la luz del siguiente relámpago. Gritó y alargó las manos hacia él, pero entonces se dio cuenta del bulto que ella llevaba en los brazos. Su bebé la miró, y en sus ojos vio los ojos de Julian. Se volvió y miró desesperadamente hacia la borda.

Allí ya no quedaba nadie.

No estaba despierta del todo pero ya estaba en pie. Se dirigió a la habitación contigua con los pies fríos y entumecidos. Por mucho que antes hubiera querido escapar de Julian, ahora, temerosa de la oscuridad, necesitaba saber que él estaba cerca.

La habitación estaba vacía. Lógicamente, sabía que eso no significaba nada, pero sí era importante en el estado de terror en que la había dejado el sueño. Tenía que encontrarlo, tenía que saber que seguía allí, que estaba bien.

La vida era breve, un mero parpadeo y desaparecía. Lo había aprendido a la fuerza de pequeña y, en ese momento, necesitaba ver a Julian con sus propios ojos y convencerse de que aún no se había ido para siempre.

Atenta sólo a la sofocante sensación de terror que le había dejado la pesadilla, Izzy salió al pasillo en busca de su marido.

Cuando a Julian se le metía en la cabeza que quería emborracharse, no se andaba con chiquitas. Tras casi dos botellas, estaba repantigado en el enorme sillón de cuero de su estudio. Sin más distracción que mirar el crepitar del fuego, estaba deslizándose suavemente hacia un estado de inconsciencia cuando Izzy lo encontró.

—¿Julian? —llamó ella con apenas un susurro.

Cuando él abrió los ojos, la imagen que vio le cortó la

respiración. Era Izzy, pero la Izzy de sus sueños, la que habitaba los eróticos confines de su fantasía más secreta. Estaba allí, en pie ante él, cubierta con tan poca ropa que era como si no llevara nada; delante del fuego que iluminaba su delicada figura desde atrás realzando sus suaves curvas, en contraste a través de la tenue prenda de tejido semitransparente que la cubría.

La cascada de oscuros cabellos sueltos, tal como había imaginado tantas veces, caía hasta sus hombros en un indómito desorden de rizos, convertido por efecto de la luz de las llamas en un seductor halo del color del brandy más selecto. Ella parecía mirarlo con cautela, las piernas ligeramente separadas, como preparada para salir corriendo en cualquier momento.

Ridícula fantasía, pensó.

Izzy no había ido allí para huir de él, sino para torturarlo de nuevo; como todas las otras veces en que había buscado refugio en la botella para no pensar en ella. No era la primera vez que se le aparecía. Lo había hecho muchas veces en las últimas semanas.

Él no había dejado de imaginarla arqueándose en salvaje abandono bajo su cuerpo, a la luz de la luna. La había evocado también defendiéndolo con aquella actitud suya tan valiente, y con su mirada feroz. Por mucho que bebiera, no lograba escapar de ella.

—¿Otra vez has venido a seducirme, pequeña visión? ¿Por qué me persigues cuando sabes bien que nunca podré amarte? Amor. ¡Ja! Eso no existe, en realidad no. Pero tú no lo sabes, ¿verdad? No eres más que un fuego fatuo, el genio de la botella.

Julian miró la copa de brandy vacía que colgaba entre sus dedos y lanzó una siniestra carcajada ante su broma.

—Pues no, esta noche no te estaba buscando. No, esta noche no eres lo que quiero. No tienes la sustancia que deseo, ni la vida y el fuego que necesito tanto como el aire que respiro.

Levantando la copa vacía, soltó un resoplido de profundo disgusto y la lanzó al fuego con los últimos retazos de voluntad consciente que le quedaban.

—Yo quiero a la mujer de verdad, no este espejismo. No este espejismo.

Julian cayó nuevamente en un estado de sopor mientras Izzy lo miraba ahogando un gemido de desesperación al oír sus palabras. No todo lo que había dicho tenía sentido para ella, pero una cosa era dolorosamente obvia: él no la amaba. No la deseaba.

Mientras el dolor la invadía apoderándose de su corazón, Izzy rompió por fin a llorar, a derramar todas las lágrimas que había estado conteniendo durante el día, y salió corriendo de la habitación.

Sacudida por la violencia de sus sollozos, recorrió la casa vacía y oscura hasta llegar a la habitación que le habían asignado. Una vez dentro, apoyó la espalda contra la puerta cerrada y dejó que el dolor hiciese presa en ella; dejó que las lágrimas brotaran de sus ojos hasta dejarlos secos. Estaba agotada de tanto contenerlas, agotada de luchar contra su vida.

Su mirada se posó en la amplia cama, y el abrumador miedo a que la pesadilla de la tormenta se repitiera se coló en su interior. Aun así, estaba cansada, tenía frío y necesitaba desesperadamente dormir.

Si tan sólo hubiera podido arrebujarse entre los cálidos y fuertes brazos de Julian, sentir su fuerza interponiéndose entre ella y sus temores, pensó. Si tan sólo su esposo estuviera esperándola en su cama... Se derrumbó en el centro del colchón, y estuvo temblando incontrolablemente durante largo rato antes de caer en el paisaje neblinoso de los sueños.

Por extraño que pudiera parecer, esa vez lo que soñó fue muy diferente. Era un sueño lleno de luz y de hermosas visiones. En él, Julian la amaba más que a nada y juntos galopaban a lomos de sendos magníficos caballos a través de un insólito paisaje de rocas que parecían esculturas gigantes de dioses, elevándose en dirección al cielo.

Julian se estaba muriendo. O tal vez sólo lo deseaba. Con gran esfuerzo, se levantó del sillón donde había pasado su noche de bodas y se puso en pie tambaleándose. Nunca lo habría imaginado posible, pero las sienes le martilleaban todavía más que antes.

Lo cierto era que estar de pie no era una buena idea, pensó mientras se dejaba caer de nuevo en el sillón con cierta brusquedad.

—No, milord, la señora aún no se ha levantado. Desearía haber sido avisado con antelación para haber podido asignarle a milady una doncella. Anoche debió de costarle apañárselas sola.

Julian despidió a Greeley con un gesto y se sujetó la cabeza con ambas manos. Verdaderamente, a Izzy debía de haberle costado. La ropa femenina era un incordio. Después de haber desnudado a tantas amantes, tenía idea suficiente como para imaginar que su esposa sólo habría logrado quitarse el vestido con gran dificultad. Se reclinó en el sillón, aplastando la retumbante cabeza contra el mullido respaldo de terciopelo.

Su esposa.

Estaba casado. «Hasta que la muerte nos separe», pensó. Era difícil de aceptar. Él siempre había creído que sería viejo cuando se casara por fin. Hasta la muerte de su hermano y su paso lógico al primer puesto en la línea de sucesión, ni siquiera había tenido intenciones de hacerlo. Él sólo deseaba ser libre para probar a todas las mujeres que le viniera en gana, y vivir aventuras hasta que se muriera.

Y había que verlo ahora. Casado, hostigado por las amenazas de su padre, dueño de la misma libertad que un halcón sujeto a su correa de cuero. Pero lo peor de todo era que sólo él tenía la culpa de lo que le estaba ocurriendo.

Su padre le había advertido que su vida de disipación sería su ruina —aunque dudaba mucho de que lord Rotham tachara de «ruina» su presente situación—, y había tenido toda la razón. Eso le pasaba por dejarse llevar por un ataque de pasión por una mujer. Dos, en realidad, ya que, de haberse mantenido apartado de Celia, jamás habría conocido a Izzy.

Mientras se frotaba vigorosamente las sienes, Julian trató de recordar por qué no había podido apartarse de Celia en la fiesta de los Cherrymore. Cierto era que era preciosa, la personificación de la perfección, pero en el momento actual su belleza lo dejaba impasible. Ahora le parecía infinitamente preferible un rostro con carácter, con hoyuelos y un par de grandes ojos del color del atardecer.

¡Dios, estaba obsesionado con su propia esposa! Reticente, admitió ante sí mismo que hacía meses que lo estaba. Le parecía increíble, pero... no había estado con nadie desde el baile de los Waverly; desde aquel primer y abrasador beso. Cerró los ojos al recordar la ingenua respuesta de Izzy, y agitó la cabeza para apartar el recuerdo.

Aquello pasaría, se dijo a sí mismo. Siempre lo hacía. Después de todo, Suzette lo había tenido cautivado durante casi un año. Sus pensamientos parecieron pasar por alto el hecho de que Suzette había necesitado de todos sus trucos femeninos para mantener vivo su interés mientras que a Izzy le bastaba con respirar.

Bueno, pues ahora era suya. ¿Y qué iba a hacer con ella? ¿Quería compartir el lecho? Había estado tremendamente distante con él desde lo ocurrido aquella noche en el jardín y, aunque suponía que podía exigir sus derechos maritales, la mera idea de hacerlo a la fuerza con una Izzy poco dispuesta a ello le resultaba repugnante.

Julian quería disfrutar con su pasión, con su inocente abandono. Su cuerpo reaccionó al recordarla de pie ante el fuego, con tan poca ropa encima que su figura se recortaba contra la luz de las llamas.

No, no se trataba de un recuerdo, se dijo. No había sido más que una fantasía. Él nunca la había visto de aquella guisa. Tan sólo la había visto debajo de su cuerpo, a la luz de la luna. Se removió incómodo en el sillón al notar que los latidos de su virilidad sobrepasaban el martilleo de su cabeza.

Si fuera a buscarla en ese momento, ¿desearía ella estar con él como lo había deseado entonces? Tal vez. Julian le había arrebatado su libertad, pero tenía muchas otras cosas que ofrecerle ahora que era su esposa. Tal vez si la conquistara, o si le hiciera algún regalo. A Izzy le encantaban los regalos.

Bombones.

Había recuperado su determinación de seguir viviendo y su dolor de cabeza iba cediendo poco a poco. Llamó a Greeley. Si se daba prisa, le daría tiempo a tomar un baño antes de que el sirviente regresara con los dulces. Quería tener el mejor aspecto.

Izzy durmió casi hasta el mediodía y se despertó sintiéndose fatal. Betty revoloteaba a su alrededor, desembalando los artículos que tan cuidadosamente había guardado, sin dejar de parlotear sobre Timothy y los caballos.

Al parecer, *Tristan* se había excitado tanto al ver a *Lizzie*, que había conseguido soltar el ronzal del que lo llevaban sujeta tres mozos de cuadra. Timothy se había ganado su eterna gratitud y respeto al encerrar al enorme semental en su compartimento sin mayor problema.

Izzy asentía con gesto distraído, pero en realidad no estaba escuchando. Tenía un dolor de cabeza de lo más desagradable y el estómago revuelto. Incapaz de tragar nada más que un mísero té, se sentó, rodeada de mantas y de su propia desgracia.

Betty caminaba tambaleándose bajo un montón de vestidos cuando oyeron un golpe seco en la puerta. Izzy le hizo un gesto a la muchacha para que continuara con su tarea mientras ella salía de su nido protector para ir a abrir.

Julian estaba de pie ante el umbral y, cuando la vio, se quedó con la boca abierta. Izzy sabía que debía de tener un aspecto horrible. Perdida en una de las batas de Julian, echó los hombros hacia adelante con gesto abatido, mientras parpadeaba sorprendida al verlo y, por último, fruncía el cejo. Estaba despeinada, y si su aspecto reflejaba cómo se sentía, su rostro debía de tener una tonalidad entre el gris y el verde.

Ver a Julian allí no hizo sino empeorar su malestar. No sólo era el causane del torbellino emocional en que se había convertido su vida, sino que tenía la desfachatez de aparecer en perfecto estado de salud y acicalamiento mientras ella se sentía como un troll. El resentimiento y el dolor por el rechazo de la noche bullían en su interior, aunque no eran sus únicos motivos de tristeza. Le lanzó una mirada cargada de odio.

—¿Qué? —le espetó.

—Esto... yo... —tartamudeó él, sorprendido al ver el cejo fruncido de Izzy—. Esto... ¡Toma! —Sacó entonces una caja forrada de satén que llevaba oculta detrás de la espalda y, con un rápido movimiento, la destapó y colocó su contenido justo debajo de las narices de Izzy.

Ésta se quedó mirando fijamente los bombones. Cuando el intenso olor a chocolate llegó a su nariz, su estómago dio un vuelco. Levantó los ojos y lo miró horrorizada.

Julian pagó las consecuencias.

El rostro de Eric era lo último que Julian quería ver esa tarde, especialmente después de la manera en que Izzy lo había evitado todo el día, como si fuera un apestado; de modo que la aparición de su amigo fue la guinda.

Lord Stretton pasó en tromba junto a Greeley a pesar de las protestas de éste, comportándose sin lugar a dudas como el arrogante aristócrata que una vez fuera íntimo de Julian. Al oír las órdenes y los gruñidos procedentes del vestíbulo, Julian aguardó con gesto cansino el momento de la confrontación en su estudio. Tal como esperaba, Eric apareció al poco en la puerta, dándose golpecitos con los guantes en el muslo. Sus hombros estaban tensos y apretaba la mandíbula de forma rítmica. Parecía furioso y dispuesto a batirse en duelo.

Tras las frustraciones del día, Julian tenía la sensación de que estaba empezando a perder los estribos. Si una pelea era lo que su antiguo compañero de escuela había ido a buscar, eso sería lo que tendría.

—¿Vas a darme una paliza? ¿Pedirme que salgamos fuera? ¿Saltar sobre mí en la oscuridad, tal vez? —tanteó Julian con actitud lúgubre.

—¡Te mereces todo eso y más, canalla miserable! Vengo de la residencia de los Bottomly, pero desafortunadamente para Izzy, he llegado tarde por un día.

—Estás triste por no haber podido asistir a mi boda, ¿verdad? Qué considerado por tu parte.

Eric echaba chispas.

—No pretendía asistir, sino detenerla. Bueno, ya lo has conseguido, ¿no es cierto? El favor de tu padre, un título a tu alcance y, para terminar de endulzar la cosa, ¡un heredero en camino! Sí, se le escapó a lady Bottomly. Está muy preocupada por Izzy y pensó que le vendría bien contar con el apoyo de *sus amigos*.

Julian se estremeció al oír esas palabras. Sus días de pertenencia a ese grupo habían acabado. Sabía que Izzy ya no lo consideraba uno de sus amigos, y oír hablar de amistad a su rival lo enfurecía profundamente.

—También me ha dicho que Izzy no tenía intenciones de casarse contigo, sino que sólo trataba de engañar a tu padre. Que tú se lo pediste y ella te rechazó repetidamente, y por qué se ofreció a tomar parte en toda la farsa. Pero que no tenía intención de casarse contigo, ¡casarse contigo no! Y aun así, tú encontraste la manera, ¿no es verdad? Muy propio de ti. No te veo arriesgándote a quedar desheredado.

—Y supongo que tú no tuviste nada que ver con lo que sucedió aquella noche —contraatacó Julian—. ¿Acaso era tu prometida para que la estuvieras besando en la terraza? Aquella noche fue...

Eric se estremeció para, acto seguido, adoptar una expresión sombría.

—Si hubiera creído por un momento que yo fui la causa de lo que hiciste, yo mismo me habría casado con ella. Pero no puedes afirmar que tuviste celos por una mujer a la que nunca has amado. —La voz de Eric destilaba verdadera ira contenida—. ¿Cómo has podido seducir a una joven inocente en tu propio beneficio? ¿Cómo has podido traicionar a Izzy de esa forma? Dios, estabas con aquella puñetera viuda en el balcón cuando te dejé. ¡Eres aún más canalla de lo que tu padre piensa!

La precisión de las acusaciones no hizo sino enfurecer aún más a Julian. Oír todo eso de labios de Eric lo hizo enloquecer. Las manos que tenía apoyadas en la mesa se tensaron durante la diatriba de su amigo hasta el punto de hacer crujir la exquisita madera. Entonces se levantó de su sillón con un ágil y letal movimiento y le dio a Eric un puñetazo que debería haberle dejado claro que era mejor callar. Pero Eric estaba preparado. Recibió el impacto del golpe en un hombro y aprovechó el impulso de Julian para lanzarle su propio puño contra las costillas.

Los dos hombres, furiosos, chocaron y cayeron sobre la mesa, Eric debajo de Julian. Entre puñetazos que volaban en todas direcciones, ambos acabaron en el suelo, gruñendo al aplastar bajo el peso de sus cuerpos una pequeña mesita auxiliar, que se convirtió en astillas.

El ruido de los muebles destrozados y los adornos de cristal hechos añicos atrajo a los sirvientes, que pasaron a toda prisa junto a una Izzy que permanecía muda e inmóvil junto a la puerta del caótico estudio. Ninguno de los dos hombres había reparado en su presencia.

Julian evitó un golpe y, acto seguido, se dejó caer con todo su peso sobre Eric, inmovilizándolo en el suelo. Retorciéndose frenéticamente, éste consiguió apartarlo y liberarse lo suficiente como para lanzar un malintencionado golpe a la mandíbula de Julian, quien volvió a tumbarlo de un empellón.

En aquel instante, Eric vio fugazmente algo detrás del hombro de Julian. Ambos hombres se desplomaron en feroz forcejeo, pero la atención de Calwell no estaba puesta en la pelea, y no le dio tiempo a agachar la cabeza para evitar el puño que volaba ya en dirección a su cara. Con un gemido de dolor, cayó hacia atrás y quedó tirado sin sentido sobre la alfombra.

Respirando entrecortadamente, Julian se puso en pie. Con las manos apoyadas en las rodillas, levantó la cabeza y la movió para aclararse la visión. Lo primero que vio con toda nitidez fue el rostro horrorizado de su esposa.

Mirándolo como si fuera un perro rabioso, pasó junto a él para ir a arrodillarse al lado de Eric. Mientras le acariciaba la frente magullada, hizo señas a los sirvientes de que se acercaran y levantaran a Eric de la alfombra.

Ella se quedó allí, de rodillas, observando cómo se lo llevaban. Al ver los cristales rotos que había alrededor de Izzy, Julian le ofreció la mano para ayudarla a levantarse. Ella respondió encogiéndose ante la palma abierta de él como si temiera que fuera a golpearla, al tiempo que le lanzaba una mirada de absoluto horror. De un salto, salió corriendo de la habitación dejándolo allí solo, con la mano extendida que, lentamente, se cerró en un puño tan apretado que los nudillos se le pusieron blancos.

Haciendo muecas de dolor, y dejando escapar el aire en un siseo, Julian aguantó los cuidados que su ayuda de cámara le dispensaba aplicándole un paño caliente. Quería que fuera su esposa quien estuviera con él, pero dudaba mucho de que ella quisiera lo mismo. Había alguien más en la casa a quien con toda seguridad desaría dedicar sus atenciones. En su mente, vio a Eric sonriendo bajo los tiernos cuidados de Izzy.

La escenita que había tenido lugar en su estudio había terminado de convencerlo. Era Eric quien a Izzy le importaba. Era a él al que amaba. Apretó los dientes mientras se decía que ella no tenía la culpa. Eric la había tratado como un caballero, no la había seducido, no la había utilizado en su propio beneficio. Debería haberse casado con él.

Pero Izzy era su esposa, y llevaba en su vientre a su hijo. Sin embargo, en Londres Eric siempre estaría cerca. ¿Cómo podría ella superar sus sentimientos si lo veía constantemente?

Tal vez las cosas fueran distintas en Dearingham. De todos modos, casi había llegado la fecha en que cada año Julian se marchaba a atender sus obligaciones en la finca del campo.

Situada en las North Downs de Surrey, el clima era más fresco y también más sano que el de Londres. Su padre no se trasladaría allí hasta dentro de varias semanas, cuando la temporada de caza del urogallo en Escocia hubiera terminado.

Pero lo mejor era que estarían lejos de Londres, lejos de Eric.

Unos sonidos provenientes del camino de entrada llamaron su atención y se dirigió a la ventana. Desde allí pudo ver a un magullado Eric montando con rigidez a la tenue luz del atardecer. Con ánimo sombrío, Julian sintió un momentáneo placer por la paliza que le había dado. No había resuelto nada, y la brecha que se había abierto entre los dos tal vez no se cerrara nunca, pero en su actual desconcierto emocional le había resultado extremadamente satisfactorio golpear a alguien.

Sin embargo, conforme Eric se alejaba en su montura, Julian sintió que se había cortado el último lazo que lo unía con el mundo que lo rodeaba. Había perdido a su hermano

Manny mucho tiempo atrás, y ahora parecía haber perdido también a Eric. En cuanto a Izzy, no estaba seguro de que hubiera sido suya alguna vez. Ni de que llegara a serlo.

La luz grisácea del atardecer cayó sobre los jardines que rodeaban su casa y comenzó a envolverlo a él también.

18

Una vez en Dearingham, la vida comenzó a ceñirse a unas rutinas establecidas. Julian recorría a caballo la finca siguiendo órdenes de su abuelo, e Izzy trataba de evitarlo. Él quería hablar con ella, pero su labia de antaño no parecía capaz de atravesar la actitud melancólica de su esposa. Durante las dos semanas que llevaban en la residencia, apenas la había visto. Betty se había hecho una experta en el arte de inventar excusas para su señora, pero él comenzaba a perder la paciencia.

Ese día, Julian estaba recorriendo las casas de los arrendatarios una a una, comprobando la propiedad de cada hombre y animal dentro del dominio de su abuelo. Hacerse cargo de las responsabilidades de la hacienda le provocaba inquietud. Se sentía incómodo entre los arrendatarios por la forma en que éstos se quitaban los sombreros y se inclinaban ante él, a pesar de saber, como ciertamente sabían, que él no era el verdadero heredero, que no era el hombre cuyo destino era ocuparse de ellos.

Desde hacía un tiempo, había empezado a temer el día en que heredara el título que lo convertiría en duque y por el que obtendría finalmente el atroz beneficio de la absurda muerte de su hermano.

Manny había adorado desde siempre a las gentes de

Dearingham, y siempre se había mostrado muy complacido de la responsabilidad de mantener la tradición generacional del señor y el campesino, el pacto de fidelidad y el comportamiento honroso a que obliga la nobleza. Él había nacido para gobernar sobre aquellos hombres, mujeres y niños, sobre aquellos campos y aquellas bestias.

Julian nunca había envidiado el destino de su hermano; él siempre había preferido soñar con aventuras en lugares lejanos, desenterrar tesoros en Egipto, escalar los Alpes. Aunque una pequeña parte de él se había regocijado al recibir un poco de atención, aunque fuera mínima, por parte de su padre a la muerte de Manny, no podía evitar sentirse inadecuado e incompetente para llevar a cabo sus obligaciones como heredero. Allí, en el campo, la crianza de caballos de pura sangre era lo único que había captado su interés. Trabajar con aquellos animales hermosos e inteligentes lo apaciguaba, y la idea de traer al mundo tan bellos ejemplares equinos lo satisfacía más que nada en el mundo. Hasta su padre había tenido que admitir su destreza, aunque el marqués llamara a sus caballos «juguetes sin valor», que nada tenían que ver con las actividades de la hacienda.

De eso, Julian no tenía duda. Sus caballos eran mucho más exquisitos que cualquier cosa que la finca le hubiera proporcionado en la vida o pudiera proporcionarle en el futuro. Al mirar las verdes y onduladas colinas recortándose contra un cielo gris de tormenta, sintió un frío repentino.

Dearingham era tan antiguo como el propio título. Procedía de la Edad Media, los tiempos en que los caballeros ganaban batallas en nombre de su rey y éste los premiaba con enormes extensiones de tierra y campesinos que la labraran. La casa era todo lo que un duque podía desear; una sólida construcción destinada a durar siglos. Desde donde se encontraba, a lomos de su semental, Julian podía contemplarla en todo su esplendor. La mansión estaba construida en forma de enorme E. En dirección oeste, la entrada principal era todo un ejemplo de grandeza, con dos inmensas puertas lo suficientemente anchas como para que pudiesen entrar el rey y todo su séquito, como se hacía en el pasado.

Julian no solía utilizar aquella entrada, ya que prefería usar las puertas menos majestuosas de la parte trasera del ala central, en la que su padre y él residían, y donde estaban situados la mayor parte de los dormitorios. Su estudio estaba allí, al igual que el del marqués.

El ala sur de la casa era de dominio único del duque. Aunque el abuelo de Julian llevaba años en cama y nunca recibía visitas, tenía para sí una cuarta parte de la mansión, y seguía manteniendo a todos sus sirvientes. Un lugar sombrío donde Julian pasaba el menor tiempo posible.

El extremo restante, que completaba la E, era la zona del servicio. Aunque tan grandiosa como el resto de la casa, la cocina estaba al final de esa ala, como si se tratara de un pariente pobre. Construida en madera, era consecuencia de la invención del horno moderno. En algún momento, alguien decidió —Julian no sabía muy bien quién— que se situara al final del ala del servicio, para que los horribles cañones de salida de humos de los hornos no afeasen el estilo arquitectónico externo.

Más allá de la cocina estaban los establos, algo que para

Julian resultaba muy conveniente, pues evitaba que recorriese la casa más de lo necesario. Le bastaba con salir de los establos y cruzar el jardín para llegar a la entrada familiar.

En un tiempo, también existió un pequeño castillo. Manny y él solían jugar en las ruinas del mismo. Su hermano le leía documentos antiguos de la propiedad con voz sobrecogida, pasando las viejas páginas con gesto reverente, observando incansable la retorcida caligrafía de sus ancestros. Él, por su parte, solía tomarle el pelo recordándole que los antiguos caballeros habían sido un puñado de hombres sucios e ignorantes que probablemente no hubieran visto aquellos documentos jamás, y mucho menos escrito de su propia mano. «Cierra el pico, Eppie —decía Manny con paciencia—, estoy leyendo.»

Mientras Julian se había dedicado siempre a perseguir a las doncellas y a escaparse de su tutor para salir a galopar como un salvaje por los campos, Manny se había dedicado de corazón a prepararse para ser duque.

La historia de su familia y su patrimonio lo compensaba de los latigazos y los sermones, una vida de absoluto terror durante el día, y de dormir encogidos por la noche. El viejo duque, su abuelo, estaba loco, pero sólo ellos parecían darse cuenta. Su padre los dejaba allí durante meses para ser «adiestrados en la tradición de los duques de Dearingham», algo que, al parecer, requería de golpes y gritos constantes.

Julian contempló el bucólico paisaje que lo rodeaba, pero no pudo evitar ver también la tétrica oscuridad que pervivía bajo la superficie. El viejo duque aún vivía allí, naturalmente. Como siempre. Aunque sus duras manos se habían encogido y retorcido con la edad, y sus bramidos de furia habían quedado reducidos a un ronco gruñido, su maldad permanecía inalterada. A pesar de estar confinado a una silla y después a una cama desde hacía veinte años, el viejo seguía manteniendo un férreo control sobre los asuntos de la propiedad. En ese mismo momento, Julian estaba ejecutando sus órdenes específicas; hasta la ruta que seguía *Tristan* estaba prefijada por su abuelo.

Que el Cielo no le permitiera albergar pensamientos propios, especialmente si contradecían los planes del duque. El viejo había necesitado casi una semana para recuperarse de la sugerencia de Julian de sustituir los viejos cañones de salida de humos de los hornos o, al menos, reforzarlos. Se suponía que aún podían servir varios años más, y el duque no entendía por qué Julian se preocupaba por esas minucias cuando había cosas más importantes que hacer.

Pero era una suerte que el duque lo mantuviese tan ocupado. No podía soportar la tentación que la cercanía de Izzy suponía. No cuando la necesitaba con tanta urgencia. Su dulzura, su aroma y su suavidad a veces le resultaban abrumadores. Sólo cuando estaba al aire libre, buscando distracción en las tediosas quejas de los campesinos, lograba olvidar su piel, su magnífico cabello.

Julian dejó escapar un gemido. Lo estaba haciendo otra vez. Izzy lo estaba volviendo loco. Loco de atar. Ella no quería sus atenciones más de lo que quería las de *Tristan.* Claro que era difícil saberlo con seguridad, pues cada vez que trataba de acercársele, salía corriendo en busca del orinal.

Julian apretó los dientes mientras hacía girar el caballo hacia el molino de agua y se encaminaba a cumplir con otra de sus obligaciones. A juzgar por la negrura de las nubes de tormenta que se estaban formando sobre su cabeza, lo mejor sería que terminara todas las tareas que pudiera antes de que la tempestad estallara. Pero lo que más necesitaba era quitarse de la cabeza la imagen de Izzy desnuda, en su cama.

Ahora que había visto Dearingham, Izzy se hacía mejor idea de la riqueza y posición que Julian heredaría. Era muy superior a lo que hubiera podido imaginar, eso seguro, y desde luego más de lo que desearía jamás; pero le correspondía por derecho, y no podía culparlo por hacer lo que fuera necesario para conseguirlo.

Y aun así, seguía estando sujeto a los deseos de su padre, seguía bailando al son del amor y la obligación debidos. Ella se daba cuenta cada vez que recibía una carta del marqués. Se preguntaba qué pasaría el día en que Julian comprendiera por fin que, por mucho que se plegara a los deseos de su padre, aquel hombre era incapaz de corresponderle con el amor que su hijo esperaba aun sin saberlo.

Izzy echó a andar y se sumergió en las profundidades del interminable bosque por un sendero que había descubierto días atrás. La belleza vegetal que rodeaba la propiedad la atraía con la misma intensidad con que la monstruosa y fría casa la repelía. Le habían sido asignadas una serie de habitaciones tan opulentas e inmensas que estaba segura de que aún no conocía todos sus rincones. Betty y ella tenían todo un sector para ellas solas, en cuyo interior rebotaban y repiqueteaban como canicas en un barril.

La casa era muy hermosa, sí, pero estaba desprovista de

todo calor. Por muchas chimeneas que encendieran los sirvientes, era imposible caldear su gélido e inhóspito espíritu. Izzy odiaba hasta el último y esplendoroso rincón. Ella necesitaba la armonía llena de vida de los espacios abiertos, y por eso pasaba el día buscando sin cesar un poco de paz en el exuberante paisaje de agosto. Los viejos árboles le resultaban reconfortantes, lo mismo que las colinas y las hondonadas, los pequeños montones de piedras y la pizarra que marcaban el lugar donde había habido una pequeña casita abandonada hacía tiempo.

Durante sus paseos, a veces veía a lo lejos a Julian, a lomos de *Tristan* o hablando con alguno de los aldeanos cuyos pequeños hogares se encontraban al final de los jardines de la mansión.

Izzy se detuvo un momento y sucumbió momentáneamente a las náuseas que la acosaban. Se apoyó contra el resistente tronco de un roble gigante al borde de un extenso claro, y suavizó el férreo control que solía ejercer sobre sí misma para permitir que la persistente mano del cansancio se apoderara de su voluntad.

La mayor parte de las veces lograba controlar las náuseas, pero a veces, cuando estaba con Julian o pensaba en él, su torbellino interno se manifestaba sin previo aviso. Era de lo más agotador.

Con los ojos cerrados, sintió en el rostro la refrescante brisa que la había animado a salir de la casa. Apoyó la cabeza en el tronco y se obligó a considerar la posibilidad de abandonar a Julian.

No era imposible. Ella tenía su herencia, guardada aún en el precioso cofre en que él se la había entregado, bien oculta en el fondo de uno de sus baúles. Tenía personas a las que acudir, Celia, lady Greenleigh, incluso Eric. Pero la cuestión era, ¿podría abandonarlo? Por poco que le gustara la idea de que su hijo creciera bajo la influencia del marqués —o del extraño duque, el abuelo de Julian, al que ni siquiera conocía—, creía honestamente que su esposo tenía todo el derecho a criar a su hijo. Pensaba que, si lograba vencer el vacío emocional vivido en su propia niñez, Julian podría ser un buen padre. Sin embargo ¿qué tipo de madre sería ella? Su propia madre había sido maravillosa, pero también una mujer feliz. Para Izzy, la pérdida de su futuro como mujer independiente y la indiferencia de Julian hacia el amor que ella le profesaba, la habían convertido en alguien indudablemente infeliz. ¿Podría sobrevivir a aquella atormentadora existencia? ¿Tenía alguna alternativa?

En lo referente a sus sueños de libertad y de independencia, sabía sin lugar a dudas que lo mandaría todo al infierno si Julian la amara. Cierto es que probablemente siempre anhelaría ser verdaderamente útil y no sólo una yegua de cría o un adorno, como la mayoría de las damas del círculo de Julian. ¿Tan rara era por anhelar la libertad y la aventura cuando las demás sólo pensaban en casarse bien y alcanzar así una buena posición social? ¿Qué tenía más importancia?

Un movimiento a lo lejos captó su atención. Julian, montado sobre *Tristan*, que no dejaba de hacer cabriolas, regresaba una vez más de su ronda entre los arrendatarios de la propiedad. Sonrió con melancolía al ver el magnífico par mientras desaparecía entre los árboles.

Ambos eran muy hermosos. El corazón le dolía de lo

mucho que amaba a su marido. Entre suspiros, admitió para sí misma que, una de las razones por las que salía a pasear todos los días, era para poder echarle una ojeada sin ser vista. La otra era llenar con algo sus vacíos días.

Izzy no sabía qué hacer. La casa estaba eficazmente gestionada y, a pesar de que le gustaría llevar a cabo ciertos cambios, aquél no era realmente su hogar. Ella no era la señora de la casa. Había entablado relación con el jardinero principal, quien parecía receptivo a sus ideas, pero tardaría tiempo en lograr cambios visibles en los fríos y austeros jardines que rodeaban la mansión. Desde luego, aquel no era el mejor día. A pesar de que no era más que mediodía, estaba cansada, y pensó que lo mejor sería echarse un rato.

A juzgar por el aspecto del cielo, se avecinaba una tormenta de verano. Tal vez buscara otro libro en la extensa biblioteca para que le hiciera compañía. La estancia contaba con un cómodo banco debajo de la ventana donde podía leer cómodamente y a la vez mirar el cielo.

Suspiró. ¿Ésa iba a ser su vida? ¿Limitarse a mirar a Julian a escondidas y leer el resto del día? Porque de ser así, se volvería completamente loca.

Tras sus rondas, Julian le dio los guantes y la fusta a uno de los criados sin nombre que aguardaban en la entrada y se retiró a la biblioteca. Había un libro entre los numerosos volúmenes que llenaban la sala que podría gustarle a Izzy: un tratado de jardinería escrito por una anterior duquesa de Dearingham. Llevaba tiempo buscándolo, tratando de encontrar una manera de romper el hielo que se había formado entre los dos.

No era un regalo propiamente dicho, pero dudaba mucho de que a Izzy le impresionaran las joyas, y, después de lo ocurrido, los bombones estaban descartados. Le había llevado un buen rato limpiarse y, además, se había sentido particularmente ridículo.

Se preguntaba en qué invertía ella sus días. Aunque a veces la veía durante el desayuno —cuando se encontraba bien para comer algo—, apenas hablaban. Parecía que cada vez que lo miraba le sobrevenían las náuseas. El ego de Julian no podía estar más maltrecho, francamente. Ella aguantaba sentada todo lo que podía, hasta que se levantaba de un salto y desaparecía como alma que llevaba el diablo. Él la deseaba, y quería recuperar su amistad, pero Izzy parecía no querer saber nada del asunto.

Atravesó las ostentosas puertas de la biblioteca y se quedó parado un momento, con los labios fruncidos. La última vez que había estado buscando, había cubierto las estanterías que se extendían a la izquierda del enorme ventanal del lado oeste. La sala contaba con dos de esos ventanales, uno orientado al norte y otro al oeste, y con una hilera de elegantes ventanas menores a buena altura a lo largo de los otros dos muros. Más amplia que muchos salones de baile, la biblioteca era el testamento vivo de los letrados miembros del linaje de los Dearingham. Generaciones enteras habían leído, coleccionado y ordenado incorrectamente volúmenes en aquella sala.

Suponía que la mejor manera de empezar era desde abajo, a ras del suelo, e ir ascendiendo. Los beneficios colaterales de este método de búsqueda eran los numerosos títulos de interés que encontraba de paso. Atravesó la habitación y se arrodilló delante de las estanterías.

—¡Vaya! —oyó decir en un tono de femenina exasperación.

Julian se irguió de golpe y dio media vuelta para ver de dónde provenía el sonido. Un poco más allá, en lo alto de la escalera y estirándose peligrosamente para llegar a una estantería que obviamente quedaba fuera de su alcance, estaba su esposa. Al darse cuenta del peligro que corría, Julian se acercó corriendo a la escalera.

Un trueno retumbó en la estancia justo en el momento que lo hacía. Asustada, Izzy perdió su precario equilibrio y se tambaleó. Por un instante, Julian pensó que recuperaría el equilibrio, pero su desacostumbrado peso hizo que perdiera pie y cayó dando un grito.

Izzy se encontró despatarrada en el suelo, con los ojos apretados en espera del dolor que habría de sentir por el golpe. Pero no hubo ningún dolor. Sólo notó que yacía sobre una superficie irregular y que algo se le clavaba en un costado. Entonces abrió los ojos.

No sabía cómo, pero no se había hecho nada. Tenía las manos bien y podía mover brazos y piernas. ¡El bebé! Preocupada, se llevó una mano protectora al vientre y presionó el ligero abultamiento, pero no notó nada inusual.

Bueno, no había sido nada grave y se alegraba mucho de no haber resultado herida. Entonces se volvió para poder apoyarse y levantarse, y cuál no sería su sorpresa al ver que sus palmas estaban apoyadas en un torso ancho y fuerte. Al levantar la mirada, tuvo que ahogar un grito.

¡Había aterrizado sobre Julian y éste no tenía buen aspecto! De hecho, yacía aterradoramente inmóvil, obviamente aturdido. Fuera de sí, Izzy se colocó sobre él y le acarició una mejilla.

—Julian, oh, Julian. Por favor, dime que estás bien.

No obtuvo respuesta. Justo cuando iba a levantarse, sintió que el tórax de él se expandía al inspirar profundamente. Resollando con brusquedad, tomó aire varias veces, mientras Izzy lo miraba con los ojos húmedos de gratitud.

—¿Izzy? —recordó él de pronto—. Izzy, ¿cómo has podido ser tan inconsciente? ¿Está bien el bebé? ¡Ha sido un comportamiento muy imprudente! —Entonces, y actuando con voluntad propia, sus manos la cogieron para atraerla contra su pecho, tan aliviado al ver que no le había pasado nada, que el corazón empezó a latirle con más fuerza.

—No puedo respirar —se quejó ella con la voz entrecortada, y Julian aflojó un poco el abrazo, lo justo para que Izzy levantara la cabeza—. Gracias —dijo ésta educadamente, al tiempo que se apartaba levemente, con el pelo alborotado.

Pero Julian no estaba escuchando. Estaba demasiado concentrado en sentir la caricia de su sedoso cabello sobre el cuello y el rostro, en aspirar el dulce aroma a brisa veraniega que desprendía su piel. Allí estaba aquello que tan bien recordaba, con lo que fantaseaba a diario; y mucho más. En un momento, su cuerpo se había endurecido hasta el límite; su erección era tan tremenda que la sangre apenas le llegaba al cerebro.

Izzy notó la hinchazón bajo su cuerpo y la calidez que la invadió. En parte se debía a la temperatura de Julian, debajo de ella. Él siempre irradiaba mucho calor, pero en aquel momento parecía a punto de la combustión. El resto, el dulce y cálido resto, provenía de sus partes femeninas, que se estaban humedeciendo en respuesta a la excitación del hombre. Todo él estaba duro. Bajo sus manos, los músculos pectorales de Julian se flexionaban como bandas de acero, y pensar en su virilidad provocó en Izzy un escalofrío.

Él no creía poder soportarlo. Las manos de Izzy le recorrían el pecho, notaba cómo ejercía presión con sus pequeños dedos, masajeándolo, examinando sus músculos tensos para después acariciarlos. Rozó la tensión de su cuello, allí donde empezaban los hombros, y luego, las manos de ella se deslizaron hacia abajo. Lentamente, Izzy se sentó erguida y Julian pudo ver la media luna de sus pestañas en el extremo de los párpados medio cerrados; los labios entreabiertos mientras llevaba a cabo su examen.

Cuando sus caricias descendieron, Julian flexionó las caderas involuntariamente, elevándose hacia el vértice de los muslos de ella, que se aferraba con fuerza al firme estómago de él como lo harían las garras de un gatito travieso.

Julian tenía que saberlo.

—¿Izzy? —La tensa aspereza de su voz lo habría horrorizado de no ser porque hacía tiempo que eso le importaba un comino.

Ella no lo oyó. Bajó la cabeza, dejando que su mata de pelo cubriera el pecho masculino; sentía la erección que palpitaba contra su cuerpo, y empezó a respirar entrecortadamente, al ritmo de los latidos de él. Julian enterró las manos en el cabello de ella y, con suavidad, la obligó a mirarlo a los ojos.

—¿Izzy?

Ella sabía lo que Julian quería. Sus leoninos ojos la invitaban, le pedían permiso, le exigían. Izzy vio el mismo insondable anhelo que viera una vez, y quería decir que sí. Todo su cuerpo le gritaba que lo dijera, sí, SÍ. Su propio afán casi la consumía. Deseaba entregarle su cuerpo otra vez; sería delicioso si pudiera guardar para sí su corazón. Pero ella no era así. Para ella, la entrega era total, y que él no correspondiera a su amor la destrozaría. La convertiría en algo que no quería ser. Darse a alguien sabiendo que no era amada, sería mentir, incluso ante sí misma. Era irónico que, mientras todo el mundo la consideraba por encima de todo reproche, ella se tenía a sí misma por una Jezabel.

Suspiró. Fingir sería muy sencillo. Existía cariño entre ellos, de eso estaba segura. Y luego aquello. Podía tomar por amor el fuego dorado de pasión que brillaba en los ojos de él; sólo por esa vez. Pero sabía que eso sólo sería para ella como un opiáceo: quedaría saciada de momento para sentirse vacía y deseosa de más después.

Naturalmente, sabía que tendría que entregarse a él algún día. Julian era su esposo y, según la ley imperante, debía permitirle acceso a su cuerpo y a su cama siempre que él así lo deseara. Pero mientras pudiera, no podía elegir que le rompiera el corazón.

Julian esperaba, observando el torbellino emocional de Izzy, visible en su rostro. Casi podía oír cómo se movían los engranajes de su mente, y supo que había perdido incluso antes de percibir el leve, casi involuntario movimiento negativo de su cabeza. No debería habérselo preguntado. Debería haberla arrastrado a hacerlo, como la otra vez. Lo habría hecho con cuidado, para que disfrutara, y estaba seguro de que para él habría sido como estar en el cielo.

De pronto se dio cuenta de que no quería que Izzy se viera abocada a la pasión a causa de las circunstancias. No quería que la situación accidental que había unido sus cuerpos fuera lo que los llevara al deseo. Necesitaba saber que era en él en quien Izzy estaba pensando, que era a él a quien anhelaba y deseaba.

No podría enfrentarse de nuevo a la duda, preguntándose si sólo estaría sustituyendo al hombre a quien realmente deseaba. Quería que ella lo mirara a los ojos y le dijera: «Sí, Julian. Sí».

—No —susurró ella. Por un instante, Julian aferró el rostro de ella entre las manos, como si estuviera a punto de atraerlo hacia sí. Se obligó a respirar profundamente y a relajar la tensión con que la sujetaba, poco a poco. Izzy se dio impulso hacia atrás y se apartó de él. Julian se quedó allí tumbado, inmóvil, hasta que la reverberación del portazo le obligó a cerrar los ojos para protegerse de la sensación de pérdida. Como un eco, la tormenta que se avecinaba lanzó una nueva advertencia en forma de sonoro trueno.

19

—¡Fuego! ¡Fuego! ¡La casa está ardiendo!

La campana situada encima de los establos repicaba de forma insistente. Aún medio dormido, Julian saltó de la cama y atravesó la suite hasta llegar a la puerta. Tras abrirla de golpe, salió y agarró a la primera persona que vio.

—¡Fuego, milord! —chilló una joven criada a la que Julian sujetaba de un brazo, los ojos abiertos de par en par consciente del estado de semidesnudez de él.

—¿Dónde? —preguntó Julian.

—¡En el área del servicio, milord! ¡Al final del ala norte, junto a la cocina! —contestó la joven, de puntillas, el brazo ferozmente apresado por su señor. No dejaba de mover la cabeza frenéticamente—. ¡Será mejor que salgamos, milord o arderemos en la cama!

Sin molestarse en precisarle que ninguno de los dos estaba ya en la cama, Julian la soltó. Simms estaba justo detrás de él, con una camisa y unas botas. Julian se puso la camisa, pero no se molestó en abrocharse los botones. Tan sólo se metió los faldones por la cintura del pantalón y salió corriendo, seguido por su ayuda de cámara.

El olor a quemado llegó hasta él mucho antes de ver señal alguna de fuego, aunque una vez fuera, las llamas eran bien visibles. La estructura de madera aneja a esa ala de la casa había empezado a desplomarse ya, y el primer piso comenzaba a arder. Había poco orden en el patio de la cocina, pero el mayordomo del duque había organizado ya una pequeña brigada armada con cubos. Julian se acercó al hombre.

—¿Qué ha ocurrido?

—Ha debido de ser el viento que se ha colado por los cañones de salida de humos de los hornos. Nadie se ha dado cuenta hasta que ya era demasiado tarde. De pronto, había humo por todas partes y entonces, las vigas de la cocina se han hundido, y el fuego se ha adueñado de todo.

—No dejéis de echar agua. Si podemos contenerlo un poco, puede que la lluvia nos salve.

El hombre de más edad levantó la vista con gesto serio.

—No lloverá. Lleva horas amenazando, pero sólo es viento y truenos. Perderemos la casa.

—¡Haced lo que os digo! —gruñó Julian y, apartándose, comenzó a poner orden entre los frenéticos sirvientes. Estaba preocupado. A Izzy no le pasaría nada, se dijo a sí mismo. Su habitación estaba lo bastante lejos, en el ala de la residencia familiar. Aunque ocurriera lo peor, tendría tiempo suficiente para sacarla de allí. Ladeó la cabeza para ver si era preciso preocuparse por el viento. Para su alivio, parecía soplar hacia el norte, lo que significaba que se llevaría lejos de la casa las chispas que pudieran saltar. Por el momento, lo mejor sería no asustar a Izzy. Empezó a reunir a los hombres y a gritarles que fueran a buscar cubos para unirse a la cadena. Después apartó de allí a dos mujeres de más edad y les ordenó que preparasen un lugar donde ocuparse de las heridas de quemaduras que pudieran producirse.

Aunque la mayoría parecía estar bien, el orondo cocinero

yacía en el suelo, sujetándose con fuerza un brazo quemado mientras gimoteaba a pleno pulmón. Otros se habían chamuscado las ropas, pero aun así estaban ayudando. Julian se llevó aparte a una mujer que estaba comprobando el número de asustadas criadas y le gritó por encima del caos reinante:

—¿Están todos fuera?

—No lo sé, milord. ¡Nadie ha visto a las cuatro chicas que dormían en el gablete!

Julian sintió un escalofrío. Eran muy jóvenes, apenas tendrían catorce años. Y era obvio que tampoco tenían demasiado conocimiento.

—¡Maldita sea! —exclamó, mientras se dirigía a la casa.

—¡Julian!

Éste giró sobre sus talones. Izzy corría hacia él mirándolo con los ojos abiertos de par en par. Parecía casi una niña, con el pelo suelto y la bata blanca que ocultaba su figura.

—¡Izzy! ¡No te quedes aquí!

—¡Quiero ayudar! ¿Qué puedo hacer?

La urgencia de su misión lo hacía hablar con dureza. La tomó de un brazo y la apartó de la casa en llamas.

—No estás en condiciones de ayudar. ¡Quédate ahí detrás y deja que los que podemos hagamos algo!

Justo en ese momento, un relincho retumbó en el aire. Julian dio un brinco como si le hubieran disparado. Horrorizado, vio que salía humo del tejado del establo. Alguna chispa del fuego que consumía la casa debía de haber ido a parar a las tablillas secas, y era obvio que las cuadras pronto serían también pasto de las llamas.

—¡Julian! ¡Los caballos! —Completamente horrorizada,

Izzy se volvió hacia él. El rostro del hombre parecía esculpido en roca, pero sus ojos estaban llenos de angustia.

—Hay personas dentro de la casa —dijo con tono brusco, al tiempo que se daba la vuelta—. Hay que ocuparse de ellas primero...

Izzy lo vio marchar, consciente de cuánto le costaba. Tenía razón, naturalmente. Los sirvientes y la casa lo necesitaban más, pero le angustiaba ver que había tenido que tomar una decisión. Ella sabía lo que los caballos significaban para él. Tiempo atrás, le había confesado que eran lo único que podía considerar como parte de sí mismo.

Izzy miró a un lado y a otro buscando a alguien que pudiera ayudarla, pero de todas las personas que se arracimaban en los alrededores, ella era la única que no parecía tener asignada ninguna función. Bueno, si no la dejaban cargar cubos, se encargaría de los caballos. Y mejor que lo hiciera ella. Nadie más podría encararse con *Tristan.*

Se desató el cinturón de la bata mientras corría hacia el establo, donde empujó una de las dos hojas de la puerta al llegar. Era casi demasiado pesada para ella, aunque los goznes bien engrasados le permitieron abrirla. Dentro, sólo se veían de momento pequeñas espirales de humo, pero los caballos estaban nerviosos.

Se dirigió primero al compartimento de *Tristan*, dado que era el más valioso y el más querido para Julian, y lo llamó con voz suave para apaciguarlo antes de abrir la hoja superior de la puerta del compartimento. El animal apartó la cabeza, mirándola con los ojos muy abiertos por el pánico.

—Chsss. Chsss. Qué vergüenza, con lo grandote que eres —murmuró Izzy con dulzura—. Si yo tuviera tu tamaño, no le tendría miedo a nada. —Continuó murmurando las frases sin sentido hasta que *Tristan* bajó la cabeza lo suficiente como para permitir que le enganchara el cinturón en el suave ronzal de cuero que llevaba el animal. Izzy tenía la esperanza de que todos los demás lo tuvieran puesto. Tiró suavemente del cinturón al tiempo que se quitaba la bata con la que cubrió la cabeza del animal a modo de orejeras para impedirle que viera. *Tristan* se tranquilizó de inmediato. La única muestra de agitación era el temblor que recorría su piel.

Una vez hubo abierto con la cadera el pestillo que cerraba la hoja inferior de la puerta del compartimento, Izzy le dio una patada dejando que *Tristan* saliera al patio adoquinado de los establos. Llegada a ese punto, se detuvo. No podía dejarlo allí. Imágenes de caballos que corrían aterrados hacia sus compartimentos en llamas acudieron a su mente. Izzy esperaba que *Tristan* fuera lo suficientemente listo como para no hacer algo así, pero no podía contar con que las yeguas no lo hicieran.

La zona de los pastos vallados estaba demasiado lejos. No le daría tiempo a llevar a todos los animales hasta allí. Lo mejor sería dejarlos sueltos. Sacó del patio del establo al bien dispuesto animal y lo condujo hasta la verja tras la cual se abría el campo abierto. Entonces le quitó la bata que le cubría los ojos y, soltándole el cinturón del ronzal, le dio una sonora palmada en el anca que lo hizo salir corriendo en medio de la noche, con un relincho que vibró en el aire nocturno.

Al darse la vuelta, vio que del tejado de tablillas de madera salía más humo. Mejor sería que se apresurase.

Julian se abría paso por el corredor en dirección a la tercera planta. El camino era angosto y oscuro, y el humo reflejaba la luz de su linterna impidiéndole ver por dónde iba. Estaba intentando mantenerse orientado mientras se adentraba en la galería que daba interminables vueltas. No tenía idea de que la zona del servicio fuera tan poco práctica. Tomó nota mentalmente de la posibilidad de renovarla cuando se emprendieran las obras de reconstrucción tras el incendio. Por el momento, su principal preocupación era llegar a la habitación de las chicas.

Fue abriendo cada puerta que encontraba, gritando dentro de cada habitación a oscuras. El avance era lento, pero no podía arriesgarse a que hubiese allí niños atrapados. El humo se espesaba por momentos, haciendo que le escocieran los ojos y dificultándole la respiración. El paño húmedo que le cubría la nariz y la boca filtraba la peor parte, pero el calor lo hacía sentir como si tuviera el pecho en llamas. Pensó vagamente que estando allí corría peligro, pero su determinación pesaba más que consideraciones tan baladíes como aquélla.

La galería terminaba de forma tan abrupta, que su linterna golpeó con la pared de cal. Miró a su alrededor con ojos llorosos y de pronto vio una puerta a su izquierda. La abrió de un empellón, pero se encontró con una estancia vacía.

¡Oh, Dios, no!

Si no estaban allí, no tenía manera de buscarlas antes de que fuera demasiado tarde. Con la angustia del miedo y la responsabilidad, giró lentamente mientras dejaba que la luz de su lámpara iluminara la habitación. Había cuatro camas revueltas, un mueble con una palangana y una jarra, y una ventana abierta.

Eso era lo que hacía que aquella habitación fuera diferente a las otras donde había buscado. El ambiente allí era más fresco y libre de humo, a excepción del que él llevaba consigo desde el pasillo.

Pensando a toda velocidad, cerró la puerta y se quitó el paño de la cara. Aprovechando que allí el aire era respirable, dio varias profundas bocanadas. Los ojos aún le lloraban, pero en ese momento de pena. Era obvio que las muchachas habían tratado de escapar pero no lo habían conseguido; él no había llegado a tiempo. Santo Dios ¿cómo podría vivir con algo así?

—¿Milord?

La vocecilla procedente del suelo hizo que el corazón se le subiera a la garganta; no fue capaz de emitir sonido alguno hasta que vio a las cuatro pequeñas figuras que salían arrastrándose de debajo de las camas. Corrieron a él y Julian las tomó en brazos, mudo de alivio, apretándolas con fuerza contra su pecho. Por fin, las dejó en el suelo y las apartó. Había que actuar de prisa. Aún no estaban fuera de peligro.

Tiró de la sábana de una de las camas y la rasgó en varios trozos.

—¡Empapa esto! Y las demás, poneos los zapatos para protegeros los pies. —No podía llevarlas en brazos a las cuatro, y tendrían que soportar un calor tremendo hasta llegar abajo, al exterior.

Si hubieran estado en un piso menos alto, habría intentado deslizarlas por la ventana, pero desde allí sería demasiado arriesgado. Aun así, tal vez lograran llegar al segundo piso.

Mientras las niñas se calzaban y se cubrían la cara con los paños húmedos, él se acercó corriendo a la ventana. Inclinándose hacia fuera, gritó hasta que alguien lo oyó desde abajo.

—¡Quédate ahí! —ordenó—. ¡Pide más ayuda! ¡Vamos a intentar llegar al segundo piso!

Y tomando en brazos a la más pequeña, una niña que no tendría más de diez años, se cubrió la nariz y la boca con su propio paño humedecido y abrió la puerta. El fuego estaba avanzando y el calor penetraba bajo la piel.

Una de las niñas empezó a gritar, y trató de meterse nuevamente en la habitación, pero la más mayor la cogió del pelo y la arrastró sin piedad. Julian le lanzó una mirada de aprobación, y los ojos enrojecidos de la niña se entrecerraron por encima de la máscara húmeda, señal de que estaba sonriendo. Julian no tendría que haberse preocupado por no ser capaz de encontrar la salida, ya que, al parecer, las niñas conocían el camino incluso a oscuras. Sin dejar de tirar de la trenza de su compañera de habitación, la más alta de las niñas los condujo a todos con paso firme y seguro en medio del denso humo.

Dieron vueltas y más vueltas, tomando este y aquel camino, hasta que llegaron a una angosta escalera que desembocaba en otra galería llena de humo. Julian esperaba que su plan funcionara, porque no tendrían más oportunidades.

La planta baja estaba en llamas; podía sentir el calor que se filtraba a través del suelo, bajo sus botas, y la única razón por la que las lenguas de fuego no lo habían devorado era por que se trataba de una parte antigua y bastante inaccesible, construida en sólida piedra. Sin embargo, en breve terminaría partiéndose, y el poco aire que tenían para respirar sería engullido por el fuego hambriento.

Tenían que avanzar agachados, casi a cuatro patas, pues el humo y el calor se hacían insoportables más arriba. Confiando ciegamente en ella, Julian apretó con fuerza la manita que lo guiaba por la retorcida ruta de camino al exterior.

—¡Aquí! ¡Aquí! —Julian oyó decir con voz ahogada, al tiempo que se daba de bruces con la pared. Había otra puerta, debajo mismo de la de la planta superior. Entraron en la habitación y Julian dejó en el suelo el pequeño bulto que cargaba antes de correr a la ventana. Tras forcejear un poco con la abertura de guillotina, terminó rompiendo el cristal con el codo. De inmediato, la fresca brisa del exterior invadió la habitación, y las niñas suspiraron aliviadas. Julian utilizó el atizador que su inteligente nueva amiga le había entregado para retirar el resto de los cristales, y se asomó. Debajo de ellos había una docena de hombres que les gritaban con alivio aunque les estuvieran lloviendo cristales encima.

Julian alargó la mano hacia la más alta de las niñas, pero ésta retrocedió mientras hacía gestos hacia la pequeña que él había llevado en brazos. A continuación. Julian sacó a la niña, que chillaba sin cesar, por el alfeizar, y la suspendió lo más abajo que pudo. Aún tenía que salvar una distancia de unos siete metros hasta las manos abiertas que esperaban para recogerla, pero no tenían muchas más opciones. La soltó. Un joven enorme la cogió, aunque el impulso le hizo caer de rodillas. Bien.

Acto seguido, dio media vuelta y repitió la acción con otra de las niñas. Y otra. De pronto, percibió un potente ruido sordo que azotaba la casa; más que oírlo, lo notó. En vista de que el sonido no cedía, se volvió hacia la última niña con ojos preocupados.

—¿El fuego? —preguntó casi con un graznido. Para su asombro, la niña le sonrió ampliamente.

—No, milord,. ¡está lloviendo! —le gritó con voz ronca, señalando detrás de Julian. Era verdad. Los cielos se habían abierto y una densa cortina de agua caía como una cascada en el exterior. Riéndose de puro alivio, tomó a la niña en brazos y se puso a girar con ella, loco de contento, antes de lanzarla alegremente sobre los hombres que la aguardaban abajo.

Izzy respiró con gratitud cuando *Lizzie* y ella salieron al aire puro del exterior. Miró por encima del hombro mientras hacía pasar a la ansiosa yegua por la verja, y entonces vio el resplandor rojizo de las llamas en las ventanas abuhardilladas de los mozos de cuadra. El fuego avanzaría a toda velocidad por el establo en cuestión de minutos, alimentado por la estructura de madera del edificio y el heno que se almacenaba en su interior.

Su labor de rescate se estaba haciendo demasiado arriesgada. No quedaba tiempo para sacar a todos los animales. Por mucho que amara a los caballos, no debía poner en peligro su propia seguridad y la de su hijo. Sin parar de morderse el labio, oyó los relinchos cada vez más asustados de los que aún estaban dentro. Cuanto más aterrados estuvieran, más difícil sería dominarlos.

Las lágrimas acudieron a sus enrojecidos ojos mientras se debatía con la mano apoyada en gesto protector sobre su vientre. Un viaje más. Lo justo para abrir los compartimentos de los animales y darles una oportunidad de salvarse. No podría hacer nada más que eso si no quería correr riesgos, pero, al menos, tendrían una posibilidad de sobrevivir.

Se dirigió entonces con paso decidido hacia el establo, cubriéndose la nariz y la boca con la bata para no inhalar el humo que estaba empezando a filtrarse por el nivel inferior del edificio. Al acercarse a los compartimentos ocupados, las bestias fueron tranquilizándose al oír su voz. Bendijo para sus adentros el impulso que la había llevado a acercarse y trabar amistad con ellos durante las últimas semanas, porque, gracias a eso, ahora confiaban en ella. Poco a poco, fue descorriendo los pestillos de las puertas al tiempo que las abría para que los caballos salieran. Así lo hicieron, uno tras otro, hasta que sólo quedó uno. Izzy veía el brillo de una piel blanca a través de los postes de las paredes del compartimento.

Era la yegua blanca que Julian había adquirido hacía sólo unos días. Aunque no la conocía, Izzy le susurró con voz suave, aunque interrumpida por frecuentes ataques de tos. El humo subía formando lúgubres espirales por encima de su cabeza y notaba que el ambiente era cada vez más denso.

La yegua relinchó. Estaba muy inquieta, y se lanzó con violencia sobre la barrera de madera que tenía delante. Izzy comenzó a retroceder cuando vio que la puerta del compartimento temblaba por el impacto de los golpes del frenético animal.

Era demasiado peligroso. Izzy se dio la vuelta y retomó el camino para salir de la oscuridad. Aunque le dolía enormemente pensar en la yegua sentenciada, no tenía modo de salvarla. Abrir la puerta en el estado de nervios en que estaba el animal sólo pondría en peligro...

La barrera se partió tras un último empellón. Izzy se echó a un lado de inmediato, pero no con la suficiente rapidez. Al pasar a toda velocidad a su lado, la yegua la golpeó en el hombro y la lanzó contra un sólido poste. Recibió un fuerte impacto en la cabeza y empezó a sentir que perdía la conciencia. No, tenía que salir, tenía que...

Sus dedos se soltaron del poste, e Izzy se deslizó hasta quedar tendida en el suelo.

Bajar desde la segunda planta resultó para él una tarea más ardua. La lluvia y los excrementos de los pájaros habían dejado resbaladiza la piedra tallada de los muros, pero Julian apenas se daba cuenta de ello de lo exultante que se sentía. Cuando su asidero le falló casi ya abajo, y cayó sobre el barro desde una altura de tres metros, se limitó a girar sobre sí mismo hasta quedar de espaldas en el lodazal, al tiempo que soltaba un jubiloso grito de triunfo.

Varios hombres, con la sonrisa en los labios, lo ayudaron a ponerse en pie, mientras le sacudían la suciedad de la ropa sin éxito alguno. Un joven, tan recio como un roble, lo rodeó con los brazos mientras gritaba con voz casi ahogada por la emoción:

—Mi hermana, ha salvado a mi hermana, milord.

Julian se liberó del abrazo y le dio al joven unas reconfortantes palmaditas en el hombro al ver que éste sollozaba, tras lo cual lo mandó a ocuparse de la niña.

Mientra asentía con la cabeza ante las muestras de agradecimiento de un padre con los ojos enrojecidos, Julian miró a la gente de Dearingham, *su* gente, reunida en torno a las cuatro familias de las niñas, sollozantes pero felices. Los rostros de viejos y jóvenes mostraban a la vez temor y alivio. Por primera vez, no los veía sólo como parte de su herencia, una deuda que tenía con su hermano, sino como personas.

Personas como él, como Izzy, como Manny y Eric. Amigos y familia, una comunidad, unidos hombro con hombro para ayudar a los suyos. Y, a juzgar por las cálidas sonrisas y las cordiales palmaditas en el hombro que recibía, al parecer él también había cruzado una línea para ellos.

—Es un buen hombre, ya lo creo, su señoría. Nunca pensé que un Dearingham arriesgara su vida para salvar a unas simples niñas, vaya que no. —El anciano que permanecía a su lado se frotaba el mentón con actitud pensativa—. Su hermano, él también habría estado a su lado entre las llamas. Él también era un buen hombre, ya lo creo que sí.

Julian se puso en guardia al enfrentarse una vez más a la constante convicción de que la gente de Dearingham lo consideraba inferior a su hermano. Se apartó de las familias para observar más de cerca al anciano. En su arrugada cara, no vio señal alguna de que lo considerara menos que su hermano. En aquel rostro mojado por la lluvia, no vio más que admiración, y un respeto que sabía que no se había ganado gracias a su título.

—Sí —convino Julian, sintiendo como si algo muy amargo dentro de su cuerpo desapareciera—. Habría estado a mi lado. —El anciano le hizo un breve pero deferente gesto de asentimiento, y volvió con los demás.

Algo había cambiado en él. En algún momento, durante la última hora, había dejado de estar sometido a una responsabilidad a la que era reticente. Puede que nunca le hubiera gustado el campo, pero en ese momento sentía que algo tiraba de él de una forma bien distinta. Se había convertido más en un honor que en una carga.

La lluvia había restado violencia al fuego, y los cubos empezaban a poder apagar las llamas. Julian ordenó que se empapara bien todo, y se apartó de la cadena que formaban aquellos jubilosos hombres. Sonreía ampliamente al contemplar los alegres grupos de gente que comenzaban a entrar en la casa para resguardarse de la bendita lluvia, cuando se tropezó con un agitado Simms.

—¿Dónde está la señora? ¿Ha entrado en la casa? —Al oír la respuesta de desconcierto de su ayuda de cámara, Julian tuvo que esforzarse para contener una súbita inquietud.

—¡Sus caballos, señor!

Los caballos. Julian giró sobre sus talones, pero incluso desde aquella distancia podía ver que era demasiado tarde. Aunque la lluvia estaba sofocando las llamas que consumían el tejado, nubes de humo y chispas se filtraban aún desde el interior del establo. Sólo lenguas de fuego salían de la silenciosa estructura.

El incendio había llegado hasta allí más rápido de lo que había creído, pero tal vez eso hubiera sido una bendición. Para cuando lanzó a la última niña por la ventana, había ya pocas posibilidades de calmar a sus animales lo suficiente como para hacerlos salir. Los caballos enloquecidos son muy peligrosos. Santo Dios, cómo debían de haber sufrido las pobres bestias. *Tristan*. Con el estómago encogido al pensar en él, apartó la mirada.

—No, señor. ¡Mire! —El ayuda de cámara tiró de su manga empapada para obligarlo a darse la vuelta, mientras señalaba hacia los campos oscuros. Allí, apiñados, con un desafiante *Tristan* a la cabeza en actitud alerta, estaban sus aterrorizados animales.

Con un relincho de desafío, un único caballo salía galopando frenéticamente del establo en ese momento. La yegua blanca resplandecía como un fantasma, su figura recortada contra el humo del establo.

Julian no podía creerlo. ¿Cómo? ¿Quién? Tras un primer ataque de júbilo, se apoderó de él el terror en estado puro. Izzy. Frenéticamente, Julian se volvió y buscó entre la gente la delicada figura de su esposa. No estaba.

—¡Izzy! —El grito le irritó la garganta casi en carne viva, al tiempo que echaba a correr más rápido de lo que jamás había corrido. Sabía que había sido ella. Y lo que era aún peor, sabía que seguía dentro de aquel maldito lugar. Pero lo que también sabía mientras se lanzaba de cabeza dentro del sofocante establo era que no saldría de allí sin ella.

El humo era denso, oscuro por el heno que estaba ardiendo, y Julian tuvo que recorrer literalmente a gatas las mugrientas tablas. A aquel nivel aún se podía respirar. Sólo esperaba que Izzy se hubiera dado cuenta de ello y buscara aire respirable a ras del suelo.

Las llamas ya habían destrozado el extremo del edificio donde estaban las habitaciones de los mozos, y en ese momento consumían la zona de almacenaje que había encima de éstas. Pegado al suelo, se notaba un relativo frescor, y la puerta abierta provocaba una corriente ascendente.

Pero eso no duraría mucho. Las briznas de heno caían sobre aquella zona, y los compartimentos se incendiarían en menos de un minuto. ¿Dónde demonios estaba Izzy?

Las balas de heno se amontonaban a una altura de varios pisos, y la puerta de uno de los compartimentos se había salido de sus goznes. Una de las manos de Julian rozó entonces algo sedoso, y reconoció al instante la bata de Izzy. Con movimientos más rápidos, se desplazó frenéticamente por el suelo a cuatro patas.

—¡Izzy! ¡Izzy!

El humo lo hacía atragantarse mientras seguía avanzando desesperadamente entre los compartimentos, tratando de ver algo a la luz rojiza de las llamas. Entonces distinguió el camisón blanco, resplandeciente contra la madera oscura de la puerta destrozada de uno de los compartimentos.

20

Izzy estaba tumbada en el suelo, al pie de un poste, y tenía una de sus pequeñas manos colocada junto al rostro con la palma hacia arriba, como si estuviera dormida. Oh, Dios mío. No, no, no...

Julian la tomó en sus brazos y la apretó contra su pecho. Al apartarle el pelo de la cara y echárselo hacia atrás vio el reguero de sangre de su frente. Acercó entonces el rostro a su pecho, rezando fervientemente por escuchar sus latidos, pero no se oía más que el rugido de las llamas que los rodeaban. Tenía que sacarla de allí. Y con esa intención, apretándola con fuerza contra su cuerpo, comenzó a gatear en dirección a la salida.

—¿Julian?

El corazón de él pareció detenerse y, acto seguido, reanudó sus latidos con gran regocijo. No se detuvo sin embargo, pues no quería que Izzy supiera que corrían grave peligro. Por el contrario, le acomodó el rostro en el hueco de su cuello y continuó avanzando.

—Estoy aquí, amor. Ya casi hemos salido.

—Véndela, Julian. La yegua blanca.

—Pues claro. La venderemos. Como tú digas.

—A menos que no hablaras en serio cuando decías que querías criar. Ese animal carece por completo de cerebro.

Julian murmuró algo en tono tranquilizador, jurándose que él mismo mataría de un tiro al animal en cuanto tuviera oportunidad. Dios, de buena gana les habría disparado a todos, incluido a *Tristan*, si supiera que con ello iba a salvar a Izzy.

¿Cómo podía haber sido ella tan imprudente? ¿Es que no sabía cuánto la necesitaba? Casi habían llegado, Julian sentía ya el aire en la cara. Decidió que aquélla era su oportunidad y, poniéndose en pie con Izzy bien pegada a su cuerpo, corrió a ciegas en dirección al aire fresco y puro.

Cuando salieron del establo lleno de humo a la lluvia del exterior, un silencio de ultratumba los rodeó un instante, pero éste fue sustituido por vítores al cabo de un momento. Julian se volvió para que Izzy pudiera ver a la multitud que los rodeaba llena de júbilo.

—¡Mira, adorable Isadora! Todo el mundo se alegra de verte. —Aunque mareada y sin fuerzas, Izzy consiguió dedicar una débil sonrisa a los presentes.

Sin embargo, no todos estaban contentos.

—¡Eppingham!

Julian parpadeó sorprendido al ver a su abuelo fuera de sus habitaciones por primera vez en años. El duque estaba en su silla de ruedas, dolorosamente retorcido, el rostro desfigurado por el esfuerzo que le suponía permanecer erguido, pues la silla no dejaba de balancearse e inclinarse mientras rodaba por el irregular suelo.

—¿Qué significa todo esto? ¿Por qué estás aquí fuera, jugando con tus malditos caballos, cuando la casa entera está ardiendo? —El criado sin resuello que empujaba la silla de mimbre y alto respaldo se detuvo al llegar ante Julian, bloqueándole de ese modo el camino a la casa.

—¡Contéstame, inútil petimetre! ¿Por qué te estás entreteniendo con tonterías? ¡Deja a esa campesina en el suelo y atiende tus obligaciones! —El viejo hizo girar el bastón delante del criado que trataba de colocarle bien la manta sobre las retorcidas piernas—. ¡Apártate!

Julian bajó la vista y miró al hombre al que había temido y respetado toda su vida. La antigua furia debería estar hirviendo en su interior, debería notar el odio brotar dentro de sí, pero en vez de eso, no sintió más que la urgente necesidad de entrar a su esposa en la casa.

—No es una campesina. Es mi esposa.

Y al tiempo que lo decía, acurrucó a Izzy más confortablemente entre sus brazos y rodeó la silla para continuar su camino. Tenía que meterla en una cama seca y cálida y llamar a un médico. El duque tendría que esperar.

—¡Eppingham! ¡Eppingham! ¡No te atreverás a dejarme aquí plantado, charlatán inepto! Será mejor que te ocupes de tus obligaciones si sabes lo que te conviene. —La lluvia y los salivazos salían de su retorcida boca mientras daba alaridos a la espalda de Julian—. ¡Patán despreciable! ¡Sinvergüenza! Primero Mandelfred y ahora tú. ¡Sois las dos mayores decepciones de mi vida!

Julian se detuvo entonces y se volvió para mirar a su abuelo. Cuando habló, lo hizo con un tono de voz gélido.

—¿Que Manny muriera en un accidente mientras estaba cazando fue una «decepción» para ti? Es extraño. Para mí fue una terrible pena.

El duque abrió la boca para gruñir en respuesta, pero entonces reparó en aquellos que observaban el enfrentamiento, y fue obvio que tuvo que morderse los labios para contener sus palabras. Con los ojos llenos de amarga frustración, golpeó la silla con su bastón, como si ésta fuera un impedimento más que una ayuda para moverse.

Julian dio media vuelta nuevamente. Su abuelo nunca cambiaría, y la idea de continuar discutiendo con él le resultaba fatigosa hasta decir basta.

—¡Eppingham! ¡Eppingham! —Hasta él llegó el bramido estrangulado.

—¡Milord, el duque!

Oyó a su espalda el requerimiento horrorizado de los sirvientes. Julian se detuvo una vez más. ¿Y ahora qué? Se volvió y vio a los dos criados de su abuelo forcejeando para levantar el cuerpo inválido del duque del suelo enfangado. El hombre se retorcía entre las manos de los sirvientes, escupiendo improperios entre agónicos resuellos. Julian tuvo que reconocerlo: si no otra cosa, el viejo era un hombre de firmes convicciones.

—Milord, ¿qué debemos hacer?

Todos los ojos estaban vueltos hacia Julian que, de repente, se dio cuenta de que, por el momento, él estaba al cargo.

—¿Julian?

El susurro provenía de los labios de Izzy, que tenía la cabeza apoyada en su clavícula. Julian le sonrió.

—En seguida te meteré en la cama bien calentita, querida mía.

—Lo sé —dijo ella—. Pero creo que tu abuelo necesita un médico.

Julian suspiró.

—Llevad a su señoría adentro inmediatamente. ¡E id a buscar a un médico en seguida; también para mi esposa!

—Miró a Izzy—. Se ocuparán de él, te lo prometo. Desafortunadamente, no pueden darle un corazón nuevo.

Ella no dijo nada. Exhausta, cerró los ojos. La sangre seguía brotando de una pequeña herida en la frente, y la lluvia extendía el líquido rojo por su rostro. Julian echó a correr hacia la casa, aferrándola contra su pecho.

La imagen de Izzy dormida era completamente nueva para él. Nunca la había visto así. Su rostro tenía una expresión amable y serena, con los labios ligeramente entreabiertos y las comisuras dobladas hacia arriba, como si estuviera experimentando una deliciosa sorpresa en sus sueños. Trató de imaginar cómo habría sido de niña, antes de sufrir ninguna pérdida, antes de Hildegard, antes de... él.

Julian estiró las piernas hacia adelante y se reclinó sobre el sillón de respaldo alto, ladeando la cabeza para poder verla mejor. La tranquilidad en aquella habitación era palpable, tan sólo el crepitar de un pequeño fuego en el hogar y el bendito murmullo de la respiración de Izzy rompían el silencio. El golpe que había sufrido en la cabeza no había sido grave, y en cambio había evitado que inhalara lo peor del humo. Estaba sana y salva, y protegida del mundo exterior.

Julian se frotó el rostro con las manos y miró a su esposa. El médico la había tranquilizado diciendo que no le había sucedido nada grave, y la había sedado antes de marcharse, de modo que llevaba horas durmiendo. En todo ese tiempo, Julian no había sido capaz de apartarse de su lado más que lo justo para lavarse un poco.

Había estado a punto de perderla. No podía ni siquiera

pensar en el negro pozo en que se habría sumido si ella hubiera muerto. Unos minutos más e Izzy no habría sobrevivido en el infierno en que se había convertido el establo. Ella había necesitado ayuda, lo había necesitado a él, y él le había fallado. Mientras perdía el tiempo bajo la lluvia, pavoneándose de su pequeño acto de heroicidad, su esposa había estado a punto de arder como el heno. ¿Es que nunca iba a dejar de fallarle? ¿Nunca conseguiría ser el hombre que ella había creído que era? No era un caballero, ni tampoco una bondadosa y noble criatura, pero podía mejorar. Podía intentar no ser el hombre que su padre estaba convencido que era. Tal vez pudiera llevar una existencia decente, sin heroicidades pero también sin maldad, que estuviera a su alcance. Tal vez Izzy pudiera amar a esa clase de hombre. ¿Podría él llegar a serlo?

Sí, pensó, irguiéndose en su asiento abruptamente. Era la última oportunidad que tenían de ser felices. Si quería que su matrimonio fuera algo más que una unión fría e indiferente tendría que hacer que Izzy se enamorara de él. Tanto como él lo estaba de ella.

Aquella realidad lo dejó tan atónito, que tuvo que reclinarse nuevamente en el sillón. La amaba. Nunca habría creído posible que algo así le sucediera, nunca había creído en el amor; al menos no para él. El amor era para los demás, para personas mejores que él, no para los retorcidos y siniestros Dearingham. Solía pasar las vacaciones escolares con Eric, en su finca de Greenleigh. Allí había visto a menudo las muestras de afecto y cariño que lord y lady Greenleigh se prodigaban entre sí y también a sus hijos. Como un erizo de mar, congelado bajo la nieve del exterior, él miraba a aquella familia reunida en torno al fuego de su hogar. Esas personas, a veces parecían de otro mundo; un mundo amable y generoso, muy distinto del ambiente de severidad y amargura que él vivía en su casa.

De niño, al ver el lazo de amor verdadero que existía entre los padres de Eric, una vez incluso había preguntado al respecto, tan desconocido le resultaba. Lord Greenleigh lo había mirado con gesto pensativo un momento, y finalmente le había dicho que el amor hacía que todas las cosas buenas fueran doblemente satisfactorias, y las malas menos duras de sobrellevar. El joven Eppie había guardado aquel sabio consejo en lo más profundo de su corazón sin saber qué hacer con él, pero, al parecer, lo había creído.

Julian se rió de sí mismo con absoluto desprecio. Así que la amaba. Pero evidentemente ella no sentía lo mismo. Tenía por delante una ardua tarea: la de ganarse su amor.

Sin embargo, estaba dispuesto a hacerlo, deseaba hacerlo. Se levantó, impelido por la agitación, y se acercó a la ventana a contemplar la cortina de agua.

¡Santo Dios, cuánto lo deseaba!

Deseaba que Izzy lo mirara como lady Greenleigh miraba a su esposo. Con algo más que respeto, o afecto distante, o simple amistad. Quería que ella lo necesitara, lo deseara. Quería que anhelara hacerlo tan feliz como él anhelaba hacerla a ella.

De pie, junto a la ventana de la habitación de Izzy, recordó el día en que había estado junto a una ventana de la mansión Marchwell, esperando conocer a Izzy, angustiosamente infeliz por la situación. Entonces sólo podía pensar en lo injusto que era tener que casarse con una desconocida. Apoyó la frente contra el frío cristal. ¿Quién habría dicho entonces que llegaría a ser aún más desgraciado al saber que aquella misma mujer no lo amaba, sino que amaba a su mejor amigo?

Izzy se encontraba envuelta en múltiples mantas, incluso una de piel, remetidas resueltamente por todas partes, como una prisión de tejidos superpuestos. El fuego rugía en la chimenea, mientras le mantenían los pies calientes con varias botellas de cerámica llenas de agua hirviendo y cubiertas con telas para que no se quemara. Cualquiera diría que se había visto atrapada en una tormenta de nieve en vez de en un incendio.

Era casi mediodía y el sol se colaba a raudales en la habitación, relajando al olvido la lluvia de la víspera. El médico no había dejado de entrar y salir, afirmando que la veía con buen aspecto, y calmando sus temores en cuanto al bienestar de su bebé.

Betty andaba muy ajetreada, llenando la bañera con tanta agua y tan caliente, que Izzy no estaba segura de qué le ocurriría primero: si se escaldaría o se ahogaría. Sin embargo, no tenía intención de rechazar el baño. Se arriesgaría a quedar convertida en sopa si con eso lograba arrancarse de la piel el olor a humo.

No había ni rastro de Julian. Betty le había dicho que había estado despierto toda la noche, ocupándose de todo, y que acababa de irse a tomar un baño él también. Izzy suspiró, pues deseaba hablar con él. Aunque no sabía qué le diría. Su conversación fluida había muerto la noche del jardín para no volver nunca. Debía de ser culpa suya porque Julian no parecía haber cambiado en absoluto tras el tumultuoso encuentro. El caso era que la lengua de Izzy parecía no obedecerla cuando estaba cerca de él, y no podía hacer más que asentir. Lo único que quería decirle no podía revelárselo. No podía decirle que lo amaba. Bastante patético era amar a alguien que no te correspondía. No hacía ninguna falta confesar además esa debilidad frente a su amable desinterés.

Recordó entonces la noche que había ido a buscarlo a su estudio. Sus dolorosas palabras de rechazo seguían atormentándola, no se sometería de nuevo a semejante humillación. La verdad, pensó para sí malhumorada, era que no sabía por qué lo amaba. Era egoísta y testarudo, y algo más que un poco manipulador, y... y generoso, y fuerte, y muy apuesto. Suspiró, consciente de que no servía de nada tratar de liberar su corazón del inconsciente cautiverio de Julian.

Conforme se introducía en el agua casi hirviendo, sintió que la tensión acumulada a lo largo de las últimas semanas empezaba a deslizarse por sus hombros. Cuando Betty comenzó a frotarle con suavidad el cuello dolorido, Izzy estuvo a punto de desaparecer en aquella deliciosa sensación. Hasta el dolor de su corazón empezaba a desvanecerse, y se había casi dormido cuando se dio cuenta de lo que Betty estaba diciéndole.

—La sacó en brazos de aquel fuego. ¡Ya lo creo que sí! Y justo un poco antes, él había logrado salir de la...

En cuestión de segundos, Izzy estaba fuera de la bañera y medio vestida con un vaporoso camisón y una bata a medio atar. De esa guisa, abrió las puertas que conectaban sus habitaciones. Había atravesado aquella puerta a menudo, por lo que sabía adónde conducía, aunque nunca se había atrevido a posar la mano en el pomo por temor a que Julian la hubiera cerrado con llave por dentro. Abrió de golpe la puerta del cuarto de baño lujosamente embaldosado, de un tipo del que había oído hablar, aunque nunca había visto uno.

Julian estaba desnudo en una enorme bañera, mientras Simms derramaba agua con ayuda de una jarra por encima de su reluciente cabellera oscura.

Desconcertado al oír el golpe de la puerta al abrirse, Julian levantó la cabeza de golpe, dándose con la jarra que su ayuda de cámara sostenía, de manera que el recipiente salió despedido, y su contenido acabó sobre el atónito sirviente.

Pero a pesar de la sorpresa ante la súbita entrada de Izzy, Julian casi sonrió al ver la estampa: allí estaba ella, con las mejillas sonrosadas enmarcadas por aquella magnífica mata de cabello oscuro, tan hermoso y ensortijado, y con unos pequeños rizos húmedos que se le habían pegado a la cara. Estaba adorable.

—¡Julian!, ¿estás bien? ¿Te has quemado? ¿En qué estabas pensando, grandísimo idiota? ¡Podrías haber muerto!

Se detuvo con la respiración entrecortada, aunque, tras su arrebato, su miedo empezaba a desaparecer.

De repente, cobró conciencia de la desnudez de Julian y, pasmada, abrió los ojos de par en par. Con los labios entreabiertos, recorrió con la mirada el cuerpo masculino, empezando por el rostro y bajando hasta su pecho, siguiendo los regueros del agua del aclarado que resbalaban por la oscura mata de vello que le cubría el torso para descender como una flecha a lo largo del camino plano y firme de su abdomen y desaparecer debajo de su ombligo.

La visión le hizo contener la respiración, sin poder apartar los ojos, profundamente fascinada, de la espiral que formaba el agua del baño en su cintura. Al estar mezclada con jabón, la zona no quedaba clara, hasta que Julian cambió de postura y una pequeña ola apartó la espuma del jabón que le obstaculizaba la visión. Izzy se quedó directamente con la boca abierta al contemplar la enorme y evidente respuesta de su esposo ante el indecoroso escrutinio a que lo estaba sometiendo. Con un pequeño grito que demostraba su mortificación, giró sobre sus talones y salió corriendo de la estancia más rápido de lo que había entrado.

Julian se incorporó mientras consideraba el encuentro. Al tiempo que intentaba borrar de su mente la lujuria que había despertado en él la seductora confusión de Izzy unida al embelesado análisis que había realizado de su cuerpo, pensó en el cambio que se había operado en ella. A pesar de la exasperación que le causaba el irracional punto de vista de su esposa, había disfrutado de su reprimenda. La Izzy víctima de un arrebato de cólera superaba con creces a la Izzy distante.

El ayuda de cámara permanecía junto a la bañera, secándose con una toalla los restos de agua de su antes impecable uniforme. Julian esbozó perezosamente una sonrisa al tiempo que lo miraba.

—La señora es de armas tomar, ¿no te parece? —le preguntó.

Simms se aclaró la garganta con gesto avinagrado antes de contestar.

—¿Entrará en tromba aquí muy a menudo, milord?

—Oh, eso espero. Lo espero de todo corazón.

La mata de cabello oscuro que le cubría la ingle era como una refrescante cortina de seda sobre el fuego. Julian enredó suavemente los dedos en los ensortijados mechones que caían sobre sus nudillos y muñecas y se aferró a ellos como si su cordura dependiera de eso. Izzy se deslizaba sobre su cuerpo, susurrándole promesas en un tono apenas audible entre beso y beso depositados en su cuerpo tembloroso y perlado de sudor. No podía oír lo que le decía. Quería pero no podía. *Necesitaba* saber qué era lo que tan fervientemente le había prometido pegada a su piel. Le atrajo los labios hacia los suyos y, acto seguido, se lo preguntó. Ella se limitó a reírse de él con aquella dulce y cálida carcajada con la que atrapara su corazón tiempo atrás. Abrió los ojos, decidido a descubrir el secreto.

Julian estaba solo en su enorme cama. Había vuelto a soñar con Izzy. Y había vuelto a despertar con los riñones doloridos a causa de la tensión. La deseaba tanto que se estaba volviendo loco. Desde su juventud, nunca había estado tanto tiempo sin yacer con una mujer.

Se había vuelto una sensación tan extrema, que el mínimo indicio de su perfume en el corredor por el que hubiera pasado lo excitaba de manera instantánea. Estar un momento con ella lo sumía en una confusión sexual de tales dimensiones que apenas si podía hablar. Una vez, mientras la acompañaba al comedor, rozó con el brazo su pecho hinchado por la maternidad y creyó que explotaría allí mismo.

Sus sueños giraban siempre en torno al sexo. Una serie de apasionadas, salvajes y jadeantes visiones que lo dejaban palpitando de pura lujuria desbocada cada mañana al despertar. Si no se satisfacía pronto, tendría que aliviarse él mismo, por muy humillante que fuera.

No podía vivir con ella, verla, oler su frangacia día tras día, y no tenerla. Y tampoco podía vivir en aquel estado de ansia insatisfecha. Temía el deseo que estaba creciendo dentro de él. En el pasado, ya había cedido a ese mismo sentimiento una vez; tras perder el control la había tomado y, desde luego, aquello no había servido de ayuda. El ansia no había hecho sino aumentar, al igual que sus dudas respecto a los sentimientos de ella por él. No, cuando Izzy y él volvieran a unirse, sería porque ella lo deseara, porque lo amara realmente, tan locamente como él la amaba a ella. Pero mientras tanto, Julian estaba perdiendo la cabeza.

Los vestidos que Celia había mandado hacer para Izzy habían sufrido ya varios arreglos para adaptarlos a los cambios de su cuerpo y, aun así, se ceñían tanto a sus pechos que parecían a punto de reventar las costuras. Los blancos montículos rebosaban por encima de los escotes en una seductora visión, tanto, que parecían a punto de escapar de su precaria sujeción de un momento a otro.

Si no fuera porque sabía perfectamente que no era el caso, habría dicho que Izzy lo estaba poniendo a prueba. Ella se colaba en sus pensamientos varias veces al día, tentándolo despiadadamente con su recién adquirido y aumentado escote. Llevaba el pelo peinado con un estilo más informal, y a menudo algunos rizos más largos se colaban entre los encorsetados montículos, hecho al que ella parecía totalmente ajena.

No, era evidente que no tenía idea del efecto que su inocente sensualidad producía en él. Era tan natural, tan sincera en sus demostraciones de pasión. Cierto era que Julian podría enseñarle algunas cosas, cosas que podría mostrarle. Por ejemplo, imaginarla arrodillada delante de él, le resultaba una visión poderosamente lujuriosa. Temblaba de deseo al pensar en sus manos, en su boca. Había cosas que había aprendido de manos bien experimentadas...

De pronto, la proposición que tenía en mente le pareció turbadora incluso para él. No podía esperar algo así de Izzy. Ella era una dama; su amor, la madre de su hijo. Uno no exigiría nunca a su mujer que llevara a cabo artimañas de burdel.

Gracias a Dios, un golpe en la puerta de su habitación lo sacó de sus frustradas ensoñaciones. Su ayuda de cámara atravesó el vestidor y la alcoba y contestó a la puerta. Al oír los murmullos que le llegaban desde el corredor, Julian tuvo la impresión de que algo grave había sucedido. Estaba ya fuera de la cama y medio vestido para cuando Simms regresó.

—Milord, el estado de su abuelo ha empeorado. Su ayuda de cámara ya ha llamado al médico. No creen que aguante mucho más.

—Ah. —Julian esperó a ver si el destino que aguardaba al viejo le hacía sentir alguna chispa de emoción. Nada. Bueno, no se podía decir que fuera una sorpresa. Con gesto ausente, dejó que Simms terminara de arreglarlo y salió de su habitación en dirección a la zona en la que su abuelo había residido durante los últimos veinte años; en el ala sur de la casa.

Todo había terminado.

Julian deambulaba pensativamente a lo largo del corredor, de camino a los aposentos de su esposa. Por todas partes, los sirvientes se afanaban en colgar cortinas negras en las ventanas y cubrir los espejos de casi toda la casa con trozos de tela del mismo color. No les envidiaba la tarea, pues había más de cien habitaciones en Dearingham.

Al llegar a la puerta de Izzy se detuvo, preguntándose qué pensaría ella de su ascenso en la escala social. Como único heredero de su padre, se suponía que, a partir de ese momento, y al pasar su padre a ser duque, él recibiría el título de marqués. Pobre Izzy. No le iba a gustar nada ser marquesa. Aún estaba adaptándose a ser lady Blackworth.

Él tampoco sabía muy bien cómo se sentía ante el hecho. Al contrario que con la pérdida de su hermano, la muerte de su abuelo lo dejaba bastante indiferente. El viejo siempre se había comportado con extrema dureza con él, a cualquier edad. Julian todavía recordaba haberse sentido como un objeto expuesto en una subasta ante su abuelo, esperando —un niño de cinco años sin control sobre su infantil vejiga—, mientras el viejo daba vueltas a su alrededor enumerando sus fallos e ineptitudes. También recordaba la vergüenza y la humillación que sintió cuando no pudo aguantarse más, y que lo único que se interpuso entre él y la paliza de su vida había sido Manny. Su hermano había salido corriendo desde su escondite en el pasillo, con no sé qué historia sobre un ladrón en los establos. Manny había soportado la paliza —menor por ser el heredero— con una pequeña y tirante sonrisa en los labios y lágrimas en los ojos. Luego, Manny lo había abrazado mientras él lloraba de vergüenza y odio, y también de necesidad de un padre y un abuelo.

No, aquel viejo había sido un ser cruel, a diferencia del padre de Julian, quien tal vez fuera, simplemente, frío y crítico. Desconcertado ante tan revolucionario pensamiento, Julian parpadeó, mirando sin ver el tapiz que decoraba el corredor. El viejo duque había sido un abuelo horrible. ¿Qué no habría sido como padre? Por primera vez en su vida, Julian se compadeció del niño que su padre fue un día. Se preguntó si éste lloraría la pérdida del duque. Y, por alguna razón, dudó que así fuera.

Él mismo no sentía por la muerte del viejo ogro nada más que una leve sensación de alivio. Ya no se vería obligado a tener que entrar en su oscura y apestosa habitación de enfermo para hacerle un informe sobre los asuntos de la propiedad, ni tendría que oír su voz quebrada, despotricando a gritos desde la cama por sus decisiones. Y lo mejor de todo era que la muerte del duque dejaba literalmente sin valor la amenaza de su padre de desheredarlo; Julian tuvo que admitir que estaba deseando ver la reacción del flamante duque al conocer la nueva autonomía de su hijo.

Se dio cuenta de que no tenía ganas de añadir más presión a Izzy al mencionarle su nueva posición, eso por no hablar de la inminente llegada de un hombre al que despreciaba abiertamente. Sin embargo, era necesario prepararla para la llegada de su padre y para el funeral, que sin duda sería un evento de gran magnitud. Tomó nota de que tendría que enviar a buscar un equipo de modistas para ella. Dudaba mucho que Izzy comprendiera la necesidad de tener un nuevo guardarropa del color más negro entre los negros. Lo cual, por cierto, era una pena, pues a ella le sentaban mucho mejor los colores alegres. Esperaba que todo el asunto no hiciera temblar su recién adquirido equilibrio. Últimamente parecía más feliz, como si hubiera olvidado algunas de las preocupaciones que la habían estado acosando.

Justo cuando se aproximaba a la puerta de su alcoba, ésta se abrió de golpe.

—Betty, he mandado llamar a varias costureras de Londres, pues no me gustaría teñir de negro mis preciosos vestidos. Y he empleado a varias mujeres del pueblo para que preparen una versión de luto de la librea de Dearingham. He pensado que sería lo mejor, ya que estamos a punto de quedar sitiados por las clases altas y bajas.

»Todo esto y, además, la reforma. Es una suerte que esta casa sea tan inmensa. Habrá sitio suficiente para todos los sirvientes en el ala antigua.

»Ah, y por favor, dile al ama de llaves de su señoría que se aprovisione de cantidad extra de carne curada y embutidos. Más vale que sobre. Aborrezco malgastar comida, pero en el caso de que los invitados no se la coman, estoy segura de que en el pueblo darán buena cuenta de ella.

En el tiempo que duró el aluvión de instrucciones, Izzy se había estado probando un voluminoso delantal sobre su vestido gris. Finalmente, se detuvo a tomar aliento, y entonces lo vio parado en el pasillo.

La animación desapareció de su rostro al instante.

—Julian, buenos días. Quiero decir... mi pésame a ti y a tu padre.

Frustrado, Julian se preguntó si no podría sencillamente pedirle que retornara a su vigoroso dinamismo, que volviera a ser la antigua Izzy. Pero en lugar de eso, hizo acopio de toda su paciencia y le sonrió.

—Gracias, pero no nos llevábamos muy bien. Me sorprende verte tan presta a la acción. Creía que sería yo quien te informaría de lo sucedido. ¿Te has dado cuenta de que ahora puedes considerarte la marquesa?

Izzy palideció visiblemente.

—¿Debo? Preferiría no hacerlo.

Y dicho esto, desvió la mirada como si buscara una vía de escape. No importaba. Él la dejaría con sus tareas, lo que, al parecer, la satisfacía.

—Si necesitas ayuda...

—No, gracias. Hablaré con el personal de su señoría. Sin duda saben perfectamente lo que tienen que hacer en cualquier momento.

Una sombra de pérdida cruzó el rostro de Izzy. ¿Qué significaba aquello?

Sin esperar respuesta, su esposa le dirigió una sonrisa atribulada y se apresuró por el corredor, con Betty pisándole los talones.

Tras mirarla un momento claramente desconcertado, Julian se dirigió con paso cansino a sus habitaciones. Había pasado la noche sentado junto al lecho de muerte del viejo, observando cómo el pecho de su abuelo subía y bajaba en su dificultosa respiración.

Había sido como si el fuego hubiera provocado en el anciano su último ataque de cólera. Cuando el amanecer puso un discreto punto final a todo, Julian se había levantado en silencio para dejar que los sirvientes preparasen la capilla ardiente. Si se había permitido llorar esa muerte un momento, lo había hecho más por pena de lo que podría haber sido, que por lo que ciertamente era.

21

Un rayo de luz iluminó el oscuro caos: Izzy recibió una carta de lady Greenleigh en la que le contaba con tono divertido los últimos chismorreos sobre Millie Marchwell y su fuga para casarse con el hijo menor, sin título ni posesiones, del conde de Hardwick. Al parecer, el joven se la había llevado, para gran consternación de su madre, y se habían instalado en una pequeña casita en Londres. Pero no todas las noticias eran tan alegres.

También te escribo para contarte que Eric llegó una noche a casa dolorido a causa de una brutal paliza recibida de manos de un desconocido, y desde entonces se muestra taciturno hasta el punto de que se ha hecho insoportable vivir con él. Lo he enviado al campo hasta que aclare sus enmarañados sentimientos. Creo que culpa a nuestro querido Julian de algo, y también se siente terriblemente afligido por ti, querida mía.

Sean cuales sean las circunstancias, está desolado. Sinceramente, no estoy segura de la pérdida de cuál de vosotros dos llora más.

Te ruego que trates de ayudar a que los chicos resuelvan sus diferencias... antes de que alguna de sus hermanas mate a Eric con sus propias manos.

Izzy sintió una grandísima alegría al ver a Celia descender de su carruaje. Se apartó a toda prisa de la ventana desde la que había estado contemplando la llegada de los numerosos asistentes al funeral y atravesó corriendo de la forma más indecorosa sus habitaciones hasta llegar a la puerta. Allí se detuvo para alisarse el vestido y adoptar una expresión calmada con la que recibir a los invitados, y caminó envuelta en toda dignidad.

Al llegar al recodo del descansillo que se abría en el piso superior, por encima del grandioso vestíbulo de entrada, se obligó a hacer una pausa para tomar aliento. No podía llegar a la carrera, aunque lo que deseaba realmente era deslizarse por el pasamanos pulido de la barandilla hasta el piso inferior. La imagen le provocó una queda carcajada interior; empezaba a bajar los escalones cuando Celia atravesó las inmensas puertas dobles que daban paso al vestíbulo. Su amiga hizo una breve pausa para que uno, de entre todo el ejército de criados, le quitara la capa, interponiéndose en el recorrido de un rayo de sol que entraba por la puerta abierta.

Izzy se quedó inmóvil, contemplando totalmente embelesada la manera en que la luz hacía resplandecer el hermoso cabello de Celia cuando ésta se quitó el sombrero, y cómo su adorable figura parecía aún más perfecta recortada contra la luz del sol que se colaba desde el exterior. Su belleza hizo que Izzy la contemplara con admiración y sin un ápice de envidia en el corazón.

Hasta que Julian se adelantó y saludó cariñosamente a la adorable viuda.

Furiosa consigo misma, Izzy trató de aplacar el acceso de celos que le provocó ver la cálida sonrisa de su marido, la inclinación sobre la mano de Celia en un gesto de bienvenida. ¿No estaba demasiado cerca de ella? ¿La sonrisa que le había dedicado no era unos cuantos grados más cálida que cualquiera de las que hubiera recibido ella misma desde que se habían casado? ¿No le había sujetado la mano unos segundos más de lo que se consideraba aceptable? Una vez, habían estado a punto de convertirse en amantes y aunque Izzy sabía que no habían tenido contacto de esa naturaleza desde entonces, le resultaba evidente que eran más que simples conocidos.

Y además ahora Celia era viuda, libre para volver a casarse si así lo deseaba. ¿Lo consideraría Julian una oportunidad perdida? ¿Estaría lamentando haberse casado con ella?

—Hacen una pareja espléndida, ¿no le parece?

La voz seca que pronunció esa frase le hizo dar un respingo, y acercarse más a la barandilla para poner más distancia entre ella y el nuevo duque de Dearingham.

—Lady Bottomly ha sido admirada siempre por su gran belleza y, si no me equivoco, mi hijo ya le echó el ojo una vez.

A pesar de la naturaleza jovial del comentario, las palabras fueron lanzadas con certera crueldad. El duque había secundado el movimiento de Izzy, por lo que seguía muy cerca de ella, y su voz le rasgaba el tímpano de forma muy desagradable.

—Oh. ¿Es cierto eso, su señoría? No tenía ni idea. —Izzy se echó hacia un lado con renovada incomodidad, sintiendo que un escalofrío le recorría la espina dorsal.

—Sí, mi hijo podría haber tenido la esposa que hubiera querido. Poseedora de tierras, como lady Belinda Ainsley, o rica, como lady Bottomly. Esposas con algo que ofrecer a un Dearingham. *Esposas con valor.*

Su tono jovial había desaparecido y en su lugar se percibía el toque ponzoñoso que Izzy había escuchado ya una vez anteriormente; el día en que había ido a exigirle que se marchara. El día en que ella había empezado a sospechar que aquel hombre estaba algo más que un poco trastocado.

El escalofrío anterior se convirtió en un visible temblor, que obligó a Izzy a apartarse de la forma más abrupta. Demasiado. Sus pies, enfundados en finas zapatillas, perdieron la base en la que se apoyaban, e Izzy trató desesperadamente de sujetarse al pilar de donde arrancaba la escalera. Sin embargo, antes de que le hubiera dado tiempo a tocarlo siquiera, una mano la sujetó por el codo con fuerza evitando así que cayera, con toda seguridad, escaleras abajo.

Izzy dejó escapar un suspiró de alivio al tiempo que trataba de recuperar el equilibrio, pero comprobó que no podía moverse. El duque seguía sosteniéndola sin soltarla, de forma que ella estaba literalmente suspendida sobre los escalones sin hacer pie. El corazón comenzó a martillearle en el pecho en señal de alarma, y elevó los ojos para mirarlo. Lo que encontró en ellos fue odio. Una cuchillada de puro miedo la atravesó.

Justo en ese momento, alguien la llamó desde el piso de abajo, pero Izzy no disponía de aire para contestar. Entonces sintió que sus pies tocaban nuevamente el suelo del descansillo; pero antes de que pudiera afirmarse sobre sus temblorosas rodillas, el padre de Julian había desaparecido, y ella pudo oír que volvían a llamarla.

—¡Izzy!

¿A qué había venido aquello? ¿Estaría loca por pensar...?

Sí, estaba comportándose de manera ridícula. Era demasiado imaginativa. Las invenciones de una mujer en estado.

Movió la cabeza a un lado y a otro y se inclinó para mirar hacia el piso de abajo.

Celia miraba hacia dónde ella estaba, sonriendo. Julian también sonreía abiertamente cuando le dijo:

—¡Izzy, baja! ¡Mira quién ha venido a verte!

Automáticamente, se sintió avergonzada. Pues claro que Celia estaba allí por ella, no porque suspirara por el marido de otra. Su amiga era la mujer más dulce que había conocido, y Julian simplemente estaba feliz de que la mejor amiga de su esposa hubiera ido a verla. Izzy esbozó entonces una amplia sonrisa, al tiempo que desterraba de su corazón los malvados demonios de la desconfianza y la sospecha, y, mandando al cuerno el decoro, bajó la escalera dando saltos de contento.

De vuelta en las habitaciones privadas de Izzy, las dos mujeres se deshicieron en risas de colegialas ante la pompa y la solemnidad de lo que estaba sucediendo allí fuera.

—Qué ridículo es todo esto —afirmó Izzy algo irritada—. Nadie había visto a ese hombre en los últimos veinte años y, por lo que he oído, nadie lo soportaba. Es como si cualquier cosa sirviese de excusa para reunirse a chismorrear y a comerse la comida de los demás.

—No olvides la necesidad de lucir los vestidos que no pudieron ponerse durante la temporada —añadió Celia—. ¿Y perder la oportunidad de pasear a sus hijas delante de los ojos de los hombres casaderos una vez más? ¡Inconcebible!

—Cuánta razón tienes —convino Izzy con sequedad antes de prorrumpir en carcajadas—. Ay, querida, no puedo expresar con palabras lo feliz que me siento de verte otra vez. Siempre consigues hacerme reír.

—Oh, sí. Soy conocida a lo largo y ancho de los mares por mis habilidades de bufón —replicó Celia, cargando sus palabras de ironía. Le sonrió a Izzy—. Lo cierto, Izzy, es que eres tú quien tiene un don para la carcajada. A todos nos hace felices oír tu risa, y por eso nos gusta provocarla.

Repentinamente seria, Izzy recordó la manera en que Julian le gastaba bromas sólo para oírla reír.

—Desde que estoy aquí no me río muy a menudo —admitió—. Éste es un lugar lúgubre y frío. Siento como si me chupara toda la alegría.

Celia abrió los ojos horrorizada.

—Oh, Izzy, esperaba tanto que fueras dichosa. Sé cuánto lo amas. Tenía fe en que vuestro matrimonio terminara haciéndote feliz. Dime, ¿tan desastroso es?

Izzy suspiró.

—No, no es desastroso. Sencillamente, es como si no estuviéramos casados. Vivimos juntos en esta casa y nos cruzamos como conocidos que se encuentran en el parque. Él me hace una inclinación de cabeza, y yo hago lo mismo. Después nos vamos a hacer cada uno sus cosas, y no volvemos a vernos en todo el día. Para mí es un verdadero tormento, vivir con él y no poder tocarlo. —Luchó por contener las lágrimas causadas por el dolor de su rechazo.

—¿Qué? —Celia estaba consternada—. ¿Y qué me dices de...?

Izzy negó con la cabeza.

—No puedo. No lo haré. Él no me ama. Y así me lo dijo la misma noche de bodas.

Izzy le contó con detalle la escena nocturna cuyo recuerdo seguía acosándola. El gesto siniestro y meditabundo de Julian mientras le decía que él quería a «la mujer de verdad, no un espejismo». El recuerdo de un Julian borracho y taciturno en una noche en la que debería haber sido feliz.

—*In vino veritas* —recitó Izzy con voz suave.

Celia frunció el cejo.

—¡*In vino* idiotas! —declaró—. Puede que, cuando beben, los hombres se muestren sensibleros y hechos un lío, sí, pero ¿sinceros? Ni de lejos. Mi padre nunca prometía de manera más sincera y con mejores palabras que iba a dejar de jugar como cuando estaba ebrio.

»Yo no apostaría por lo que un hombre pueda decir cuando se abandona al placer del alcohol, y te sugiero que hagas lo mismo. Sinceramente, Izzy, nunca habría creído que pudieras ser una mujer de corazón débil. ¿Dónde está el fuego y la picardía que todos adorábamos en ti? Si no te ama, cosa de la cual no estoy tan segura como tú, entonces ¡haz que te ame!

—Pero ¿cómo?

Izzy miró a su amiga, que se limitó a encogerse de hombros con actitud impotente, pues no tenía la respuesta. A continuación miró a Betty. La pequeña doncella se mordió el labio al tiempo que movía la cabeza a uno y otro lado.

Al parecer, ella no era la única que carecía de la información necesaria.

La presencia de Julian había sido requerida en el estudio de su padre, por lo que no estaba prestando demasiada atención a las oleadas de invitados que iban llegando. No se percató de que el infame clan Marchwell había caído sobre Dearingham, hasta que llegó a sus oídos un familiar alarido bovino procedente del interior de un viejo coche de alquiler que se había detenido delante de las puertas abiertas de la mansión.

Con una señal a uno de los criados que aguardaban en fila, Julian le susurró una advertencia. El criado asintió con los ojos abiertos de par en par y, acto seguido, le susurró respetuosamente algo a otro criado que, con gesto deferente, llamó la atención de otro criado de mayor resposabilidad, quien palideció y se volvió, con toda educación, hacia el mayordomo del duque.

El hombre permanecía de pie, con aspecto almidonado, por encima de todos los demás criados, en lo alto de la grandiosa escalinata que subía hasta las gigantescas puertas dobles de acceso a la casa. El imponente criado ahuyentó al pobre sirviente de inferior posición como si se tratara de una mota de polvo, su mirada fija en el desaliñado trío, vestido con ropas arrugadas por el viaje, que se aproximaba hacia él.

Hildegard tenía un aspecto horrible, como siempre; ataviada con un vestido de aquel morado-rojizo que tanto le gustaba, mientras Melvin parecía un cirio que se hubiera derretido con el calor de finales de agosto. Avanzando pesada y ruidosamente tras ellos, iba Sheldon, que tenía el aspecto de necesitar un baño, una purga y una buena tunda a partes iguales.

El mayordomo del duque, la flor y nata de la esnob servidumbre inglesa, detuvo sus malhumoradas quejas levantando una mano con la palma extendida frente a ellos.

—Me temo que ha habido un error, dama y caballeros. El duque de Dearingham no se encuentra hoy en casa.

Confundida, Hildegard miró a su alrededor y vio cómo varios miembros menores de la sociedad eran recibidos y acompañados al interior por otros tantos criados. Así se lo indicó al hombre con el pulgar levantado como una espátula mientras movía la cabeza con gesto burlón ante el hombre que le bloqueaba la entrada.

—Pues a mí me parece que el duque sí está en casa, después de todo —dijo ella con tono despectivo, al tiempo que intentaba rodearlo y pasar.

El mayordomo se deslizó con un movimiento tan fluido que dio la sensación de que no se había movido en absoluto. Y entonces, con un tono que resonó de forma audible por encima del jaleo armado por el resto de los invitados que iban llegando, anunció:

—El duque de Dearingham y su familia no están en casa... *para ustedes.*

Hildegard se sonrojó violentamente mientras Melvin lanzaba miradas nerviosas a la multitud que los observaba, de repente silenciosa. Hasta los caballos parecían haberse calmado. Uno a uno, la gente de su alrededor se apartó levemente mirando por encima de sus cabezas o, simplemente, sonriendo con abierto desprecio. Era evidente que los Marchwell ya no eran considerados buena compañía en la alta sociedad.

Ajeno a todo lo que no fuera él mismo, como siempre, Sheldon avanzó un paso antes de que su furiosa y públicamente humillada madre lo agarrara de la chaqueta y lo hiciera retroceder.

—Eh, tú, viejo patoso. Me duele el trasero y quiero un té. Déjame entrar antes de que le diga a mi prima...

El mayordomo levantó un dedo y, al momento, tres criados de los que estaban recibiendo a los asistentes se apartaron de los invitados, tras lo cual, y con un leve parpadeo, él se dio la vuelta con actitud de ir a ocuparse de cosas más importantes, no sin antes ordenar a los tres fornidos criados que cogieran al descarado Sheldon por las axilas, cargaran con él hasta el pie de la majestuosa escalinata de mármol y lo depositaran —sin contemplaciones— en el adoquinado camino de entrada.

Con equilibrio inestable tras el vertiginoso descenso, Sheldon se tambaleó primero para terminar colocando sus gruesas y poco atractivas posaderas sobre un montón de excrementos de caballo con un sonoro aterrizaje.

La culada arrancó risitas ahogadas a todos los presentes, tras lo cual dieron media vuelta, inmersos ya en asuntos más importantes, como la disección de la moda, el estatus y la virtud que cada cual exhibía.

Una abochornada Hildegard agarró por una oreja al vocinglero de su hijo y lo llevó a rastras hasta el viejo coche de alquiler en el que habían llegado.

—Ahora sí que la has armado, pequeño idiota —le gritó en un acceso de cólera—. ¡Tú y tu hermana me habéis arruinado! Gracias a vosotros, las puertas de la alta sociedad se han cerrado para siempre para mí, mequetrefe maligno...

Cuando el conductor protestó porque no quería dejar entrar en el coche a aquel chico «todo embadurnado de mierda de caballo», su madre se limitó a sentarlo en el estribo trasero del carruaje. Acto seguido, se metió con dificultad en el coche, seguida por Melvin, que no dejaba de balancear la cabeza con nerviosismo. Conforme el vehículo daba la vuelta en el camino de entrada circular, Julian contempló a Sheldon sujetándose a los agarradores de la parte de atrás con las manos manchadas de porquería, aullando lastimosamente para que lo dejaran entrar.

Había presenciado todo el espectáculo desde la entrada, y sonrió satisfecho. Bueno, se lo había advertido. Tendría que acordarse de felicitar al mayordomo por su desacostumbrada falta de diplomacia, de lo más apropiada en aquel caso.

Se dio la vuelta con gesto cansino. Su padre lo estaba aguardando. No debía hacerlo esperar demasiado si quería solucionar los asuntos que tenía con él. Por no hablar de su título.

Era el fin. El pilar sobre el que había construido su vida tras la muerte de su hermano se había derrumbado. Julian se frotó la frente con la mano y después se cubrió los ojos. Visiblemente turbado, aguardó a que su padre, el poderoso duque de Dearingham, continuara.

—No deberías mostrarte tan sorprendido, Eppingham. Ya sabes que nunca te consideré el hombre adecuado. Un borracho inútil como tú. No, mi heredero será el niño. O tu primer hijo varón, en caso de que el que esperas me decepcione y sea mujer.

»Y no permitiré que mi heredero siga tus ociosas costumbres. Hice un buen trabajo educando a tu hermano, aunque no se puede negar que él estaba hecho de mejor material que tú. Por otra parte, la responsabilidad de decidir la sucesión correspondía a tu abuelo, y él estaba absolutamente convencido de que tú no eres de fiar. Serías capaz de jugártelo todo, o de venderlo.

»Mira lo que ocurrió cuando las llamas amenazaban la casa. Salvaste primero a tus caballos, sin importarte si estabas sacrificando tu herencia patrimonial en detrimento de tus absurdos caprichitos. Eres demasiado irresponsable como para confiarte Dearingham. Durante cuatrocientos años, esta mansión y sus propiedades han estado en manos de hombres Blackworth. Tú arruinarías todo ello en cuatro meses.

Julian bajó la mano para mirar a su padre sin comprender. ¿Ociosas costumbres? ¿Arruinar Dearingham? Sabía que no era muy del agrado de su padre, que no aprobaba su forma de vida. Lo que no sabía era que tanto él como su abuelo nunca le hubiesen tenido confianza. ¿En qué basarían su opinión?

Cierto era que en una época se había mostrado reacio a la disciplina, y había frecuentado un buen montón de casas de dudosa reputación, así como salones de juego, pero no hasta niveles que pudieran considerarse autodestructivos. Él nunca había gastado más de lo que podía permitirse, como muchos otros jóvenes de la alta sociedad, la mayoría de los cuales terminaban heredando. No tenía deudas, y siempre había vivido conforme a sus posibilidades.

Durante el tiempo que pasaba en Dearingham cada año, había procurado comportarse como un buen gestor, aunque era verdad que nunca había puesto su corazón en la tarea. Sin embargo nunca, ni una sola vez, había actuado de manera irresponsable ni con la propiedad Dearingham ni con sus fondos.

«No me conoce en absoluto», pensó, tristemente sorprendido. De nada serviría explicarle que había sido Izzy quien había salvado los caballos. Julian estaba seguro de que su padre había oído ya la historia y, al parecer, le había restado importancia; al igual que hacía con su hijo.

Aquel hombre que se hacía llamar su padre no tenía ni idea de quién era. Lo único que veía al mirarlo era el joven holgazán que había sido con veintiún años. Lo había juzgado inadecuado entonces y nunca se le había ocurrido darle otra oportunidad para ver si había madurado.

Julian cerró los ojos ante la ironía del asunto: durante los últimos trece años se había estado esforzando para ganarse la aprobación de su padre. En vano, pues la opinión que aquel hombre tenía de su hijo menor estaba ya formada desde su nacimiento. Ni una sola vez, que él recordara, le había dispensado una palabra de elogio. Ahora Julian veía claramente que su salvaje comportamiento no había sido más que una táctica para ganarse el reconocimiento de aquella fría estatua a la que llamaba padre.

Tuvo que reírse de sí mismo, aunque amargamente. Se sentía herido y decepcionado, no por la pérdida del título y las propiedades, sino por la pérdida del respeto de su padre. Un respeto que, por otra parte, nunca había poseído. Sí, pensó, el calificativo de ocioso describía perfectamente lo que habían sido sus esfuerzos.

Con una cáustica sonrisa, se levantó despacio del sillón

en el que antes se había reclinado, mudo de asombro. Permaneció de pie un momento tirándose del chaleco, con gesto despreocupado, y sonrió al duque. Sí, el duque y no su padre, puesto que nunca había sido eso realmente para él; ni tampoco para Manny, ya puestos. Lord Rotham había sido para ellos sólo una efigie de frío mármol.

Y lanzando una amarga y decepcionada mirada en dirección al hombre, Julian salió de la estancia que, repentinamente, se le había vuelto sofocante.

Izzy. Quería, no, *necesitaba* verla. Necesitaba el refrescante fluir de sus pensamientos para salir de la oscura caverna de sí mismo.

La encontró ocupándose de los preparativos para la cena de esa noche. La enorme casa estaba llena a rebosar de buitres que volaban en círculos y hienas chillonas. En otras palabras, la crema de la alta sociedad. Hizo una mueca al pensar en lo que todos dirían cuando se enteraran de que había sido desheredado en favor de su hijo no nacido.

El escándalo sería la comidilla durante meses. Todos sabían que los títulos y las herencias iban pasando de una generación a otra en la mayoría de las familias nobles. Lo normal era que el hijo mayor heredara la casa solariega y las propiedades y fondos vinculados, aunque no existía una ley que así lo estableciera.

Cuando el rumor de que había sido desheredado alcanzara los círculos políticos, imaginó que se produciría una verdadera ola de reforma, propiciada por los jóvenes lores que esperaban heredar. Dejó escapar un risa seca. Los burdeles y los salones de juego iban a quedarse vacíos durante las próximas semanas, de eso estaba seguro.

Y mientras ellos se palpaban el bolsillo y cumplían con sus obligaciones, se mofarían de él. Sería el hazmerreír, sin duda. El Marqués Sin Tierras. El Duque Desposeído.

Cerró los ojos. No quería decírselo a Izzy. De pronto se dio cuenta de que la pérdida de su herencia significaba que todo lo que ella había sacrificado por él no había servido de nada. La ira se apoderó de Julian. Ira hacia sí mismo, hacia su padre y su abuelo, e incluso hacia los Marchwell. Durante toda su vida, Izzy había dado y los demás habían tomado. Él había hecho lo mismo.

Y ahora él sólo podía corresponderle con un título vacío. Y ni siquiera era capaz de decírselo.

Cobarde.

Mascullando una maldición, dio media vuelta y casi echó a correr mientras ordenaba que preparasen su caballo.

22

Julian levantó la vista y miró la taberna donde se había metido. La mugre de las paredes ennegrecidas por el humo no podía disimularse ni siquiera con la tenue iluminación del local. A su alrededor, toscos hombres bebían para aliviar el peso de sus duras vidas. Ante sí tenía un vaso de un horrible brandy. Le había bastado con olerlo para hacerle desistir de bebérselo.

¿Qué estaba haciendo allí?

Una mujer se acercó a él y le rodeó el cuello con los brazos mientras le susurraba lascivas sugerencias para que continuaran la conversación en su habitación. El olor que desprendía lo golpeó; una fétida mezcla de perfume dulzón, sudor y fluidos sexuales. La mujer se restregaba impaciente contra él, echándole el aliento en la cara, pero sus ojos estaban vacíos de expresión alguna, apáticos.

Era inútil. Al parecer Eppingham había desaparecido para siempre, y Julian sólo deseaba disfrutar con la dulzura de su propia esposa. Apartando la cara con repugnancia, bajó a la mujer de su regazo y, tras dejar el dinero de su consumición en la barra, se marchó.

Se sentía sucio. Quería bañarse para desprenderse de la piel el olor de aquella puta, borrar su aroma. Deseando no haber intentado buscar alivio de ese modo, montó en su caballo y se alejó de allí todo lo rápido que su disgusto y su caballo le permitieron.

Mirándose de uno y otro lado, girando ante el espejo de cuerpo entero, Izzy trató de ver si la pequeña protuberancia de su vientre había aumentado. Debería, pues algo milagroso había ocurrido y ella estaba segura de que se vería en su cuerpo. El bebé se había movido en su interior. Ella lo había notado; una agitación como un aleteo. De hecho, si juzgaba por lo sentido durante la última hora, su hijo era ciertamente una mariposa. Estaba ansiosa por compartir la noticia con Julian. Sólo esperaba que el pequeño no dejara de moverse antes de que su padre llegara a casa.

La idea de la enorme mano de Julian sobre su vientre trajo a su memoria imágenes de aquella noche en el jardín. Una oleada de calor la invadió y se mordisqueó el labio. Aquellos sentimientos se hacían cada día más fuertes; no podría seguir negándose mucho más tiempo cuánto necesitaba a Julian.

Ella podía sentir el lazo que se había formado entre ellos por el bebé que llevaba dentro. Lo necesitaba, y creía que también él la necesitaba a ella.

Las noticias servirían para unirlos más. Estaba segura de que empezaría a arder en cuanto Julian la tocara. Se preguntaba si ella conseguiría hacerlo arder a él.

Si esa noche volvía a pedírselo, y ella esperaba que así fuera, le diría que sí. Las manos le temblaban ligeramente cuando se ató el cinturón de la bata, pero lo adecuado de su decisión reforzaba su determinación. Era hora de construir lo que pudieran, por ellos y por el bebé.

Decidida a no esperar más de lo necesario, bajó al piso inferior. Tras despedir con tono imperioso al adusto mayordomo del duque, Izzy se sentó a esperar feliz y contenta en el pequeño salón que había junto al vestíbulo de entrada. La casa había vuelto a quedarse vacía una vez que los asistentes al funeral se hubieron marchado, tras celebrarse éste el día anterior.

Helada, se arrebujó bajo un chal de lana en uno de los sillones de terciopelo. Julian le había dejado un mensaje en el que decía que tenía asuntos que resolver en la ciudad de South Dearing, y que volvería tarde. A medida que el reloj de la entrada daba una hora tras otra, Izzy comenzó a temer que él se quedara a pasar la noche fuera.

Tras el tercer repique, aunque lamentándolo, había decidido ceder en su empeño de esperarlo despierta. Pero entonces oyó ruido de cascos en el camino de entrada y la voz de Julian fuera. Corrió hacia la puerta de entrada y la abrió de par en par, encontrándose con la espalda de Julian, que daba las últimas instrucciones al mozo de cuadra que ya se alejaba llevando consigo a *Tristan*.

Julian se volvió con brusquedad y se tambaleó ligeramente por efecto de la sorpresa, que a continuación se tornó en alarma haciéndolo correr hacia ella. La hizo entrar en la casa sujetándola de los dos brazos, mientras la miraba de arriba abajo comprobando posibles daños.

—Izzy, ¿ocurre algo? ¿Por qué estás levantada a estas horas?

Ella se soltó suavemente de las manos de él, y sonriendo apocada lo tranquilizó:

—Estoy bien, Julian. Tan sólo quería... hablar contigo un

momento. Apenas te he visto en los últimos días. ¿Has encontrado lo que has ido a buscar esta noche?

Él se sonrojó violentamente, e Izzy se preguntó por qué mientras lo ayudaba a quitarse el gabán.

Pero entonces lo supo. El aroma le alcanzó el corazón como un dardo. Dulzón y muy fuerte, el perfume de otra mujer emanó del gabán caliente por el cuerpo de su marido. Izzy lo dejó caer como si quemara, y se quedó petrificada, con las manos suspendidas en el aire.

Tras un instante de paralizadora estupefacción, sintió que el dolor la alcanzaba. Una angustia como no había sentido jamás le oprimía el pecho sin piedad, hasta que sintió que no podía respirar. Cuando elevó sus enormes ojos llenos de angustia hacia él, Julian se estremeció, profundamente conmocionado por el dolor que veía en su esposa.

Durante un momento, Izzy no respiró, no pudo hacerlo, segura como estaba de que si movía un solo músculo se derrumbaría de pena.

Un terrible silencio se cernió sobre ellos hasta el punto de que Julian no podría haberlo roto aunque lo hubiera deseado. Entonces, con el rostro impasible, Izzy bajó las manos y se dio la vuelta mecánicamente en dirección a la escalera. Cuando llegó al pie, aún le dijo sin volverse:

—Sólo dime una cosa, ¿era alguien a quien...? ¿Era Celia?

—¡No! No, Izzy, no es lo que... —Se detuvo, porque cuando el mal estaba hecho, estaba hecho.

Con apenada dignidad, Izzy asintió y continuó subiendo la escalera con la cabeza alta.

De alguna manera, sus temblorosas piernas la llevaron hasta sus aposentos. Cegada por la agonía que le oprimía el corazón, entró dando tumbos en su habitación a oscuras, tapándose la boca con las manos para ahogar los sollozos. De pronto, las apartó porque olían a esa mujer.

No sabía de quién se trataba, pero aun así sintió que en su interior crecía un odio atroz hacia la extraña que había tenido entre sus brazos a su marido mientras ella no tenía a nadie a quien abrazar. Con las manos extendidas lejos de sí, se acercó a toda prisa a la palangana.

Frotó, enjabonó y volvió a frotar mientras en su interior el dolor se convertía en ira, llevándola a dejarse las manos casi en carne viva, hasta que, finalmente, se detuvo, sollozando violentamente en la habitación en silencio, de pie sobre la palangana, en medio de un charco de agua.

Furiosamente, se quitó el fino camisón y la bata empapados y los tiró al suelo. Vestida sólo con los pantaloncitos, estaba cogiendo la palangana para arrojar el agua por la ventana cuando llamaron a la puerta.

—¡Izzy! Izzy, escúchame. Sé lo que piensas, y lo siento, pero yo no, de verdad...

El resto de sus palabras quedaron suspendidas en el aire, sin llegar a ser pronunciadas, al abrir Izzy la puerta y, medio desnuda, tirarle el contenido de la palangana encima, tras lo cual desapareció tan rápidamente como había aparecido, dando un sonoro portazo.

Allí, de pie, mientras se secaba los ojos con resignación, Julian se preguntó si estaría condenado a toda una vida de amarga humillación al otro lado de la puerta de su esposa.

Izzy se ciñó más la capa alrededor del cuerpo mientras paseaba por su zona favorita de los jardines. Había ido allí con la esperanza de que los últimos retazos de color del verano lograran subirle el ánimo, y así fue en parte, aunque su corazón seguía sufriendo por la traición de Julian.

De repente, una figura oscura emergió de entre los arbustos dándole un tremendo susto. Izzy ahogó un grito y se cubrió el vientre en actitud protectora. Entonces reconoció a Eric, y no supo si reír o llorar. Se decantó por ambas cosas.

—Oh, Izzy, ¡lo sabía! ¡Lo sabía! Te está haciendo tremendamente infeliz, ¿verdad? Oh, pequeña, no llores. Yo te metí en este lío y yo te sacaré de él.

Mientras la tomaba entre sus brazos para reconfortarla, Eric murmuró repetidamente las mismas palabras hasta que éstas penetraron en la mente de Izzy. Tensándose de pronto, levantó la mirada hacia los ojos llenos de preocupación de Eric y se apartó de su abrazo.

—¿A qué te refieres con que tú me metiste en esto? ¿Qué te lleva a creer tal cosa?

Eric se sonrojó y apartó la mirada.

—Bueno, cuando te quedaste... cuando concebiste... y yo soy el responsable. Si no te hubiera besado, Julian no...

—Espera —dijo Izzy, alzando una mano—. ¿Quieres decir que tú eres la razón de que esté encinta? —Izzy no pudo evitar reírse—. ¡La última vez que oí hablar de ello se necesitaba algo más que un simple beso para algo así!

—¡No quiero decir eso! A lo que me refiero es a que yo soy la causa de que Julian olvidara la honorabilidad contigo. Nunca habría hecho semejante cosa de no haber estado tan...

—Julian no hizo nada. Yo lo seduje.

Eric se quedó de una pieza, mirándola fijamente, con la boca abierta, hasta que Izzy alargó una mano y se la cerró con suavidad. Moviendo la cabeza incrédulo de un lado a otro, Eric pareció recobrar el hilo de lo que estaba diciendo.

—Izzy, quiero que sepas que he pensado mucho en todo esto. Sé que siempre has querido ir a Norteamérica, y tengo un plan. Mi familia tiene participación en una importante compañía naviera, y he arreglado las cosas para que puedas viajar a Estados Unidos. El *Catherine* zarpa dentro de tres días. Me he ocupado de todo. Si aún quieres irte, sólo tienes que llegar al puerto y embarcar. —Eric le sonrió con gesto triunfante, esperando oír palabras de infinita gratitud por parte de Izzy.

Pero la negación de ésta fue inmediata e instintiva. Ella no quería abandonar al hombre que amaba. Sólo necesitaba tiempo. Tiempo para llegar hasta él, tiempo para hacerle ver que...

Entonces recordó la noche de bodas. El rechazo entre los efluvios del alcohol. Y también lo ocurrido el día anterior. El perfume en sus ropas.

Sus preferencias estaban claras. Puede que llegara a desearla de vez en cuando, pero nunca la amaría. Se había casado con ella únicamente por su sentido del deber. Una obligación ineludible y desprovista de amor, como los áridos años que se extendían ante ella.

Eric posó ambas manos sobre sus hombros y la miró con premura a los ojos.

—Puedes irte, y lo sabes. No le debes nada.

Aquello era demasiado. Moviendo la cabeza de un lado a otro, Izzy se apartó de Eric y prácticamente echó a correr por el paseo.

—Tres días, Izzy —gritó él—. El barco y yo te estaremos esperando en Londres.

Julian pasó junto a la ventana a paso ligero y echó una mirada rápida hacia fuera. Dio dos pasos más antes de percatarse de lo que había visto.

Izzy en el jardín en brazos de un hombre.

Un hombre de pelo rubio cuya estatura y pose le recordaban a Eric.

Julian volvió a mirar, pero entonces ya sólo vio a Izzy que avanzaba con paso decidido hacia la casa. Parpadeó varias veces mientras se decía que se estaba volviendo loco. Definitivamente, estaba perdiendo la cabeza.

Izzy estaba sola en los jardines, y Eric estaba a muchos kilómetros de la casa. Y de ella.

Tras repetírselo varias veces, casi consiguió borrar el persistente dolor de su corazón.

Una risa seca lo hizo volverse. Al fondo del corredor, de pie junto a otra ventana, estaba su padre.

—Nada como ver a tu mujer con otro hombre, ¿verdad, chico? Nada como preguntarse una y otra vez si tu heredero es realmente tuyo. Si está pensando en otro cuando la montas. —El duque se irguió y se acercó hacia Julian con actitud casi cordial.

»No puedes divorciarte y no puedes volver a casarte. Te pasas los días mirando a tus hijos, tratando de ver algo tuyo en ellos, aunque sólo sea el menor rasgo, el más tenue timbre de voz.

—Izzy nunca... —Se detuvo al comprender de lo que su

padre estaba hablando—. ¿Es que dudas de que yo sea tu hijo? —Era absurdo. Todos podían ver el parecido.

—¿Tú? No, aunque es una lástima. Tú eres la viva imagen del diablo. No podrías parecerte más al viejo duque ni aunque te hubieran modelado a partir de su costilla. Tú sí eres hijo mío, aunque, para lo que me ha servido.

El pulso de Julian comenzó a latir con violencia. Manny. Su sonrisa fácil, su pelo del color del trigo y sus hombros anchos, aunque sin la altura de su padre.

Manny se parecía a su madre, sin duda. Sin embargo, la imagen del pelo oscuro de su madre y su constitución delicada lo desmentían. Nunca se le habría ocurrido pensar, no tenía razón para pensar que...

Julian apartó las sospechas sin dejar de observar a su padre con mirada lúgubre.

—No puedes soportar la pureza, ¿verdad? Mi madre no se acostó con ningún otro hombre, y tampoco Izzy, pero tú eres incapaz de ver la bondad en las personas.

El hombre le lanzó una mirada rara.

—Ya lo verás cuando te muestre a un hijo que no es tuyo con una sonrisa en el rostro que te helará el corazón. Tan amorosa, tan cínica, que te morirás por dentro en cuanto la veas. Cada vez que mires a tu hijo... —La voz del duque estaba desprovista de toda expresividad, la mirada perdida.

—¿De verdad esperas que me lo crea? ¿Que Manny no era hijo tuyo? —Era inconcebible—. Él te adoraba, a ti y a Dearingham. Él era todo lo que yo no era.

Su padre apretó la mandíbula y su mirada se ensombreció de furia.

—¿Todo lo que tú no eras? Tampoco era tan difícil. Tú

nunca quisiste nada de lo que yo valoraba. Nunca te importaron las tierras, ni tu nombre. Tenías todo esto... —hizo un gesto amplio con una mano para indicar Dearingham—, y preferiste tontear con tus caballos y las sirvientas.

—¡Yo no era nada para ti! ¿Por qué tratar de agradar a un hombre al que nada agradaba? ¿Para qué intentar ser Manny cuando ya tenías a Manny? ¡Él era todo lo que tú querías! —Julian se frotó la cara con una mano—. Lo más gracioso era que ni siquiera podía odiarlo por eso. Manny era demasiado bueno como para que nadie lo odiara. Era mejor que tú y yo juntos.

—¡Era un inútil! —El rostro del duque se contrajo de ira—. ¡No había nada mío en aquella... aquella criatura!

—¡Él era mucho más de lo que tú te merecías! Tal vez tengas razón. Verdaderamente era demasiado bueno para llevar tu sangre en sus venas.

El rostro de lord Rotham se tornó morado.

—¡Un hijo mío nunca podría haber hecho lo que él hizo! ¡Mi sangre jamás habría engendrado a un amante de hombres!

Julian dio un violento respingo. Abrió la boca para negarlo.

—Lo pillaron —espetó su padre—. Cuando el viejo duque, mi padre, se cayó y pensaron que no sobreviviría, mandé llamar a Mandelfred. El diácono en persona fue a buscarlo a su habitación, ¡y lo encontró con su... su amiguito!

Las palabras resonaron en la mente de Julian y movió la cabeza en señal de atónito rechazo. ¿Manny? Lo había oído de algunos hombres, naturalmente, pero nadie creía que uno de ellos fuera a ser su propio hermano.

—Eso fue antes de su muerte. ¿Por eso estaba en casa?

—El triste accidente, un joven sin duda apenado por la desaprobación de su padre... —. Debió de quedarse destrozado. —Una idea increíble empezó a cobrar forma en la cabeza de Julian—. ¿Qué hiciste que lo hizo sentir peor? ¿Lo insultaste? Por supuesto que sí. Lo hiciste sentir tan avergonzado que tuvo la necesidad de... —Julian se acercó y tomó a su padre por las solapas—. *¿Qué le hiciste?*

—Por supuesto, no podía tolerar algo así —respondió su padre—. Hasta él lo veía a pesar de no ser más que un ruin despojo. Se ocupó de resolverlo. Era la única solución honorable. Un pervertido como él nunca podría ser duque de Dearingham.

Julian se sentía como si no pudiera respirar, como si no pudiera llenar sus pulmones con cada bocanada de aire que tomaba. Los sucesos del pasado desfilaron ante sus ojos. Todo aquello medio oído, medio visto, danzó en su mente como en un calidoscopio.

Su cabeza luchaba contra ello, se rebelaba contra la certeza que se había aposentado en su corazón. Julian soltó a su padre mientras su mente trataba de alejar la verdad. Se retorció espasmódicamente y presionó la frente contra la madera que recubría las paredes, moviéndola a un lado y otro negando las palabras que relataban la verdad con agónico detalle. «Oh, Manny.»

—Hice que usara el rifle. Una pistola habría sido algo muy sospechoso. Un suicidio en la familia habría sido tan malo como la perversión misma.

El duque tomó a Julian del brazo e hizo que se diera la vuelta, al tiempo que le espetaba en la cara:

—Eso es lo que significa ser duque de Dearingham. Sacrificar a tu heredero, a sí mismo, si hace falta.

Julian se zafó de la mano de su padre y se quedó allí de pie, temblando. La náusea y la rabia bullían en su interior; pero también la pena por la pérdida.

La deserción de Manny le hacía un daño horrible, pero la traición de su padre le quemaba el alma. Y todo por mantener el sagrado título libre de mancha y escándalo. Se estaba poniendo enfermo. Estaba hirviendo de cólera.

Y todo tenía sentido. Podía ponerse en la piel de su hermano. Manny nunca se había rebelado como él. Él sí había deseado ser marqués, y después duque; algún día. A él sí le había gustado ocuparse de las tierras y de su pueblo, siempre le había interesado la historia de la familia, el nombre de ésta.

Julian podía oír la voz anhelante de Manny cuando le decía: «Escucha, Eppie, escucha esto. En 1665, los terrenos de Dearingham...», y Manny le llenaba la cabeza y el corazón de datos sobre la finca, porque nunca había deseado otra cosa que vivir allí. Perder eso le debió de parecer, sin duda, lo peor que podía ocurrirle.

Julian fijó una mirada endurecida en los ojos del duque.

—Asesino.

El hielo que contenía la voz de Julian la atravesó hasta el tuétano, inmovilizándola cuando se dirigía al corredor en el que estaban sus habitaciones. Aquel Julian era para ella un desconocido. Hasta sus ojos se habían vuelto negros.

Temblando, se encogió aún más ocultándose entre las sombras, con una mano en su herido corazón.

Nada quedaba ya del joven juguetón que le ponía motes y bromeaba con Eric. Ya no veía en él al hombre apasionado del pasado, lo mismo que tampoco podría ver a un fantasma. En lugar de Julian había una figura oscura y peligrosa, llena de cólera.

El duque retrocedió un paso.

Izzy se quedó inmóvil, como un ratón en medio del campo al ver a un halcón sobrevolando la zona.

Julian acortó la distancia que lo separaba del duque y lo enfrentó directamente. Desde la ventajosa situación de Izzy, ésta podía ver el rostro de ambos, y, por primera vez, vio otro tipo de semejanza entre los dos hombres. Y no le gustó nada.

En esos momentos, Julian se parecía mucho a su padre, un hombre sin corazón que no dudaría en hacer lo que fuera necesario para conseguir su objetivo. Por un momento, no sabría decir con cuál de los dos se había casado.

—Así que mataste a un hijo y has desheredado al otro. Ahora la única esperanza para Dearingham recae sobre mi hijo. ¿Y qué pasará si tengo una niña, su señoría? —pronunció las últimas palabras con un tono sibilante que recordó al de una cobra—. ¿Qué harás entonces?

»¿Qué ocurrirá si no hay más niños, su señoría? ¿Podrás vivir sabiendo que he provocado el fin de Dearingham sencillamente no acostándome con mi esposa?

Izzy notó que la sangre se le helaba en las venas, pero no se movió. El odio que desprendía la voz de Julian, la perversa alegría al poder vengarse de su padre, le provocaba náuseas.

En ese mismo momento, comprendió que Julian había

sido desheredado a favor de su primogénito. La idea de que él pretendiese que vivieran un matrimonio fingido con tal de no tener más hijos, de que la rechazara para siempre, hizo que le dieran ganas de morirse allí mismo.

La rabia y la impotencia luchaban en su interior al comprender hasta qué punto Julian estaba dispuesto a sacrificar el futuro de ambos, el de ella, con el único propósito de poner fin a las maquinaciones de un viejo.

—Tal vez deberías casarte de nuevo, su señoría, y matar a otra mujer de parto. ¡No tendrás más herederos por mi parte!

Casi sin que Izzy se percatara, Julian se alejó por el corredor a toda prisa. El hielo seguía ocupando los restos de su corazón destrozado. Podía perdonarle la indiferencia, las contradicciones, hasta podría haberle perdonado la infidelidad, aunque le habría costado mucho. Pero nunca, nunca podría perdonarle convertir su amor y su matrimonio en una farsa llevado por un egoísta afán de venganza. Izzy dedicó una última mirada al hombre de piel blanquecina que acababa de ver cómo se evaporaban sus sueños.

Ella sabía que sólo tenía una oportunidad de cambiar aquello. Y tenía que aprovecharla.

Izzy encontró a Julian de espaldas ante la ventana de su estudio. El cielo violáceo lanzaba sus resplandecientes y helados destellos contra el cristal, pero el frío que la hacía temblar provenía del interior de la habitación.

Julian permanecía en pie, tenso y erguido, con la mandíbula apretada y los ojos vacíos de expresión mirando el fuego. Iluminado sólo por el resplandor anaranjado de éste, parecía el propio Lucifer. Hermoso, elegante y lo más aterrador que Izzy había visto en su vida.

A pesar de cuánto le dolía verlo sufrir, no podía olvidar la malvada intención que subyacía bajo la amenaza que había dirigido a su padre. Tenía que descubrir sus verdaderas intenciones. Sintiendo el ácido puño del miedo en el estómago, se aproximó a su marido.

—Julian, ¿no quieres que hablemos? Tenemos que hacerlo. —Alargó la mano hacia su brazo, pero en seguida la apartó—. Por favor, Julian. Tienes que decirme que no hablabas en serio cuando le decías a tu padre lo que le has dicho.

Contuvo el aliento y retrocedió de un salto cuando Julian se volvió con rapidez felina, bramando fuera de sí:

—¡Ese demente no es mi padre!

Temblando mientras luchaba por contener unas impotentes lágrimas de terror, Izzy miró los hermosos ojos dorados y no vio en ellos más que furia y odio. Aquella temible criatura se parecía más al duque que al Julian que ella amaba.

Sintió deseos de abandonar la contienda, pero había demasiado en juego. Aunque hasta el alma se le estremecía ante aquella demostración de cólera, sabía que debía intentarlo de nuevo. Así, posó la mano en el brazo de Julian, duro como la roca, y le suplicó una vez más.

—Háblame. Por favor, dime que no hablabas en serio.

Apartando la mano de Izzy como si no fuera más que un insignificante insecto, dejó escapar una risotada.

—Querida mía, nunca he hablado más en serio. —Y, sin mirarla, se dio la vuelta y siguió escrutando las llamas.

Izzy sintió como si la mano de un gigante la aplastara, impidiéndole respirar. No había ninguna esperanza.

Junto con el conocimiento, junto con la pavorosa certeza de cuáles eran las terribles intenciones de Julian, Izzy cobró conciencia de que no les aguardaba ningún futuro juntos.

No permitiría que la maldad germinase también en la criatura que se estaba gestando en su interior. Si ya era demasiado tarde para salvar a Julian del destino de su padre, aún no lo era para salvar a su hijo.

Con la pesada carga del dolor y la pena sobre los hombros, Izzy se volvió para irse. Julian no le prestó atención, pero ella no podía marcharse sin intentarlo una última vez.

—Tu abuelo carecía de algo, y tu padre muestra la misma deficiencia. Pero tú en cambio, una vez poseíste un atisbo de ese esquivo elemento; sin embargo, me temo que estás a punto de lanzarlo por la borda. No eches a perder tu humanidad, Julian. Te convertirás en lo mismo que ellos, más de lo que imaginas.

Julian no se volvió, ni mostró indicio alguno de haber oído sus palabras. Casi incapaz de moverse bajo el peso de la pena que sentía, Izzy dio media vuelta y dejó a su marido con su cólera por toda compañía.

23

La oscuridad lo rodeaba. Los latidos de su corazón retumbaban de furia mientras los tormentosos planes de venganza se perseguían entre ellos en su mente. Pero el odio era el sentimiento más fuerte, y el más sombrío. Un odio ciego y desmesurado hacia su padre y su abuelo. Sabía bien que el viejo duque había tenido algo que ver en el asesinato de Manny, aunque sólo fuera por el hecho de haber criado a aquel hijo demente.

Todos los años de miedo y angustiosa falta de amor se alzaron frente a él haciendo que se atragantara y que su alma proclamara venganza. Destrozaría aquel patrimonio, haría arder la casa, destruiría sistemáticamente toda traza de lo que Dearingham significaba.

¡Que Dios se apiadara de él, pero era capaz de cubrir los campos de sal para demostrarle al duque que vivir era algo más que respirar y matar por el pasado!

«No eches a perder tu humanidad, Julian. Te convertirás en lo mismo que ellos, más de lo que imaginas.»

¿A qué había venido eso? Él no se parecía a ellos, no tenía nada que ver con aquellos monstruos que habían arruinado su niñez y juventud, ¡que le habían robado a su hermano! Él nunca lo sacrificaría todo por el honor hueco de un pasado desaparecido hacía tiempo...

Se vio entonces reflejado en la copa; una imagen de contornos borrosos junto al fuego, pero lo suficiente como para quedarse atónito.

Vio a su padre. Vio a su abuelo. En el negro odio que latía en sus rasgos, vio el legado de aquellos dos hombres.

En aquel momento lo supo. Supo que tenía elección.

Podía elegir la humanidad, o el pasado y la oscuridad que lo acompañaba.

Hundiéndose aún más en el sofá, dejó caer la cabeza lentamente entre las manos y se frotó la cara. Notó en él el cejo de su padre, su mismo mentón. Era su viva imagen. No tenía escapatoria.

Pero sólo externamente. El hombre que fuera por dentro, eso era cosa suya.

Julian se frotó los ojos. Le dolía la cabeza y el estómago le ardía. Parpadeó atónito al darse cuenta por fin de que estaba sentado en el sillón de su estudio, junto al hogar apagado. Se identificaba con las cenizas en que se habían convertido las llamas. Se sentía como si él mismo hubiera ardido en el fuego de dolor y rabia que se había apoderado de él durante la noche.

Sorprendido, descubrió que los últimos rayos del sol naciente ascendían por las onduladas colinas de Dearingham y se lanzaban a la conquista de las sombras de su estudio. Tenía un vago recuerdo de un fuego mortecino y de una fría oscuridad llenando la habitación, una sensación que le parecía de lo más adecuada. Del resto de la noche no recordaba nada.

Sin embargo, cada fibra de su cuerpo se resentía por la larga noche que había pasado en el purgatorio. Y, como alguien que ha salido de ese legendario lugar, se sentía purificado.

De hecho, se sentía débil y hasta un poco indispuesto. Reposó la cabeza en el respaldo y cerró los ojos, enrojecidos tras la falta de descanso, y se dejó llevar suavemente por un reconfortante y reparador sueño.

Sí, dormiría un poco, y cuando despertara abandonaría aquel horrible lugar por el que su padre había sacrificado a todos los que en algún momento lo amaron; el lugar donde había nacido y que nunca volvería a llamar hogar. Cogería a Izzy y...

¡Izzy!

Se incorporó bruscamente en el sillón con los ojos muy abiertos, aunque poco podía ver a la luz del amanecer. Tan inmerso había estado en su estado de odio y en su necesidad de venganza que no se le había ocurrido pensar en la reacción que tendría ella. Sintió que una espiral de miedo se apoderaba de su corazón al pensar en lo que habría creído.

Poniéndose en pie de un salto, echó a correr sin prestar atención a las miradas de curiosidad de los sirvientes en el corredor. Mientras lo hacía, el recuerdo de su visita pasó por su mente.

Aunque no le había prestado mucha atención entonces, en ese momento los detalles se agolpaban en su cabeza. Sus lágrimas, sus súplicas para que se retractara de las temibles amenazas que había dirigido a su padre en represalia por su comportamiento.

Una represalia que pondría en peligro la felicidad de Izzy

tanto como la del duque. Ella tenía que saber que no había dicho aquellas abominables palabras en serio. Excepto que, la noche anterior, sí las había dicho en serio. Y además se lo había confirmado así a ella.

¡Oh, Dios! Desesperado, apretó el paso a través del corredor que conducía a sus habitaciones. Tenía que detenerla...

La puerta de Izzy estaba abierta, pero la única persona a la vista era Betty, cargada con una pila de prendas dobladas. Al entrar él en la habitación, Betty se volvió y ahogó un grito al verlo.

Se quedó mirándolo un largo momento con curiosidad por su aspecto desastrado, tras lo cual apretó los labios con evidente desagrado y, dándole la espalda, se dirigió al vestidor. Estaba claro que si la doncella estaba enfadada, su señora debía de estar verdaderamente furiosa.

Izzy estaría en la habitación. Seguramente vistiéndose. No, porque en ese caso Betty estaría con ella. Debía de estar bañándose, pensó a la desesperada mientras abría la puerta, aunque sabía con seguridad que encontraría la estancia vacía.

Se había ido; su reluciente tesoro se había escapado durante la noche que él había pasado revolcándose en un pozo de infructuosa rabia. Su cuerpo se dobló como si le hubieran dado un puñetazo privándolo del aire. Sólo él tenía la culpa. Al igual que hiciera su padre antes que él, había dejado de lado lo que había en su corazón, en pos de algo vacuo.

Pero lo suyo era todavía peor, porque el duque había echado a perder toda posibilidad de amor en favor de un montón de tierras, un título, un nombre; él en cambio había lanzado su amor por la borda por culpa de un atroz acceso de ira inútil. Se acabó la luz, la bondad que brillaba en aquella casa llena de desolación.

Él no había sabido aprovechar todo lo bueno que Izzy había supuesto para él, su risa y su dulzura. Y ella se había ido antes de que él la destrozara por completo. El dolor amenzaba con engullirlo. Tal vez había hecho bien en irse, pensó. Tal ver fuera mejor...

«¡No!» No podría haber llegado muy lejos en una noche. Iría tras ella y...

Y la dejaría marchar.

Pero no sin antes decirle que se había equivocado; no sin decirle que la amaba. Era imperativo que Izzy lo supiera.

—¡Betty! —bramó, haciendo que la pobre doncella diera un respingo—. ¿Adónde ha ido?

Para su absoluto asombro, la diminuta joven le lanzó una mirada furiosa y después dio media vuelta. Mientras se alejaba de él, Julian logró superar la sorpresa y avanzó unos pasos para cogerla de un brazo. Se inclinó sobre ella y la miró fijamente a los ojos mientras la muchacha se apartaba de él con cautela.

—*¿Adónde?*

—¡Al *Catherine!* —Las palabras salieron de la boca de Betty con un grito ahogado, y mirándolo como si deseara poder tragárselas de nuevo.

¿El *Catherine?* ¿No era ése el nombre del barco que Eric utilizaba para sus negocios con Norteamérica?

Julian sonrió y le dio un sonoro beso en los labios antes de soltarla. Entonces tenía tiempo de sobra. A pesar de la ventaja que Izzy le llevaba, con *Tristan* la adelantaría.

La espera la estaba volviendo loca. La tensión mezclada con el agotamiento después del tedioso viaje hasta los muelles la habían dejado entumecida y emocionalmente aturdida.

Estaba sentada, lo mismo que durante las últimas horas, en la estrecha cama de aquella mugrienta posada de la zona de los muelles. Podría haber encontrado un lugar más decente, pero lo cierto era que quería estar lo más cerca posible del barco, casi en la pasarela de embarque. Sólo la proximidad podía convencerla de que se iba de verdad. Temía que, si se alejaba del muelle, pudiera perder la determinación.

Así que se quedó mirando las paredes sucias y mohosas, y escuchando todo tipo de vulgaridades y palabras soeces al otro lado de la puerta. La verdad era que estaba un poco asustada. Con las manos entrelazadas sobre el vientre en un gesto protector, hizo una mueca de desagrado al oír el ajetreo ensordecedor e inexplicable que le llegaba desde la calle.

Una firme llamada a su puerta la hizo saltar de la cama.

—¿Quién...? —susurró; intentó aclararse la garganta agitadamente, pero antes de que volviera a preguntar, una familiar voz de hombre la llamó por su nombre.

—¡Izzy! El capitán me ha dicho que estabas aquí. Izzy, tengo que hablar contigo.

Sorprendida al reconocerlo, se levantó a abrir la puerta.

—¿Eric? ¿Qué estás haciendo aquí? ¿Qué ocurre? —Un miedo gélido se apoderó de ella de repente—. ¿Es Julian? ¿Le ha ocurrido algo?

—No —gruñó Eric con tono furioso—, no he hablado con él. —Entró en la diminuta habitación y miró a su alrededor profundamente consternado—. Izzy, ¿qué haces aquí? ¿Qué ha ocurrido en casa para hacer que vinieras?

—Aquélla no es mi casa —se apresuró a decir ella, girando la cabeza para evitar la mirada inquisitiva de él—. En Inglaterra no tengo casa.

—Nunca creí que pudieras abandonar a Julian. Lo amas más de lo que se merece. —Eric se acercó a ella y, poniéndole las manos sobre los hombros, la obligó a volverse y a mirarlo—. ¿Qué te ha hecho?

Ella lo miró impotente. ¿Cómo podría explicarlo? Julian, su padre, Manny..., demasiadas historias se entrecruzaban en una madeja nauseabunda a mayor gloria del nombre de la familia.

Entre vacilaciones, trató de relatarle una pequeña parte de la historia. Eric la sorprendió al decirle que siempre había sospechado lo del hermano de Julian y lo que había provocado su muerte, aunque nunca habría pensado que el duque hubiera tenido algo que ver. Al parecer, la única persona que no estaba al tanto de los chismorreos sobre Manny era Julian. Eric no se sorprendió tampoco al saber que su amigo había sido desheredado, pero se mostró horrorizado al enterarse de su declaración de venganza.

—Sé que ahora mismo debe de odiar a su padre; yo siempre he temido el día en que se hartara de su desprecio. Sin embargo, esa venganza le resultará un camino terriblemente difícil. Esperaba que su amor por ti lo hiciera desistir de seguirlo.

—¡Amor! —La palabra escapó de los labios de Izzy como un cáustico ladrido—. Sabes perfectamente que él no me ama.

—¿De veras? Me he pasado los últimos días pensando en ello. —Calwell se removió inquieto y le dedicó una sonrisa triste—. O tal vez sería más exacto decir que mi madre se ha pasado los últimos días haciéndome pensar en ello. Tú lo amas. ¿Tan extraño es que también él te ame? No se me ocurre otro motivo que pueda justificar lo desgraciado que se ha sentido estas últimas semanas. ¿Y a ti?

Eric le sonrió con ternura mientras le pasaba el dedo por la nariz en un gesto juguetón.

—Bebe los vientos por ti, Izzy. Creo que es así desde la primera... desde que te compró a *Lizzie*. Y sospecho que terminaste de ganarte su corazón cuando lo defendiste frente a su padre.

—El hombre al que he abandonado no necesitaba defensa. Tiene en su interior odio suficiente para toda una vida. No sacrificaré mi futuro, ni a mi hijo, por la decisión de Julian de castigar a su padre. No dejaré que me utilice en su juego de venganza. Mi hijo y yo nos iremos adonde podamos vivir el presente sin temer que el pasado nos salga al paso.

Izzy habló con implacable determinación y, sin embargo, cuando Eric la estrechó entre sus brazos en un gesto de silenciosa comprensión, no pudo evitar derramar sobre su chaleco amargas lágrimas de pena.

—Oh, Dios. Otra vez no. —El comentario, procedente de la puerta, interrumpió el sentimentalismo del momento atravesando la habitación como una flecha.

Izzy se quedó de piedra, el rostro oculto aún en el pecho de Eric. Stretton se puso tenso y la aferró con fuerza con gesto protector, mientras miraba torvamente a la figura de pie en la puerta.

—Aunque sólo fuera por una vez, preferiría no encontrar a mi esposa entre tus brazos, Calwell —dijo Julian con cansancio al tiempo que entraba en la habitación; pero se detuvo al ver que Izzy se encogía—. Querida mía, después de todas las molestias que me he tomado para encontrarte, me gustaría poder hablar contigo. A solas. —Una mirada de advertencia hacia su amigo acompañó estas últimas palabras, al tiempo que alargaba el brazo hacia Izzy. Ella no lo miró en ningún momento.

Acercándose más, le puso una mano en el hombro y dejó que se deslizara hasta llegar a la mano de ella entrelazando entonces sus dedos con los suyos. Tiró a continuación de Izzy de forma suave, pero decidida, hasta apartarla de un ceñudo y desconfiado Eric, y echó a éste de la habitación empujándolo con una de sus grandes manos.

Izzy dejó escapar un sonido de queja al verse apartada de su protector, pero Julian le atrapó la barbilla con sus cálidos dedos y la obligó a mirarlo.

—Izzy, vas a hablar conmigo. Si después de oír lo que tengo que decirte y lo que tú tengas que decirme sigues queriendo irte, yo mismo te ayudaré a subir a bordo. Pero no te vayas sin haber aclarado las cosas entre nosotros. Me atormentaría toda la vida pensar que te había perdido sin saber qué habría sucedido de haber podido hablar —la instó él mirándola con algo en sus ojos que ella no había visto antes.

»¿Por qué no me amas, Izzy?

Atónita, ella no pudo hacer más que abrir los ojos como platos, ya que la mano con que él le sujetaba la barbilla evitaba que pudiera abrir la boca de puro asombro.

—Sé que no he hecho nada para merecerlo, pero lo deseo. Quiero tu amor. Sé que Eric te importa mucho, y sin duda deberías haberte casado con él, pero dado que te casaste conmigo, ¿no podrías intentar...?

Se interrumpió al sentir la punta de su pequeña bota golpeando su empeine. Julian le soltó la barbilla al tiempo que dejaba escapar un gruñido de dolor y se agachaba para frotarse el pie dolorido, acción que lo libró del puñetazo que Izzy se disponía a darle. Furiosa, sólo pudo gritar.

—¿Eric dices? ¡Eric!

—¿Qué? —contestó una voz desde el pasillo.

—¡Nada, vete de aquí, Eric! —gritaron Izzy y Julian al unísono.

Ella se volvió entonces de nuevo hacia Julian, otra vez con el puño en alto, pero él lo rodeó con su enorme mano.

—Izzy, ¿quieres hacer el favor de decirme algo? ¿Por favor? —Julian sostenía sin esfuerzo el puño que ella trataba sin éxito de liberar—. Izzy.

Con los dientes apretados, siguió forcejeando hasta que tuvo que rendirse y dejar su puño dentro de la mano de Julian, que inmediatamente aflojó la fuerza, hasta que el contacto de sus dedos se convirtió en una caricia.

—¿Por qué quieres pegarme, Izzy? —preguntó él, aunque estaba prácticamente seguro del motivo. Sin embargo, quería oírselo decir para poder dejarla marchar, aunque deseara fervientemente mantenerla a su lado, aun contra su voluntad.

—¡Te quiero pegar porque eres el hombre más estúpido, testarudo e idiota... que he tenido la desdicha de amar! —dijo ella con los dientes aún apretados, mirando a algún punto perdido por encima del hombro izquierdo de él.

Julian no podía creerlo. Hasta se volvió para ver si había alguien detrás de su hombro, lo cual no hizo sino provocar en Izzy un sonido entre un chillido y un gruñido. Girando la cabeza de nuevo, se quedó mirándola completamente atónito.

—¿Que me... amas?

Ella se había quedado de piedra. ¿Es que de verdad no lo sabía? Parpadeó varias veces en silenciosa incredulidad. De pronto, comprendió el verdadero motivo del distanciamiento de Julian y Eric, la manera apresurada en que Julian la había hecho embalarlo todo y partir hacia Dearingham, y la razón por la que los dos amigos habían llegado a las manos.

Él le soltó la mano de puro asombro, pero inmediatamente lamentó haberlo hecho. Quería tocarla, quería su contacto mientras absorbía el significado de aquella revelación. Alargando el brazo, le rodeó la cintura y la estrechó contra su cuerpo. La cabeza de Izzy quedó justo por debajo de la barbilla de él y, en aquella postura, la abrazó lo más fuerte que pudo.

—¡Dímelo! —pidió él—. Dímelo otra vez.

—Eres estúpido. Eres testarudo. Eres un idiota. Y te amo.

Con un grito de alivio, la tomó en sus brazos y la levantó del polvoriento suelo mientras giraba con ella hasta que la oyó protestar y recordarle, casi sin aliento, su estado.

—De verdad, Julian, no creo que quieras ver lo que puede pasar si sigues haciendo eso —dijo ella totalmente sin aliento.

Riéndose de felicidad, él la depositó en el suelo con delicadeza, aunque no la soltó. En vez de eso, tensó los brazos a su alrededor una vez más. No se atrevía a dejarla hasta que él también le dijera...

—Te amo, Izzy. —Al notar que ella contenía el aliento, sonrió con la cara enterrada en su pelo—. Te amo más que a nada en el mundo, me importas más que Dearingham, más que esa estúpida venganza contra el duque. —Podía sentir la tensión que vibraba en el interior de Izzy—. Tardé tiempo en darme cuenta, después quise luchar contra ello, pero es cierto. Te amo, adorable Isadora.

—¿Y qué pasa con tu plan? ¿Qué pasa con los herederos de tu padre... nuestros hijos? —Y esperó, temerosa, que el destino le arrebatara la felicidad que tenía de nuevo al alcance de la mano.

—No hay ningún plan. Sólo lo dije porque estaba dolido. Nunca tuve intenciones de mantenerme alejado de ti por esa razón. —Sonrió con gesto un tanto vengativo—. Aunque no se lo he dicho.

—Entonces, ¿es verdad que te ha desheredado? ¿Después de todos tus intentos por complacerlo?

Formando con los brazos un círculo holgado alrededor de la cintura de ella, la miró con seriedad.

—Izzy, ¿estás segura de que no te importa? Nunca seré nada más que un duque sin tierras, un impostor. Me temo que he fracasado estrepitosamente en este mundo.

Ella le sostuvo la mandíbula con sus pequeñas manos y le sonrió dulcemente mientras lo miraba con orgullo.

—¿Fracasado? No, amor mío. Yo más bien creo que te has impuesto sobre tu destino. No necesitamos Dearingham, ni para nosotros ni para nuestro hijo. Podemos vivir perfectamente bien con mi herencia. Creo que, tal vez, si hacemos alguna que otra buena inversión...

Riéndose, Julian le atrapó las manos en las suyas.

—Izzy, querida, al decir que no tengo tierras, no me refería a que no tuviera un penique. He perdido la inmensa riqueza y poder que acompañan Dearingham, cierto, pero heredé una buena suma de mi abuelo materno.

—Oh, ¿así que tienes una fortuna?

Consternada, ella se dio cuenta de que estaba casi decepcionada. Había deseado que ambos pudieran abrirse paso en la vida por sus propios medios, tal vez empezando de nuevo en otro lugar.

Bueno, lo cierto era que eso no importaba, se reprendió. Tenía a Julian y a su hijo, y la libertad que proporcionaba una relativa fortuna. Discutir por ello sería una muestra de poco agradecimiento, así que le sonrió con determinación.

—Eso es maravilloso. Supongo que viviremos en tu residencia de Londres, entonces. —Izzy recuperó la alegría al recordar el sereno refugio de aquella casa—. ¿Nos vamos?

Ella hizo el gesto de alcanzar su bolsa, pero se detuvo al notar que Julian posaba la mano sobre su brazo con suavidad.

—Izzy, ¿crees que en tu camarote habrá suficiente espacio para dos?

—¿Camarote?

—Sí, tu camarote. En el barco. Reservaste uno, ¿no?

Al ver el gesto de perplejo asentimiento de ella, Julian sonrió ampliamente.

—¿Hay sitio para dos? —volvió a preguntar.

—¿Dos qué? ¡Oh! ¡Ah, sí! ¡Sí!

Izzy le lanzó los brazos al cuello y le cubrió el rostro de besos hasta donde podía llegar, que no era más que el mentón, pero entonces Julian la tomó en brazos y le acercó los labios a los suyos. Cuando la tibieza de su boca y el delicioso calor que emanaba del cuerpo de él penetraron en su alma, toda ella se derritió, presionando su cuerpo suave contra el duro cuerpo de él.

Con un murmullo gutural de rendición, Izzy abrió la boca para permitir la invasión de su lengua, y respondió a la urgente necesidad de Julian acercándole las caderas hacia las suyas con las manos. El acto arrancó una profunda carcajada del pecho de él, que deslizó a su vez con gesto posesivo, las manos por su trasero, respondiendo a la exigencias del cuerpo de su esposa con un rítmico frotamiento.

—Esto... ¿Julian? ¿No quieres cerrar la...? —dijo una voz llena de diversión procedente del pasillo. La frase se quedó a medias cuando Izzy y Julian cerraron de golpe la puerta en las narices de Eric.

Julian retomó su tarea de explorar la curvatura del trasero de Izzy sin inmutarse por las carcajadas de Eric, audibles a través de la puerta, mientras éste se alejaba por el pasillo.

—Mmm, Izzy, ¿cuándo zarpa el barco?

—¿Qu-qué barco?

—Nuestro barco. Hacia Norteamérica.

—Ah. Ese... barco. Aún quedan... horas.

Con un gruñido de satisfacción, Julian la tomó en brazos y la llevó hasta la cama y, tumbándose sobre ella, la besó prolongadamente.

24

Sin un solo gemido de protesta, la estructura de la vieja cama se derrumbó sobre el suelo. Julian se levantó apresuradamente de encima de Izzy, temiendo que le hubiera ocurrido algo al bebé. Colocó con gran preocupación la mano sobre el abultado vientre y entonces Izzy emitió un ruido poco habitual.

Se estaba riendo. Aquel bendito sonido de antaño barrió de su corazón todo vestigio de tristeza. Julian absorbió la musicalidad del sonido como si fuera una esponja, y su estado de ánimo subió tanto, que tuvo que unirse a sus risas, enterrando el rostro en la base del cuello de Izzy hasta que se le saltaron las lágrimas.

En aquella desangelada posada, dentro de aquella mugrienta habitación, sobre aquella destartalada cama, vivieron el primer momento de verdadera armonía en su ajetreada relación. Hechos un ovillo encima del desvencijado somier, sin fuerzas debido a la risa y el alivio, notaron que, por fin, sus estados de ánimo coincidían, amoldándose el uno al otro en la unión perfecta de su amor.

Tras las risas llegaron los suspiros, y después los gemidos cuando las manos de ambos empezaron a moverse, despacio al principio y más intensamente después, en busca del otro. Julian comenzó a recorrer con sus labios el sedoso cuello de Izzy, y los dedos de ésta se movieron en vacilante caricia al principio y en osada exploración después sobre los amplios músculos del torso de él.

—Tenía miedo, Izzy. Lo siento, siento todo el dolor que te he causado. Tenía un miedo estúpido... —El remordimiento de sus palabras se perdió en el cuerpo de Izzy, mientras la besaba por todas partes.

Ella se lo permitió durante un momento, sintiendo que su arrepentimiento calmaba sus heridas abiertas como si fuera un bálsamo. Entonces introdujo las manos en el espeso cabello masculino y se apretó contra él tanto como pudo, estremeciéndose con el cálido aliento que le recorría la piel. ¿Cuántas veces había soñado con poder estrecharlo de aquella manera?

Con los ojos cerrados, frotó su mejilla contra su piel, aspirando el aroma a hombre y a montura, mezclados con el olor a hollín de la ciudad que se le había pegado en el pelo.

Julian se apartó y la miró a los ojos.

—Izzy, la primera vez, en el jardín... no debiste de pasarlo muy bien. Perdí el control... fue demasiado rápido, fue demasiado. Si pudiera repetirlo...

Izzy posó un dedo en sus labios y él se lo besó.

—Fue muy hermoso. —Decidida a borrar el arrepentimiento de sus ojos, le sonrió maliciosamente—. Sin embargo, no dudes en superarte a ti mismo.

Él soltó una suave carcajada mientras la mordisqueaba.

—No hay nada como un desafío. Procuraré superarme, pero te advierto que estoy un poco falto de práctica.

Sólo estaba bromeando, pero vio que los ojos de Izzy al punto se tornaban serios.

—¿Es cierto eso? ¿Falto de práctica?

Él sabía lo que le estaba preguntando y, apartándole un rizo de los ojos, le sonrió. Suavemente, trazó con los dedos la delicada silueta de sus labios como si la estuviera acariciando con una pluma.

—Es cierto. No ha habido nadie desde la primera vez que besé estos labios.

Izzy no sonrió, pero en sus ojos se reflejaba todo lo que sentía en aquel momento.

—No sé cómo podré resarcirte —susurró él con un nudo en la garganta a causa del remordimiento.

Izzy no podía soportar verlo así y, con un rápido movimiento, hizo que se pusiera de espaldas sobre la cama mientras ella se colocaba a horcajadas sobre él. Julian la miró con los ojos muy abiertos y a ella le encantó ver que la risa sustituía en ellos a la tristeza.

Sonrió con satisfacción en un gesto de burlona venganza.

—Tal vez deje que lo intentes, cuando hayas adquirido un poco de... práctica.

—Conque esas tenemos, ¿eh? —gruñó él, aunque se sentía tremendamene complacido con la actitud juguetona de ella. La rodeó con los brazos llevado por la dicha y rodó hasta colocarla debajo—. Oh, Izzy, mi amor, nunca podré recuperar todos estos meses que hemos malgastado. Ojalá pudiera. —La observó con gesto serio, con el corazón en la mirada. Le apartó un mechón de pelo que le caía sobre los labios y lo enrolló en sus dedos—. Fuiste tú quien me enseñó lo mucho que nos podemos perder si nos aferramos al pasado, así que la manera de empezar de nuevo no es lamentándose. Lo único que puedo hacer es darte toda la felicidad que mereces durante el resto de tu vida. Con tantos hijos como quieras. —Y sonrió ampliamente al decir esto.

—Seis —dijo ella al punto—. Por lo menos.

Julian abrió los ojos desmesuradamente mientras ella entornaba los suyos a modo de advertencia. Él parpadeó varias veces y después volvió a sonreír.

—Pues que sean seis —aceptó, pero al ver que eso no cambiaba la expresión de Izzy, añadió, al tiempo que soltaba una suave carcajada—: Por lo menos.

La aclaración le valió un gesto de satisfecho asentimiento seguido de una sonrisa angelical por parte de Izzy.

—Entonces, debes comenzar de nuevo.

—¿Comenzar qué?

—A practicar —dijo ella con suficiencia.

—Y eso es lo que voy a hacer.

Con un diabólico brillo en los ojos, Julian deslizó las manos por los brazos de Izzy y cuando ésta suspiró de felicidad, besó una de las pequeñas palmas para, acto seguido, sujetarle ambas manos por encima de la cabeza. Se las sostuvo así, con una sola de sus manos, mientras le miraba el rostro para ver su reacción. Ella se arqueó contra él muy excitada, y, con una sonrisa de ánimo, lo instó a proseguir. Sin soltarla, Julian procedió a despojarla de la considerable cantidad de ropa que la cubría.

Sólo cuando, tras su metódica tarea, la tuvo temblando de deseo, se sintió animado a ir más allá. Tiró de las cintas que sujetaban su gruesa mata de pelo y las utilizó para atarle, con suavidad, las muñecas.

—¡No volverás a abandonarme! —le dijo al oído con tono gutural, lamiendo a continuación el punto caldeado por su propio aliento. Ella asintió entre suspiros, y Julian sintió que ese sonido le bajaba por la espina dorsal excitándolo más de lo que hubiera creído posible.

Con ambas manos libres se dispuso a comenzar de nuevo su «práctica» a modo casi de venganza. Le acarició la piel desnuda con ambas manos, suavemente y, por primera vez, contempló desnudo el delicioso y menudo cuerpo de su esposa. Los pechos, que le habían parecido delicados a la luz de la luna tanto tiempo atrás, eran ahora mucho más voluminosos. Y extremadamente sensibles, como descubrió para placer de ambos, mientras comenzaba la exploración cubriéndoselos con sus cálidas palmas, rozando de pasada los pezones. Cuando ella se irguió y gimió al fin en señal de protesta, él tomó los oscuros e hinchados pezones entre las yemas de los dedos y tironeó con suavidad de ellos, hasta que la hizo retorcerse de agónico placer mirándolo con ojos suplicantes.

Julian sonrió con maliciosa satisfacción y dijo entre gemidos:

—Dímelo.

—Yo... bésalos. ¡Oh, por favor, bésalos!

Ardiendo de deseo mientras él lamía y succionaba sus pezones, Izzy movía la cabeza a derecha e izquierda, casi insoportablemente excitada. De forma inconsciente, abrió las piernas mientras sus pies se movían inquietos entre las sábanas.

Julian desvió su atención al vientre ligeramente abultado. Con manos temblorosas de puro embeleso, acarició el pequeño montículo que contenía a su hijo, después depositó un beso en el ombligo de Izzy y comenzó a descender, depositando un reguero de besos desde allí hasta sus rodillas, evitando cuidadosamente el vértice formado por la unión de los muslos.

Ella se retorcía en la prisión formada por el cuerpo de Julian, y su respiración comenzó a hacerse cada vez más jadeante, mientras intentaba tocarlo.

Julian pensó que, tal vez la lenta tortura había durado ya bastante, y alargó una mano hacia la zona entre sus piernas, acariciando la tersa piel con suavidad. Cuando notó la humedad femenina, supo que Izzy estaba preparada para él. Al sentir y oler sus fluidos entre sus dedos, supo que no podría esperar mucho más.

—Mi amor, hay tantas cosas que querría haberte dado...

—¡Después! —lo interrumpió ella—. ¡*Ahora* te necesito dentro de mí, amor mío!

Al oír el término cariñoso que escapó de sus labios, Julian sintió que explotaba. Consciente de que ulteriores exploraciones tendrían que esperar, se colocó encima de ella, y sólo entonces se dio cuenta de que estaba completamente vestido.

—¡Maldita sea! —exclamó su inocente esposa, mientras se soltaba las manos de su sedosa prisión. Echó la cinta a un lado y obligó a Julian a tumbarse en la cama, mientras lo desnudaba con gran entusiasmo y poca delicadeza. Pero a él no le importó, más bien la ayudó y, en cuestión de segundos, estaba tan desnudo como ella.

Como tantas veces había soñado, el roce de la cabellera de Izzy en su entrepierna fue como fría seda sobre el fuego. Enredó las manos en los rizos y las mantuvo allí ocultas, como si su cordura dependiera de ello. Ella se encaramó encima de él, susurrando promesas ininteligibles entre beso y beso con los que fue recorriendo su cuerpo estremecido y sudoroso. Julian no podía oír lo que decía, aunque quería hacerlo. Necesitaba saber qué era eso que tan fervientemente Izzy había musitado sobre su piel.

Julian reclamó sus labios y exigió saberlo, pero ella sólo se rió de él, con aquella suave risa suya que le había robado el corazón hacía ya tanto. La miró a lo más profundo de los ojos, decidido a descubrir el secreto.

—Dímelo —gruñó él.

Izzy le sostuvo la hambrienta mirada con otra de igual intensidad. Entonces se deslizó hacia adelante, hasta que sus corazones estuvieron unidos y, rodeándole la oreja con su pequeña mano, le susurró:

—Te amo.

Con un gruñido primitivo, Julian la tomó por la cintura y la hizo colocarse debajo de él. Ella podía sentir la caricia de la piel desnuda de su marido contra la suya, el fuego que irradiaba haciéndola sentir que ardía. Mientras la idea de que Julian era aún más hermoso desnudo que vestido cruzaba por su mente, éste le separó las anhelantes piernas con una de sus rodillas y se cernió sobre su cuerpo.

A continuación, se hundió en ella.

Izzy ahogó un grito al sentir cómo el grueso miembro penetraba en su interior, y, a continuación, dejó escapar un suspiro lleno de sensualidad que le confirmaba que podía seguir avanzando. Era lo único que necesitaba. Verla debajo de su cuerpo al fin, con su espléndida cabellera suelta entre los dos, era una imagen todavía más afrodisíaca que la más desesperada de sus fantasías. Se elevó por encima de Izzy apoyándose en los brazos estirados y se hundió hasta el fondo retirándose luego casi por completo.

Al oír el gemido de protesta de ella, no pudo evitar descubrir los dientes en una salvaje sonrisa momentos antes de volver a introducirse con fuerza en su interior. Una y otra vez, la acarició por dentro con suaves retiradas y rápidas y potentes embestidas, sin dejar de mirarla mientras tanto.

Ella sabía que la estaba mirando, pero no le importaba. Era ajena a todo lo que no fuera sentirlo dentro, verlo elevándose por encima de ella. La tenue luz que iluminaba la mugrienta habitación era más mágica de lo que lo había sido la pura luz de la luna, pues revelaba la hondura del amor y el deseo que Julian llevaba escritos en los ojos.

Cada caricia la elevaba un poco más; cada lenta retirada la volvía loca de deseo. Izzy deslizó sus manos con gesto posesivo por los musculosos brazos de Julian, sujetándose a él hasta que dejó escapar un grito ahogado en el momento en que se sintió arrastrada más allá de todo pensamiento; lanzada, indefensa pero de buen grado, a la corriente; explotar en un millón de trozos.

El rostro de Izzy cuando alcanzó el clímax fue tan angelical y a la vez tan absolutamente lleno de una hermosa sensualidad animal, que Julian notó que perdía todo control. Con un par de embestidas más, él también alcanzó el orgasmo, y la abrazó con fuerza contra su corazón mientras ambos regresaban, juntos, a la tierra, como dos plumas mecidas por el viento.

Eric alzó la vista de la cerveza que se estaba tomando al ver a Julian y a Izzy bajar corriendo entre risas la escalera. Cuando Julian lo vio frunció el cejo.

—¿Qué haces aún por aquí? —preguntó, dolido todavía

por que Eric hubiera ayudado a Izzy a urdir un plan para abandonarlo.

—Julian, si vas a volver a golpear a Eric, te aseguro que no te irá nada bien. —La exasperación de Izzy era evidente.

—No —contestó él con tristeza—. No voy a golpear a nadie. —Miró a Eric—. ¿Me vas a golpear tú? No te culparía por ello.

Eric consideró la posibilidad un momento y finalmente sonrió.

—Creo que dejaré que Izzy se ocupe de meterte en cintura, amigo mío. Está mucho más capacitada que yo. —Bajó la voz hasta convertirla en un áspero susurro—: Pero yo que tú, escondería los candelabros.

Julian sonrió ampliamente, pero no pudo evitar llevarse la mano al lugar donde había tenido un chichón durante semanas. Izzy se limitó a sonreír con gesto sereno, y Eric prorrumpió en carcajadas.

—Habéis perdido el barco.

—Oh, no. —Izzy se mordió el labio—. Ya pensaba yo que eso nos iba a pasar.

—¿Y quién tiene la culpa, amor mío? Creo que no fui yo quien insistió en volver a... —Julian recibió un golpe de la bolsa de mano de Izzy en el estómago que lo dejó sin aliento. Con las mejillas suavemente arreboladas, su esposa se volvió hacia lord Stretton.

—Ha sido culpa de él, ya sabes. ¿Y ahora qué hacemos?

Eric arqueó una ceja.

—Supongo que podríais volver a vuestra suite de enamorados hasta que el *Catherine* regrese. —Sonrió al ver cómo Julian miraba esperanzado hacia la habitación de la que acababan de bajar—. Pero dado que no lo hará hasta dentro de bastante tiempo, también podrías reconsiderar vuestro hospedaje.

Izzy pareció pensativa.

—Julian, cariño, tienes que volver a casa. No deberías dejar las cosas así con tu padre.

Él, que había sonreído como un tonto al oír que lo llamaba «cariño», frunció el cejo cuando el resto de las palabras penetró en su mente.

—No.

—Creo que debes hacerlo, amor mío.

—No.

—Sí.

—De ninguna manera.

25

Izzy suspiró mientras embalaba las cosas de la residencia de Julian en Londres. Sería mucho más fácil si él estuviera allí para decirle qué era lo que quería llevar consigo. Pero al no estar presente, dependía del juicio de Greeley y Simms, que no hacían más que acosarla para que incluyera artículos de lujo sin uso práctico para su nueva vida en Norteamérica.

Izzy sacó otro candelabro de varios brazos del baúl que estaban embalando y lo blandió en señal de amenaza delante de Simms, en ese momento estaba temiendo otro de sus ataques de lamentos ante la pérdida de su maravilloso y estiloso señor, que prefería cambiar de aires y vivir en las Colonias, carentes de todo gusto y refinamiento.

Cuando Greeley apareció en la puerta del estudio donde se encontraba Izzy, ésta se puso en pie, agradecida por la interrupción.

—Lady Spencer ha venido a verla, milady.

Izzy parpadeó varias veces y se sacudió el polvo de las manos mientras trataba de recordar dónde había oído aquel nombre. Ah, sí. Spencer era el nombre de la familia del conde de Hardwick. ¿Lady Spencer era Millie?

—¡Izzy!

Era Millie. Una Millie que ella no recordaba haber visto nunca. Más rellenita, con sus otrora cetrinas mejillas ahora sonrojadas y menos enjutas, su pálido cabello resplandeció de vida cuando se quitó su bonito sombrero. Millie se había convertido en la belleza que siempre había deseado ser.

Cuando se acercó para tomar las manos de su prima y darle un beso en la mejilla, pareció que hasta se movía de forma diferente. Con más confianza. Izzy estaba muy complacida con el cambio. Parecía que Millie era realmente feliz en su nueva vida.

—¡Oh, sí! —dijo ésta en respuesta a la pregunta de Izzy—. Nuestro pequeño hogar es maravilloso. Y mi Terence, bueno, nunca he sido más feliz. No hacemos mucha vida social, pero a mí no me importa. Nos gusta estar en casa y charlar junto al fuego. Mi Terence es un hombre muy leído. ¡Lo sabe todo acerca de la electricidad!

—Me alegra verte tan bien, Millie. ¿Tienes contacto con tu madre? ¿Se enfadó mucho cuando te fugaste para casarte?

—¡Qué tonta eres, Izzy! Madre misma me hizo las maletas. Estaba más que contenta. Naturalmente, eso fue porque creía que mi Terence tenía buenos ingresos. Yo pensé que era mejor no decir nada, pues me temo que ya me había robado el corazón de todas formas. De todos modos, madre no quería escuchar. Había oído rumores, no del todo ciertos. ¡En realidad, somos pobres como ratas de iglesia, pero felices como perdices!

Izzy frunció los labios.

—Y supongo que no sabes cómo surgieron esos rumores de riqueza.

—¡Izzy! ¿Y cómo iba yo a saber de tan enrevesada táctica?

Llevándose una mano al pecho al tiempo que gesticulaba dramáticamente y batía las pestañas con toda la inocencia del mundo, Millie le dirigió una mirada ofendida tan falsa, que Izzy no pudo por menos que echarse a reír. Después, las dos empezaron a compartir los detalles de sus respectivos noviazgos, haciendo que en el pequeño estudio reverberaran las risas felices de dos mujeres enamoradas de sus maridos.

De no ser por el inmenso amor que sentía por Izzy, jamás habría ido. Sólo ella podría haberlo inducido a hacer lo que iba a hacer. Podía haber enviado a alguien a recoger sus caballos y la práctica ropa de campo que vestía cuando estaba en Dearingham.

Montado sobre *Tristan*, se iba dando golpecitos con la fusta en la pierna mientras mantenía esa lucha interna. Gran parte de sí mismo quería dar media vuelta. Sólo una pequeña parte seguía deseando matar al hombre al que había llamado padre. Y el resto quería saber por qué.

¿Por qué nunca había sido lo suficientemente bueno? ¿Por qué nunca lo había querido como el padre de Eric quería a Eric? ¿Por qué ni siquiera Manny había sido bastante para él cuando su hermano había estado muy cerca de ser el hijo perfecto?

Manny había sido como había sido, y Julian había decidido que a él, sencillamente, no le habría importado que la sociedad pensara que estaba mal. Pero el retorcido y condicional amor de su padre por Manny sí había estado mal, así como la absoluta falta de amor hacia él, su segundo hijo. Costaba aceptarlo, pero era algo que tenía que encarar antes de enfrentarse a aquel hombre en aquella enorme y monstruosa casa.

Julian miró con los ojos entornados la mole que se erguía tan gris y amenazadora como las nubes, sobre las onduladas colinas de color ocre. Si allí había vivido algún momento feliz, no lograba recordarlo. No le resultaría difícil abandonarla.

Pero entonces, ¿por qué vacilaba?

Lentamente, puso a *Tristan* al trote y entró en el largo camino de entrada a través de las ornamentadas verjas. Había más de un kilómetro hasta la casa, pero *Tristan* cubrió la distancia en poco tiempo con sus largas zancadas. Al llegar junto a la puerta de entrada y los escalones de mármol, Julian desmontó.

Tras darle unas indicaciones al mozo de cuadra referentes al resto de los animales que quería que le prepararan para el viaje, Julian maldijo una vez más y subió los escalones que conducían hasta la imponente puerta de entrada. El impasible mayordomo del duque lo hizo pasar y le cogió el sombrero y la fusta.

Tal vez fuera porque se hallaba lejos del calor que sentía entre los brazos de Izzy, pero el lugar definitivamente le pareció más frío aún que antes. Era como si, dentro de aquella grandiosa casa, no hubiera vida. Sus pasos resonaban en los suelos relucientes y su imagen se reflejaba en todos los espejos ante los que iba pasando, pero no detectó otras señales de calidez o de vida.

Por fin llegó a las pulidas puertas de ébano del estudio del duque. Sabía que él estaría dentro, imponiéndose fríamente sobre el reino que había esperado durante tanto tiempo. Se obligó a abrir las puertas antes de que se arrepintiera y entró.

La cabeza plateada estaba inclinada sobre un único papel

que reposaba en la superficie pulida de su escritorio, y no la levantó hasta que Julian carraspeó. El duque alzó entonces la vista, y su mirada adoptó un gesto de desagrado al ver a su veleidoso hijo.

—Has vuelto. No tienes ni el valor ni la fuerza de carácter de mantener tus decisiones, como siempre sospeché. ¿Por qué no me sorprende? —El duque hizo un gesto con la cabeza indicándole que podía irse y retornó a lo que estaba haciendo—. Siempre has sido una decepción —murmuró.

Julian casi sonrió al oír la tan manida y despectiva frase. Durante mucho tiempo, había cargado con aquella pesada losa en su mente. Siempre temiendo esa frase, siempre preocupado por ella, siempre afectado por ella. Sin embargo, en ese momento no le parecieron más que palabras pronunciadas por un hombre frío y solitario cuyas opiniones no tenían nada que ver con él.

Al darse cuenta de que por fin había cesado la amarga influencia de su padre sobre él, Julian sintió cierta paz interior. Izzy tenía razón. Había ido allí a despedirse como era debido, y hacerlo le estaba resultando tan liberador como lo había sido ganarse el amor de Izzy. De pronto, se sintió impaciente por terminar cuanto antes y poder volver junto a su esposa.

—He venido para decirte adiós.

El duque entrecerró los ojos.

—Vas a ocultarte en la ciudad, entonces. Muy bien, adelante. De todas formas, aquí no me sirves para mucho. Mandaré llamar al chico dentro de unos años.

—No lo harás. Me llevo a Izzy a Norteamérica. Bueno, más bien ella me lleva a mí. —Sonrió al decirlo.

El anciano palideció. La pluma cayó de sus temblorosos dedos dejando una mancha de tinta en el impecable documento.

—No puedes llevarte a mi heredero. Las propiedades están vinculadas a él. Es demasiado tarde para cambiarlo.

Aquélla era sin duda una venganza; tal vez la venganza perfecta. Julian podía irse en aquel momento dejando al duque con sus peores miedos convertidos en realidad. Una maliciosa vocecilla le decía que debía prolongar aquel poder que tenía sobre él, y utilizarlo.

Pero Julian ya no sentía la necesidad de venganza, y acalló la vocecilla que sonaba sospechosamente como la de su padre.

—No tengo objeción alguna a que mi hijo herede Deaingham. Simplemente, no dejaré que tú lo eduques. —Julian se dio la vuelta para irse mientras se preguntaba si había algo, cualquier cosa que pudiera decir o hacer para asegurarse de que ese momento no volviera a estorbar su mente. Entonces se detuvo y se dio cuenta de que sí había algo.

Volvió la vista hacia el hombre que estaba sentado detrás del inmenso escritorio y trató de apelar, por última vez, al padre que debía de haber en algún lugar de su interior.

—Te queríamos, ¿sabes? Manny y yo te queríamos. Habríamos hecho lo que fuera para hacerte feliz. —La expresión sombría del duque no varió un ápice—. Me pregunto si hay algo en este mundo que te haga feliz.

El hombre pareció erguirse y tensarse aún más, si es que eso era posible.

—La felicidad es una frase sensiblera popularizada por las masas. No es para los nuestros. Nosotros tenemos responsabilidades. Obligaciones. Tradiciones con las que cumplir.

—Pues yo soy bastante feliz —lo contradijo Julian, sintiendo que su padre no lo pudiera comprender—. Izzy me hace feliz. Abandonar Dearingham me hace feliz. Ver una nueva tierra me hace feliz. Ya ves, no es un concepto tan difícil de materializar. ¿No hay nada que te haga sentirte así?

—Dudo mucho que tú y yo tengamos la misma idea de lo que da satisfacción, pero sí, si quieres saberlo, Dearingham me satisface.

—La satisfacción es una prima lejana de la felicidad, su señoría, pero si eso es lo único que puedes sentir, te deseo que te vaya bien. —Y haciendo una cortés inclinación, Julian se dio la vuelta.

—¡Espera! El chico. ¿Enviarás al chico?

Deteniéndose sin darse la vuelta, Julian asintió con la cabeza.

—Pero no hasta que sea necesario.

Las siguientes palabras del duque estaban impregnadas de derrota.

—Pero ¿le inculcarás al menos cuál es su obligación?

—Claro que lo haré. Aunque dudo mucho que tú y yo tengamos el mismo concepto de la obligación.

Con esas palabras, Julian cruzó las oscuras puertas, atravesó el vacío corredor y abandonó las gélidas estancias de Dearingham para siempre.

Epílogo

Izzy esperó a que su marido la alcanzara. No solía ganar aquellas pequeñas carreras, por eso la alegraba tanto la expresión de derrota de él cuando llegó a lomos de su montura y se colocó a la par de la de ella. Izzy le lanzó una suave mirada de triunfo y, a continuación, echó la cabeza hacia atrás para sentir la caricia del sol en su rostro.

Los veranos en Colorado duraban poco, pero siempre eran bienvenidos. Había llegado a amar aquellos escarpardos terrenos, con sus verdes valles y sus severos y largos inviernos.

Izzy bajó la vista y fingió mirarse con despreocupación los dedos que sujetaban las riendas. Su edad se notaba sobre todo en sus manos; eran las marcas de las batallas libradas a lo largo de la vida, con sus nacimientos y sus muertes, en aquella magnífica tierra.

Lo habían dejado todo, posición, sociedad, a sus amigos y bienhechores, para subir a bordo de aquel barco llevando consigo tan sólo unos pocos efectos personales y sus caballos. Julian e Isadora Rowley.

Timothy y Betty habían encontrado rápidamente trabajo, pues lady Greenleigh había tenido el buen ojo de no dejarlos escapar. Timothy había ascendido con gran rapidez a encargado del establo, tras lo cual se había casado con su querida Betty, que había demostrado sus habilidades consiguiendo salir triunfante del caos representado por seis jóvenes damitas que preparaban sus bailes a la vez. Betty ideaba y llevaba a la práctica hermosos y originales peinados y tocados para todas ellas.

Eric Calwell se había casado con Celia Bottomly poco después de que ésta cumpliera el período de luto establecido. Era padre de un robusto hijo y de cinco exquisitas hijas, y, ah sí, una cautivadora diablilla que no parecía decidir qué quería ser.

Nada más llegar de Inglaterra, Julian e Izzy se habían dedicado sobre todo a los caballos llevados desde Dearingham, que después habían ido mezclando cuidadosamente con las adorables criaturas que habitaban aquellas tierras, hasta conseguir una variedad esplédida, cuyos especímenes mostraban la fuerza y la velocidad de *Tristan* y la inteligencia y la sensibilidad propia de los caballos árabes, contribución de *Lizzie*.

Izzy levantó la vista e inspiró el aire puro.

Allí habían criado a sus magníficos caballos en pos de un nuevo comienzo. Y habían tenido cinco hijos y una hija; y todos montaban a caballo y criaban el ganado de la familia.

Tantos años con tantas risas, pero también penas. Julian montaba a su lado en la silla que una vez tachara de ridícula; tan erguido y alto como el día que se había enfrentado a los Marchwell en el salón amarillo.

Su pelo ondulado era más plateado que negro en esos momentos, al igual que el de ella, pero seguía teniendo un cuerpo firme y su pasión estaba intacta. Sí, era muy feliz en su matrimonio por accidente.

El golpeteo de cascos que se aproximaban encaminaron a Izzy de sus recuerdos en aquella mañana deliciosa, y tiró de las riendas para esperar al jinete que se acercaba.

Arqueó una ceja mientras trataba de adivinar desde la lejanía quién era.

—¿Eric? No, Ian.

—Matthew —dijo Julian, y su predicción fue acertada.

Conforme se acercaba su hijo mayor, Izzy no pudo evitar el asombro que cada vez le provocaba ver lo mucho que se parecía al hombre del que se había enamorado hacía tantos años. Matthew era la viva imagen de Julian, y montaba un caballo que era la viva imagen de *Tristan*.

—Padre, ha llegado carta de Inglaterra. Va dirigida al duque de Dearingham —gritó el joven mientras se acercaba.

«Ya ha llegado», pensó ella. Observó la expresión de Julian, pero no logró ver en él nada más que un irónico asombro.

—No es demasiado tarde —dijo él, lanzándole una mirada de soslayo—. ¿Estás segura de que no quieres ser duquesa?

Conocía su respuesta, igual que conocía los suspiros que dejaba escapar mientras dormía, y la manera en que había sonreído y llorado al sostener en sus brazos por primera vez a cada uno de sus hijos.

Julian se echó a reír al ver el horrorizado estremecimiento de ella. Era hora de seguir haciéndose el muerto, pensó con cierto alivio. Las semillas del plan habían sido sembradas tiempo atrás con la servicial ayuda de Eric. Un rumor, una triste historia sobre un caballo que se había vuelto loco, y gran parte de Inglaterra lo creía muerto.

—¿Te hace sentir mal esa mentira? —Izzy le sonrió amorosamente, conminando a su yegua a acercarse a él. Entonces alargó una mano y le acarició la mejilla. Él le cogió la muñeca y depositó un beso en ella.

—No es una mentira. El hombre que Londres conocía como lord Blackworth murió hace años. Nunca podría haber sido feliz allí después de todo lo ocurrido.

Cuando su hijo se detuvo frente a ellos, Izzy contempló prolongadamente al niño, al hombre mejor dicho, que podría haber perdido en aquellas lejanas colinas inglesas.

—¿A quién se refiere, padre? ¿Eres tú? ¿Eres duque, después de todo?

Julian sonrió con amor a su hijo, el orgullo de su corazón. Contempló la figura fuerte del joven que tenía delante y supo que lo haría muy bien en Dearingham.

—No, Matthew. Está dirigida a ti. Tú eres el duque de Dearingham.

esencia